KB070358

적우
敵友

한비자와 진시황

나남
nanam

나남창작선 142

적 우 敵友
한비자와 진시황

2017년 9월 1일 발행
2017년 9월 1일 1쇄

지은이   양선희
발행자   趙相浩
발행처   (주) 나남
주소   10881 경기도 파주시 회동길 193
전화   (031) 955-4601 (代)
FAX   (031) 955-4555
등록   제 1-71호 (1979.5.12)
홈페이지   http://www.nanam.net
전자우편   post@nanam.net

ISBN 978-89-300-0642-2
ISBN 978-89-300-0572-2 (세트)

나남창작선 142

양선희 장편소설

적우
敵友

한비자와 진시황

나남
nanam

전국시대의 중국 (기원전 300년경)

■ 전국 7웅
ᴧᴧ 주요 장성

匈奴(흉노)

東胡(동호)

연나라 장성

조나라 장성

燕(연)

月支(월지)

발해만

趙(조)
중산

진나라 장성

齊(제)
임치

한단

羌(강)
농서

魏(위)
안읍

魯(노)
회계

제나라 장성

氐(저)

함양

周(주)
낙양

황 해

秦(진)
함곡관

韓(한)

宋(송)

한중

거양

초나라 장성

무군

楚(초)

촉

회계

파

검중

창사

한비자에 대한 오마주

이 소설은 한비자(韓非子)에 대한 나의 오마주(hommage)다.

나는 아직도 《한비자》의 책장을 처음 열었던 순간과 그 안에서 쏟아진 언어들이 벼락처럼 내게 와서 꽂혔던 순간을 기억한다. 벌써 20년 가까이 지난 일이다.

나는 내 자신을, 인생을, 독서를, 인간과 세상에 대한 이해를 《한비자》 이전과 이후로 구분한다. 《한비자》를 잡기까지의 구차한 사연은 되돌아보고 싶지 않으나 그로 인해 한비자를 만나게 됐다는 점에서 그 구차함마저 용서하게 되었을 정도다.

《한비자》를 기점으로 나는 비로소 순자(荀子)를 비롯하여 고대 중국의 법가(法家)와 병가(兵家), 노자(老子), 고대 책략과 모략, 제왕학으로 독서의 방향을 틀게 되었다. 강산이 변할 만큼의 세월이 흐르고 독서와 사색이 쌓였다. 하지만 나도 황로학(黃老學)의 제자라 자부하지 못하는 것은 무위(無爲)와 허심(虛心)을 꿈꾸나 여전히 세속의 격동에 몸을 맡긴 까닭이다.

이 소설 역시 지극히 세속적인 욕망의 표현이다. 내 욕망의 과정은 지질하면서도 번다하였으나 시작과 끝은 늘 소설을 쓰고자 하는 데에 있었고, 나의 스승 한비자 역시 소설로 끌어내고야 말았다.

중국이나 일본과는 달리 우리나라에서 《한비자》는 그리 인기 있는 텍스트가 아니다. 한비자에 대해선 많은 오해가 있다. 한마디로 집약하면 권모술수(權謀術數)의 인간이라는 것이다. 나는 소설에서 이 오해를 풀고자 많은 부분을 할애했다. 한비자에 대한 나의 생각을 전달하기 위해 오랫동안 한비자 입문용 텍스트를 쓰려고 했었다. 그러다 결국은 소설로 방향을 잡았고, 3~4년 전쯤 대략 이 소설을 완성했고, 오랫동안 덮어 두었다가 이번에 다시 손질해 완성한 것이다. 왜 지금 이 소설을 출판하기로 결심했는지는 차차 말하겠다.

한비자는 인간, 특히 정치적 인간이 가진 다양한 측면의 추하고 비겁하고 사악한 모습을 거리낌 없이 드러낸다. 인간에 대한 그의 안목은 자애롭지 않지만 매우 날카롭고 현실적이다.

나는 그에게서 조직과 권력 주변의 인간을 보는 안목과 통찰의 단서를 얻었다. 2천여 년이 흘렀다고 인간이 달라지는 것은 아니었다. 그가 통찰한 인간에 대한 단서는 이런 것이다.

이利의 인간

이해득실을 따지는 인간. 유가(儒家)의 순자를 비롯해 수많은 제자백가(諸子百家)들이 이(利)를 인간 본성의 출발점으로 삼거나 주요한 이해(理解)의 단서로 꼽았으나 한비자만큼 탁월하게 이(利)의 인간을 통찰하고 적나라하게 묘사한 이는 없었다.

실제로 사랑도 이해득실(利害得失)을 넘어서진 못하는 게 인간 세상의 일이다. 사랑은 마음이며 이(利)는 생존을 위한 본능과 이성의 문제여서일 거다. 사랑이 구차하고 지저분해지는 것은 이해관계와 충돌했을 때이며, 사랑은 이해가 합치되었을 때 비로소 불타오르고, 이해득실과 갈등하면 증오로 돌변하는 게 일상사다.

한비(韓非)는 이(利)의 인간들끼리 부딪치며 빚어내는 잡음과 추악함을 모골이 송연해질 정도로 세밀하게 묘사해 낸다. 위선의 인간들이 자신의 본색을 그대로 묘사하는 그에게 치를 떨며 자신이 아닌 그를 악한으로 몰아붙이고 싶어질 만큼 말이다.

한데 그의 저작에 몰입하다 보면, 묘한 편안함이 찾아온다. 조직생활을 하는 사람들이라면 매일 부닥치게 되는 주위의 '수작부리는 인간 군상'에 대한 이해와 연민. 자존감이 높은 사람이라면 자기 자신이 존엄하게 사는 방법에 대해서도 사색하게 될 것이다. 적나라한 인간의 모습을 이해하게 되면 자신이 가야 할 길에 대한 단서도 찾을 수 있게 된다.

궁극엔 이런 질문에도 도달하게 될 것이다.

"자신의 이익 추구에 혈안이 되는 것이 인간의 본성인데, 그럼에도 어찌하여 성인(聖人) 또는 군자(君子)와 소인배(小人輩)로 나뉘는가."

내가 찾은 대답은 이런 거였다. 이(利)의 지향점을 어디에 두는

가에 따라 인간은 품격과 자질이 완전히 달라진다는 것. 사리(私利), 사익(私益), 사욕(私慾)을 지향하는 자는 소인배의 길을 가게 되고, 공리(公利), 공익(公益), 공공선(公共善)에 헌신하고자 하면 군자의 길을 가게 된다는 것.

혁신의 인간

한비가 피를 토하듯 외친 것은 '변화', '변혁', '혁신'이었다. 위로부터의 변혁, 영민한 군주의 리더십과 유능하고 사심 없는 신하들이 힘을 합쳐 시너지를 내는 변혁이었다. 퇴색되고 질긴 낡은 관행과 사익추구로 변질된 구(舊)권력을 변화된 현실에 맞는 새로운 힘으로 대체하는 것. 변혁의 열쇠를 쥔 사람은 최고 리더인 군주였다.

《한비자》는 권력 주변의 인간 군상들이 빚어내는 부조리한 광경을 낱낱이 기록하고, 이를 타파하고 변화시킬 계책을 구구절절이 늘어놓는다. 그 계책의 중심은 법(法)이다. 그 법은 얼마 전 탄핵된 우리나라 대통령이 주창했던 '법과 원칙에 따라'가 지향한 질기고 완고하고 박제된 의미가 아니다.

한비의 법은 물과 같다. 물이 흐르는 길의 바닥은 높낮이가 다르고 울퉁불퉁하지만 물의 표면은 평평한 것처럼 법이란 그 모든 차이를 메워 평평하게 하는 것이다. 또 한비의 법은 이(利)의 인간이 선한 행위를 하도록 인도하는 방편이다. 상과 벌을 통한 통제. 냉정하고 많은 논란이 일어날 수 있는 방법이긴 하나 국가를 다스리는 통치방법이라는 점에서 그 이점을 논한 것이다.

경영 전략 vs 노블레스 오블리주

리더십과 신상필벌(信賞必罰). 요즘 한비자가 환영받는 분야는 경영전략 쪽인 것 같다. 그의 사상을 압축한 앞의 두 가지 전략이 경영전략에 적합하기 때문이다. 낡은 관념, 기득권을 지키려는 노회한 수작들이 어떻게 나라를 망치는지에 대한 통찰, 새로운 변화를 법으로 공고히 함으로써 신세력이 변화를 주도하도록 하는 아이디어는 경영전략으로 유용하기도 하다.

하지만 내게는 한비의 표면적으로 가혹한 사상이 그 엄혹한 과정을 거쳐 그가 이루고자 했던 최종 목적지, 그 행간에 대해 더 많은 생각을 하도록 만든다. 그가 추구하는 능자(能者)와 지자(知者)는 탐욕에 몸을 맡긴 자가 아니라 맑고 투명하다. 투명한 관리가 사리를 추구하지 않고 가혹하게 이루려는 세상은 부유한 백성, 강한 나라, 안전한 나라였다.

부유함을 누리는 주체는 고관대작이 아니라 백성이며, 관리들은 이런 세상을 만들기 위해 헌신해야 하는 '노블레스 오블리주'를 실천하는 사람들이다.

지성이 추구해야 할 최종 목적지는 '권력'에 봉사하는 것이 아니라 '사람'을 지켜내는 것이다.

오래된 중국의 책략

이 소설은 기본적으로 '책략(策略) 소설'이다. 한비자의 일대기를 그린 전기(傳記) 소설이 아니다. 중국의 오래된 책략을 녹여 넣기 위해 《한비자》뿐 아니라 《전국책》(戰國策) 등의 책략서, 《손

자병법》,《울료자》(尉繚子) 등과 같은 병법서,《노자》,《순자》
등 선진제자(先秦諸子)의 생각을 많이 빌려 왔다.

　내게 소설을 쓰는 것은 오래된 습관이고, 이 소설도 습관적으
로 몇 년 전에 써 놓았던 것이다. 우리에겐 그리 친숙하지 않은 한
비자의 일생 중 그나마 가장 대중적으로 인식할 수 있는 시기가
진시황(秦始皇)과 만났던 1년의 기록일 것이기에 여기서부터 출
발해 보자고 했었다.
　그에 대한 기록이 너무 짧아 그 생애를 다 알 수는 없다. 사마
천의《사기》에도 한나라 공자 중 한 명으로만 기록돼 있고 적자
인지 서자인지 알 수 없어 적서의 추측마저 난무할 정도다. 그래
서 그는 오히려 상상의 여지가 많은 인물이다. 나는 그를 군데군
데 남아 있는 단서들만 추적하여 살아선 '실패한 혁신가', '성공하
지 못한 혁신 이론가'였을 것이라 상상한다. 그리고 살아선 통하
지 않았던 그의 사상은 진시황에게 계승되어 짧은 진나라의 통치
이념으로 자리 잡았다.
　이 소설은 살아서 실패했던 그가 죽어서 진시황에게서 꽃피운
이유를 상상하면서 쓴 것이다. 다 쓰고 나선 실패한 개혁가로서
의 삶, 한나라 안에서 벌어졌을 그 지난한 다툼을 상상하느라 늘
미완의 소설처럼 여겨 출판을 고려하지 않았었다.
　그러다 지난해 사드(THAAD) 배치를 둘러싸고 촉발된 한중 간
갈등이 지속되는 상황을 지켜보면서 중국의 책략을 이해하는 하
나의 텍스트로 이 소설을 세상에 내놓을 필요가 있겠다고 판단했

다. 그래서 중국 고대 책략 소설로 쓴 이 작품을 다시 꺼내 읽기 시작했다.

이 소설을 다시 꺼내 읽으며 참으로 놀라웠던 것은 고대의 책략과 현대의 책략이 별로 달라지지 않았다는 점이다. 이 소설엔 두 줄기의 책략이 있다. 한비가 진행한 진나라에 혼란을 일으키는 책략과, 한비를 죽음으로 몰아가는 이사(李斯)와 요가(姚賈)의 책략이 그것이다. 중국의 책략은 철저한 사실(fact)과 정보에 기반한 현실분석의 토대 위에서 이루어진다. 그래서 단단하다. 그리고 이런 사실들을 엮어 자신들이 원하는 최종 목적지를 향해 끌고 가는 힘이 책략의 성패를 가른다.

원래 어제 내가 한 일은 기억하지 못해도 오래된 이야기일수록 전설과 야설도 많고 사람들의 상상을 보태 구성된 정설도 많으니 진시황과 한비자처럼 유명한 사람을 둘러싼 이야기는 또 얼마나 많겠는가. 이 소설은 여기에 나의 상상을 또 하나를 보탠다는 의미도 있다.

끝으로 초고(草稿)를 꼼꼼히 읽고 흔쾌히 출판을 결정하며 저자를 격려해 주신 나남의 조상호 회장님과 고승철 주필께 각별한 감사의 말씀을 전한다.

2017년 7월 염천(炎天)에 삽쇄(颯灑)를 기다리며

양선희

양선희 장편소설

적 우 敵友
한비자와 진시황

차례

들어가며

2천 4백여 년 전, 중국 천하는 훗날 전국 7웅(戰國 七雄)으로 불리는 일곱 제후국이 팽팽한 균형과 견제로 대립하면서 혼란스러운 전국시대(戰國時代)의 말기를 향해 달려가고 있었다.

7웅의 아슬아슬한 균형은 서쪽 진(秦)나라에 효공(孝公)이 등장하면서부터 금이 가기 시작했다. 효공은 과거 춘추시대(春秋時代) 패주였던 진목공(秦穆公) 시대의 영화를 재현하겠다고 선언하였다. 그리고 땅과 관직을 내걸어 저인망(底引網)식으로 천하의 인재를 끌어 모았다.

이때 효공의 그물에는 역사상 가장 위대한 법가(法家)의 실천가인 상앙(商鞅)이 걸려들었다. 상앙은 효공의 전폭적 지지 아래 변법(變法), 즉 위로부터의 혁명을 단행한다. 이로써 진나라의 정치·경제·군사 제도는 완전히 개혁되기에 이른다. 그는 법의 권위와 믿음에 대한 원칙을 확고히 세운 뒤 빈부귀천에 관계없는 확실한 포상과 혹독한 징벌을 통해 진나라 선비와 백성(土民)들의 행동양식까지 장악했다. 백성들은 공을 세움으로써 신분상승이

가능했고, 귀족과 공족이라도 공을 세우지 못하면 어떠한 특권도 누릴 수 없었다.

상앙은 경제를 우선 공략했다. 백성을 배불리 먹이고, 국가 경제기반을 확고히 한 뒤 정치개혁에 나선다는 옛 제나라 환공(桓公) 시절의 재상, 춘추시대 법가(法家)의 시조라 할 수 있는 관중(管仲)의 부민강국(富民强國) 원리와 상통하는 것이었다.

그는 이 모든 조치를 법전에 새겨 제도로서 공고히 하였다. 공족과 귀족의 거센 반발에도 효공과 상앙은 물러서지 않았다. 그들은 변법을 밀어붙여 부민부국강병(富民富國强兵)을 이루었고, 이로써 진나라는 전국 7웅 가운데 가장 강력한 나라로 발돋움했다.

힘의 균형은 깨졌다. 대립의 양상은 달라졌다. 과거의 전쟁은 각 제후국이 땅을 넓히고 세력을 키우려는 도발이었으나 이제는 진나라에 먹히느냐 생존하느냐의 게임으로 바뀐 것이다. 천하의 정세는 복잡해지고 국제관계는 새로운 게임의 방식을 요구했다.

이에 외교 책략을 통해 각국의 이익을 도모하는 국제외교 전문가들인 종횡가(縱橫家)가 역사의 전면에 등장했다. 종횡가의 대표주자로 꼽히는 소진(蘇秦)과 장의(張儀)는 각각 합종(合從)과 연횡(連橫)을 이끌며 새로운 대립의 구도를 만들었다.

소진은 힘이 약한 6국이 연합해 강한 진나라에 대항하는 합종(合從), 장의는 강한 진나라를 중심으로 제후국들이 진에 사대하여 연명토록 하는 연횡(連橫)을 이끌었다. 이후 합종과 연횡이 번갈아 힘을 발휘하면서 대립의 양상은 복잡해져 가고 있었다.

이런 가운데 귀족의 특권을 빼앗고 실력주의를 표방한 상앙의 변법정신을 계승한 진나라는 날로 강성해졌다. 상앙은 하늘을 찌르는 귀족들의 불만과 원한을 산 끝에 효공이 죽은 후 탄핵되어 거열형(車裂刑)에 처해졌다. 하지만 진나라의 제후들은, 상앙을 미워했던 이들조차도 변법정신만은 계승했다.

귀족과 공족의 특권을 없애고, 오직 실력만으로 평가하는 나라는 지속됐다. 그리하여 진나라는 점점 더 융성해졌다. 애당초 귀족들의 안녕을 꾀하며 무늬만 개혁을 단행했던 나머지 6국은 지리멸렬해져 갔다.

기원전 246년. 진나라에 열세 살의 어린 왕 영정(嬴政)이 등극했다. 천하를 통일한 최초의 군주, 중국 최초의 황제 진시황(秦始皇)이 되는 인물이다. 어린 나이에 등극한 탓에 성인이 될 때까지 모후의 섭정과 상국(相國) 여불위(呂不韋)의 권세 아래서 조용히 숨죽이며 참고 기다렸던 영정. 그는 성인이 됐음을 선포하는 관례를 올리자마자 피바람을 일으키며 친정권(親政權)을 찾아왔다.

그렇게 일거에 조정을 쇄신하고, 드디어 6국 겸병을 위한 전쟁에 나설 준비를 한다. 이때 천년을 이어 갈 통일제국을 세우기 위해 영정이 반드시 얻으려 한 사람이 있었으니, 그가 바로 법가를 이론적으로 종합 완성한 당대 최고의 현인(賢人), 이웃 한(韓)나라 왕자 한비(韓非)였다.

제후의 나라들엔 현명한 군주가 없는데
서쪽 진나라만이 홀로 포악해지는구나

천하는 암흑시대
덕치도 예의도 행함이 없고
흠결 없는 행위는 비난받으니
어진 자(仁者) 몸을 움츠리고
지혜로운 자(知者) 생각을 펴지 못하고
능력 있는 자(能者) 일을 하지 못하며
현명한 자(賢者) 윗자리에 서지 못한다

군주는 눈을 감아 앞을 보지 못하고
현인은 배척당해 받아들여지지 않으니
천하가 위태롭도다

순자, 요문(堯問)편 편작

18

프롤로그

순경筍卿의 두 제자

멀리 보이기 시작한 난릉(蘭陵)의 성문이 조금씩 가까워지면서 말의 발걸음이 한가해진다. 날카롭게 달려들던 정월의 바람은 무뎌지는 속도만큼 쩽하고 차갑게 다가와 오히려 기분 좋게 뺨을 스치고 목에 두른 담비털이 턱을 간질인다. 애마의 콧김이 피어오르고, '다가닥 다가닥' 서둘지 않는 말발굽 소리가 경쾌하게 들린다.

한비(韓非)는 그 특유의 맑은 웃음으로 일행을 돌아본다. 호위 모연과 종자 려가 말을 몰아 그의 곁에 더 가까이 다가서며 웃음으로 응대한다.

작고 갸름한 얼굴, 흰 피부와 높은 콧날, 차갑고 고아한 기운. 여자라고 해도 예쁘다 할 스물한 살 청년의 웃음은 그 주변마저 환하게 비추는 듯했다. 그의 웃음은 왠지 선뜻 다가가기 어려운 기운이 감도는 그의 차가운 위화감마저 녹였다. 뒤따르는 마차에 탄 여종들도 비단 장막을 걷고 바깥 구경을 하며 까르르 웃는다.

사뭇 유쾌한 그들의 행렬이 성문 안으로 들어간다.

초(楚)나라 사방 백 리 작은 마을 난릉성은 의외로 붐볐다. 난
릉령부(蘭陵令府)로 이르는 길에는 제법 많은 백성이 줄지어 서서
무언가를 기다리는 듯했다.

"한(韓)나라 제후가의 왕자가 오신다더니 생각보다 소탈하구
려. 왕자님 행렬이 말 세 필, 마차 한 대가 전부라니."

"볼모로 왔으니 그렇겠지, 뭐."

"훤하고 잘났는데, 너무 말랐어. 저러니 한왕(韓王)도 볼모로
쫓아 보냈겠지."

백성들은 한비의 소탈한 행렬에 저마다 수군댄다.

이 마을의 수령 순경(筍卿, 순자)을 한비가 방문한다는 소문이
퍼지자 이들은 왕자를 구경할 양으로 일찌감치 일손을 접고 삼삼
오오 길가에 모여 있던 터였다. 무료한 작은 농촌에선 놓칠 수 없
는 구경거리였다. 백성들은 기대보다 볼품없는 행렬에 실망하면
서도 한비 일행의 뒤를 따랐다.

난릉 관아 앞엔 고을 아전 몇 명이 기다리고 있었다. 한비는 말
에서 뛰어내려 양손을 맞잡고 그들과 인사를 나눈다. 한비는 모
인 사람들보다 머리 하나 정도가 더 컸다. 그래서 구경꾼들은 어
느 방향에서나 누가 한비인지 알아볼 수 있었다.

순경은 난릉령부의 대청 위에서 한비를 기다리고 있었다. 살집
이 올라 얼굴이 둥글고 배가 나온 보통의 경부(卿府) 어른들과는
달랐다. 희고 고운 피부가 고귀한 태생임을 드러내면서도 소박하

고 겸손한 표정은 온화한 노부(老父)처럼 편안했다. 머리는 백발이 되었으나 꼿꼿하고 청아하기가 청년과 같았다.

"공자가 오셨구려. 거침없이 신랄하고, 막힘없이 해박하고, 시처럼 아름다운 공자의 문장에 반해 이제나저제나 볼 수 있을까 오매불망(寤寐不忘) 했다오."

순경은 한비의 호칭을 '왕자' 대신 '공자'라 불렀다. 위계를 엄격히 따지는 유가의 학자인 터라, 지금은 왕실을 칭하는 한나라 제후가(諸侯家)가 원래는 왕실(王室)이 아닌 공실(公室)이라는 기준을 대어 호칭을 정한 것이다. 한비는 순경의 인사말에 수줍은 표정을 짓는다.

'뻐기고 재는 걸 일삼는 보통 사내들과는 사뭇 다르구나.'

순경은 한비의 차갑게 아름다운 외면 아래 숨은 순진함과 따뜻함, 고결함을 순간적으로 본 느낌이었다.

"저, 저, 저는 말이 어눌하여 글이라도 노둔해 보이지 않도록 신경을 쓴 것인데 대 문장가이신 경께서 그리 말씀해 주시니 감읍합니다."

한비는 더듬더듬 말했다.

워낙 압도하는 외모로 "한비가 있는 곳엔 불이 켜진 것 같다"는 찬사를 받는 그였지만, 타고난 말더듬이여서 종래 조롱과 풍자의 대상이 되곤 한다는 걸 순경도 알고 있었다. 그런 어눌함에 오히려 정감을 느낀 순자는 그를 난릉령부 내의 학사로 안내하며 천천히 말한다.

"번성한 공경부(公卿府)의 자손이 학문을 깊이 하는 예는 흔치 않은데, 한왕의 적자(嫡子)께서 이렇게 학문이 높으니 기쁘고도 반갑소."

"저, 저는 다만 순경이라는 스승의 본보기를 보았기에 공경 가문의 자손도 무공을 세워 땅을 늘리거나 소작을 거둬 부자로 살거나 세력을 키워 권세가로 사는 일만이 아니라 학문을 하여 이 난세에 뜻을 세울 수 있다는 것을 알게 되었을 뿐입니다."

학문을 배우고 변설과 유세로 벼슬자리를 찾아다니는 선비들이 지천이었던 제자백가(諸子百家)의 시절이지만 그중에서도 순경은 참으로 독특한 존재였다. 대개 학문을 한다는 자들은 물려받은 가산은 없이 머리만 타고 태어난 선비(士) 혹은 서얼 귀족들이 많았다. 집안이 몰락한 경우가 아니라면, 정통귀족인 공·경·대부가의 적손이 공부를 해 세상에 나서는 일은 많지 않았다.

하나 순경은 옛 순(筍)나라 왕실의 적손으로 순이 진(晉)나라에 복속된 뒤에도 옛 순의 땅을 봉토로 하여 경(卿)의 칭호를 누리고 사는 골수 귀족 가문 출신이다. 그야말로 스스로 공부하기보다는 선비와 문객을 들여 자문을 받을 수 있는 위치였던 것이다.

그런 그가 혀끝으로 세상을 품어 보려는 학문적 야심가들이 득실거리는 세상에 발을 들여놓은 것은 나이 50이 넘어서였다. 그는 잠시 제후가를 돌며 변설을 행했지만 이내 그 길을 접고 제(齊)나라 직하학사의 교수와 총장을 지내며 제자 양성에 힘썼다. 그런 한편으론 유세 대신 저술활동으로 자신의 사상을 세상에 고루 알렸다.

초나라에 볼모로 와 있던 한비도 순경의 책을 통해 그를 알게 됐고, 이 몇 년간 꾸준히 편지를 왕래하며 교우해 왔다. 그러다 제나라에서 시기와 질투를 받아 참소를 당한 순경이 초나라로 건너오면서 한비도 초왕의 허락을 얻어 도성을 벗어나 그의 문하에서 공부를 하게 된 것이다.

순경은 크게 고개를 끄덕이며 한비를 지긋이 본다.

"내게도 오히려 신분이 굴레였다오. 나도 일찍이 학문에 뜻을 두었지만 집안 문턱을 넘어서지 못했지. 어떻게 학문으로 제후들을 설득하여 난세를 안정시킬 것인지, 그 방법에 대해 상상력이 미치지 못했으니 말이오. 변설(辯說)과 유세(遊說)가 전부라고 생각했다오. 한데 그런 일은 하기 싫었지. 아니, 그렇게 살기엔 가진 것이 너무 많아 남의 이목이나 체면치레 같은 걸 생각하니 꺼려지는 게 많았다고 해야 할까. 그러나 반백 년을 살고 난 후에야 문득 각성하게 되었다오. '왜 나는 선비처럼 살아선 안 되는가, 한 번 사는 인생을 신분이라는 허울에 갇혀 난세를 고칠 꿈도 꾸지 못해서야 되겠는가' 그런 반성과 성찰, 회의가 겹쳐 집을 뛰쳐나올 수 있었다오. 내가 있어 공자가 이리 젊은 나이에 학문에 뜻을 둘 수 있었다고 말씀하시니 내 삶이 다 뿌듯해지오."

한비는 멈춰 서서 다시 한 번 깊이 허리를 숙여 인사하며 천천히 말한다.

"그뿐이겠습니까. 스승께서는 제게 학문하는 자라 하더라도 천하를 주유하며 제후를 만나 변설로 설득해서 제후가의 객이나 신하가 되는 일이 아닌, 만인을 향한 저술활동을 통해서도 사상을 전파할 수 있음을 깨우쳐 주셨습니다. 이 얼마나 효율적인 방법입니까. 저의 부왕도 한 번 만나 뵈려면 전갈을 해놓고 길게는 며칠 동안 분부를 기다립니다. 더구나 말이 어눌한 제가 어찌 조리 있게 계책을 말씀드릴 수 있겠습니까. 게다가 멀리 있는 제가 그렇게 짧게라도 부왕을 만나 뵐 기회가 없으니 뜻이 있다 한들 어찌 아뢸 수 있겠습니까. 스승께서 제게 길을 알려 주셨습니다. 부지런히 공부하여 뜻을 세우고 문장을 갈고 다듬어 부왕께 난세에 한나라를 지킬 계책을 글로 올릴까 합니다."

"좋군요, 좋아요."

대학자 순경이 운영하는 학사는 예상보다 작고 한가했다. 수학하는 선비는 예닐곱 명에 불과해 보였다. 대부분 공부보다는 몸을 의탁하는 것이 목적인 듯한 나이깨나 든 선비들이었다. 그 사이에 유독 젊고 눈에 총기가 반짝이는 인물이 있었다.

"이사(李斯) 군!"

순경이 부르자 바로 그 청년이 잰걸음으로 나와 양손을 맞잡고 인사한다.

"다른 선비들은 모두 연배가 위인데, 이사 군이 한비 공자와 비슷한 또래여서 이야기가 잘 통할 것 같아요. 게다가 이사 군도 문체와 문장이 탁월하니 함께 글쓰기를 한다면 서로에게 큰 정진이 있을 것입니다."

순경의 소개에 한비와 이사는 서로 깊이 인사한다. 둘은 달라

보였다. 한비가 햇빛을 듬뿍 받고 자란 양지의 꽃처럼 화사하고 해맑다면, 이사는 음지의 식물처럼 두텁고 강인해 보였다. 한비는 잘 웃었고, 이사의 얼굴엔 웃음기가 없었다. 머리를 숙이고 허리를 굽히는 것이 몸에 밴 듯 자연스러워 귀족 집안 태생이 아니라는 것을 금세 알아차릴 수 있었다. 몸집은 크지 않았으나 재빠르고, 귀티는 없으나 총기와 야망이 얽힌 눈동자는 때로 빛을 뿜어내는 듯했다. 그리고 언뜻언뜻 억눌린 듯한 우울함도 엿보였다.

순경은 이사에게 한비를 맡기고 관아로 돌아갔다.

이사는 성실하고 꼼꼼하게 작은 학사를 안내하고 한비가 머물 별채로 데려간다. 별채엔 이미 차가 준비되어 있었다. 이사는 차탁을 가리키며 한비에게 말한다.

"사부께서 이르셔서 제가 차를 준비했는데 입맛에 맞으실지 모르겠습니다."

"차는 누구와 함께하느냐에 따라 맛이 다르지요. 공과 함께한다면 어떤 차든 그윽하고 향기로울 듯하군요."

그제야 이사의 얼굴에 엷은 미소가 떠오른다. 이사는 한비와 함께 별채에 올라 차를 우려낸다. 두 사람이 함께 차를 마시는 동안 한비의 일행들은 뒤따라 도착한 짐수레에서 짐을 부리고 옮기느라 부산하다. 모연과 려는 여종들과 함께 이부자리와 의복 같은 잡다한 생활용품들을 나르고, 나이 지긋한 숙수(熟手)는 웍(鑊, 중국식 무쇠냄비)과 양념통을 옮기고 화로까지 가져다 설치하느라 바쁘다.

한비는 분주한 그들을 지켜보다가 문을 닫고 이사와의 이야기에 몰입한다. 이사도 함께 그 광경을 물끄러미 바라보다가 문이 닫히자 한비라는 사내를 잠시 살피더니 이내 시선을 내려 자기 찻잔에 집중한다. 한비가 맑게 웃으며 이사에게 더듬한 말로 이야기를 건넨다.

"대학자 순경의 학사가 한가해서 좀 놀랐습니다."

이사가 고개를 끄덕이며 말한다.

"야망 있는 젊은이들이야 모두 변설과 유세의 기술을 배우기에 바쁘지요. 저는 제나라 직하학사에서 수학하며 스승님을 만나게 되었는데 이곳으로 부임하신다기에 따라왔습니다. 어차피 초나라가 제 고향이기도 하고요."

"그러셨군요. 그런데 제나라는 어찌하여 …."

"저 역시 변설과 유세를 배워 제후가의 신하가 되기 위해서지요. 저 같은 가난한 백성이 입신출세하는 방법이 장수나 유세객이 되는 것밖에 더 있겠습니까?"

"변설을 배우자면 직하학사가 워낙 유명한데 학문하시는 스승님을 따라 나오셨군요."

한비는 빙그레 미소를 짓고는 차를 한 모금 하며 잠시 생각하더니 말을 잇는다.

"첫인상이 남다르시더니 생각도 남다르군요. 화려한 변설에 제후들이 잠시 속을 순 있으나, 실은 깊은 내적 수련이 없으면 실력은 금세 들통나지요. 순경의 깊은 학문세계를 따르다 보면 도를 얻을 수 있을 것입니다."

"스승을 사사(師事) 하는 것이 어찌 선생의 학문을 따르는 것이겠습니까. 스승이 먼저 이뤄 놓은 생각들을 이용하여 내 뜻을 더 높이 세우고자 함이지요. 순경의 사상은 이미 여러 저작들로 널리 알려진 터라 다른 선비들은 예까지 따라와 배울 필요가 없다고 생각하지만 제가 배우고자 하는 것은 다른 데에 있어 변설의 기술을 배우는 것을 잠시 미뤄 두고 왔습니다.”

"달리 배우고자 하는 것이라 ….”

"제가 시골을 떠나 도시의 몇몇 학당을 돌다 직하학사로 들어간 후 이러저러한 이유로 경·공·대부가 인사들을 꽤 보게 되었습니다. 그들은 대개 세 부류가 있더군요. 자기보다 낮은 사람들을 천대하여 마구 대하며 세도를 부리는 막된 자, 밖으로는 자애로운 표정을 지으면서 속으로는 경멸하는 허영심 많은 위선자, 그리고 몇 명 안 되지만 순경과 같이 진정으로 세상에 책임감을 느끼고 백성 살릴 길을 고뇌하는 학자가 그 셋입니다.”

한비는 깊이 공감하는 표정으로 이내 이사의 말에 빠져든다. 한비의 얼굴엔 진정으로 공경하여 이사에게 집중하는 표정이 어리었다. 그뿐 아니라 한비의 표정은 이사가 쓰는 단어에 따라 다채롭게 변화하며 공감과 공경을 섬세하게 표현해 냈다. 그런 한비의 모습에 이사는 순간 놀라고 무안한 표정을 짓는다.

"이제 보니 공자께서도 순경과 같은 부류시군요. 스승님을 뵙고 나서야 세상과 백성을 위해 순수하게 자신의 열정을 불태울 수 있는 사람이 있다는 걸 알게 되었습니다. 백성으로 태어난 가난한 선비 중엔 그런 부류가 별로 없지요. 다들 스스로 벌지 않으면 굶어야 하는 판국이고, 모든 세상사는 먹을 것에 얽매여 돌아가다 보니 입신과 출세가 모두 자신과 가족의 입에 먹을 것을 집어 넣기 위한 방책일 뿐입니다. 그런데 무슨 순수하게 백성을 위해 세상을 구할 야망이 있겠습니까?

신랄한 자는 대략 자기 분노에 못 이겨 그러는 것이고, 이익을 얻고자 하는 자는 그저 순수한 열정을 주장하며 행동하는 것이 입신출세의 방책이니 세상을 구할 진지한 야망 같은 것은 혀끝에만 올려놓고 사는 것이지요. 하나 순경과 공자는 애초 먹고사는 걱정이 없었으니 내면의 순수한 열정이 손상되지 않아 다만 세상을 구하고자 하는 태초의 마음이 무엇인지를 간직할 수 있었던 게지요. 저는 그런 태도를 알고 싶습니다.”

한비는 이 삐딱한 젊은 지식인에게 느낀 흥미와 호기심을 숨기지 않고 표정에 드러낸다.

“공은 인재 중의 인재시구려. 인간세상의 위선을 그대로 직시하고 표현해 낼 수 있는 사람은 흔치 않지요. 혹시 수학이 끝나시면 한공실(韓公室, 한나라 제후가)을 위해 일할 생각이 없으십니까? 제가 추천하지요.”

이사는 좀더 큰 미소를 짓는다. 그리곤 머리를 가로젓는다.

“공자께선 선택의 여지가 없지만 신하로 살려는 이들은 선택을 할 수 있습니다. 내 인생의 효율을 최고로 끌어올릴 수 있는 주군을 찾아야지요. 한공실은 염두에 두고 있지 않습니다.”

진지한 한비의 얼굴은 얼음장처럼 서늘해 보인다. 그는 차갑게 고개를 끄덕인다. 이사는 그런 모습에 살짝 당황한다.

“제 말씀에 기분이 상하신 건 아닌지 ….”

한비는 고개를 끄덕이며 무겁게 말한다.

"진실을 대하면 늘 기분이 상하지요. 나도 우리 공실을 생각하면 가슴에 돌덩이를 올려놓은 듯 무거운데 밝게 세상을 보는 공의 눈에는 어찌 보이지 않겠습니까? 내 초나라 볼모살이를 하며 귓등으로만 공실의 소식을 건네 들어도 가슴이 답답한데 …."

한비는 시무룩한 표정으로 깊은 생각에 잠긴다. 이사는 그를 놓아두고 일어선다.

'저 사람, 정말 다르다. 화려한 차림새도 아닌데 기품이 주변을 압도하고, 마치 그 자체로 존재하는 우주처럼 독립적이며 자연스럽다. 게다가 인간이 어찌 저렇게 맑고 밝을 수 있을까. 그와 나의 차이는 단지 태생뿐인데 …. 부럽다, 그의 태생이. 한 술 밥에 목매는 내가 어찌 저렇게 살아 볼 수나 있겠는가?'

이사는 문득 자기 옷차림을 살피고, 손바닥으로 주름을 편다. 알 길 없는 서글픔이 밀려오고, 고향에 두고 떠나온 아내와 자식이 궁금해진다. 고향 상채군(上蔡郡)의 일이 떠오르자 막막한 기운이 몰려든다.

초나라 상채군의 곳간지기. 해가 뜨면 일하고, 끼니가 되면 밥 먹고, 해가 지면 잠을 잤다. 상채군의 모든 사람은 그렇게 살았다. 삶은 그게 전부라고 생각했다. 그렇게 무료한 삶을 견디고 있었다. 관청 뒷간의 쥐새끼들을 보며 하나의 생각이 가슴에 꽂히기 전까지는 말이다.

어느 날 관청 뒷간에서 쥐를 보았다. 그 쥐들은 더러운 배설물이나 먹으면서도 눈치를 보고, 사람이나 개가 가까이 가면 화들 짝 놀라 도망쳤다. 처음엔 그러려니 했다. 한데 곳간으로 돌아와서 보니 곳간 쥐들은 뻔뻔하기 그지없었다. 곳간의 식량을 헐어 먹는 만행을 저지르면서도, 곳간지기가 성난 얼굴로 바닥을 두드리고 소리를 치는데도 그 기름진 쥐들은 태연하게 먹을 것 다 먹고 느긋하게 어디론가 쏙 하고 숨어 버리는 것이었다. 순간 벼락치듯 내리꽂힌 생각에 멍하니 그 자리에 멈춰 버렸다.

'사람의 잘나고 못남이 이런 쥐와 같아서 자신이 어떤 환경에 놓여 있느냐에 달렸을 뿐이다. 인간으로 태어나 어찌 상채군의 쥐새끼처럼 뒷간 배설물로 배를 채우며 살 것인가. 쥐새끼로 살더라도 천하에 나가 뻔뻔하게 남의 곡식을 먹어야 하지 않겠는가?'

그길로 아내와 자식을 상채군에 남겨 두고 길을 떠났다. 평민이든 도둑이든 실력만 있으면 제후에게 유세해 출세하는 세상. 나 자신에게 도박을 걸어 보자. 그러려면 먼저 유세하는 법을 배워야 한다.

유세의 잔기술을 가르치는 선생들은 많았다. 여러 곳을 기웃거리며 몇 번 시행착오를 거친 끝에 당대의 대 선생들만 모시고 강의한다는 직하학사로 들어갔다. 그곳에서 순경을 만났다. 순경은 달랐다. 그는 진정 백성을 걱정하는 귀족주의가 무엇인지 알고 있는 선생이었다. 그를 통해 식견에도 품격이 있다는 사실에 어렴풋하게 눈을 뜨려고 할 때 순경이 참소를 당하는 지경에 이르렀다. 순경은 결국 초나라로 망명길에 올랐다. 짧게, 그러나 깊이 고민했다.

'내가 원하는 삶은 세도가의 비위를 맞추며 밥을 빌어먹는 객(客)이 아니다. 나의 목표는 가장 강한 왕의 측근이 되는 것. 그러려면 남다른 귀족적 감성을 알아야 한다. 순경만이 그걸 내게 가르쳐 줄 수 있다.'

이사는 그렇게 자신의 목표를 확인하고, 순경의 수행을 자처해다시 초나라로 돌아왔다.

한비가 일 년가량 머무르는 동안 순경에게 배움을 청하는 선비가 늘어나 순경의 학사는 초기보다 좀더 북적였다. 하지만 일상은 매일이 똑같았다. 이른 아침에 순경이 강학을 하고, 함께 토론을 벌였다.

한비는 일상에는 무심하고 초연했으나 정치를 논할 때에는 기민하고 예리했다. 토론에선 격정적이고 물러서지 않았다. 생각을 멈추지 않았다. 자신이 말을 더듬고 있다는 것을 의식하지 못하는 듯 '더더더더 …' 하면서도 끝없이 자신을 쏟아 냈다. 그럴때면 순경까지도 그의 말에 몰입했다.

참 이상한 일이었다. 졸구(拙口, 말솜씨가 하찮음) 중의 졸구인그의 말은 그 어떤 능란한 유세가보다 흡인력이 강했다. 그가 더듬거리며 하는 말들은 단어의 앞뒤가 맞지 않았고, 중간을 건너뛰고 비약하여 연결되지 않기도 했지만 이상하게도 모두 그의 말을 알아들었고, 그에게 설득되었다.

오히려 그렇게 쏟아 내고 난 뒤 그는 늘 자신의 말에 얼마나 많은 비약이 있었는지 깨닫고 이를 사과하곤 했다. 그리고 이내 자신이 원래 하고 싶었던 말들을 수려하고 일목요연하게 글로 정리해 문하생들에게 돌리곤 했다. 그런데 묘하게도 그렇게나 논리가 끊기고 심히 덜컥대어 앞뒤 안 맞는 이야기를 들었던 사람들이 그가 쓴 글을 읽을 때에는 한비가 처음부터 그 글처럼 수려하게 말했다고 느꼈다.

이사의 눈에 한비는 참으로 이상해 보였다.

'나는 제후에게 유세해 입신해야 하니 치열할 수밖에 없지만, 금가위로 탯줄을 끊고 태어나 해맑기만 한 저 공자는 무엇을 바라 저토록 치열한 것일까?'

조희의 아들

한비 일행이 온 지 얼마 되지 않아 난릉령부에는 또 다른 손님이 도착했다. 먼 길을 떠나는 양 두터운 모피 망토를 두르고 넓은 삿갓에 너울을 쓴 여인. 언뜻 보기에는 젊은 듯, 또 한편으로는 젊지 않은 듯 보이는 신비한 기운의 여성이었다.

순경이 반갑게 여인을 맞는다. 숱한 음양가(陰陽家)들 중에서도 따라올 자가 없다는 최고의 음양가, 옥화였다. 그녀는 특히 아기의 탄생을 잘 보고 아기의 운명을 길하게 인도한다고 하였다. 그래서 제후가들도 아들이 태어나면 그녀에게 재물을 싸들고 가서는 한번 찾아와 줄 것을 청하곤 했다.

"옥화 선녀께서 이 누추한 고을을 다 찾아 주셨습니다."

그녀는 삿갓을 벗어 종자에게 건네며 순경을 향해 인사한다.

"조(趙)나라 한단(邯鄲)으로 가는 길에 이 고을에서 저를 강하게 당기는 기운을 느껴 먼저 오게 되었습니다."

"한단요? 조나라는 지난해 진(秦)나라와의 전쟁에서 45만 병사가 생매장당한 후 인심의 피폐함이 극에 달해 인민들이 모두 악귀처럼 되었다 하던데요. 무슨 일로 그리 위험한 곳을 가십니까?"

"저야 별을 따라 가지요. 난세에 변동을 가져오는 별이 한단에 떴습니다. 실로 처음 보는 별입니다. 아기가 태어날 거예요. 그런데 도무지 그 별이 뜻하는 바를 헤아릴 수 없어 직접 가서 확인하려 합니다."

"헤아릴 수 없다니요?"

"그러게요. 아비가 둘인 아기. 물론 살다 보면 아비가 둘이 되는 경우야 흔하지만, 태어나는 순간 그리한 경우는 보지 못했거든요. 게다가 두 아비가 두 다리가 되어 튼튼하게 받쳐 주니 거침이 없고, 당해낼 자가 없네요. 이게 무슨 뜻인지 ….."

"그 별과 이곳이 무슨 연관이 있나요?"

"어젯밤 천문을 보다 난릉으로 먼저 가야겠다는 영감이 들어왔을 뿐, 저도 헤아릴 수 없습니다."

순경은 곰곰이 생각하더니 말한다.

"어제 이곳에 한나라 공자 한비가 왔습니다. 그를 아시지요?"

옥화의 얼굴에 미소가 번진다.

"아, 그 아기! 운명을 부정하는 이름 '아닐 비(非)'자를 제가 지어 주었지요. 그 조부이신 한나라 희왕(釐王)께선 요망한 법사들이 '불길한 운명을 타고났다'고 주장하는 소리만 믿고 아기를 죽이라 명했는데, 그때 제가 희왕에게 들르게 됐죠."

"불길한 운명이라뇨?"

"그 아기가 한나라의 막을 내리리라는 예언이었어요."

"한나라의 막을 내린다? 그 운명이 참이었습니까?"

"그렇기도 하고 아니기도 했습니다. 헤아리기 힘든 운명이었지요. 아기의 명이 한나라와 닿아 있어 아기가 죽으면 한나라는 끝날 운명인 것도 같은데, 반면 한나라를 살리기도 하는 운명. 짐작하기도 힘든 하늘 뜻이야 어찌 다 알겠습니까. 그래서 제가 희왕께 말씀드렸어요. 불길한 운명을 부정하는 '비'(非) 자를 이름으로 내리시라고요. 게다가 한나라 역사상 유례없이 만세에 이름을 남길 기운을 타고났으니 하늘이 정한 명(命)을 사람이 끝내선 안 된다고 말입니다. 그러나 이 소동으로 아들을 낳은 모친은 상심 끝에 사망하였으니 아기님의 처지가 참으로 고독하게 되었지요."

"그럼에도 대단히 맑고 밝고 긍정적입니다."

옥화는 고개를 절레절레한다.

"그런 성품을 타고났지요. 너무 맑고 밝아 세상의 탁함조차 모두 선명하게 볼 수 있는 눈을 타고났지요. 멀리 보고 깊이 느낄 수 있다는 건 예사 사람이 도달할 수 없는 곳까지 샅샅이 보고 느낄 수 있다는 것인데, 세상사 어디인들 추하고 악한 것이 뒤엉켜 돌아가지 않는 곳이 있답니까. 멀리 보면 두렵고, 깊이 알면 고통스럽지요. 게다가 표현할 줄 아는 언변은 타고나지 못했으나 이를 뛰어넘는 문재(文才)를 타고났으니 두려운 일이지요. 그의 맑고 밝음이 평생 그를 고통스러운 삶의 길로 이끌 것입니다."

순경은 고개를 끄덕이며 침묵한다. 그러다 생각난 듯 묻는다.

"그런데 한단의 아기는?"

"천문을 읽기 시작한 후 이렇게 떨려 본 적은 없습니다. 난세에 전란은 끊이지 않았으나 그것과는 비교도 할 수 없는 엄청난 피를 뿌리고 홀로 우뚝 서는 별이 떴어요. 제왕의 별. 장평에서 조나라 대군 45만이 생매장당한 것은 어쩌면 그의 탄생에 앞서 바쳐진 제물이라고나 할까요. 그보다 더 큰 피바람을 몰고 올 거예요."

옥화 선녀는 사위가 깜깜해져 별이 빛을 발하는 시각에 난릉의 가장 높은 성루에 올라 별을 살핀다. 그러다 인기척에 돌아보니 훌쩍 키가 큰 조각 같은 미(美) 공자가 성 인근을 배회하고 있는 것이 보인다.

"공자는 뉘십니까?"

한비는 깜짝 놀라 옥화를 향해 정중하게 사과한다.

"죄, 죄송합니다. 저 때문에 놀라게 해드려서 … 흐음 … 그러니까 저는 이 고을에 막 도착한 한비라고 합니다. 난릉령부에 기거하는데 순경께서 오늘 밤 별을 보다 보면 의외의 귀인을 만날지도 모른다고 하셔서 …."

옥화는 한비에게 다가가 그의 얼굴을 꼼꼼히 살피고, 다시 하늘을 바라본다. 알 수 없는 표정으로 그렇게 한비와 하늘을 번갈아 보다가 말한다.

"공자에게 운명이 될 상대로군요. 나를 난릉으로 부른 게 공자였습니다."

한비가 고개를 갸웃하자 옥화는 고개를 끄덕이며 말을 잇는다.

"언젠가 만나게 될 것입니다. 다만 한 가지만 명심하십시오. 명은 하늘의 소관이므로 인간이 손대려 하면 화를 입습니다. 평생 살생을 금하십시오. 다만 인간이 할 수 있는 일은 운(運)을 잘 굴리고 다스려 해로움을 줄이는 것입니다. 이익을 바라지 말고 해로움만 걷어 내려고 지혜를 모은다면 최악의 해악을 피해 갈 것입니다."

옥화는 동트기 시작할 무렵 서둘러 길을 떠날 채비를 한다. 순경은 한비와 이사를 데리고 객사로 와서 옥화 일행을 배웅한다. 옥화는 이사를 빤히 쳐다본다. 그러곤 한비와 이사를 한눈에 넣고 다시 한 번 바라본다.

"이렇게 일찍 떠나시다니요. 너무 짧게 뵈어 서운합니다."

한비의 말에 옥화는 한숨으로 대답한 뒤 말에 올라 길을 떠난다. 그녀는 그들을 한 번 더 쳐다보더니 혼잣말처럼 중얼거린다.

"공자가 만나지 말아야 할 인연을 만났구나. 이는 피해 갈 수 없는 운명이로다."

옥화는 다만 지금은 거의 아비규환(阿鼻叫喚)의 지경에 빠졌다는 한단을 향해 길을 재촉한다.

'아비가 둘인 아이.'

옥화는 한단의 여각에 여장을 풀고도 이 수수께끼에 몰입한다.

'도대체 이게 무슨 뜻일까?'

한데 궁금증은 허무할 만큼 쉽게 풀렸다. 여각의 주인장 입에서 "아비가 둘인 아기가 태어났다"는 말을 듣게 된 것이다. 여각의 주인장은 옥화의 식탁 위로 술 한 잔을 올리며 말했다.

"우리 여각의 주인 여불위(呂不韋)가 사는 술입니다. 진나라 영이인(嬴異人) 공자의 아들이 태어났는데 그걸 축하하겠다며 한 달 동안 모든 손님께 술 한 잔씩을 돌리라 하네요. 여불위 상단의 모든 점포가 그렇게 한답니다."

그러더니 이내 등을 돌리며 "내 원 참, 그러니 애비가 둘이라는 소리가 나오는 게지"라며 구시렁댄다. 옥화는 얼른 주인장을 잡는다.

"애비가 둘이라는 게 무슨 뜻입니까?"

"혼잣말하는 소리를 들으셨소? 얼마 전에 태어난 조희(趙姬)의 아들 말입니다."

"조희?"

그러자 주인장은 아예 자리에 앉아서 신나게 이야기를 털어놓는다.

"예. 한단에서 조희를 모르는 사람은 없지요. 그녀가 춤을 추면 학들도 날개를 펴지 못하고, 하늘을 나는 새들도 부끄러워 휘청거린다 하였지요. 한단 최고의 무희인 조희는 진나라에서 볼모로 보낸 왕자 영이인에게 시집갔습니다. 그런데 그것이 말입니다, 원래 조희는 여불위의 애첩이었는데, 영이인이 그 춤추는 모습에 반해 자기에게 달라고 했다더군요. 여불위가 본래 호탕한지라 조희를 영이인에게 시집보냈습니다. 그리고 아들을 낳았는데, 도무지 그 아이가 여불위의 아들인지 영이인의 아들인지 헷갈리는 것이지요."

"여불위라 …."

"예. 여불위는 보통 상인이 아닙니다. 그는 대대로 한단 최고의 갑부였는데, 그 정도의 부로는 성에도 차지 않을 만큼 야망이 큰 사람이지요. 조나라 왕자들은 물론 특히 진나라에서 볼모로 보낸 영이인 공자의 살림살이까지 챙겨 주는데 아예 나라를 사고 싶은 게 아니냐고 다들 수군댄답니다."

'진나라로구나. 이 난세에 효공(孝公)부터 지금 소양왕(昭襄王)까지 4대에 걸쳐 승리를 하더니 끝내 천하가 진나라의 수중에 떨어질 모양이다.'

옥화는 아기를 봐야겠다고 마음먹고서도 여각의 방안에 틀어박혔다. 생각과 달리 이상하게도 몸을 꼼짝할 수가 없었다. 무겁게 처져 한 발도 앞으로 내디뎌지지 않아 주저앉아 버린 것이다.

그렇게 멍하니 정신을 놓고 있는데 문 두드리는 소리가 들린다. 옥화가 나가 보니 훤칠하고 야심만만해 보이는 젊은이가 서 있다.

"저는 이곳 주인 여불위라고 합니다. 옥화 선녀께서 우리 여각을 찾아 주셨다기에 인사차 들렀습니다."

'여불위는 정보력이 탁월하구나. 내가 옥화라는 것을 알고 있으니 ···. 최고의 책략은 정보력과 분석력에다 타고난 안목과 지혜에서 나오는 것인데, 이자는 모두 갖추고 있구나.'

옥화는 미소를 지으며 말한다.

"아기의 명운을 보고 싶으신 게로군요."

"역시 명성대로이시군요, 제 얼굴만 보고도 그 궁금한 바를 아시니. 아기를 봐 주시겠습니까?"

"그래야지요. 이 험한 한단에 온 것은 다만 그 아기를 보기 위함이었습니다."

여불위는 흥분한 기색을 감추지 못한다. 옥화는 여불위의 안내로 들어간 조희의 산실에서 작은 아기를 보는데 다리가 후들거리며 가슴에 통증이 느껴졌다. 여불위는 휘청대는 옥화를 부축해 거실로 나온다. 그는 걱정스러운 표정으로 묻는다.

"아기에게 무슨 일이라도 있습니까?"

"아뇨. 제가 여독이 풀리지 않아 그렇습니다. 한데 아기의 부친은 어디 가시고, 여불위께서 이리 앞장서십니까?"

"아, 저는 아기의 아비인 이인 공자의 후견인입니다. 아시다시피 진나라와의 전쟁이 험하게 끝나 백성의 원성이 진나라로 향하는지라 진나라 왕자인 이인 공자는 제가 피신시켜 놓았습니다. 아기도 제가 후견인인지라 ···. 아기가 불운을 피할 만한 이름자를 주실 수 있습니까?"

"아기에겐 불운이 없군요. 아기는 다만 큰 주인이 되기 위해 태어났습니다. 하나 그 때문에 주위의 모든 사람은 아기를 위한 장작이나 불쏘시개가 될 것입니다. 해악을 피하려거든 아기에게서 멀리 떨어지십시오."

옥화는 일어선다. 아무 말 없이 집을 떠나려 하는데, 여불위가
옥화를 붙들고 말한다.

"저는 떠나지 않을 것이니 제 명운에 대해서는 말씀하지 마십시
오. 다만 저 아기가 천하의 주인이 될 상서로운 이름자 하나만 주
십시오."

옥화는 여불위를 한참이나 물끄러미 바라본다. 그에게선 평생
아기를 위해 장작처럼 자신을 불태우며 살아야 할 운명이 읽혔
다. 그러나 말하진 않는다.

"다스릴 정(政). 천하를 다스릴 자의 이름으로 이 글자 외엔 찾
을 수가 없습니다."

"정. 정. 영정(嬴政). 다스리는 자가 가질 수 있는 최고의 이름
입니다."

여불위는 만면에 웃음을 띠며 이름을 뇌고 되뇐다.

제1장

초견진 初見秦

25년 후, 기원전 234년

한비 韓非

흔들림, 몽롱함, 어둠. 어두움⋯.

감긴 두 눈 사이로 새어 들던 빛의 여운이 옅어지고 이내 스며든 어두움.

'해가 떠올라 반나절을 지나지 않았으니 여전히 해는 중천일 터인데.'

마차의 흔들림에 맡긴 몸엔 멀미와 고단함이 밀려들었고 정신의 반은 비몽사몽간에 맡겼으나 늘 잠들지 못하는 신경 한 줄기가 시간을 헤아린 터라 이 어두움이 이해되지 않는다.

'순식간에 밝은 기운을 앗아간 정체는 무엇일까?'

한비는 비현실적 몽롱함을 떨치려는 듯 허우적대는 손으로 마차의 장막을 걷어 본다.

절벽. 까마득한 벼랑. 그것이 드리운 깊은 그늘은 혹시라도 어

두움을 해칠까 봐 그러는지 바늘만큼 가는 햇살이 새어 드는 것도
용납하지 않으려는 듯했다.

　"사부! 함곡관(函谷關)입니다."
　기민한 장흔(張昕)이 어느덧 다가와 한비에게 말을 건다.
　함곡관. 태양을 압도하는 절벽을 뚫고 난 관문은 길의 지배자
인 양 아가리를 벌리고 있다. 고개를 젖혀 하늘을 본다. 그러나
시야는 하늘에 도달하지 못한다.
　"저 벼랑 위의 나무가 어찌 저리도 장한지 하늘을 모두 덮어 버
렸습니다. 관중(關中)으로 들어가는 길은 음산하고 어둡습니다."
　장흔의 말을 들으며 한비는 손을 들어 마차를 세우라고 명한다.
　"흐, 흐, 흔아!"
　"내리시겠습니까?"
　장흔은 한비의 말을 끄는 종자에게 말을 대령하라고 손짓한다.
그러나 한비는 마차에서 내려 땅을 밟는다.
　"함곡관을 봐야겠다."
　장흔도 말에서 내려 한비의 뒤를 따라 벼랑길을 걷는다. 한비
는 장흔을 옆으로 불러 나란히 걸으며 말한다.
　"이제 관문을 지나면 적국(敵國) 진(秦)나라다. 그 전에 네게 다
시 한 번 다짐해 둘 말이 있다."
　한비는 뒤따르는 일행들을 그 자리에 세워 둔 채 장흔만 데리고
앞으로 걸어 나간다.
　"내가 너를 떼어 내 이리 온 이유를 절대 간과하지 말아야 한다.

경거망동하지 말고, 아무것도 하지 말아라. 모든 건 내가 할 터이니 너희는 오직 목숨을 부지할 생각만 하여라."

장흔은 흠칫 놀란다.

"무엇을 알고 계십니까?"

"모든 걸 알고 있다. 한나라뿐 아니라 모든 6국의 지사들이 진나라 왕을 죽이면 안전해질 것이라고 생각하는 듯하다만 그는 죽지 않는다. 명은 하늘의 소관이므로 그는 자기의 명이 다할 때까지 살 것이다. 하늘의 일엔 손대려 하면 안 된다. 이것만은 반드시 명심해야 한다."

장흔은 시무룩하여 고개를 떨군다. 그러곤 이내 불만 어린 목소리로 말한다.

"사부께선 한나라를 떠나시면서 동문(同門)들에게 '장구한 계획'을 명하셨지요. 우리 중 가장 뛰어난 한사공 같은 분들께도 제 동생 장량(張良)과 같은 열 살 안팎의 아이들을 가르치는 데 전념하라는 말씀만 하시고, 이 누란(累卵)의 위기 앞에 선 한공실(韓公室)을 어떻게 구하실지 방책을 말씀하시지 않았습니다. 그리하여 모두가 궁금해하며 그들 나름대로 진나라에 맞설 방책을 세우려 하는 것입니다."

한비는 날카롭게 장흔을 바라본다.

"내가 '불가하다'고 하지 않았느냐. 다시 한 번 말한다. 아무것도 하지 말아라. 더구나 진나라 안에선 행동을 줄여야 한다. 너는 외모가 너무 눈에 띄어 작은 움직임조차 눈길을 끈다."

장흔은 한나라에서도 3대에 걸쳐 5명의 재상을 낸 장개지(張開

地) 공 가문의 장손으로, 부친인 전임 재상 장평(張平) 공의 3년 상이 끝나지도 않았는데 한비가 사절단 수행으로 데리고 온 것이었다. 키가 크고 날렵하여 마치 신선과 같이 아름다운 외모도 워낙 눈길을 끌었지만, 무엇보다도 그는 사람들 가운데 주도권을 잡아 움직이게 하는 실행력이 남달랐다. 바로 이 실행력이 한비의 근심거리였다. 그를 한나라에 남겨 두면 분명 진나라에 대항하는 결사조직이라도 만들고 말리라는 우려에 그를 데리고 온 것이다.

또 마음 한쪽에는 이 예리한 청년에게 진나라의 실상을 보여 줌으로써 장차 진나라에 대항할 날이 온다면 그가 제대로 된 계책을 내도록 할 수 있으리라는 야심이 자리했었는지도 모른다. 한비로서는 근심과 기대라는 교차하는 감정 속에서 장흔을 진나라로 데리고 왔으나 젊은 장흔이 진나라를 적대하는 마음의 방향은 한결같이 급하였다. 이 결의에 찬 젊은이는 틈만 나면 한비를 설득하려 들었고, 한비는 그를 주저앉히려 애를 먹었다.

"어찌 아무것도 하지 않을 수 있습니까. 제발 계책을 내어 주십시오. 동문들이 제게 바라는 것도 그것입니다."

"다만 '장구한 계획'만을 하라고 다시 전해라. 우리의 장구한 계획은 한나라의 인재를 지키고 될성부른 어린 아이들을 가르쳐 인재로 키우는 것뿐이다. 이미 모두에게 설명하였느니라."

"그 장구한 계획으로 한공실의 목전을 겨누는 칼을 어찌 감당할 수 있습니까? 아이들이 무엇을 할 수 있기에 ….”

"나 홀로 애쓸 것이니 누구도 더 나서지 말아야 한다. 또한 모든 방책이 불가하여 최후의 순간이 온다면 공실은 지킬 생각이 없다. 제후란 백성을 지키기 위해 목숨을 내놓아야 하는 법. 백성에게야 왕이 한안(韓安)이든 영정이든 무슨 상관이냐. 그저 솥단지 걸고 밥해 먹으며 두 다리 뻗고 잠잘 수 있는 화평(和平)이 중요한 것이지. 지킬 수 있는지 모색해 보고, 능히 지킬 수 없다면 종국에 나는 진나라 젊은 왕 영정에게 한나라 백성의 연명과 자비를 구할 것이다. 그리하여 공실과 국호를 내어 주더라도 한나라의 풀 한 포기 다치지 않게 바치는 계책을 쓸 것이다. 한의 백성과 인재를 보호할 수 있다면 훗날 우리의 운명은 다시 궁리할 수 있다."

"한나라 공실과 신하, 백성들이 모두 받아들이지 않을 것입니다. 불명예를 안고 사느니 결사항전(決死抗戰) 코자 할 것입니다."

한비는 입을 다문다. 전쟁을 앞둔 나라들은 결사항전만이 사는 길이라며 백성을 속여 적의 창칼 앞에 내어던진다. 결국 제후들이 벌이는 모든 전쟁은 권력자의 이익을 위한 것. 제후가의 명이 다했으면 제후가만 죽고 백성을 살릴 길을 강구해야 하는 것이 공리(公利)에 합당한데도 언제나 최후의 발악은 백성에게 미루어 그들을 먼저 죽음의 길로 내몬다.

이 참담한 비극, 이 지나친 고통을 어찌 감내할 것인가. 한비는 깊이 한숨을 내쉬며 말한다.

"그것이 나의 고민이다. 진과 한, 두 나라를 모두 설득하는 것. 아니, 설득이 안 된다면 일을 그리 만드는 것. 그리하여 한나라 백성의 머리카락 한 올도 다치지 않고 보전하게 하는 것."

그러고 나서 그는 허공을 향해 입안으로 중얼거린다.

"그리한다면 마땅히 제후가의 자손은 자기 목숨을 내놓아야 할
터 ….."

한비가 한나라로 돌아간 것은 10년 전 일이다. 초나라에서 부
왕인 환혜왕에게 '정치 혁신'의 방안을 담은 편지를 구구절절이 엮
어 열흘에 한 번꼴로 10여 년간 바친 후에야 돌아오라는 명이 내
려왔다. 그러나 부왕은 이미 병석을 차지하고 있었고, 형님인 세
자 한안이 섭정을 하고 있었다.

한비를 낳은 후 홀연히 세상을 떠난 아내의 기억 때문에 한비를
꺼려했던 환혜왕도 한공실에 위기가 다가오자 초나라에 볼모로
보내 놓은 똑똑한 아들을 떠올릴 수밖에 없었다. 가장 강대한 진
나라에 열세 살짜리 왕 영정이 등극해 한숨 돌리나 했는데, 섭정
을 하는 상국 여불위가 오히려 역대 진왕들보다도 더욱 열렬히 정
복에 나서고 있어서였다. 명맥은 겨우 유지하던 주(周) 왕실도 진
나라에 의해 무너지자 다른 제후가 모두 뜨거운 부뚜막 위에 선
고양이처럼 안달이 났고, 가장 약한 제후가인 한공실은 그야말로
공황상태에 빠져 있었다.

한나라는 일곱 나라 중에 가장 작은 나라였고, 무시무시한 진
나라가 동진을 하려면 반드시 거쳐야 하는 요충지였다. 강대국
틈에 끼어 수시로 침략을 당했고 그때마다 영토는 깎여 나가기만
했는데, 이젠 무자비한 진나라의 공략 앞에 명목상으로나마 중재
해 줄 주왕실마저 사라졌으니 환혜왕도 세자 한안도 정신을 차릴
수 없었다. 그리하여 10여 년간 꾸준히 계책을 올린 한비를 지푸

라기라도 잡는 심정으로 불러들였던 것이다.

돌아와 둘러본 한나라의 현실은 한비를 절망케 했다. 사방이 적으로 둘러싸인 약소국은 정신이라도 차려야 하는데, 개혁은커녕 그 의지조차 없었다. 무능한 왕은 자신의 무능을 깨닫지 못한 채 말로만 때우며 정국을 제압하지 못했고, 신하들은 각자 자기 이익만 챙기며 교묘한 술수 짜내기에 혈안이었다. 왕도 신하도 현실과 논리를 교묘히 엮어 자기정당화의 근거를 삼으니 말로는 반박하기 어려우나 실제는 나라를 갉아먹는 길로만 일로매진(一路邁進)하고 있었다.

그런 정치의 피폐함 속에서 왕과 신하는 각자 사사로운 이권을 위해 권모술수를 자행했다. 나라는 가난했고, 백성들은 끼니를 걱정했으며, 관료들은 내치능력도 외교적 역량도 없었다.

한나라는 강성한 진나라에 대항할 '합종'(合從) 편에 설 것인지, 차라리 진나라에 붙어 연명하는 '연횡'(連橫)을 택할 것인지 정해야 하는 순간에도 양다리를 걸치기 일쑤였다. 이리저리 흔들리며 중심을 잡지 못하면서도 '전략적 모호성'이 약소국의 살길임을 설파하며 군신 모두가 스스로를 속이고 있었다. 그러나 이를 지켜보는 다른 제후국들의 시각은 냉정했다. '합종파'에서도 '연횡파'에서도 양다리 걸치고 뒤통수를 치는 나라로 꼽혀, 한나라는 미운털이 박힌 채 따돌림을 당하는 처지에까지 이르렀다.

한데 이런 판국에도 세자 안은 환혜왕이 불러들인 한비의 손발을 묶는 데에 여념이 없었다. 한비는 형님인 세자에게 여전히 문란한 조정과 사악한 신하들을 일신할 계책을 올렸지만 번번이 거부당했다. 그는 기득권 세력을 몰아내려는 불온한 혁신 세력의 우두머리로 찍혀 일거수일투족을 감시당했다.

환혜왕이 승하하고, 세자 안이 왕으로 등극한 뒤 안왕은 한비를 불러 말했다.

"너의 성정은 격동이 심하고 욱하여 공·경에게조차 아픈 말을 많이 하니 어찌 불안하지 않으며, 모두가 너를 멀리하려 하지 않겠느냐. 사직이란 본시 안정되고 평온해야 존립하는 법인데 너로 인해 너무도 시끄럽구나."

한비는 욱해서 되받아쳤다.

"안정과 평온이 사직의 존립 근거라는 것을 아신다면, 이를 튼튼히 하는 기반은 신의와 은덕이라는 것도 아실 것입니다. 한데 우리 조정을 보십시오. 시끄럽고 음험하며 남을 헐뜯고 아첨하는 자가 임용됩니다. 못된 지혜를 자랑삼고, 말을 교묘하게 잘하며 악을 행해 세상에 요행을 낚으려는 자가 군주 옆에 우글거립니다. 법도를 지키고 받드는 사람은 대왕께 가까이 가려 하여도 만나 뵐 수가 없습니다. 어찌 그리하십니까?"

안왕은 낯빛이 변하며 한비를 훈계했다.

"너는 말이 심히 더듬거려 그런지 말하는 법을 배우지 못하였구나. 귀에 거슬리는 말은 마음에 담기지 않는 법이다. 한데 도가 높다는 네가 어찌하여 듣기 좋게 말하지 못하느냐. 네 본심이 사악하지 않다는 것은 안다 하더라도 너의 옳은 말이 듣는 사람에게 상처가 되는데 누가 네 말을 듣고 싶어 하겠느냐?"

"이리저리 돌려서도 말해 보았습니다. 그러나 지금은 너무나 급해 그렇습니다. 지금 우리의 처지가 저 강대한 진나라의 먹잇감이 되는 날을 기다리는 것과 무엇이 다릅니까? 하루빨리 ···."

이 말에 안왕은 노기가 충천해 돌아앉으며 최후 통보를 했다.

"내 너의 행보를 안다. 젊은 친구들을 격동하지 말라. 개혁이니 혁신이니 하며 청년들을 선동하여 조정을 불안하게 한다면 내 친형제라 하여도 더 이상 용서는 없으리라."

이것으로 더 이상 조정에서 한비가 설 자리는 없었다. 그는 조정에서 물러나 학사(學舍)의 일에만 몰두했다. 귀국 후 곧바로 젊은이들의 교육을 위해 열었던 학사였다. 그는 차라리 인재를 양성해 있을지 없을지 모를 훗날을 대비하는 '장구한 계획'에 돌입한 것이다.

그는 혁신과 개혁을 논했으나 행동으로 이어지지는 않았다. 제후가 적자 출신의 개혁가는 군주로부터의 개혁 외에는 생각하지 않았다. 그에겐 위로부터의 혁명만이 유일한 해답이었다. 아래로부터의 혁명을 꿈꾸지 않았기에 신상은 위태롭지 않았으나, 기득권에 안주해 혁신할 생각이 없는 군주에게 그는 귀찮고 성가신 존재로만 여겨졌다. 그는 귀국 후 머리만 있고 손발은 묶인 '실패한 개혁가'로서 삶을 지탱했던 것이다.

이런 우여곡절을 겪으며 볼모 시절에도 잃지 않았던 맑은 웃음은 그의 얼굴에서 떠나갔다. 다만 괴로움을 잊기 위한 깊은 성찰로 내면이 단단해지고, 황로학(黃老學)의 세계에 더욱 몰입하면서 표정에서도 차가움보다는 단단함과 초연함이 묘하게 섞인 온화함이 녹아든 중년의 사내가 되었다.

모든 것을 내려놓는 허심(虛心)을 수련하며, 모두 비웠다고 자신을 설득하려 하였다. 하나 개인의 마음은 비웠으되 공리를 추구하는 마음은 비워지지 않아 여전히 악착같이 청년들을 교육하고 계책들을 벼렸다. 이런 이중적 모순에 그는 스스로를 위안하는 법도 터득했다.

'비우려 하나 비워지지 않는 것도 인간의 일이라 어쩔 수 없구나. 진정한 허심은 사후에나 가능할지도 모를 일 ….'

그렇게 5년간을 서로 돌아보지도 않고 살던 형제지간이었는데, 갑자기 안왕이 한비를 만나러 왕제부(王弟府)로 찾아왔다. 왕은 느닷없이 한비의 손을 잡더니 어르듯이 말했다.

"비야, 비야. 네가 진나라로 가야 하겠다. 그것만이 우리가 살길이구나."

"그, 그게 무, 무슨 말씀입니까?"

"누구 탓을 하겠느냐. 다 네 탓이지. 네가 너무 많은 글을 선왕(先王)과 내게 올리지 않았느냐. 진왕이 그 글들을 보고 그걸 쓴 사람을 내어 달라며 성을 공격하려 하니 그리하겠다고 하였다."

"그, 그, 그건 대왕께 올린 사사로운 상소였는데, 어떻게 진왕의 손에 …."

"간자(間者)놈들 짓일 테지. 이제 따져 무엇 하겠느냐. 어쨌든 너만 보내면 공격을 하지 않겠다고 하니 네가 가서 나와 왕실을 지키고, 백성을 지켜 다오. 어쨌든 네 글들 때문에 나라가 위태로워졌으니 네가 책임을 지는 것이 마땅할 터."

"사부! 저 앞을 보십시오."

장흔의 외침에 앞을 보니 함곡관으로부터 한 떼의 검은 무사들이 쏟아져 나오고 있었다. 한나라 사신 일행은 술렁이기 시작한다. 한기가 모두의 등줄기를 타고 내렸다.

검은 무리는 행렬 앞에 도달한다. 잠시 후, 그 무리의 대장으로 보이는 젊은이가 한비 앞으로 안내되었다.

건장하고 단단한 체구, 강직하면서도 활달한 인상. 세모난 눈에서 총명하고 매서우면서도 이상하리만치 맑은 빛을 던지는 젊은이다. 그는 한비를 보며 밝은 표정으로 웃어 보인다.

"저는 몽염(蒙恬)이라고 합니다. 저희 대왕께서 어찌나 선생님을 학수고대하시는지 … 그 모습이 어찌나 안쓰러운지요."

그는 여기까지 말하고는 껄껄거리며 웃는다. 호탕하고 거침이 없다.

'몽염! 이자가 진나라 명장 몽무(蒙武)의 아들이구나.'

한비는 젊은 몽염에게 미소를 보이며 인사를 한다.

"젊은 장수께서 이 늙은이를 마중 나오셨군요."

몽염은 꾸벅하고 인사하더니 쾌활하게 말을 잇는다.

"아닙니다. 저의 조부와 부친은 장군이시지만 저는 지금 법률가로 일하고 있습니다. 언젠가 전장에 나가고 싶긴 하지만 말입니다. 여하튼 지금은 군사를 이끌고 다니는 일은 하지 않는데, 마

침 한비 공께서 오신다니 꼭 뵙고 싶었습니다. 게다가 저희 대왕
께서 하도 안달복달하시니 대왕을 위해 선생님을 안전하고 빠르
게 모시러 이렇게 불원천리 달려왔습니다."

'강하다. 젊다. 맑다.'

한비는 그의 모습에 오히려 절망한다. 한나라 장수들의 모습을
떠올려 본다. 인물로서 그를 따를 만한 젊은 장수가 있던가?

떠올릴 수가 없다.

'나는 이들로부터 한나라 백성들을 지켜 낼 수 있을까?'

영정 嬴政

함곡관에서 일어난 노란색 봉화는 함양성(咸陽城)까지 지체 없
이 이어졌다. 성내 망루에서 봉화가 오르기만을 기다린 전령은 이
때를 위해 준비해 두었던 깃발을 등에 꽂고 날래게 말 잔등에 올라
함양궁(咸陽宮)을 향해 달린다.

전령의 깃발은 궁 안으로 전달되고, 발 빠른 내관은 대전으로
달려 들어가 들뜬 목소리로 고한다. 그동안 진왕(秦王) 영정이 무
척이나 기다렸던 소식임을 알기에 그만큼의 흥분을 전달할 수 있
도록 적절히 골라낸 목소리였다.

"대왕! 한비 공이 함곡관에 막 당도했다는 기별이 왔사옵니다."

영정은 그저 고개를 한 번 끄덕일 뿐이다. 그러나 궐 안 사람들
은 모두 알고 있었다. 영정이 한비를 맞이하기 위해 얼마나 오래

전부터 준비했는지를.

영정은 지난해 궐 밖에다 볕이 잘 들고 경관이 수려한 집을 찾으라고 명했다. 이에 왕의 비서들과 내관들까지 나서서 찾아낸 집을 직접 둘러보고 수리를 명했다. 아무도 그 용처를 몰랐다. 그러다 이번에야 그 집이 한비를 위한 것임을 알게 되었다.

그런가 하면 이미 수일 전 그가 아끼는 젊은 관리 몽염을 함곡관에 보내 한비를 호위하라 일렀다. 때로 단호하고, 때로 다혈질적이고, 때로 감성적이고, 때로는 냉정한 영정. 그는 또 뜻밖으로 어느 부분에서는 여인네보다 더 섬세했는데, 근래 그 섬세함이 끝까지 미친 것은 오직 한비를 향해서뿐이었다. 이렇게 영정의 '한비바라기'는 집요하고 수선스러웠다.

그는 아무도 읽을 수 없는 표정으로 다시 대전에 모여 있던 신하들에게 눈을 돌린다. 그러나 원래의 화제로 돌아가지는 않는다. 지금까지 무슨 이야기를 했는지 잊어버렸기에.

젊은 왕은 그렇게 속으로 흥분하고 있었다. 다만 자제하고 있을 뿐이다. 그도 그럴 것이 한비는 한낱 속국이나 다름없는 이웃 한나라의 사신으로서 막 진나라 관문을 통과한 것뿐이다. 일개 외국 사신이 당도했다는 말에 신하들 앞에서 흥분된 기색을 드러내는 것은 왕이 보여야 할 모습이 아니다. 비록 모두가 아는 비밀이라 하더라도 말이다.

하나 그 설레는 염은 점점 커져 간다.

영특한 젊은 왕은 이제 막 이웃의 여섯 나라를 겸병해 통일제국을 이루기 위한 첫걸음을 떼려는 찰나였다. 전국 7웅(戰國七雄) 중 최강국인 진나라의 왕에게서 왕으로 전해 내려온 숙명과도 같은 숙제, '천하통일'을 이제 스물다섯 살의 젊은 왕 영정이 이어받은 것이다. 이 순간을 위해 그가 간절히 원했던 한 사람이 바로 한비였다.

그가 어린 시절 볼모로 잡혀 있던 조나라에서 귀국한 뒤 당시 대왕이었던 증조할아버지 소양왕을 처음 만났을 때다. 소양왕은 아홉 살 된 어린 증손자에게 말했다.

"너의 대에 이르러 반드시 6국을 멸하고 오직 너 홀로 천하의 왕이 되리라. 이는 하늘의 뜻이며 신의 계시이다."

소양왕이 무려 56년 동안이나 집권한 터라 아들이었던 태자는 먼저 죽고, 그 뒤로 영정의 할아버지인 안국군(安國君)이 태자를 잇고 있었다. 안국군은 정실에게서 아들을 보지 못했지만 후사를 정할 생각도 하지 않고 있었다. 그는 너무 건강한 아버지보다 오히려 더 빨리 늙어 가는 스스로를 보며, 자신도 형님 태자를 따라 먼저 죽을지 모른다고 생각했다. 그러면 후사를 두는 것이 아들에게 더 위태로운 일이 될지도 모를 일이었다. 아직도 젊고 야심에 찬 동생들이 줄줄이 있었기 때문이다.

그래서 조나라 볼모로 보내 놓은 뒤 잊고 지냈던 아들 영이인(영정의 아버지, 자초)의 소식이 문득 들렸을 때 실은 외면했었다. 게다가 그가 야심만만한 조나라 상인 여불위의 후원을 받아 후사가 없는 왕후를 매수해 그녀의 양아들, 즉 적자가 되려 하고 있다는 소식을 들었을 때는 실소했다.

그러나 안국군의 정실 화양부인(華陽夫人)은 영정의 아버지 이인을 양자로 들이고, 안국군의 뒤를 잇게 해달라고 주청했다. 아들 없는 그녀에겐 초나라 출신인 자신을 위해 초나라의 아들이라는 뜻으로 자초(子楚)라고 개명까지 하고, 많은 재물도 안겨 준 나이 많은 아들이 향후 좋은 방패막이가 될 수도 있을 터였다.

안국군의 부왕인 소양왕은 이 소식을 듣고 조나라에 볼모로 보내 놓았던 손자 자초와 그가 객지에서 낳은 아들 영정의 사주단자를 받아서 낭(郎, 비서)을 시켜 천문관에 명해 자초 부자가 진나라 왕을 이어도 되는지 천문을 살피도록 했다. 처음엔 다만 의례적이었다.

소양왕은 탐탁지 않았다. 자초는 미천한 상인 계급인 여불위와 어울려 다니고, 더구나 그 아들 영정은 상인에게서 빼앗은 애첩이 낳았다니 께름칙하기도 했다. 그러나 왕실이 번성하려면 될성부른 인물이 후계가 되어야 하는데, 안국군의 아들 중 빼어난 인물이 없어 고심하던 차였다. 그래서 자초의 소식을 듣고 시험이나 해보자는 마음이었다. 소양왕은 자초의 아들 영정은 아예 염두에도 두지 않았다.

'미천한 조나라 여자의 아들! 자초가 인물이 된다면 불러들이고, 그가 조나라에서 낳은 아들이야 그 땅에 버려두어 저절로 사라지도록 해도 무방하리라.'

그러나 천문관의 입에서 뜻밖의 말이 나왔다.

"자초의 왕업은 짧으나 그 아들은 천 년에 한 번 나올까 말까 한 제왕의 별을 타고났습니다. 그가 장성하면 천하에 왕은 오직 그 분만 남을 것입니다. 모든 것은 그가 마흔이 되기 전에 이루어질 것입니다."

소양왕은 정신이 번쩍 들었다. 그는 실력 있는 방사(方士)와 점술사에게 은밀히 영정의 사주를 보냈다. 모두 한소리로 입을 모았다.

"그는 천하에서 유일한 제왕이 될 인물이다."

소양왕은 할아버지 효공 당시부터 시작된 통일제업이 증손자 대에 이루어진다는 말에 전율을 느꼈다.

그는 아직 조나라에 있는 영정의 안전을 위해 점괘를 낸 방사들을 죽여 입을 봉하고 자초를 태자의 후사로 승인했다. 단, 그가 조나라에서 결혼한 영정의 생모 조희를 정비(正妃)로, 그녀의 아들 영정을 후사로 삼는다는 조건을 내걸었다.

소양왕은 날로 쇠약해져 가면서 영정을 찾아 귀국시킬 것을 종용했다. 진나라와 조나라가 전쟁을 벌이는 와중에 조나라에 볼모로 가 있던 자초는 여불위의 도움으로 겨우 탈출했지만 소양왕이 기다렸던 손자 영정은 그 어미와 함께 조나라에 남아 있었기 때문이다. 소양왕은 말년에 조나라에 남은 영정 모자를 수소문하고, 그들을 안전하게 데려올 방편을 마련하는 데 심혈을 기울였다. 그리고 여불위를 시켜 영정 모자를 귀국시키도록 명령했다.

그는 영정을 적통(嫡統)으로 삼기 위해 진나라 명문귀족과 이웃 나라 왕실 출신인 자초의 후궁들을 모두 물리치고, 일찌감치 조희만을 자초의 정실로 인정한다는 조서를 내렸다. 그리하여 상인의 첩 출신인 조희는 진나라 태자의 정비가 되었다.

소양왕은 조나라에서 귀국한 영정을 불러 마지막 말을 남겼다.

"네가 패업을 달성하려면 먼저 네 6대 전조 할아버지인 효공이 상앙(商鞅)을 얻었듯이 천년제국을 이끌어 갈 현인을 얻어야 하느니라."

소양왕이 세상을 뜨고, 뒤이어 영정의 할아버지인 효문왕(孝文王)이 즉위했으나 1년 만에 죽었다. 아버지 장양왕(莊襄王)은 등극한 지 3년 만에 세상을 떠났다. 영정은 아홉 살 때 진나라로 귀국한 후 잇따라 세 명의 왕을 장사 지내고, 열세 살에 왕위에 올라 모후인 조희의 섭정을 받아야 했다.

영정은 우울했던 섭정 시절 한나라 간자가 보내온 글 두 편에 강한 충격을 받았다. 그와 동시에 퍼뜩 눈앞에 푸른 하늘이 열리며 가슴 깊은 곳에서 우러나는 외침을 들었다.

'나의 상앙을 찾았노라. 종묘의 신이시여! 드디어 상앙을 얻고 패업을 이룰 길이 열렸나이다. 소양왕이시여! 말씀해 주소서. 한비가 대왕께서 말씀하신 그 인물이라고.'

글의 제목은 〈고분〉(孤憤)과 〈오두〉(五蠹)였다. 마음이 급하여 말하였다.

"내 이 글 쓴 자와 교류할 수 있다면 죽어도 여한이 없겠다."

이에 장사(長史) 이사가 여쭈었다. 난릉에서 한비와 인연을 맺었던 그는 이때 진나라 궁궐의 일들을 총괄하는 관리의 우두머리가 되었고, 그는 영정이 처음으로 발탁한 인재였다.

"그 글쓴이는 분명 한비일 것입니다. 선함으로 포장하는 위선의 술책을 사용하지 않고 그런 문체로 거리낌 없이 사상을 자유자재 농락할 수 있는 능력을 가진 자는 천하에 한비 외에 더 있을 수 없습니다."

"한비라 하였는가? 그가 누구인가?"

"한비는 한나라 환혜왕의 아들이며 현 안왕의 형제로 저와는 순경 밑에서 동문수학하였습니다."

영정은 안도감이 밀물처럼 밀려드는 듯했다.

공자 출신의 한비야말로 타고난 심리상태가 왕가의 것일 터. 왕실의 마음을 알지 않고서는 종실의 친인척을 제압할 방도를 알지 못할 것이다. 왕실의 마음으로는 귀족도 낮게 보니 그들의 기를 죽일 수 있으며, 백성의 마음이 없기에 그들의 자질구레한 넋두리를 동정하지 않을 것이다. 그리해야만 선비와 백성을 도구처럼 다룰 수 있다. 게다가 그가 쓴 글 두 편만 보아도 그에게 위선 어린 자비심이 없었다.

상앙 역시 위(魏)나라 서얼 공자 출신이었기에 자신의 왕인 효공의 권세를 등에 업고 위로부터의 개혁인 '변법'(變法)을 강력하게 단행하였으며, 진나라 제후 집안 종실들을 모두 제압하였고, 백성들을 도구처럼 효과적으로 움직일 수 있었다.

백성의 마음을 가지고 태어난 평민 출신 관료들은 아무리 왕을 위해 벌거벗고 뛴다 하여도 다만 벌거벗고 뛸 뿐 그런 도저(到底)함의 세계는 알지 못한다. 그것은 타고나는 것이다. 그는 단지 한비라는 이름을 들었을 뿐인데도 안심이 되었다. 기성세력의 견제와 교체라는 개혁의 유전자를 타고난 진나라 대왕은 드디어 혁신적 사고로 똘똘 뭉친 그의 재상감을 발견한 것이다.

'한비. 드디어 찾아냈구나. 나의 천년왕국을 세우고 이끌어 갈 재상을⋯.'

영정은 좌중을 둘러보다 지금은 사법부 수장인 정위(廷尉)가 된 이사에게 눈을 멈춘다. 기민한 이사는 왕의 눈길을 의식하고 엎드려 명을 기다린다. 영정은 은근한 목소리로 이사에게 말한다.

"이보시오, 정위! 지금 몹시 설레겠소. 그대와 동문수학한 벗이 온다니 말이오."

"한비 공과 동문수학한 것은 맞사옵니다. 그러나 당시 초나라 볼모의 처지였다고는 하지만, 한나라 공실의 자제인 공자를 시골 구석 상채군의 미관말직 출신인 미천한 신(臣)이 어찌 벗이라 생각하였겠사옵니까?"

"그대의 총기와 영특함이야 남다르니 한비 공과는 서로 겨뤄 볼 만했을 것이오."

"난릉에서 순경 문하 중 공자는 그야말로 군계일학(群鷄一鶴)이었습니다. 그에 비한다면 저는 그저 노둔한 당나귀보다는 조금 더 말귀를 알아듣는 정도였다고 할 것입니다."

영정은 비로소 소리 내어 껄껄 웃는다. 웃음 끝은 역시 한비에 대한 질문으로 이어진다.

"한비 공이 말을 심히 더듬는다 하던데 어느 정도요? 나와 말을 맞출 수 있을 정도는 되오?"

"처음 시작하는 것이 어렵지 일단 말문을 트면 그보다는 훨씬 수월합니다. 한번은 순경께서 이리 말씀하셨습니다. '공자는 머릿속의 생각이 너무 빨라 도저히 혀가 그 속도를 따라잡을 수 없어 뒷생각이 앞말을 쳐 내니 어찌 말이 질서정연하게 나오겠는가. 생각의 속도를 늦추면 말은 절로 정연하게 나올 것이니 생각을 늦추는 연습을 하라' 하셨지요."

"저런! 내가 말을 더듬지 않는 것은 생각의 속도가 말의 속도보다 느리기 때문인가 보오."

이사는 허리를 깊이 숙이며 덧붙인다.

"실행할 수 없는 생각들이 빠르게 많이 쏟아지기만 하면 무엇하겠습니까? 사내 나이 마흔 중반이 훌쩍 넘도록 세상에 뜻을 펼쳐 보지도 못하고 죽간(竹簡, 종이가 없던 시절 글을 쓰던 대나무판)만 희롱하였으니 그 흉중의 심화는 어떠하였겠습니까? 이제 요행히 그 재주와 뜻을 알아주는 대왕을 만나게 되었으니 한비 공의 인생에도 드디어 서광이 비치는 것 아니겠습니까?"

이 대목에서 영정은 말을 뚝 끊고 깊은 생각에 잠긴다.

'이 한나라 공자를 어떻게 나를 위하여 일하도록 할 것인가?'

이사 李斯

'대왕께서 나에게 이런 일을 시키시는구나.'

이사의 얼굴에 한 줄기의 그늘이 스쳐 지나간다. 그러나 순간적으로 그는 안색을 고치고 얼굴에는 그려 넣은 듯한 의례적 미소를 돌려놓으며 영정이 한비를 위해 준비한 집으로 들어간다.

"그대의 벗이 먼 길을 왔는데 처소가 불편하지는 않은지 가는 길에 한번 살펴보도록 하오. 또 빈집에 드는 것보다야 오랜 벗이 맞아 주면 더욱 좋겠지."

영정은 대전회의를 파한 후 무심한 척하며 이사에게 말했다. 이사는 아뢰었다.

"황송할 따름이옵니다. 대왕께서 이토록 자애로우신 것을 한비 공이 안다면 송구함에 몸 둘 바를 모를 것이옵니다. 제가 반드시 대왕의 은총을 알려 주도록 할 것입니다."

이에 영정은 짐짓 어깨를 으쓱하며 되받았다.

"한비 공에게 너무 부담을 주지 마시오. 그저 두 사람이 오래 만나지 못했으니 그대의 우정을 보여 주고 오랜 회포나 풀라는 것이지 …."

이사는 영정이 한비를 위해 준비한 집을 처음으로 찬찬히 둘러본다. 점차 덤벼드는 당혹감과 근원을 알 수 없는 떨림. 그의 얼굴에선 의전용 미소마저 사라졌다.

'품격과 우아함. 치장하지 않고도 이토록 압도할 수 있다니 ….'

영정의 눈에 들어 초고속 출세를 하며 졸지에 부귀영화를 챙겼던 이사는 자기 집을 떠올린다. 주칠(朱漆, 붉은색 칠)을 하고, 틈만 나면 번쩍번쩍 빛나는 온갖 장식으로 치장해 놓은 집이다. 그러나 왕이 일 년 동안 공들여 가꾼 이 집은 그런 치장이며 요란한 장식이 없다. 다만 자연스럽고, 다만 쓸모 있고, 다만 기품 있다.

'나는 결코 모르는 세계. 몸부림쳐도 도달할 수 없는 세상. 내게는 없는 것이 대왕과 한비 사이에는 있구나.'

순경의 문하에서 이사는 누구보다 빨리 배웠고, 돋보이는 글씨체를 가졌으며, 유세를 하는 혀는 국보급이었다. 한번은 순경이 물었다.

"이사, 그대는 소진(蘇秦)과 장의(張儀)를 본받아 종횡가(縱橫家)가 되려는가?"

종횡가란 약한 6국들이 힘을 합쳐 진나라에 대항하는 합종과 강한 진나라에 사대하여 연명하는 연횡이라는 각기 다른 외교전술을 이끄는 국제외교 전문가들을 이르는 말이었다. 종횡가는 각국을 누비며 유세해 제후들로부터 막대한 금품을 받아 순식간에 부귀영화를 챙길 수 있는, 이 시대 가장 매력적인 직업 중 하나였다.

그러나 이사의 꿈은 종횡가가 아니었다. 그의 꿈은 '일인지하 만인지상'이 되는 것. 평민으로 태어난 자 중에 가장 높은 사람이 되는 것. 그것이었다. 그러니 떠돌이 종횡가는 이미 고려 대상에서 제외해 놓고 있었다. 그는 순경에게 대답했다.

"저는 다만 제후의 신하가 되기로 마음먹었습니다."

그는 오직 제왕의 기술을 배우고 익혔다. 그러면서 전국 일곱 나라를 분석했다. 그리고 결정했다.

'서쪽의 진나라로 가자.'

진나라엔 아무런 연고가 없었다. 그러나 다른 여섯 나라는 약소해 섬긴다 한들 공을 세울 곳이 없다고 판단했다. 여섯 나라가 진나라에 대항할 수 있는 유일한 길은 합종뿐이었으나 각자의 이해관계가 달라 성공한 예가 없었다. 정작 진나라는 연횡하지 않아도 강대했으며 6국이 합종하려는 순간에는 연횡이라는 패를 꺼내들기만 해도 파괴력이 있었다. 결론적으로 진나라만이 오직 강하였다. 공부를 마치고 그는 순경에게 진나라에 가겠노라고 고백했다.

"왜 진나라로 가려 하는가?"

순경의 물음에 이사는 거리낌 없이 말했다.

"스승님께서는 때를 만나면 꾸물대지 말라고 하셨습니다. 지금은 큰 나라 제후들이 서로 세력을 다투고, 공실이나 세습귀족이 아니라 유세가들이 정치를 도맡고 있습니다. 진나라 왕은 천하를 집어삼키고 제(帝)를 일컬으며 다스리려 합니다. 지금 지위나 관직이 없는 선비가 능력을 펼칠 때를 만났으니 꾸물댈 여유가 없습니다."

"그대가 학문을 연마한다면 학자로서도 크게 이룰 수 있을 것인데 무엇 때문에 그 위태로운 제왕의 신하가 되려 하는가? 그대는 야심과 재주가 커 오히려 다른 신하들의 적이 될 수도 있을 터. 임금은 언제나 의심하는 사람이며, 믿을 바가 못 되네. 그럼 그대의 명은 위태로워질 것일세."

"비천한 자리에 있으면서 아무런 계획을 세우지 않는 것은 짐승이 먹잇감을 보고도 사람들이 자기를 쳐다본다 하여 억지로 참고 지나가는 것과 같습니다. 가장 큰 부끄러움은 낮은 자리에 있는 것이며, 가장 큰 슬픔은 경제적으로 궁핍한 것입니다. 오랜 세월 낮은 자리와 곤궁한 처지에 있으면서도 세상의 부귀를 비난하고 영리를 미워하며 스스로 도모하지 않고 고매한 척하는 것이 어찌 선비라 하겠습니까? 고매한 선비가 되느니 일을 도모하여 더 높은 자리, 더 풍요로운 삶을 향하여 나갈 것입니다. 저는 진나라로 가서 유세하여 반드시 왕의 신하가 될 것입니다."

이사의 뜻은 처음부터 천하를 안정시키고 백성을 살리고자 하는 공적인 대의(大義)에서 시작한 것이 아니었다. 오히려 이렇게 사적 욕망을 채우는 소의(少義)에서 그 방향을 잡고 있었다.

순경은 '허허~' 하며 웃었다.

"그대가 젊구나. 연전에 (한비) 공자도 진나라에서 유세하고자 책략서를 올렸지. 젊고 영민한 젊은이들의 마음이 모두 진나라를 향하니 아마도 진나라가 천하를 뒤덮을 모양일세."

'책략서? 맞다. 왜 이제야 그 생각이 나지? 한비가 올린 책략서가 있다.'

이사는 벌떡 일어나 서둘러 궐로 돌아간다. 곧바로 오래된 문서들을 보관해 놓은 서고로 향한다. 서고에 도착하자 당직자만 졸고 있다. 그는 문영을 찾는다. 소양왕 시절부터 30년 넘게 서간들을 관리해 온 관리였다. 이미 퇴청했다는 그를 불러오라 명하고도 이사는 마음이 급해 오래된 서간 무더기를 헤치고 한비가 올린 책략서를 찾는다.

'아마도 소양왕 말기나 장양왕이 등극한 즈음이었을 것이다.'

이사가 먼지 그득 쌓인 죽간 더미와 씨름하고 있는데, 문영이 당도했다.

"무엇을 찾으시옵니까?"

"외지 선비가 올린 책략서를 찾고 있다네. 소양왕 말기나 장양왕 초기에 순경 수하에서 수학한 선비가 올린 책략서가 있는가?"

"많은 문건들이 있습죠. 그중에서 특별히 찾으시는 것이 있사옵니까?"

이사는 잠시 생각에 잠긴다. 그리고 대답한다.

"가장 빼어난 책략문을 찾고 있네."

그러자 문영은 고개를 한 번 끄덕하더니 서고의 다른 방으로 가서 긴 죽간 말이 하나를 들고 나온다.

"혹시 이것을 찾으시는지요. 소양왕께서 승하하시기 얼마 전, 순경의 추천장과 함께 한나라 사신이 들고 왔습죠."

"한나라 사신이?"

"예. 대왕께서 이 서간은 따로 보관하라고 하셨는데 이내 승하하신 터라 ⋯."

이사는 빼앗듯이 죽간을 받아 들고 펼친다.

〈초견진〉(初見秦, 진나라에 처음으로 인사 올립니다)이라는 제목의 글이다. 이사는 손이 부르르 떨린다. 거침없이 써내려간 반듯한 문체. 시대를 종횡으로 꿰뚫어 보는 예리한 판단력. 비굴함이라곤 찾아볼 수 없는 당당함. 격조 있는 문장. 쓴 자의 이름은 적혀 있지 않았지만 한비가 아니고는 쓸 수 없는 글이었다.

"이것이 맞네. 내 좀 가져가겠네."

그러나 문영은 난색을 표한다.

"베껴 가실 수는 있으나 원문은 드릴 수 없습니다. 일간 옮겨 적어 보내 드리겠습니다."

글을 베끼는 서기들은 모두 퇴청한 터였다. 이사는 그 자리에 앉아 빈 죽간에 스스로 〈초견진〉을 옮겨 적는다.

'나는 이 시각에 무엇 하러 이걸 옮겨 적고 있는가? 이리하여 무엇에 쓸 것인가?'

답을 알 수 없다. 다만 왠지 한비의 존재가 부담스럽다. 그가 진왕의 수하로 들어올 경우 자신과 한비의 자리매김을 어찌해야 할 것인지 퍼뜩 불안감이 스쳤다.

오래전 함께 공부했고, 함께 공부한다는 사실만으로도 자랑스러웠던 벗. 안타까움을 안고 작별하여 각자 부지런히 살아온 세월을 지나 다시 한곳에서 만나게 된 벗.

그러나 같은 왕의 신하가 된 자들에겐 원래 우정이나 인정 같은 것은 없다. 오직 이해관계만이 있을 뿐.

'한비가 대왕 곁으로 온다면 내 자리는 어디쯤이 될 것인가?'

함양성

한비가 드디어 진왕 영정의 땅에 들어섰다. 함곡관 밖까지 마중을 나왔던 몽염은 관문 안에서 연회를 베풀어 한나라 사신을 대접한 뒤 지체 없이 사신 일행을 독려해 함양성으로 떠났다. 영정의 조바심을 생각하면 늦출 수가 없었다. 몽염은 딴에는 최대한 발맞춘 속도로 간다고 하였으나 사신단은 몽염의 행군속도를 쫓아가느라 애를 먹었다.

그리하여 예정보다 훨씬 이른 시간에 함양성에 도착했다. 성문 안으로 들어와서도 몽염은 거침없이 직진했다.

"나으리! 저희가 묵을 객관은 이 길로 가면 안 됩니다."

진나라에 드나들 때면 늘 사신 일행을 안내하는 관리가 장흔에게 속삭인다. 장흔은 말을 달려 몽염에게로 가서 말한다.

"몽염 공! 저희는 예서 일단 헤어져야 할 것 같습니다. 저희 한나라 객관은 반대편으로 가야 해서요. 호의에 감사드립니다."

몽염은 호탕하게 웃으며 말한다.

"일단 한비 공의 처소에 가서 보시고, 그곳에 남을 사람과 객관으로 갈 사람을 정하면 되지 않겠습니까?"

"무슨 말씀이신지요?"

"한비 선생께서 거처하실 집을 저희 대왕께서 따로 마련해 놓으셨습니다. 제 임무는 그곳까지 호위해 드리는 것이고요."

그러고 나서 몽염은 다시 길을 재촉한다.

"진왕은 안목이 높고 취향이 고결하구나."

한비는 자신의 처소가 된 집의 중문 앞에 수레를 대고 내려와 집을 한 번 둘러본 뒤 장흔에게 말한다.

넓지도 좁지도 않은 단아한 집이었다. 그들이 도착하자 중문이 열리며 10여 명의 아름다운 여성들이 향초를 들고 나와 주인을 맞고, 그들 사이로 이사가 두 팔을 벌리며 나와 한비에게로 다가온다. 그러곤 양손을 모아 쥐고 인사한다.

"험한 세월이 탁류처럼 흘러가는 중에도 어찌어찌 근근이 세월에 매달려 살아왔더니 이렇게 귀공을 다시 만나게 되는 좋은 날이 오는군요."

이사가 감동적인 재회의 언사를 늘어놓자 한비의 얼굴에도 미소가 번진다. 한비와 이사는 서로 손을 맞잡고 인사한다. 한비가 이사를 보며 최대한 친근하게 인사의 말을 건넨다.

"어찌 더 젊어지신 것 같소. 공의 활약을 늘 접하며 그리운 마음이 컸는데 이렇게 만나게 되는구려."

"우리 대왕께서 한 공을 그리워하는 마음이 크신지라 그 마음을 담아 이 집을 가꾸셨지요."

이사는 한비를 안내해 집으로 들어간다. 이사의 격식은 한실의 왕자인 한비보다 번잡하다. 한비는 쓸모없이 번잡한 격식이 끝날 때까지 다만 미소를 지으며 기다릴 뿐이다. 그러고 나서야 한비는 이사와 단둘이 술상을 마주하고 앉았다.

"공과 이별한 뒤에도 공보다 공의 글씨가 내게 남아 참으로 그리웠소이다."

한비는 순경의 문하에서도 유달리 명필로 손꼽혔던 이사의 글씨를 칭찬한다.

"그 글씨 덕분에 오늘날 내가 이 자리에 있게 된 것이지요."

"왕이 공의 글씨를 알아보셨나 봅니다."

"그랬지요. 그 전에 상국(相國) 여불위가 먼저 알아보았지요. 내가 진나라에 당도했을 때는 장양왕이 돌아가시고, 상국 여불위가 나라의 실권을 모두 잡고 있었지요. 그래서 나는 여불위에게 유세하리라 마음먹었습니다. 순경의 추천서와 내가 유세를 한 책문을 상국에게 올렸는데 내용은 기억하지 못하고 글씨만 기억하더이다."

"오호, 상국이 기뻐했겠소. 글씨만 좋은 줄 알았는데 사람이 더 훌륭하니."

"과찬의 말씀을 하십니다. 어쨌든 글씨 덕분에 지금의 대왕에게 글씨를 베껴서 올리는 낭(郎)으로 천거되었고, 대왕께서도 글씨가 수려한 것을 마음에 들어 하시어 저를 불러 세상 돌아가는 이야기를 물었지요. 덕분에 대왕이 저를 알아보셨습니다."

이사의 자랑이 늘어진다. 한비는 그 이야기를 흥미로운 얼굴로 들어 주고 있으나 이미 그가 젊은 시절의 그 비장하고 삐딱했던 청년 이사가 아님을 느낄 수 있었다. 자랑이 대략 한풀 꺾일 즈음에 한비가 묻는다.

"언제나 대왕을 뵙게 되겠소?"

이사는 술을 권하며 대수롭지 않게 말한다.

"어디 외국 사신이 온다고 하루 이틀 사이에 뵐 수야 있겠습니까? 그런데 대왕께선 한 공을 오래 기다리신 터라 실은 대왕께서 뵙고 싶어 하는 마음이 더 큰 것 같소이다."

한비는 고개를 끄덕이며 미소 짓는다. 원래 진나라 같은 대국에선 외국에서 온 사신들이 왕을 곧바로 만나기는 어렵다. 인맥을 통해 왕과 줄을 대고 약속시간을 잡는 게 보통인데, 이때는 다리를 놓아 주는 이에게 그 대가로 뇌물을 건네는 게 관행이었다. 그래서 한비도 이사에게 무언가 챙겨 줘야 하는지 떠본 것이다.

그러나 이사의 태도로 보니 영정을 만나는 데는 따로 뇌물을 쓰지 않아도 될 것 같았다. 그는 화제를 바꾼다.

"20년이 넘었구려, 공과 작별한 것이. 공이 진나라로 출사하겠다며 떠났다는 말을 들었소. 남은 사람들이 부러워했다는 말도. 모두가 선뜻 나서지 못했을 뿐, 자신의 지혜로 세상을 경영하고 싶은 마음이 없는 이가 어디 있겠소?"

"모두라 하심은 모두가 아니라 왕제이셨겠지요. 원래 진으로 출사하고 싶어 하지 않으셨습니까. 한나라 왕자 신분만 아니었다면 … 그런데 왕이 되지 못한 왕자가 무엇 때문에 허울을 쓰고 자신의 재주를 누르며 살아야 한다는 말씀입니까? 한 공의 책임감이 지나쳤던 것이지요."

한비는 허허롭게 웃을 뿐이다. 이사가 덧붙인다.

"공의 글에는 상군 공손앙(상앙)의 향기가 있습니다. 한 공께서 살고 싶었던 삶이 실은 상앙과 같은 삶이 아니었는지요. 상앙도 비록 서얼이었으나 위나라 공자 출신으로 진나라 효공에게 출사해 만세에 이름을 남겼지요. 법으로 다스려지는 세상에 대한 꿈도 상앙으로부터 비롯된 것이 아닌지요."

"상앙은 옛것이 아닌 새로운 질서를 법치로 세우고 실행하여 부유하고 강한 나라(富民强國)를 만들 수 있다는 점을 증명한 성인입니다. 진나라가 오늘날 천하의 균형을 깨뜨리고 가장 강력한 나라가 된 바탕은 결국 상앙의 변법에서 시작된 것이지요. 변법으로 인하여 진나라는 질서가 잡혔고, 부강해졌고, 군인들은 용맹해졌으며, 실력만으로 출세를 하니 인재들이 몰려들게 되었지요. 법은 그런 것입니다. 법을 세우고 운용하는 방법을 알고 엄격히 시행하는 지사(志士)가 있고, 이를 알아보고 일을 맡기는 왕이 있었으니 ….”

“그러나 상앙은 거열형(車裂刑)을 당해 죽었지요. 개혁가의 말로는 비참하기만 하니 참으로 당혹스럽습니다.”

“사람은 본래 죽는 법. 상앙은 죽었으나 위대한 개혁과 법치를 남겼지요.”

“글쎄요. 그래도 사람에겐 죽음보다 삶이 중요합니다. 살아서 무엇을 이루느냐가 더 중요하지, 죽고 난 다음에야 내가 볼 수 없는데 무슨 대수랍니까.”

한비는 입을 다문다. 애먼 술잔만 비우고 있다. 이사가 너스레를 떨며 말한다.

“에고, 제가 취했습니다. 먼 길 오느라 피곤하셨을 텐데, 어서 쉬십시오. 아! 그리고 제가 동문수학한 벗을 위해 선물을 준비했습니다.”

이사는 밖에 있는 종자를 불러 무언가 지시한다. 잠시 후 종자는 두꺼운 죽간 두루마리를 들고 들어온다. 이사는 그것을 받아 한비에게 건넨다.

“이것이 무엇이오?”

“읽어 보십시오. 그 원래의 마음을 잊지 마십시오. 그리하면 상앙의 말로를 피하실 수 있을 겁니다.”

이사는 다시 한 번 수사학적인 반가움과 그리움의 염을 토해 낸 뒤 자기 집으로 돌아간다.

한비는 방으로 돌아와 죽간을 펴본다. 이사의 글씨체로 필사된 자신의 옛 글이 거기에 있었다.

'초견진.'

"사부, 무엇을 들고 계십니까?"

어느새 들어와 옆에 선 장흔이 묻는다.

"내가 쓴 것이다."

"사부의 서책들은 아직 풀지도 않았는데 사부의 글이라니요?"

"20년쯤 전에 쓴 글. 그때는 사정이 있었다. 이 글을 쓸 수밖에 없었던 비굴하고 비통했던 사정이 있었지."

한비는 죽간을 펼쳐 들다가 말고, 허공에 눈을 둔다. 허공에 묻는다.

"왜 썼을까? 부왕의 명령 때문에? 단지 그 이유만으로?"

다시 그의 눈은 죽간으로 향하고, 손은 죽간을 펼쳐 들고 있다.

"아니다. 생각해 보면 나는 젊었고 그리하여 꿈을 꾸었던 것 같다. 세상을 경영하고 싶은 꿈."

장흔은 딱한 눈빛으로 한비를 보며 위로하듯 말한다.

"누구나 그런 꿈이 있지요. 왕의 신하가 되어, 왕을 도와 계책을 내고 세상을 경영하는 꿈."

"다른 사람들은 그리하면 되지. 한데 부왕께서는 내가 어리석은 형님 왕을 능멸할까 봐 늘 전전긍긍하셨다. 말더듬이가 아니었다면 죽임을 당했을지도 모르지. 10만여 자나 써서 간언했지만 형왕은 읽지도 않았다. 형제간이 아니었다면 왕은 내 진언에 귀

72

를 기울였을지도 모르지."

"……."

한비는 감정을 담지 않은 건조한 목소리로 말한다.

"진나라에 출사하고자 진나라 왕에게 책략서를 올렸었다."

"예? 정말이십니까?"

"그래. 부왕께서 그리하라 명하셨지."

"어찌하여 …."

"그건 중요치 않다. 사실 그 명을 받고 나는 꿈을 꾸었다. 내가 왕이 될 수 없다면 천하의 왕이 될 자를 섬겨 세상을 세우고 싶은 꿈. 젊은 나이에 그런 꿈을 가지지 않는 것이 더 비정상일 테지. 진나라로 출사해 마음껏 법을 폈던 위나라 공자 상앙은 젊은 시절 내 영웅이었다. 그렇게 되고 싶었다. 천하를 하나로 아울러 이 지긋지긋한 전쟁을 끝내고, 간사한 기득권 세력이 부와 권력을 독점해 백성들을 수탈하는 세상을 끝내고, 새로운 질서를 만들고 새로운 법을 만들어 새로운 활기가 넘치는 천하를 만드는 것 …. 그때는 젊었구나. 소양왕이 돌아가시고 진나라도 나도 이 편지를 잊고 있었구나."

장흔은 여전히 충격을 받은 표정으로 멍하게 한비를 보고 있다. 한비는 두루마리를 펼쳐 보며 말한다.

"그걸 이사가 가져왔구나. 잊고 있던 내 치욕의 역사, 부풀었던 꿈의 역사를 …."

초견진

제가 듣기로 알지 못하면서 말하는 것은 지혜롭지 못하고, 알면서도 말하지 않는 것은 불충(不忠)이라 하였습니다. 신하가 되어 불충하면 죽어 마땅하고 실제에 맞지 않는 말씀을 드려도 역시 죽어 마땅합니다. 그럼에도 불구하고 저는 들어서 알고 있는 것을 모두 다 말씀드리고자 하니 죄가 있고 없고는 오직 대왕께서 판단하실 일입니다.

천하는 지금 조나라가 중심이 되어 북쪽으로는 연(燕)나라, 남쪽으로는 위나라를 끼고 초나라와 연합하고 제나라와 결속을 다지며 한나라를 끌어들여 합종을 이루고 마침내는 서쪽으로 향해 강국 진과 대적하려 한다고 합니다.

저는 이를 비웃고 있습니다. 나라를 망치는 길이 세 가지 있는데 천하가 이런 지경에 이른 것을 가리켜 하는 말입니다. 제가 듣기로 '어지러운 나라가 잘 다스려진 나라를 공격할 때 멸망하고, 사악한 나라가 정도를 따르는 나라를 칠 때 멸망하며, 순리를 거스르는 나라가 순리에 따르는 나라를 칠 때 멸망한다' 합니다.

지금 천하 제후들의 창고와 곳간은 비었는데도 선비와 백성(士民)을 모두 끌어모아 수십만에서 백만에 이르는 대군을 거느리고 있습니다. 하지만 그중에 장수를 위하여 머리에 깃털을 꽂고 조아리며 장군을 위해 앞서서 나가는 자는 천여 명도 되지 않습니다. 말로는 죽음을 외치지만 막상 적의 칼날을 마주하면 목 자르는 형틀이 뒤에 있어도 도망쳐 죽지 않으려 합니다. 그것은 사민이 죽을 수 없어서가 아니라 윗자리에 있는 자들이 할 수 없게 했기 때문입니다. 입으로는 상을 준다 하면서 주지 않으며, 벌한다 하면서도 실행하지 않아 상과 벌이 확실치 못하니 그들은 죽을 수 없는 것입니다.

그런데 지금 진은 영을 내려 상벌을 분명히 행하므로 공적이 있고 없음을 명확히 가릅니다. 부모 품을 떠나서 생전에 한 번 본 적 없는 적이어도, 전쟁이 났다 하면 발을 구르고 좋아하며 알몸으로 날카로운 칼날과 맞서고 뜨거운 불속이라도 쳐들어갈 듯 모두 먼저 죽기를 각오합니다. 무릇 죽을 각오를 하는 것과 반드시 살고자 하는 것은 똑같지 않은데도 사민이 이렇게 하는 것은 바로 분전하다가 죽는 일을 귀히 여기기 때문입니다. 대저 한 사람이 분전하다 죽는다 함은 적 열 사람을 감당할 수 있고, 열이면 백, 백이면 천, 천이면 만 명의 적을 감당하게 됩니다. 결국 만 명이면 천하의 적을 이길 수 있는 것입니다.

지금 진나라를 보면, 국토 넓이는 그 긴 데를 잘라내 짧은 데를 메우면 사방 수천 리나 될 것이며, 우수한 군사도 수십만, 수백만이 될 것입니다. 게다가 진나라는 명령과 상벌의 엄격함과 지형조건의 유리함이 천하에서 으뜸입니다. 이로써 천하를 상대한다면 마땅히 천하를 모두 차지할 수 있을 것입니다. 그런 까닭에 진은 일찍이 싸워서 이기지 못한 적이 없고 공략하여 탈취하지 못한 적이 없으며 적을 격파하지 못한 적이 없었으니 영토가 몇천 리나 넓혀진 것입니다.

그렇지만 군 장비는 망가지고, 사민은 지쳐서 병들고, 쌓아 둔 물자는 바닥나고, 논밭은 황폐하고, 곡식창고는 텅 비고, 사방의 제후들은 복종해 오지 않아 패왕의 명성을 떨치지 못하고 있습니다. 이는 다른 까닭이 아닙니다. 모신(謀臣)들이 충성을 다하지 않았기 때문입니다.

제가 감히 말씀드리자면, 지난날 제나라는 남으로 초나라를 깨뜨리고, 동쪽 송(宋)나라, 서쪽 진나라를 복종시키고, 북으로 연나라를 깨뜨리고 중앙으로는 한나라와 위나라를 마음대로 부릴 수 있었습니다. 영토가 넓고 군대는 강력하여 싸우면 이기고 공략하면 탈취해서 온 천하를 호령하였습니다. 제의 맑은 제수와 탁한 황하는 충분히 천연의 경계가 되어 주었고, 장성(長城)과 거대한 제방은 그대로 요새 구실을 했습니다.

제나라는 다섯 번 싸워 이겼지만 오직 한 번 연나라와 싸워 이기지 못하여 망하는 지경에 이르렀습니다. 이로 미루어 보면 무릇 전쟁이란 만승(萬乘)의 큰 나라에 있어서도 존망의 갈림길이 되는 것입니다.

또 저는 '일의 자취를 없애려면 근거를 남기지 말아야 하고, 화근이 될 것과 가까이 하지 않으면 화가 미칠 수 없다'고 들었습니다. 진나라는 초나라의 군사와 싸워 대승을 거두어 영(郢) 땅에 들이닥쳐 동정·오호·강남 지역을 탈취하였습니다. 이에 초왕과 군신들은 패주하여 동쪽의 진(陳) 땅에 성채를 쌓고 농성하였습니다. 그때 군대를 보내 초왕을 계속 추격하였더라면 초를 멸망시킬 수 있었을 것입니다. 만일 초나라를 멸망시켰더라면 백성들은 풍족해지고, 그 토지로부터 많은 이익을 거두어들일 수도 있었을 것입니다. 이어 동쪽으로 제나라와 연나라의 힘을 빼고, 중앙의 삼진[三晉, 옛 진(晉)나라에서 분리된 한·위·조 3국]을 능히 제압했을 것입니다. 그렇게 되었더라면 단번에 패왕의 명성을 얻고, 사방의 제후들을 조공 들게 할 수 있었을 것입니다.

그런데도 진나라 모신들은 그리하지 않고 군대를 이끌고 물러서게 한 뒤 초군과 다시 화평을 맺었습니다. 이로써 초나라는 잃어버린 도성을 수복하고, 흩어진 백성을 모아 사직의 신주를 세우고 종묘 관서를 두어 질서를 회복한 뒤, 천하의 제후들을 이끌고 서쪽을 향하여 진과 대적하면서 진나라의 어려운 상대가 되었습니다. 이것이 패왕이 되는 길을 진작 잃어버리게 된 첫 번째 이유입니다.

그 후 천하 제후들이 다시 연합해 군대가 진나라의 화양성(華陽城) 아래까지 쳐들어왔습니다. 대왕께서는 명을 내려 이를 격파하였으며, 그 군대가 내처 위나라 도읍인 양(梁)의 외성(外城) 아래에까지 이르렀습니다. 그대로 양을 포위하여 수십 일을 끌었더라면 충분히 함락시킬 수 있었을 것입니다. 양이 함락되었더라면 위나라를 완전히 멸망시킬 수 있었으며 위가 멸망하면 초나라와 조나라의 연합 의지도 끊겼을 것이고, 그랬다면 조나라는 위태로워졌을 것이며, 초나라는 고립되었을 것입니다. 그러면 동쪽으로 제나라와 연나라를 약화시키고 중앙으로는 삼진을 넘볼 수 있게 되었을 것입니다. 단번에 패왕의 명성을 이루어 사방의 제후들이 모두 조공을 들게 할 수 있었을 것입니다.

그런데도 모신들은 이렇게 하지 않고 군대를 끌고 후퇴하여 다시 위나라와 화평을 맺었기 때문에 도리어 위는 잃었던 도읍을 회복하고, 흩어진 백성을 모아 사직 신주를 세우고 종묘의 사제를 들 수 있었습니다. 이것이 패왕이 되는 길을 잃어버리게 된 두 번째 이유입니다.

양후(穰侯, 위염, 소양왕의 모후인 선태후의 동생)가 진나라 재상이었을 때 군대를 활용하여 진나라와 자신의 영토를 동시에 넓히는 사익을 꾀하려고 하였기 때문에 병사들은 평생 국외에서 비바람에 시달리고 사민은 안에서 지치고 병들어 패왕의 명성을 이룰 수 없었습니다. 이것이 패왕이 되는 길을 잃어버리게 된 세 번째 이유입니다.

조나라는 중앙에 위치한 나라로 떠돌이 유민이 모여 사는 곳이어서 주민은 경박스러워 부려 쓰기가 어렵습니다. 영이 제대로 미치지 못하며 상벌이 확립되지 않고, 지세가 불리하여 아래로 백성의 힘을 다 떨칠 수 없으니 처음부터 망국의 형세가 있었습니다. 그런데도 민초를 걱정하지 않고 사민들을 모두 내몰아 장평성(長平城) 아래에 진을 치고 한나라의 상당 땅을 뺏으려고 다투었습니다.

그래서 대왕께서 즉시 명령을 내려 이를 쳐부수고 무안(武安)을 함락시켰습니다. 이런 때를 당하여서도 조나라는 상하가 서로 화목하지 않고 귀한 자와 천한 자가 서로 불신하였습니다. 그러니 수도 한단은 지키기 어려운 상태였습니다. 이런 시기에 진나라가 한단을 함락시키고 산동(山東) 하간(河間) 지방을 제압한 뒤에 군대를 끌고 서쪽으로 수무(修武)를 공략하고 양장(羊腸)을 넘어서 대(代)와 상당(上黨) 지방을 항복시켰더라면 대에 속한 36현과 상당에 속한 17현을 갑옷 한 벌 쓰지 않고 사민 한 사람도 괴롭히지 않은 채 모두 진의 영유로 하였을 것입니다.

생각해 보니 대와 상당지방이 모조리 진의 것이 되었다면 조나라의 동쪽에 있는 동양(東陽) · 하외(河外)지방은 싸우지 않고서도 모조리 제나라의 것이 되고, 조나라 북쪽의 중산(中山) · 호타(呼沱) 이북지방도 싸우지 않고 모조리 연의 영토가 되었을 것입니다. 그렇게 되었다면 조나라는 바로 멸망했을 것입니다. 조가 멸망하면 한나라도 멸망하였을 것이고, 한이 멸망하면 초나라와 위나라도 독립을 유지할 수 없게 되었을 것입니다. 그때에 단숨에 쳐서 한나라를 부수고 위나라를 무너뜨리고 초나라를 함락시켰을 것입니다. 그리고 동쪽으로는 제와 연의 세력을 약하게 만들었을 것입니다. 여기서 백마(白馬)나루터 물을 터서 위나라 땅에 쏟아부으면 단번에 삼진을 멸망시키고 합종의 맹방들이 와해되었을 것입니다. 그러면 대왕께서는 옷자락을 늘어뜨리고 팔짱을 끼고 가만히 기다리고만 있어도 천하 제후들이 줄을 이어서 복종해 올 것이니 가히 패왕의 명성을 이룰 수 있었을 것입니다.

그런데도 모신들이 그것을 하지 않고 군대를 끌고 물러나 다시 조나라와 화평을 맺었습니다. 도대체 대왕의 현명함과 진나라 군사의 강력함을 가지고서도 패왕이 되는 위업을 저버리고 땅은 조금도 얻지 못하면서 도리어 망한 것과 다름없는 나라에 속임을 당하였으니 이는 모신들이 변변치 못했기 때문입니다.

조나라는 마땅히 멸망해야 하는데도 멸망하지 않고 진나라는 당연히 패자(霸者)가 되어야만 하는데도 패자가 되지 못하고 있습니다. 이는 천하가 미리부터 진나라 모신들의 능력을 알고 있었다는 증거입니다. 이것이 첫째 과오입니다.

그럼에도 다시 사졸들을 모두 내보내어 한단을 치게 했으나 함락시킬 수 없었으며 갑옷을 버리고 병기를 짊어지고 공포에 떨면서 퇴각하였습니다. 이는 천하가 미리부터 진의 군사력을 가늠하고 있었다는 증거입니다. 이것이 둘째 과오입니다.

바로 군사를 끌고 물러나 이성(李城) 아래 숨었을 때 대왕께서는 또다시 군사를 이끌고 와서 싸웠으나 이길 수 없었으며 다시 돌아갈 수도 없었으므로 군사들은 지쳐서 도망가 버렸습니다. 이는 천하가 미리부터 진의 군사력을 가늠했었다는 증거입니다. 셋째 과오입니다.

안으로는 내 나라 모신들의 능력을 간파당하고 밖으로는 내 나라 병력의 한계를 드러냈습니다. 이로 미루어 보아 저의 생각으로는 천하 제후들의 합종이 그리 어렵지 않다고 봅니다. 안을 들여다보면 내 군대 장비는 망가지고 사민은 병들고 쌓아둔 재화는 바닥나고 논밭은 황폐해지고 곳간은 텅 비었습니다. 밖으로 천하 제후들은 굳게 단합했습니다. 원하건대 대왕께서는 이 일을 깊이 생각해 보십시오.

또한 저는 '두려워하며 매일 조심하고, 치도(治道)를 삼가 행하면 천하를 가질 수 있다'라고 들었습니다. 무엇으로 그 말이 옳다는 것을 알겠습니까. 옛날에 주(紂)가 은(殷)의 천자였을 때 천하의 군사 백만을 이끌고 성벌에 나섰는데 좌군(左軍)이 기수 계곡에서 말에게 물을 먹이고 우군(右軍)이 환곡에서 물을 먹이자 기수가 마르고 환곡도 말라서 흐르지 못할 정도의 기세로 주나라 무왕(武王)과 전쟁을 벌였습니다. 이에 무왕은 아버지인 문왕(文王)의 상중이라 흰옷을 입은 갑사(甲士) 삼천을 거느리고 단 하루 싸웠는데도 주의 도성을 깨뜨려 그를 사로잡고 그 땅을 점령하여 그 백성을 차지하였으나 천하 사람 누구도 주를 불쌍히 여기지 않았습니다.

(춘추시대 말기) 진(晉)나라의 지백(知伯)은 한씨와 위씨 등 삼국의 군대를 이끌고 조씨의 도성인 진양에서 조양자(趙襄子)를 공격하였습니다. 이때 강둑을 끊고 물을 대어 석 달 동안 수공(水攻) 한 끝에 마침내 도성이 함락되려는 순간 조양자는 거북등뼈에 구멍을 뚫고 산가지를 세어 그 나타난 표시로 점을 쳐서 이해득실을 계산한 후에 어느 나라에 항복해야만 좋을까 결정하고 곧 그의 재상 장맹담(張孟談)을 사신으로 보냈습니다.

그래서 장맹담이 물속에 숨어 몰래 포위망을 빠져나가 한과 위 두 군주를 설득해 지백과의 약속을 어기게 하고 두 나라 군사를 자신의 편으로 만들어 역으로 지백을 쳐서 그를 사로잡았으며, 조양자는 자신의 처음 지위를 회복할 수 있었습니다.

제가 죽음을 무릅쓰고 대왕을 뵙고 말씀드리고자 하는 것은 천하 제후들의 합종을 깨뜨리고 조나라를 빼앗고 한나라를 멸하고 초왕과 위왕을 신하로 삼고 제나라와 연나라를 내 편으로 만들어서 마침내 패왕의 명성을 이루어 사방의 제후들을 조공 들게 할 방도에 관한 것입니다. 대왕께서 제 계책에 따라 실제로 행하셨는데도 만일 단번에 천하 제후들의 합종을 깨뜨리지 못하고 조나라를 뺏거나 한나라를 멸하지 못하고 초나라와 위나라를 신하로 삼지 못하고 제나라와 연나라를 내 편으로 만들지 못하여 패왕의 명성을 이룰 수 없어서 사방의 제후들로 하여금 조공 들게 하지 못한다면 저를 참형에 처하여서 일을 꾀한 주모자의 불충을 나라 안에 널리 알리십시오.

제 2 장
고분 孤憤

알현 謁見

영정이 한비를 맞는 태도는 남달랐다. 그는 용상에서 내려와
서서 한비를 기다려 맞았다. 그리고 용상 옆에 의자를 마련해 한
비에게 자리를 권했다. 사신이 아닌 스승을 맞이하는 예우였다.
영정은 자신에게 큰 이득을 가져올 인물을 기민하게 알아차리는
재주가 있었고, 이들을 얻기 위해 극적인 상황을 연출할 줄도 알
았다.

영정은 처음부터 한비에게 대놓고 '사부'(師父)라고 불렀다. 보
통 선비라면 황송한 몸짓으로 바닥에 엎드려야 했을 만한 대우였
다. 그러나 한비는 감격어린 언사도 없이 이런 예우를 자연스럽
고 기품 있는 미소로 받았다.

첫 만남이 너무나 자연스럽고 훈훈해 두 사람이 오랜 세월 함께
한 동지애(同志愛)를 가졌거나, 아니면 정말 사부와 제자가 만난
것 같은 착각이 들 정도였다. 이 광경 앞에서 이사는 예상치 못한

충격이 묵직하게 가슴 한복판으로 파고듦을 느꼈다. 한비와 처음 만났을 때 느꼈던 위화감, 자연스럽게 두 손이 모아졌던 경험이 다시 살아났다. 자신이 진나라 고관이 된 지금도 한비와의 거리는 그 옛날 왕자와 촌 선비의 격차에서 한 치도 줄어들지 않았다는 자각이 뼛속 깊이 새겨지고 있었다. 그 모습을 본 진나라의 신하들도 이후 한비와의 관계를 어떻게 맺어야 하는지를 놓고 깊은 고민에 빠지지 않을 수 없었다.

영정은 그런 왕이었다. 자신이 추구하는 바는 반드시 얻고, 그것을 얻기 위해서라면 무엇이든 다 하는 왕. 그래서 자신에게 필요한 사람이라고 판단되면 만나고 쓰는 데에 수단과 방법을 가리지 않았다.

"나는 왕에게 절하지 않는 사람이니 절하지 않아도 된다면 만나 주겠소" 말하며 거만을 떨었던 돈약(頓弱)도 흔쾌히 그러라고 한 뒤 만났고, 살아 있는 병법의 대가 울료(尉繚)를 만날 땐 그와 겸상을 하고 마주 앉아 무릎을 꿇고 얘기를 경청하여 울료에게 왕과 대등한 관계인 것처럼 느끼도록 하려고 애썼다.

"사부, 오래전 사부의 〈고분〉과 〈오두〉라는 글 두 편을 읽고 사모하는 마음이 커져 상사병이 걸릴 지경이었습니다. 오랫동안 뵙고 싶은 마음에 밤잠을 못 이루었는데 그동안 제게 곡절이 많았던지라 이제야 사부를 뵙습니다."

영정의 말은 듣는 사람의 마음까지 훈훈하게 할 정도로 친밀하고 따뜻했다. 영정에겐 원래 그런 재주가 있었다. 자신에게 필요한 사람한테는 머리를 숙이고 자신을 낮추는 재주. 한비는 우아

하게 머리를 숙여 감사의 뜻을 표했으나 말문을 열기까지 꽤 시간
이 흘렀다. 배석했던 신하들이 고개를 뽑고, 뭐라 답하나 귀를 기
울이다 거의 숨이 목전에 넘어갈 즈음에야 "드떠떠떠 …" 하는 알
수 없는 소리를 냈다.

대전은 순간 술렁거렸다. 여전히 빛나는 외모와 압도하는 기품
을 가진 한비의 외양과 그의 더듬거리는 말투는 부조화의 극치였
다. 말더듬이라는 건 알았지만 이 정도인지는 몰랐다. 모두 웃음
을 참느라 고개를 푹 숙이고 허벅지를 꼬집어야 했다. 다만 영정
만이 그의 입에서 나오는 말을 모두 빨아들일 듯이 한비에게 몰입
해 있었다.

어렵사리 한비가 입을 열었다. 영정의 따뜻한 친근함과 달리
의전적이고 공식적인 반응이었다.

"저도 꿈에 그리던 대왕을 만나게 되니 어찌 제 생의 기쁨이 아
니겠습니까?"

그런 의례적이고 도도한 대답에도 영정은 환하게 웃으며 다정
하게 고개를 숙여 인사한 뒤 기쁜 어조로 말한다.

"제게 사부의 지혜를 가르쳐 주시고, 오래 (왕국을) 유지할 수
있는 길을 알려 주십시오."

한비가 다시 입을 여는 데는 또 한참이 걸렸다. 영정은 참을성
있게 기다렸고, 신하들은 슬슬 짜증이 나기 시작했다. 드디어 한
비가 다시 '드떠떠떠 …' 하며 말문을 열었다.

"대체로 어떤 이가 '자네를 지혜롭고 오래 살 수 있도록 해주겠
다' 한다면 이는 잠꼬대나 흰소리가 아니겠습니까? 지혜는 천성이

며 장수하는 것은 사람의 명인데, 천성이나 명을 어떻게 남에게서 배울 수 있겠습니까."

이 무례한 대답에 대전은 또 한 번 술렁였다. 그러나 한비는 아랑곳하지 않았다. 잠시 숨을 고른 뒤 더듬거리지도 않고 순탄하게 말을 이어나갔다.

"저의 스승인 순경께서도 지성과 수명은 하늘이 정한 것이니 배울 수 없다 하셨지요. 물론 요즘 세상엔 지혜를 가르치고, 명을 바꿔 주겠다고 설교하며 다니는 무리들이 많지요. 사람이 할 수 없는 일인데 말입니다."

한비의 까칠한 대답에 분기를 참지 못한 신하들은 "왕의 하명에 대한 한비의 대답이 무례하고 오만하니 문책하라"며 영정에게 주청하기도 하였다. 그러나 영정은 한비에게 몰입해 들어가고 있었다.

"그래도 순경께선 인간은 본래 자기 이익만을 추구하는 이기적 본성을 타고났지만 오직 배움(學)을 통해 본성을 순치하여 세상을 질서정연하게 만들 수 있다고 하지 않았습니까?"

한비는 고개를 한 번 까딱한 뒤 이번에는 거침없이 찌르듯 말한다.

"그것은 백성에게나 해당하는 일이지 군주에게는 하나마나한 쓸데없는 말일 뿐입니다. 법도를 터득한 군주는 지혜와 인덕을 가졌다며 떠들어 대는 자들의 말을 받아들이지 않습니다. 우리가 아무리 고대 제왕들이 사랑했던 전설적 미인인 모장(毛嬙)이나 서시(西施)의 미모를 좋아한다 하더라도 그게 나의 얼굴에 무슨 도움을 주겠습니까? 차라리 분을 바르고 입술을 칠하는 게 내 외모를 두 배나 더 아름답게 하는 방법이지요. 그러니 이제 죽어 사라진 옛 명군들의 인의를 칭송하며 본받으라 하는 것은 다스림에 도움이 안 됩니다. 차라리 내 법도와 내 상벌을 분명히 세워 행하는 것이 분을 바르고 입술을 칠하는 것과 같은 것이지요.

군주란 실행하는 위치이지 배우는 위치에 있지 않습니다. 군주는 완성체여야 하며, 탐색 중이거나 준비 중이면 안 됩니다. 군주가 되어서도 배움만을 찾으며 겸손을 떤다면 나라가 혼란스러워지지요. 왕의 겸손과 준비 부족은 그 틈을 노리는 간신들에게 기회를 줍니다. 나라를 혼란에 빠트리는 첩경이지요."

말더듬이 눌변의 입에서 나온 내용은 듣는 이의 살이 떨리게 하는 마력이 있었다. 왕에게 끝없이 옛 선왕들의 인의에 대해 떠들며 대의명분 운운했던 신하들은 얼굴이 화끈 달아오를 지경이었다. 영정이 떨리는 목소리로 물었다.

"우리 진나라는 법도가 제대로 확립되어 있고, 신하와 백성들은 자발적으로 나라를 위해 일하는 데 주저함이 없습니다."

"진나라는 효공 시대 상앙이 변법을 단행했지요. 그 이래 법이 분명하고 상벌이 확실해 나라 안의 질서가 잡히고, 군사는 강해졌으며, 나라는 부강해졌지요. 그것이 어찌 백성이 알아서 한 일입니까? 상앙의 법이 한 일이지요. 실로 성인(聖人)은 나라를 다스림에 있어 사람들이 자발적으로 선량해지는 것을 바라지 않고, 비행을 저지르지 않도록 하는 수단을 씁니다. 사람들이 자발적으로 선량하기를 바란다면 나라 안에 선한 사람을 열 명도 찾지 못할 것입니다. 그러나 사람들이 비행을 저지르지 못하게 한다면 온 나라의 질서를 잡을 수 있는 것이지요. 통치하려면 덕화(德化)보다 법치(法治)에 힘을 씀으로써 나라가 편안케 된다는 것을 진나라는 몸소 증명하고 있습니다. 그러니 진나라가 오늘의 강한 부국이 되었지요."

영정의 가슴은 점차 벅차오르기 시작한다. '드디어 찾았다'며 만세를 부르고 싶은 심정이었다. 그는 들뜬 목소리로 말한다.

"그런데 많은 현자들이 저를 찾아와 말합니다. 이젠 백성의 말에 귀를 기울이고 민심을 잡으라고요. 오랜 법치로 이 나라 백성들의 피로감이 크다고 말입니다. 저는 이따금 백성의 뜻을 어떻게 따를 것인지 고민합니다."

한비는 고개를 젓는다.

"그건 정치를 모르는 자가 하는 말입니다. '민심을 잘 따르면 잘 다스릴 수 있다'고 한다면 역사적으로 명재상에 꼽히는 이윤(伊尹)이나 관중(管仲)이 무슨 소용이 있습니까. 백성에게 들으면 될 따름이지요. 그러나 백성의 지혜라고 하는 것은 그대로 따를 수 없으니 이는 어린아이의 생각을 그대로 좇을 수 없는 것과 같습니다. 예를 들어 보겠습니다. 아이가 복통을 일으키면 머리의 혈 자리를 뜸과 침을 이용해 치료하고, 종기가 나면 째서 짜 주지 않으면 덧나게 됩니다. 이런 치료를 하려면 반드시 한 사람이 아이를 안고, 자애로운 어머니가 직접 해야 합니다. 그런데도 어린아이는 더욱 시끄럽게 울며 발버둥을 칩니다. 이는 작은 고통을 견뎌야 큰 이익을 얻을 수 있다는 사실을 아이가 모르기 때문이지요.

지금 군주가 논밭을 갈고 김매는 것을 독려하는 것은 백성의 가산을 늘려 주기 위한 것입니다. 그런데도 백성은 군주가 가혹하다고 여깁니다. 군주가 형법을 정비해 형벌을 엄히 하는 것은 백성이 사악한 행위에 빠지는 것을 막기 위함입니다. 그런데도 백성은 군주를 너무 무섭다고 여깁니다. 군주가 세금을 거두는 것은 창고를 채워 장차 기근을 구하고 전쟁에 대비하려는 것입니다. 그런데도 백성은 군주가 탐욕스럽다고 합니다. 군주가 나라의 장정들에게 스스로 무장하도록 하고, 세도가들도 병역을 기피하지 못하게 하는 것은 적의 야욕에서 백성을 구하기 위함이나 백성들은 군주를 난폭하다고 합니다.

이 모든 조치가 나라를 잘 다스려 백성을 편안케 하고자 함인데 백성들은 그 고마움을 모릅니다. 옛날 우왕(禹王)이 강과 하천을 준설해 홍수를 다스릴 때 백성들은 기왓장과 돌을 쌓아놓고 우왕에게 내던졌고, 정(鄭)나라 자산(子産)이 논밭은 개간하고 뽕나무를 심어 양잠을 제창했을 때 백성은 그에게 온갖 욕설과 험담을 퍼부었습니다. 이들 모두 백성을 이롭게 했음에도 예외 없이 비방을 들어야 했습니다. 그러니 백성의 뜻을 그대로 좇아 시행하는 것은 부족하고 이롭지 않습니다."

한비는 왕실 사람의 마음과 고뇌, 왕실 사람의 기개를 갖고 있었다. 거기에다 왕실의 사람이라면 누구든 알고 고민하면서도 결코 입 밖에 내어 말해 보지 않아 분명해지지 않고 겉도는 생각들을 일목요연하게 정리할 줄 안다. 영정은 가슴이 뻥 뚫렸고, 신하들 사이엔 두려운 침묵이 흘렀다.

본디 생각이란 뜬구름과 같아서 아무리 좋은 생각 수천 개가 떠다녀도 그것이 열을 맞춰 정리되지 않으면 실제로는 아무런 힘을 발휘하지도 못하고, 오히려 생각하는 자들을 혼란스럽게 하여 아무런 일도 할 수 없게 만든다. 그러나 잘 정리된 사상이 말로 표현되는 것이 무서운 건 구름을 땅으로 끌어내려서 펼쳐 놓는 것과 같아서이다. 자신에게는 뜬구름과 같아서 손에 잡히지도 않고 보일락 말락 하여 속 탔던 것들이 땅바닥에 펼쳐져 있으니 어느 누군들 속이 뻥 뚫리지 않을 것이며 좋아서 날뛰지 않을 것인가. 그래서 생각이 말이 되는 순간 파괴력은 급속도로 커진다.

영정은 대신들을 물러가게 하고, 한비를 자신의 사실(私室)로 초청했다. 그리고는 누구도 배석하지 못하게 했다. 다만 한비를 배려해 한비의 비서인 장흔만은 함께하도록 허락했다. 영정은 내내 친근하였다. 그것이 연기인지 진심인지 알 수 없었다. 그의 속내는 어두워서 보이지 않았다. 다만 그럼에도 그는 상대방을 감동시키는 방법을 아는 독특한 젊은 군주였다.

사실에서의 영정은 사뭇 다르다. 그는 왕과 신하 사이에 오가는 모든 수사학을 거두어 소탈하게 말하고, 한비가 먹을 것을 챙기며 곰살맞게 군다. 긴장감이라곤 없다. 마음을 풀어놓은 듯 권커니 잣거니 하다가 드디어 이런 사적인 질문에까지 닿는다.

"사부께 인생이란 한마디로 무엇이었습니까?"

"한마디라 …."

한비는 잠시 생각한다. 술기운이 돌아 불그레한 얼굴로 짧게 대답한다.

"절벽."

순간 한비와 영정의 눈이 허공에서 부딪친다. 이어지는 강렬한 침묵. 시공간이 멈춘 듯한 그 침묵을 깬 것은 영정의 눈에 순간적으로 핑 돌아 나간 눈물이었다.

중인重人

유능한 정치인(智術之士)은 멀리 내다보고 일을 명확히 꿰뚫어 보는 능력이 있고, 그럼으로써 사리사욕을 채우려는 음모를 능히 알 수 있다. 유능한 법률가(能法之士)는 굳건하고 강직하여 오직 법에 근거해 일함으로써 간사한 자들을 바로잡는다. 군주가 이렇게 사심 없이 유능한 정치인과 법률가를 중용하면, 맡은 직책은 무거우면서도 철밥그릇을 지키고 사익을 챙기며 법을 농단하는 요직 관료(重人)들의 행위를 바로잡고, 가차 없이 제거하게 될 것이다.

'맞다. 〈고분〉이 이런 글이었지.'

이사는 영정과 한비의 첫 대면을 지켜본 후 집으로 돌아와 필사해 보관하고 있던 한비의 진언 〈고분〉을 찾아 읽었다. 다시 읽은 〈고분〉은 그에게 당혹스럽게 다가왔다.

처음으로 이 글을 입수해 영정과 함께 읽었을 때는 자신들의 울분을 대신 말해 주는 것 같아 통쾌했다. 눈물 나도록 한비에게 감사했었다. 그때는 그랬다. 그때는 지금과 달랐으므로.

그때 영정은 옥새가 없는 왕이나 마찬가지였다. 옥새를 쥐고 있던 영정의 모후 조희는 사내의 바짓가랑이에서 헤어 나오지 못해 왕이 된 아들에게 도움은커녕 짐만 잔뜩 지우고 있었다. 영정이 떠안은 모든 혼란은 조희로부터 비롯됐다.

그녀는 상국 여불위, 원래 조나라의 상인이었던 그의 애첩이었다. 여불위는 영정의 부왕인 장양왕 시절부터 진나라 최고 실세 자리를 꿰차고 진나라 국정을 좌지우지했다.

여불위가 진나라로 건너와 일인지하 만인지상의 재상이 되기까지는 남다른 사연이 있었다. 조나라 최고 갑부 상인이었던 여불위는 당시 조나라에 볼모로 와 있던 영정의 아버지인 영이인을 만났다. 공존과 대립을 반복했던 제후국들은 서로 제후의 자식들을 볼모로 나누며 상대국과의 실낱같은 신뢰를 이어 가고 있었던 터라 제후의 아들들은 대부분 이 나라 저 나라에 볼모로 보내지는 것이 예사였다. 그리하여 어느 나라에서나 볼모 공자들은 쉽게 눈에 띄었다.

영이인도 그런 공자 중의 하나였다. 그의 행운이라면 자신에게 돈을 투자할 여불위를 만났다는 것이다. 여불위는 영이인을 진나라 왕이 되도록 뒤에서 밀어 준 후원자였다. 장사로 모은 큰돈을 모두 정치에 투기성 베팅을 한 것이다.

여불위는 볼모로 온 진나라 공자를 만난 후 집으로 돌아와 자신의 아버지에게 물었다.

"아버지, 농사를 지으면 이익이 몇 배나 되나요?"

"열 배는 된다."

"그럼 보석 장사를 하면 몇 배나 남나요?"

"백 배는 남는다."

"주군을 세워 나라를 안정시키면 몇 배가 남을까요?"

"이루 헤아릴 수 없다."

그 순간 여불위는 생각했다.

'장사란 그렇게 하는 것이다. 은자 몇 푼으로 계산되는 부자는 부자가 아니다. 아무도 헤아릴 수 없는 지상의 가치를 끌어 모으는 것, 나에게 장사란 그런 것이다.'

그러고 나서 그는 행동에 들어갔다. 진나라에선 아무런 영향력도 없는, 당시 태자 안국군의 20여 명 아들 중 한 명인 영이인에게 전 재산을 투자한 것이다. 그는 안국군이 적자가 없어 후사를 세우지 않은 것에 착안해 안국군의 정실인 화양부인과 그녀의 친정식구들을 금은보화로 매수했다. 그러는 한편으론 초나라 출신인 화양부인에게 아부하기 위해 '이인'의 이름까지 '자초'로 바꾸게 하고 그를 양자로 입적토록 사주해 끝내 성취해 냈다.

물론 자초도 보통 인물은 아니었다. 그는 화양부인을 만나러 갈 때 초나라 아이들의 옷을 입고 가서 아부를 했다. 화양부인이 자기보다 어린 여인이라는 것은 괘념치 않는 뻔뻔함이 그에겐 있었다.

여불위가 자초에게 투자하기로 한 이유도 이런 뻔뻔함 때문이었다. 수줍고 자존심이 강한 공자가 나이 어린 아버지의 부인에게 어떻게 잘 보이고자 애교를 부릴 수 있겠는가. 권력을 얻는 자에게 양심은 부채(負債)이고, 뻔뻔함이 자본(資本)임을 상인인 그가 모를 리 없었다.

자초의 뻔뻔함은 끝이 없었다. 자초는 급기야 여불위의 애첩인 조희를 탐냈다. 여불위는 불끈 화가 나고 마음이 상했지만, 감정으로 일을 그르치는 우를 범할 사람이 아니었다. 그는 조희를 자초에게 정식으로 시집보냈다.

조나라에서도 가장 허리가 가늘고, 아름다우며, 춤을 잘 추고, 노래 실력도 빼어났던 조희는 눈물을 뿌리며 자초에게로 갔다. 그리고 영정을 낳고, 자초가 왕이 되자 왕후가 되었다.

그러나 명 짧은 장양왕이 일찍이 승하하면서 조희는 다시 여불위를 방안으로 끌어들였다. 그러나 사랑보다 야망과 성취에서 희열과 달콤함을 느끼는 여불위가 한때의 애첩 때문에 자신을 위태롭게 할 리가 없었다. 조희가 아무리 아름다워도 반드시 성취해야 할 꿈보다 아름답지 않았다. 그의 꿈은 오롯이 하나였다.

영정과 함께 '통일제국'을 건설하는 일.

그리하여 영정을 천하의 주인, 천자(天子)의 자리에 앉히는 일.

그의 야망의 중심은 영정이었다.

여불위는 실로 영정이 등극하자마자 전쟁을 벌이기 시작했다. 그나마 명맥을 유지했던 주나라 왕실의 문을 닫고, 진나라의 땅을 넓혀 갔다. 그는 여색과 잡기를 멀리하고 오직 나랏일에만 몰두했다. 영정의 천하가 마치 자신의 천하인 것처럼.

천하에 뜻을 품은 야심만만한 남자에겐 정욕을 해소할 여자만 필요할 뿐, 감정과 시간, 기운을 나눠 줄 여자는 거추장스러운 것이었다. 그러니 옛정을 살려 보려는 조희의 노력은 허무하기만 했다.

그러나 여불위는 조희를 야멸차게 거절하지는 않았다. 영정의 모후, 이 나라의 왕태후를 그리 대접할 수는 없었다. 다만 달래고 진정시키며, 그녀가 신경을 돌릴 다른 놀잇감을 찾았다. 그는 조희의 정욕을 채워 줄 인물을 수소문한 끝에 진나라에서 소문나게 큰 양물(陽物)을 가진 사내, 노애(嫪毒)를 찾아냈다. 그리고 그를 환관(宦官)으로 위장시켜 조희에게 바쳤다.

그러자 30대 중반에 접어든 조희는 20대의 팔팔하고 힘 좋은 애인과의 정염에만 몰두했다. 여불위가 계획한 대로 섭정 모후의 간섭에서 벗어나는 듯했다. 한시름 놓았다. 그러나 그는 한 가지를 계산하지 못했다. 왕태후의 노리개로 던져 준 노애도 욕심이 있는 인간이라는 사실.

노애는 머리는 나빴지만 욕심은 컸다. 그런 자가 저지르는 혼란은 실로 파괴적이었다. 그는 여불위와 맞먹는 세력을 키워 대립하며, 국정을 농단하려고 했다. 또 조희와의 사이에 아들 둘을 낳아 기르며 그 아이들로 하여금 왕위를 잇도록 하겠다는 터무니없는 야심에 불타올랐다.

모후의 섭정 시절, 영정은 여불위와 노애의 대립을 지켜보아야만 했다. 겉으로는 모르는 척했으나 영민한 영정은 결코 돌아가는 사태에 무지하지 않았다. 그러니 좌절감과 무력감이 커졌다. 이사는 그 좌절감의 틈으로 파고든 사내였다.

주군의 좌절은 그를 모시는 비서였던 이사에게는 실존의 문제였다. 이사는 여불위의 천거로 영정에게 글씨를 써주는 비서로 일하고 있었다. 그 자리는 이사의 입장에서 보면 '신(神)의 한 수'였다. 머리 좋고 공부 좋아하는 어린 왕은 강박적으로 새로운 지식을 추구했고, 이사는 그의 지적(知的) 허기를 채워 주기 위해 많은 책과 편지를 필사해 올렸다. 그러다 어느 순간부터 이사는 왕의 서책에 자신의 주석과 견해를 달아 올리기 시작했다.

어린 왕은 안목이 높고 영민했다. 그는 이사의 해설에 관심을 가졌다. 그리고 이사를 불러 그와 문답을 시작했다.

영정은 애초 왕으로 태어난 사람이었다. 그 어린 나이에도 속내가 어두워 들키는 법이 없었다. 얼굴도 두꺼워 싫어도 싫은 내색을 하는 법 없이 표정마저 숨길 줄 알았다. 여불위에게는 중부(仲父), 즉 작은 아버지라고 부르며 경청했다.

당시엔 왕태후가 한때 여불위의 애첩이었다는 사실을 들어 영정이 여불위의 아들일 것이라는 소문이 나돌고 있었다. 더 흉한 소문도 있었다. 영정이 아홉 살에 귀국한 뒤 4년 사이에 세 명의 왕이 죽었다. 소양왕은 수명이 다하여 죽었지만, 그 뒤를 이은 효문왕이 1년 만에 죽고, 젊은 장양왕은 3년 만에 죽었다. 이것이 과연 우연이겠느냐는 추측성 괴담(怪談)이 난무했다. 여불위가 영정이 자신의 아들임이 들통나기 전에 미리 왕들을 제거했다는 소문이었다.

이를 빌미로 영정의 이복동생인 장안군(長安君) 성교(成蟜)가 쿠데타를 도모하기도 했다. 그럼에도 영정은 다만 모른 척했다.

그는 모친의 정부(情夫) 노애의 몽니에도 평온한 얼굴을 지어 보였다. 그 표정연기에 무식한 노애는 기고만장해졌다. 노회한 여불위조차 영정의 편안함에 마음을 놓았다. 왕은 다만 어리숭하고 천진한 표정으로 그들을 경청할 뿐이었다.

그러나 매일 옆에 붙어서 온통 영정에게만 촉각을 곤두세우고 있는 이사의 눈엔 왕의 야망과 현재의 무력함에 대한 좌절과 화증(火症)이 읽혔다. 이사는 영정만을 연구했다. 영정은 홀로 있는 동안에는 늘 중원의 지도를 바라보았고, 때로는 채찍을 들어 그 지도를 하나로 묶듯이 큰 원을 그렸다.

이사는 누구보다도 먼저 알아챘다. 영정은 진나라 왕들에게 대를 이어 전수된 숙명적 과제, 통일 제국의 건설에 몰두하고 있다는 것을.

어느 날, 이사는 여느 때처럼 영정과 문답을 하던 중 기회를 잡아 아뢰었다.

"하문하신 것은 아니오나 신이 오랫동안 흉중에 품고 있던 생각을 말씀드려도 되겠습니까?"

"흉중의 생각이라? 왕에게 진정 필요한 것은 타인들이 털어놓지 않는 그들만의 속내일지도 모르오. 말해 보시오. 내 기쁘게 들을 터이니."

이사는 비장하게 이야기를 시작했다.

"본시 다른 사람에게 의지하는 사람은 기회를 놓치게 됩니다. 큰 공을 이루는 사람은 남의 약점을 파고들어 밀고 나가는 자입니다."

순간 영정은 자세를 고치고 바로 앉아 그에게 계속하라고 신호
했다.

"옛날 진나라 목공(穆公)이 패주가 되고서도 동쪽을 함락시키
지 못한 것은 무엇 때문입니까. 그것은 제후의 수가 너무 많고 주
나라 왕실의 은덕이 여전히 쇠퇴하지 않아서입니다. 이는 오패
(五霸)가 차례로 일어나 번갈아 가며 주나라 왕실을 존중했기 때
문입니다. 그러나 효공 이래 주나라 왕실은 쇠약해지고, 제후들
은 힘을 합쳐 관동은 여섯 나라로 줄었습니다. 진나라가 상승세
를 타고 제후들을 눌러 온 지 벌써 여섯 대가 지났습니다. 지금은
제후들이 진나라에 복종하여 마치 진나라의 군이나 현과 같습니
다. 무릇 진나라의 강대함에 대왕의 현명함이라면 밥 짓는 자가
솥단지 위에 앉은 먼지를 훔치듯 손쉽게 제후를 멸망시키고 대업
을 이루어 천하를 통일하기에 충분합니다. 이것은 만 년에 한 번
있는 기회입니다. 지금 게으름을 피우고 서둘러 이루지 않으면
제후들이 다시 강대해져서 서로 모여 합종을 약속할 테고, 그렇
게 되면 황제와 같은 현명한 왕이 있을지라도 천하를 손에 넣을
수 없을 것입니다."

영정은 이사의 말이 다 끝났음에도 오랫동안 아무 말도 하지 않
았다. 이사는 영정의 심중을 헤아리지 못한 채 뒷걸음으로 대전
을 물러났다.

영정은 아무 말도 하지 않은 가운데 이튿날 이사를 장사로 임명
한다는 조서를 발표했다. 일개 비서였던 낭을 순식간에 궁궐의

모든 일을 총괄하는 우두머리의 자리에 앉힌 것이다. 이 순간부터 이사는 영정의 꿈을 실천하는 도구가 되었다.

6국을 겸병해 통일제국을 이루는 일. 그리고 진나라의 권력을 쥐고 흔드는 여불위와 노애를 밀어내는 일까지. 영정은 이사의 임무를 입 밖으로 내어 말하지 않았으나 기민하고 영민한 이사는 대화하지 않는 가운데 자신의 임무를 알아차렸다. 앞으로 일어날 모든 더러운 일에 손발을 담그는 영정의 도구가 되었다는 것을.

영정과 이사가 한비의 〈고분〉을 접한 것은 바로 그 무렵이었다. 당시 이사는 자신이 한비가 말한 '지술지사, 능법지사'이며, 여불위와 노애는 국정을 이용해 사익을 추구하는 '중인'이라고 생각했다.

이런 생각은 영정도 마찬가지였다. 영정은 이사에게 6국 겸병의 계책뿐 아니라 친정권을 찾아온 후 왕권을 강화하는 방안, 즉 노애와 여불위를 제거하는 일에 대해서도 은밀히 묻고 경청했다.

그러나 세월이 흘러 왕은 강건해지고, 여불위와 노애는 이 세상 사람이 아니게 된 작금에 이르러 보니 이사를 중인이라고 해도 이상할 게 없었다. 더욱이 이사의 특장기는 기만술과 모략술, 매수와 이간책, 간첩과 모살이었다.

'미꾸라지 연못에 메기가 한 마리 들어왔구나.'

이사는 신하로 타고난 자의 경계심이 발동한다. 동문수학한 동창의 방문은 경쟁자가 아닐 때에만 반가운 법이다. 더구나 탁월한 능력을 바탕으로 경쟁의 장에 뛰어든 동창은 버겁기 그지없는 상대다.

본래 아무런 인연이 없는 경쟁자를 이기는 것은 자신의 덕에 아무런 손상을 주지 않지만, 명성과 실력이 높은 동창은 이겨 봐야 욕을 먹거나 다른 수작을 부렸다가는 의심만 받게 돼 있다. 타자들의 시기심은 그렇게 발동한다. 이제 이사에겐 잘해 봐야 본전이고, 십중팔구는 덕이 깎이는 게임이 시작된 것이다.

그러나 그는 덕을 쌓을 것인지 이익을 추구할 것인지 놓고 깊이 고민하지 않는다. 작금의 그에겐 지켜야 할 체면보다 앞으로 얻어야 할 영달이 더 크다. 집안의 명예도, 쌓아 놓은 덕과 명성도 적으니 잃어 봐야 손해 볼 것도 없다.

'원래 고결하게 태어난 자들은 개천에서 태어난 자들을 이길 수 없는 법. 지켜야 할 것이 많은 자들은 지킬 게 없는 자들과 맞설 수 없는 법이다. 태생에선 내가 한비에게 질 수밖에 없으나 왕의 신하로선 한비가 내게 질 수밖에 없을 것이다.'

그에겐 한 가지 원칙이 있다. 이미 영정에게 아뢰어 책략으로써 인정받은 원칙이다.

'매수하여 내 편이 되는 자는 살려 두고, 매수할 수 없는 강직한 자는 죽인다.'

그는 지금 한비를 죽여야 한다고 생각하지는 않는다. 다만 외곽으로 밀어내야 한다는 건 분명하다. 머리를 굴린다. 본능적으로 미꾸라지들끼리 연대하여 경쟁자를 이길 비책을 세워야 한다는 꾀가 올라온다. 한비에 대한 악의가 아니라 신하로서의 생존 본능이다.

이럴 때는 다른 사람을 앞장세우고 자신은 철저히 숨는 것이 상책이다. 앞장서 이겨 봐야 남는 건 상처뿐일 터이니. 퍼뜩 머리에 떠오르는 인물이 있다.

'돈약. 그래 돈약이다. 저 잘난 줄만 아는 종잡을 수 없는 젊은 녀석. 도도하고 승부 근성이 강한 자. 그자가 막 함양성으로 돌아왔으니, 경쟁심을 잘만 자극하면 돈약이 한비의 발목을 잡을 수 있을 터 ….'

이사는 얼른 자세를 고쳐 잡고 앉아 편지를 써서 돈약에게 보낸다.

'한비. 그는 정치(術)를 알고, 법을 알고, 제후가의 후예로 태어나 천성적으로 왕의 마음과 습관을 안다. 그리하여 치자(治者)로서의 가혹함에 가책이 없다. 그는 사리사욕이 없고 맑아서 매수할 수 없다. 그가 왕의 곁을 지킨다면 궁중 신하들의 혼탁함이 드러날 테고, 친소를 떠나 똑같이 처단할 것이다. 왕은 결코 내 편을 들어 주지 않는다. 원래 모든 왕은 자기 자신만을 아끼는 사람이다.'

종횡가 돈약頓弱

'한비가 만만치 않군.'

돈약은 대전에서 영정과 한비가 나누는 대화를 본 후 한비의 영향력이 어느 정도까지 확장될지 가늠하고 있었다.

전국을 돌아다니며 유세하는 '순회외교관', 항간에선 '종횡가'로 불리는 돈약이 이 무렵 함양으로 돌아온 것도 실은 한비가 진나라로 떠났다는 소식을 듣고 궁금해서였다. 한나라에 있을 때 한비의 학사를 몇 번 방문해 만난 적도 있고, 한비의 글 몇 편을 구해 봤던 돈약은 왠지 영정과 한비가 통하는 구석이 있다고 느꼈었다.

물론 한비는 직설적이어서 숨김이 없고 사심 없는 지성이 충만한 반면, 영정은 열정적이었으나 속내를 드러내지 않고 숨 쉬는 것조차 정치로 무장하는 묘한 재주를 가졌으므로 겉으로는 다른 듯 보였다. 한비가 밝음(陽)이라면 영정은 어두움(陰)이었다. 그러나 그에겐 왠지 둘이 하나로 보였다. 그것이 무엇인지는 잘 설명할 수 없었다. 다만 아주 밝아도 남들에게 들키지 않고 숨길 수 있고, 어두워도 숨길 수 있는 점이 통한다고 할까.

"나으리! 정위 댁에서 편지가 왔습니다."

어린 노비가 돈약에게 편지를 건넨다. 돈약은 편지를 건네받다 말고 갑자기 껄껄거리며 소리 내어 웃는다. 어린 노비가 깜짝 놀라 쳐다본다.

"이리 주고, 너는 나가 보아라."

'술이나 한 잔 하자'는 초청의 내용이다. 그는 또다시 껄껄거리며 웃는다.

'여우같은 이사가 속이 타는군.'

돈약은 보고체계상 이사의 지휘를 받는다. 이사는 사법부를 총괄하는 한편, 6국을 상대로 한 비공개적 외교 책략을 총괄했다.

이사의 책략은 단순했다. 군사, 외교, 간첩의 수단을 종합해 각 국의 제후를 다루는 것. 그는 외교 중에서도 이간과 간첩 활용에 심혈을 기울였다.

6국의 명망 있는 권신들 가운데 뇌물로 움직일 수 있는 사람들은 많은 선물과 뇌물을 주어 결탁하고, 매수할 수 없는 권신들은 가차 없이 암살했다. 특히 군주에게서 강직한 신하를 떼어 놓고 이간하여 틈이 벌어지게 함으로써 공략의 기회를 만드는 것이야 말로 그가 심혈을 기울이는 일이었다.

돈약은 권신의 매수를 담당했다. 매수가 안 되는 데다 진나라의 이익을 해칠 우려가 있는 자들을 이사에게 보고하면, 이사는 다양한 수법으로 흔적을 남기지 않고 그들을 암살했다.

이러한 매수와 이간책은 돈약도 영정을 만나 직접 간언했던 일이기에 이사의 창의적 발상은 아니다. 실은 오래된 진나라 외교책이었다. 그러나 조직은 조직, 위계는 위계. 간첩 활용과 매수책을 총괄하는 사람이 이사였고 돈약은 그의 부하였다. 그러므로 그는 이사에게 깍듯이 대하기는 하나 마음으로부터 윗사람으로 모시지는 않는다. 나이로는 영정보다 10년 위이고, 이사보다 10년 아래지만 그는 오직 영정 한 사람만 윗사람으로 받들 뿐이다.

그도 그럴 것이 외모가 실력의 반은 먹고 들어가던 당대에 이사는 관직에 오르지 못할 만큼 못나지는 않았으나 평범했고, 나름 점잔을 빼고 우아한 몸짓을 하려 해도 어딘지 부자연스러웠다. 타고나지 못한 우아함과 태도는 내내 이사의 발목을 잡는 약점이었다.

반면 돈약은 태생부터 달랐다. 그는 진나라 토착귀족인 대부(大夫) 집안 자제였다. 아무리 방만하게 행동해도 저절로 드러나는 우아함과 절도를 따를 수 없었다. 또 진나라 정통귀족 출신인 그에게 외지에서 온 선비 출신 관료란 마뜩찮은 존재였다. 그는 진나라 귀족들이 외지인에게 품었던 반감을 공유하고 있었다.

원래 외지의 젊은 기재들이 진나라 조정에 출사하여 자리를 차지하는 것은 오랜 전통이었지만, 효공 이래 이런 현상은 더욱 심화됐다. 벼슬길에 나가는 길은 오직 실력과 업적을 입증하는 것뿐이었다. 그렇다 보니 진나라엔 외국에서 몰려온 기재들이 앞다퉈 관직을 구했다. 그들이 좋은 자리를 차지할수록, 토착 귀족들의 입신출세 길은 점점 좁아졌다.

귀족들의 불만이 폭발 지경에 이르렀을 무렵 상국 여불위가 실각했다. 이어 그 자리에 오른 창평군(昌平君)은 종실의 어른이었다. 실로 오랜만에 진나라 골수귀족들의 세상이 시작될 기회를 얻은 것이다. 귀족들은 이 기회를 허술히 보낼 수 없었다. 그들은 창평군을 주축으로 젊은 왕을 압박해 그들의 자리를 확장하는 데 나섰다.

토착귀족들은 젊은 왕을 압박하는 전략을 실행했다. 왕의 덕을 깎아내리는 것. 영정을 향한 공격의 명분은 '효심'(孝心)이었다. 영정은 이 무렵 불효하다고 공격당할 만한 빌미를 제공했다.

영정이 스물두 살 되던 해, 관례를 치른 후 그가 가장 먼저 한 일은 모후인 조희의 정부 노애의 반란을 진압한 것이었다. 진나라에서 가장 양물이 큰 사내, 그리하여 여불위에게 발탁되어 조회에게 바쳐진 젊은이였다. 그는 조희의 내실로 들어갈 당시 환관으로 위장했고, 그 후 수염을 다 뽑고 영정의 앞에서도 환관으로 처신했다.

노애의 탐욕은 끝이 없었고, 조희의 사랑은 마르지 않았다. 무식한 자의 권력에 대한 탐욕은 나라를 망친다. 노애가 그러했다. 무식하고 탐욕스러운 자를 사랑하는 여자는 집안을 망친다. 조희가 그러했다.

조희는 노애를 장신후(長信侯)에 봉해 신분을 상상할 수 없이 높이고, 이를 왕인 어린 아들에게 결재하도록 했다. 그리고 정남향으로 볕이 잘 드는 좋은 땅인 하서(河西) 태원군(太原郡) 등 광활한 봉지를 내리고, 각종 특권을 주었다. 궁실에서 타는 수레와 말, 옷을 주었고, 궁궐 안에 있는 동산에서 즐기도록 허락했고, 왕실의 특권 중 하나인 말을 타고 사냥할 수 있는 권리를 내렸다.

노애의 하인은 수천 명에 이르렀고, 명망가들이 하는 대로 벼슬을 갈망하는 선비들을 손님으로 받아 문하에 둔 사인(士人)도 천여 명에 달했다. 여불위의 3천 식객보다는 적지만 진나라 안에선 여불위와 맞붙을 수 있는 규모의 정치 세력을 거느리게 된 것이다.

진나라 권력은 네 군데로 분산되었다. 왕인 영정, 모후 조희, 상국 여불위 그리고 환관 노애.

벼슬길에 나서려는 선비들이나 입신출세를 원하는 인사들은 여불위에게 줄을 서야 할지, 노애를 따라야 할지를 놓고 심각한 눈치 보기를 하였다. 여불위는 전쟁을 일으켜 마침내 주나라 왕실을 궤멸하고 영토를 넓히고 인재들을 끌어들였으나, 노애는 오직 자신을 위한 탐욕으로 돌진했다.

그는 태후의 정부가 아닌 왕의 아버지가 되려는 꿈을 꾸기 시작했다. 그는 조희와 사이에서 두 아들을 두었다. 그는 행동에 나설 준비를 했다. 영정이 관례를 올릴 무렵, 반란을 일으켜 영정을 죽이고 자신의 아들을 후사로 삼는 게 그의 계획이었다. 그가 얼마나 무모한 꿈을 꾼 무능력한 인사였는지는 곧 드러났다.

노애는 영정이 불세출의 정치적 재능을 타고났다는 점조차 알아채지 못할 만큼 안목이 없는 무식한 사내에 불과했다. 노애가 반란의 깃발을 드는 순간 영정은 이를 기다렸다는 듯 제압했다. 그리고 영정은 모후인 조희의 궁으로 쳐들어가 두 동생을 자루에 담아 때려 죽였고, 조희를 옹성(雍城)으로 쫓아내 버렸다.

이는 인간으로서 잔혹하였으나 왕으로서는 치적이라 할 수 있었다. 또 그의 정치적 능력이 얼마나 대단한 것인지 보여 준 사건이었다. 그는 불확실성 하나를 제거했고, 국론분열의 가장 큰 통로를 막아 버렸으며, 네 갈래로 흩어졌던 핵심 권력 중 두 개를 일거에 제거하는 데 성공했다. 그리고 이를 빌미로 조만간 또 하나의 걸림돌, 여불위를 제거할 참이었다. 나라의 권력을 한 군데로 모으고, 그야말로 역량을 집결하여 6국을 겸병할 준비를 해나가고 있었다.

그러나 이 사건은 귀족들에게 영정을 공격할 무기를 제공했다. 공자(孔子)가 주장했던 효 이데올로기가 그 무기였다. 유가(儒家)의 세력이 약했던 진나라는 평상시에 공자의 효를 크게 돌아보지도 않았었는데, 느닷없이 이 무렵에 이르러 진나라 귀족들 사이에서 요란스러울 만큼 지고지순(至高至純)의 가치로 떠올랐던 것이다. 효는 실제로 왕이나 사회 지도급 인사들의 덕행을 깎아내려야 할 때는 매우 유용한 무기로 활용됐다.

귀족들은 조나라의 미천한 계급 출신인 조희를 무시했었다. 그녀가 옹성으로 쫓겨나 죽든 말든 관심도 없었다. 조희가 노애의 권세를 키워 준 것도 우군(友軍) 없는 진나라에서 살아남기 위한 어쩔 수 없는 전략이었을지 모른다. 영정이 잘못되기라도 하면, 그 귀족들이 달려들어 자신을 다 뜯어먹어 버릴 것임을 직감했기에 노애의 세력을 키워 자신의 울타리로 삼으려 했던 측면도 있었을 것이다.

귀족들은 왕후로도 왕태후로도 그녀를 무시했었다. 여불위와의 관계를 두고 영정이 여불위의 아들이라는 소문을 냈고, 이들 모자에게 혐오스러운 눈길을 보냈다.

그러던 귀족들이 느닷없이 조희에게 '왕의 어머니'라는 권위를 부여하며, 영정을 압박했다. 효를 다하지 못한 왕에 대한 불신을 확산시켰다. 직언을 한답시고 왕의 면전에서 그의 불효를 탓하기 시작했다. 내용은 같았다.

"태후를 처벌한 것은 효에 어긋난 행동이며, 나라 전체에 효의 덕을 무시하게 하는 패륜의 본보기를 보인 것입니다."

'직언에 대해선 경청하고, 이 과정의 무례함은 참는다.'

이는 진나라 왕들에게 내려오는 전통이었다. 영정은 천하를 통일한 이후에도 이를 잘 따랐지만 단 한 번 이 전통을 깼다. 바로 이때였다. 그는 간언하는 자를 향해 크게 화를 내며 신하들이 보는 앞에서 고문하고 참수(斬首)했다. 그리고 이렇게 선포했다.

"앞으로 태후의 일로 진언하는 자는 육살(戮殺)에 처할 것이다."

영정은 실제로 모후의 일과 효를 거론하는 자들을 모두 죽였다. 그 수는 27명이나 되었다. 20대 초반의 젊은 왕이 이렇게 많은 살육을 한 것을 놓고, 귀족들은 "왕이 분노 때문에 이성을 잃어가고 있다"고 보았다. 조금만 더 실덕을 유도하면, 영정을 압도할 수 있을지도 모를 일이었다.

그러던 중, 제나라에서 온 모초(茅焦)라는 선비가 영정에게 알현을 요청했다. 영정은 신하들이 모두 모인 대전에서 그를 맞았다. 영정이 말했다.

"그대가 효심이 어떻고 하는 이야기를 하고자 한다면 지금 걸어 나갈 수 있을 때 걸어 나가시오. 내가 그런 말을 하는 자들을 얼마나 많이 죽였는지 먼저 알기를 바라오."

그러나 모초는 결연히 말했다.

"어찌하여 그리하십니까? 이제 진나라가 막 천하통일의 대업을 이룰 수 있는 기틀이 마련된 이때에 모후를 유배함으로써 간악한 이들에게 공격할 빌미를 주셨습니다. 이 소문을 빌미로 제후국들이 진나라를 배반할 구실을 주었으니 어찌 두렵지 않겠습니까."

그가 다시 모후의 일을 거론했으나 영정은 그를 제지하지 않았다. 영정은 다만 모초를 응시했다. 모초는 망설이지 않고 말을 이어 나갔다.

"폐하께서 의붓아버지를 거열형에 처한 것은 질투하는 인간의 모습을 보여 주었습니다. 또 두 동생을 자루에 넣어 쳐 죽인 것은 자애로움을 의심받기에 충분했습니다. 어머니를 먼 궁으로 내친 것은 불효를 실행한 것입니다. 또 간언하는 선비들을 찔레로 고문하고 죽인 것은 걸(桀)이나 주와 같은 폭군의 기질이 있음을 보여 주었습니다. 지금 천하가 이 소문을 듣고 와해되어 진나라를 따를 자가 없습니다. 신은 진이 망하여 대왕께서 위험해질까 걱정스럽습니다."

귀족들은 생각지도 않은 열사(烈士)의 등장을 흡족하게 바라보고 있었다. 이름도 모르는 이 선비가 죽임을 당하면, 영정을 공격할 또 하나의 무기를 갖게 될 터였다. 더욱이 제나라에서 온 선비를 죽인다면 국제적 공분을 끌어올릴 수 있을 터였다.

그러나 영정은 아무 말도 하지 않았다. 분노하지도 않았고, 호통을 치지도 않았다. 오히려 입가에 옅은 미소가 한 줄기 지나가는 듯 보였다. 의아한 침묵이 이어졌다. 영정이 이 침묵을 깼다.

"그대가 모초라 하였소?"

"그러하옵니다."

"모초라 …."

그리고 나선 그를 고이 돌려보냈다. 대전은 술렁거렸고, 영정은 살육을 멈췄다.

돈약은 이 이야기를 들었을 때, 영정에게 출사(出仕)하기로 마음먹었다. 돈약은 책략과 논변이 뛰어난 대부 집안의 기대주로 이미 장안에 명성이 자자했다. 게다가 공·경·대부들은 물론 왕과 후까지 자신의 농담 소재로 삼을 만큼 대담하고 거칠 것 없는 젊은이였다. 많은 사람들이 "돈약은 집안만 조금 모자랐어도 어느 귀신 손에든 죽었을 것"이라고 말할 정도로 그는 성역 없이 논하고 망신을 주었다.

영정 역시 명성 드높은 젊은 돈약에 대해 궁금해했다. 그의 집안을 통해 여러 번 출사를 권했지만 이 시건방진 젊은이는 콧방귀도 뀌지 않았다.

그러다 궐에서 돌아온 아버지로부터 모초의 일을 전해 들었다. 아버지가 돈약에게 물었다.

"대왕이 무슨 꿍꿍이가 있는 걸로 보이느냐. 도저히 종잡을 수가 없지 않느냐."

돈약은 뜬금없이 말했다.

"일전에 대왕이 저를 만나고 싶다고 사람을 넣었는데, 아직 대답하지 않았습니다."

"그게 하루 이틀 얘기냐?"

"저는 방금 결심했습니다. 대왕을 만나기로. 그리고 책략을 올리고, 대왕을 도울 겁니다."

돈약은 출세욕보다 승부욕이 강했다. 왕후장상에 대한 풍자 강도를 점점 높이는 것도 자신이 어디까지 갈 수 있는지 스스로 게임처럼 즐겼기 때문이다. 그는 갑자기 승부욕이 발동했다.

'실덕(失德)만을 논했던 멍청한 선비들은 모두 가차 없이 죽였으나 이 일을 놓고 '왕의 이익'을 논하는 한편, 실덕만을 논하는 멍청한 귀족들을 간악한 자들이라며 경계한 모초는 죽이지 않았다.'

이 대목에서 그는 영정이 불효를 탓하는 신하들을 죽인 것이 포악하거나 자신의 분노와 질투심을 조절하지 못하는 풋내기여서가 아니라는 걸 알아차렸다.

'불효에 대한 간언 사태가 젊은 왕을 흔들고 헤게모니를 장악하려는 신하들의 꿍꿍이라는 것을 왕은 간파하고 있었군. 왕이 노회한 중신들보다도 수가 높고 영악하구나. 노회한 신하들과의 기 싸움에서 매 순간 승리할 수 있는 젊은 왕이라. 내 그 왕과 힘을 합치면 어디까지 갈 수 있는지 한번 가볼 만하지 않겠는가.'

돈약은 내처 왕의 사자를 불러 승부수를 띄웠다.

"저는 원래 제후들을 풍자하고 조소하는 일로 명성을 쌓았습니다. 그러니 일거에 대왕에게 절을 올리며 들어간다면 제가 얼마나 웃음거리가 되겠습니까. 또 지금까지 저는 왕에게 절하지 않는 것을 의(義)라고 생각해 왔습니다. 만일 왕께서 절하는 것을 면해 주신다면 뵐 수 있고, 그렇지 않으면 뵐 수 없습니다."

돈약은 영정의 도량이 이런 거만함조차 품을 수 있는지 시험하고 싶었다. 영정은 즉각 '절하는 예를 면한다'는 조서를 내렸다. 그리하여 돈약은 왕을 알현하였다.

왕은 겉치레에 관심이 없는 실리추구형 인물이었다. 기질만으로 본다면 왕이라기보다 상인에 가까웠다. 그는 돈약의 절 따위는 잊어버린 듯했다. 돈약을 보며 친근하게 물었다.

"그대는 진나라 명문가의 자제로 진나라의 신하인데 어찌하여 이토록 만나기 어렵고, 출사도 하지 않으려 했소?"

"저는 명분과 실리를 모두 얻을 수 있는 일이 아니라면 하지 않으려 했기 때문입니다."

"그것이 무슨 뜻이오?"

"천하에 실리는 있으나 명분이 없는 자가 있고, 명분은 있으나 실리가 없는 자가 있습니다. 또 명분도 실리도 없는 자가 있지요. 각각 어떤 이들인지 아시겠습니까?"

"모르겠소. 말해 보오."

"상인들은 식량을 가득 쌓아 놓고 있으니 실리는 있으나 실제로 경작하는 명분은 없으니, 실리는 있으나 명분이 없는 자라 하겠습니다."

"그렇겠구려. 그럼 명분은 있으나 실리가 없는 자는 누구요?"

"농민들은 경작하는 명분은 있지만 식량을 쌓아 두는 실리가 없으니, 실리는 없고 명분만 있는 사람이지요."

"오호라, 그렇겠군. 그럼 명분도 실리도 없는 자는 누구요?"

"대왕이십니다. 대왕께서는 큰 나라의 왕이면서 효도하는 명분도 없고, 큰 땅을 가지고서도 효도의 명분을 잃어 계속 효의 담론(談論)에 묶여 다른 일이 돌아가지 않아 더 큰 이익을 챙기지 못하고 있으니 실리도 없다 할 것입니다."

영정의 얼굴이 확 굳었다. 이마에 핏대가 올라오는 것도 보였다. 그러나 그는 감정 때문에 이성을 잃는 사람은 아니었다. 특히 이익 앞에선 그러했다. 그는 곰곰이 머리를 굴리더니 물었다.

"내가 명분과 실리를 챙길 수 있는 방법을 말하라. 그렇지 못하면 그대도 입만 나불대던 다른 귀족 패거리들처럼 육시(戮屍)가 날 것이니."

110

돈약은 왕의 싸늘함에 순간 모골이 송연하였다. 그러나 체면이 있는지라 당당하게 말했다.

"어머니를 해금하여 효를 행하는 모습을 만천하에 알려 명분을 세움으로써 명분의 위기를 털어 버린 뒤, 강한 정치력과 군사력을 활용해 6국을 위엄으로 제압하는 것으로 실리를 찾을 수 있을 것입니다."

영정은 강한 눈빛으로 돈약을 쳐다봤다. 천하에 잘난 돈약도 이 눈빛에 기가 질릴 지경이었다. 다만 안 그런 척하고 있을 따름이었다. 영정의 입가에 영문을 알 수 없는 싸늘한 미소가 감돌았다. 그러더니 나직이 말했다.

"가보라. 그대의 혓바닥이 그대의 목을 지켰노라. 그대의 혀가 얼마나 오래 목을 지킬 수 있는지 내 지켜보리라. 기억하라. 그대의 목을 보전할 수 있는 길은 오직 그대의 혓바닥에 나를 이롭게 할 이야기를 얹어 가지고 내 앞에 나올 때뿐이라는 것을."

얼마 후 영정은 모후 조희를 함양으로 불러들인다는 조서를 내렸다. 그리고 이 일을 간하고 목숨을 부지한 모초에게 느닷없이 중부, 작은 아버지라 부르며 상경(上卿)의 벼슬을 내렸다. 그때까지 왕의 중부는 여불위였는데 그 호칭을 모초에게 준 것이다. 그와 함께 모초에겐 자신의 잘못을 지적하고 조언하라는 명도 함께 내렸다. 정치가 아닌 언론(言論)의 역할을 맡긴 것이다. 이로써 영정은 순식간에 명분을 세우는 작업을 끝냈다.

게다가 모후 조희를 얕보고 헐뜯었던 중신들이 스스로 효의 논쟁을 벌였으니 이제 왕태후로서 조희의 위상은 명실공히 저절로 확립되었다. 젊은 왕은 왕태후가 다시 입성하는 길에 중신들을 마중토록 함으로써 조희의 신분을 확고히 세워 놓았다. 이제는 그 누구도 조희의 신분에 대해 이러쿵저러쿵하지 못했다.

그러고 나서 왕은 다시 돈약을 불렀다. 돈약은 두 번째 알현에서 왕에게 절했다. 돈약 역시 영리한 젊은이었다. 지금 그가 선택할 수 있는 일은 확실한 왕의 신하가 되는 것밖에 없음을 알고 있었다.

왕은 물었다.

"자, 이제 명분을 세웠으니 실리를 논해야 하지 않겠는가?"

"오랫동안 계획한 저의 책략을 말씀드리고, 이를 행함에 있어 목숨을 바치기 위해 이 자리에 왔나이다."

"말해 보라."

"한나라는 천하의 목구멍이고, 위나라는 천하의 몸통입니다. 대왕께서 제게 1만 금을 주시어 이들 나라를 상대로 유세(遊說)하게 해주신다면 한나라와 위나라 사직의 신하들을 진나라로 오도록 만들겠습니다. 그렇게 두 나라로 하여금 진나라를 섬기도록 하면 천하를 도모할 만합니다."

"진나라 귀족인 그대가 종횡가가 되려 하는가?"

"오늘날 천하는 전란에 휩싸여 있고, 제후국이 할 수 있는 일은 합종이냐 연횡이냐를 선택하는 것 외에는 없습니다. 연횡이 성립되면 진나라가 제업을 달성할 것이고, 합종이 성공하면 초나라가 왕업을 이룰 것입니다. 그러므로 지금 진나라에 가장 시급한 것

112

은 연횡을 성립시키는 것입니다. 또 각 나라의 토착귀족들이 산 나물과 나무뿌리를 캐먹으며 혓바닥만 단련한 인사들과 속 깊은 소통이 되겠습니까? 귀족은 귀족들만의 문화가 있는 법. 마음을 움직이는 진정한 소통은 문화를 공유하는 자들끼리 이루어질 수 있습니다."

"그래도 1만 금이면 적지 않은 돈인데 …."

"진나라가 제업을 달성하면 천하의 부가 진나라의 것이 될 것이 요, 실패하면 대왕께 1만 금이 있다 해도 쓸 곳이 없을 터인데 어 찌하여 1만 금을 아끼려 하십니까? 지금 가장 시급한 것이 외교적 지출입니다."

영정은 이 말에 큰 소리로 웃었다. 그러곤 흔쾌하게 대답한다.

"내가 1만 금을 줄 것이오. 이는 핵심을 정확하게 짚어 내는 그 대의 판단력과 이를 정확하게 표현할 줄 아는 언변, 그리고 얄밉 게 말을 해도 얄밉지 않은 타고난 매력도 능력이기 때문이라. 그 세 가지가 합쳐 낼 수 있는 상승효과가 어느 정도인지 기대가 자 못 크오. 정위 이사를 만나 함께 책략을 도모하도록 하라."

이사는 돈약의 책략보다도 단숨에 왕에게서 1만 금을 끌어낸 그의 배포와 스케일에 입이 딱 벌어졌다.

'시건방진 놈! 금수저 물고 태어난 젊은 놈이 더 무섭구나.'

왕의 비서로부터 정황을 듣고, 돈약을 만나라는 전갈을 받았을 때 가장 먼저 그의 머리를 후려친 것은 그가 왕에게서 끌어낸 자 금의 규모였다. 입맛이 썼다. 눈치를 봐 가며 실비 수준으로 타서 쓰는 자신과 너무도 비교되었기 때문이다. 게다가 조나라에서 데려왔던 이재에 밝은 천하의 종횡가 요가(姚賈)도 기껏해야 1천 금을 끌어냈다. 그런데 돈약은 그 10배인 1만 금을 끌어낸 것이다.

이는 이사 자신이 상상할 수 있는 범주를 넘어서는 금액이라는 데 생각이 미치자 우울해질 지경이었다. 이것이 그와 자신의 차이이며, 태생적 한계라는 자괴감까지 들었다.

그래서 돈약이 처음 그를 만나러 왔을 때 꺼낸 첫마디도 이것이었다.

"돈약은 참으로 배포가 큰 젊은이구려. 단번에 1만 금을 끌어내다니."

돈약은 껄껄 웃었다.

"나보다 배포가 큰 건 대왕이시지요. 나처럼 입만 살아 있는 물건에게 1만 금을 맡기시다니. 큰 성취를 위해선 도박에 가까운 투자를 해야 한다는 걸 잘 아는 대왕이시니 반드시 대업을 이루시게 될 겁니다."

"우선 어디를 공략하려 하는가?"

"한나라를 거쳐 위나라로 갈 것입니다."

"나는 이미 한나라와 위나라에 간첩을 보내 놨네. 가장 취약한 공격지점도 물색하고 있지."

"군사를 쓰려 하십니까?"

"대비를 하는 것이지. 또 한나라처럼 오합지졸이 된 나라는 빨리 정리하는 게 낫지 않겠나?"

이에 돈약은 큰 소리로 웃으며 되받았다.

"뭣 때문에 한나라와 위나라에 아까운 우리 군사를 쓰려 하십니까? 군사를 움직인다면 1만 금으로 해결이 되겠습니까?"

"시간도 중요하지. 한나라에 너무 시간을 끌면 다른 전쟁도 지리멸렬해질 수 있어. 우린 조나라도 상대해야 하는데 후방에 한나라를 두고 뒤가 불안하지 않은가?"

"선한후조(先韓後趙). 한나라를 먼저 도모하고 그 뒤 조나라를 도모함이 순서라 생각하십니까?"

"조나라와의 전쟁은 길어질 거야. 한나라는 앞에서 굽실거리지만 허점만 발견하면 뒤통수를 치지. 그런 나라를 뒤에 두고 큰 전쟁을 벌이는 것은 무모하네. 조나라가 무슨 술수를 쓸지 알 수 없잖은가?"

"손무자(孫武子, 손자)께서도 공성(攻城)은 전쟁의 최하책이라 하였습니다. 아무리 약한 적도 근거지를 침략당하면 무섭게 저항하지요. 성을 지키는 자는 물러서지 않습니다. 그 이유는 아실 것입니다. 성이 무너지면 목숨을 잃고, 가정이 무너지며, 재산은 흩어지고, 후사를 이을 수 없으며, 조상의 위폐가 멸실되고, 안락함이 사라집니다. 이렇게 인간에게 가장 중요한 여섯 가지가 사라지는데 누군들 죽음을 불사하지 않겠습니까? 죽음을 각오한 자 한 명을 열 명의 병사가 감당할 수 없다는 것은 병법이 가르쳐 주는 바입니다. 쥐도 고양이를 물 수 있다는 것을 아시지 않습니까? 이런 연유로 볼 때, 한나라는 비록 약하나 한비와 같은 인재가 있고, 그 문하에 젊은이들이 자라고 있어 재야의 사람들은 망하지 않았으니 능히 성을 지킬 수 있을 것입니다. 함락하기에 쉬운 곳이 아닙니다."

"그러니 자네 역할이 필요하지. 내부를 분열시키고, 우리 세력을 키워서 안에서 문을 열도록 하는 것. 그것이 자네 역할일세."

돈약은 다만 말없이 이사를 쳐다봤다. 이사가 말을 이었다.

"손무자를 인용했으니 나도 손무자의 말로 받도록 하지. 그는 이리 말하였지. 지혜로써 적의 계략을 근본적으로 다스려 승리하는 벌모(伐謀)가 최상책이고, 외교적 책략을 통해 적의 동맹을 와해함으로써 적을 굴복시키는 벌교(伐交)가 차선책이며, 무력으로 벌판에서 싸우는 벌병(伐兵)이 그 다음 방책이고, 적의 성을 직접 공략하는 공성이 최하책이라고 말일세. 물론 어떤 전쟁에선 그럴 수도 있겠지. 그러나 손무자도 지금처럼 천하가 통일돼야 하는 이런 시대적 요청이 있음은 알지 못했지. 수백 년 전 죽은 사람이 지금 상황을 어찌 알겠는가? 모든 전쟁은 상황에 따라 수행하는 것. 지금 손무자의 한가로운 얘기는 잊도록 하게."

돈약이 입을 열었다.

"영감의 생각은 제후가를 모두 멸망시키는 정벌(征伐)이시구려. 연횡을 성사시켜 제후가는 근근이 연명시켜 신하로 삼고, 그 가운데 절로 소멸되도록 하는 것이 아니고…. 대왕도 같은 뜻입니까?"

이사는 고개를 끄덕거렸다.

"결코 누설돼선 안 되는 일일세. 그러나 대왕께서 자네에겐 알려 주는 데 반대하지 않으셨네. 이 일을 아는 종횡가는 자네뿐일세. 정벌하여 함락시키고 다른 제후가의 뿌리를 뽑아내는 것. 그것이 대왕께서 추구하시는 천하통일의 방법일세. 다른 제후가의 연명 따위는 없네. 세상의 제왕은 오직 진나라 왕만이 남을 걸세."

이사의 청지기는 문밖에 도착한 말끔한 청년이 돈약임을 확인하곤 허리 숙여 인사한 뒤 지체 없이 앞장서며 말한다.

"저희 영감께서 술상을 봐놓고 기다리고 계십니다."

청지기는 사랑채를 지나 별관 뒤의 연못 위에 지어진 정자로 돈약을 안내한다. 연못 옆에는 작은 폭포를 만들어 물이 연신 떨어져 내린다. 이사는 정자에 앉아 술을 앞에 두고 물속의 고기들을 희롱하고 있다.

"영감께서 참으로 여유로워 보이십니다."

돈약이 이사의 어깨 뒤에서 인사하자 이사는 천천히 일어나며 돈약을 맞는다.

"외지에서 얼마나 고생이 많았소? 이리 왔는데 그간 내 일이 바빠 노고를 치하할 시간을 마련치 못했으니 나도 마음에 부담이 컸네. 자네의 활약에 대왕도 흐뭇해하시고 나도 감동하고 있다네."

그들은 술을 마시며 시답잖은 장황한 인사말 주변을 맴돈다. 이사도 돈약도 핵심 없는 수사학만을 늘어놓으며 한 시간 이상을 보내고 있다. 이럴 때는 인내심이 약한 자가 먼저 주제에 발을 디디게 된다. 여유로움에선 돈약에게 한참 못 미치는 이사가 결국 먼저 운을 뗀다.

"한나라에서 오는 길인가?"

"그간 위나라에 있었다는 걸 아시지 않습니까?"

"아하! 그렇군. 그래 위나라에선 어떤 반응이던가?"

"무엇을 말씀이십니까?"

"한비 공이 우리에게로 온 것 말일세."

"글쎄요. 별생각이 없는 듯하더이다."

이사는 고개를 끄덕였다. 돈약은 다시 연못과 정자의 풍광을 논하다 말고, 요즘 위나라에서 유행하는 노래를 한 자락 부르며 풍류에 젖는다. 이사는 돈약의 노래가 끝나자 칭찬 한마디 하더니 위선(僞善)의 수사학을 집어치우고 나직한 목소리로 본론에 들어간다.

"이제 우리는 전쟁을 시작할 걸세."

돈약은 문득 사방을 둘러본다. 이사는 돈약을 보며 빙그레 웃더니 폭포를 가리킨다.

"물소리가 우리의 목소리를 가려 주지. 물소리 나는 곳에 정자를 지은 이유일세."

돈약은 고개를 끄덕이고 역시 나직이 말한다.

"환기 장군의 출정 준비가 끝난 것 같더이다."

"한나라를 먼저 치자고 주청하는 것이 어떻겠나?"

"대왕께서는 어디를 생각하십니까?"

"한나라일 걸세."

"조나라를 치기 위해서는 뒤를 먼저 정리해야 한다는 말씀이시구려."

"그렇다네."

돈약은 아무 말도 하지 않는다. 다만 이사의 속셈을 읽고 있다.

'한나라를 치자는 정한론(征韓論)을 끌어내 한비를 시험에 들게 하고, 조정의 공론을 정한론으로 이끌어 왕과 한비 사이를 이간하려는 수작이군. 욕심 많은 이사여! 이럴 때 내가 왜 부나방처럼 나서겠는가? 내가 어디로 보아 네 사냥개가 될 것이라 생각했는가?'

이사는 그런 돈약에게 술을 따르며 부드러운 미소를 보낸다. 그러면서 서툰 구석이라곤 없는 돈약의 만만찮은 내공(內功)에 다시 한 번 혀를 내두른다. 웬만큼 혈기 왕성하고 자신감 넘치는 젊은이라면 이런 때에 자신의 상관 앞에서 자기 의견과 책략을 늘어놓기 마련이다. 그렇게 자신에게만 몰입해 있는 젊은이는 포섭하기도 이용하기도 쉽다. 조금만 추어주고 감탄해 주면 저 스스로 나서 행동대장이 된다. 그런데 돈약은 의견이 있으되 말하지 않음으로써 절대로 자신의 빈틈을 보여 주지 않고, 철저하게 방어하고 있다.

'미꾸라지 같은 놈'

이사는 그런 매끈한 돈약을 보며 속에서부터 욕지거리가 나오고 이가 갈린다. 하지만 웃는 낯을 흐트러뜨리지 않으며 말한다.

"마침 자네가 왔으니 내일 대전 회의에서 한나라의 간악함을 소상히 아뢰게. 이제 우린 드디어 천하통일의 실타래를 어디서부터 풀어야 하는지 진지하게 논의할 때가 되었다네. 나머지는 내가 알아서 하지."

고분

정치에 유능한 인재(智術之士)는 반드시 멀리 내다보고 일을 명확히 꿰뚫어 본다. 일을 명확히 꿰뚫어 보지 못하면 사리사욕을 획책하는 음모를 능히 알 수 없다. 법을 제대로 집행하는 인재(能法之士)는 굳건하고 강직하다. 그렇지 않으면 간사한 자들을 바로잡을 수 없다.

명령에 따라 움직이고 법에 근거해 일하는 관리는 중인(重人)이라 일컫지 않는다. 중인이라는 자들은 명령을 무시하며 제멋대로 굴고, 법을 어기면서 사익을 취하며 나라 재정을 빼돌려 자기 집안을 이롭게 하면서 군주를 능히 자신이 원하는 바대로 조종한다. 이런 자들이 중인이다.

사태를 명확히 꿰뚫어 보는 지술지사가 군주의 신임을 얻어 중용되면 중인들의 음모가 드러날 것이다. 능법지사는 일에 엄격하므로 군주가 이들을 얻어 중용하면 중인들의 간사한 행동은 이내 바로잡힐 것이다. 지술지사와 능법지사가 중용되면 지위가 높고 권세 있는 자들도 법을 어길 경우 가차 없이 제거될 것이다. 따라서 이러한 인재들은 요직에 있는 실권자와 양립할 수 없는 원수관계라는 것이다.

요직을 차지한 자들이 실권을 장악하면 국정을 농단하여 나라 안팎이 그를 위해 움직이게 된다. 이에 제후들도 그에게 의지하지 않으면 일을 이룰 수 없으므로 적국조차 그를 칭송한다. 백관들도 그를 통하지 않고는 일을 진척할 수 없으므로 모든 신하들이 그를 위해 일하게 된다. 군주의 시종인 낭중조차 그를 통하지 않고는 군주에게 가까이 갈 수 없는 까닭에 군주의 측근마저 그를 위해 잘못을 숨겨 주게 된다. 학자들도 그를 통하지 않고는 봉록이 깎이고 대우가 낮아지는 까닭에 그를 위해 변호해 준다. 제후와 백관, 낭중, 학자 등 네 계층의 도움으로 사악한 신하들은 스스로를 분식할 수 있게 된다.

따라서 중인이라는 자들이 군주에게 충성하기 위해 자신의 적인 능법지사를 천거할 리 없고, 군주 역시 이들 네 계층의 도움을 얻지 않고는 사악한 신하들의 의도를 밝힐 수 없다. 군주의 눈이 더욱 가려지고 신하의 세도가 더욱 커지는 이유다.

요직을 차지한 자들이 군주의 신임과 총애를 받지 못하는 경우는 드물다. 게다가 오랫동안 친숙한 사이라면 더 말할 것이 없다. 군주가 좋아하고 싫어하는 바에 따라 비위를 맞추는 것은 원래 이들이 출세하는 비결이기도 하다. 관작이 높고 귀해져 따르는 무리가 많아지면 온 나라가 그를 칭송하게 된다.

한편 능법지사는 군주에게 등용되어야 하지만 군주의 신임이나 총애를 받을 친분도 없고, 오랜 친분이 있는 사이도 아니다. 게다가 아부와 기만에 길든 군주의 마음을 법도에 맞는 말로 바로잡으려 하나 이는 오히려 군주의 심기를 거스를 뿐이다. 이들은 지위가 낮을 뿐만 아니라 이룬 패거리도 없어 고독하다.

군주와 소원한 자가 신임과 총애를 받는 신하와 겨루면 이길 승산이 없고, 첫 유세를 하는 이가 군주와 오래된 사이인 신하와 다투면 이길 도리가 없다. 군주의 심기를 거스르는 말을 해야 하는 자가 군주의 비위를 잘 맞추는 신하와 다투면 이길 수 없고, 세력 없고 신분이 낮은 자가 존귀하고 권세 있는 신하와 다투면 이길 수 없으며, 혼자만의 입으로 온 나라가 칭송하는 자와 싸우면 이길 도리가 없다.

법술에 정통한 법률가는 이처럼 다섯 가지 상황이 모두 불리하니 여러 해가 지나도 군주를 알현할 길이 없다. 그러나 요직을 차지한 자들은 이와 정반대로 다섯 가지 유리한 상황에 처해 있어 아침저녁으로 군주 앞에 나아가 홀로 의견을 제시한다.

그렇다면 법률가가 어떻게 해야 군주 앞에 나아갈 수 있고, 군주는 언제 이를 깨달을 수 있겠는가. 처음부터 불리한 조건에 서 있는 자가 이길 승산이 없고 객관적인 형세 또한 존립할 수 없으니 법률가가 어찌 위험하지 않겠는가. 간신들은 모함으로 죄를 뒤집어씌울 수 있을 때는 공법으로 처단하고, 그럴 수 없을 때는 자객을 동원해 목숨을 끊어 버린다. 이처럼 법술을 밝히기 위해 군주의 심기를 거스른 자는 형리에게 죽지 않으면 반드시 자객의 칼에 죽게 된다.

붕당을 만들고 패거리를 지어 군주의 눈과 귀를 가리고 왜곡된 언사로 사적인 이익을 얻으려는 자들은 반드시 중인의 신임을 얻는다. 공적을 세웠다는 구실을 붙일 만한 자는 관작을 높여 주고, 비난을 받는 자는 외국의 힘을 빌려서라도 요직에 중용시켜 준다. 군주의 이목을 가리며 권신의 무리에 들어간 자는 관작으로 영달하지 못하면 반드시 외국의 힘을 빌려서라도 중용된다.

지금 군주는 공과를 제대로 점검하지 않고 형벌을 행하고, 공을 세우기도 전에 봉록을 준다. 그러니 법률가가 어찌 죽음을 무릅쓰며 간언을 하고, 간사한 신하가 어찌 사적인 이익을 포기하며 뒤로 물러서겠는가. 군주의 위엄이 더 떨어지고 권신이 더욱 존중되는 이유가 여기에 있다.

월(越)나라는 부유하고 군대가 강하지만 중원에서 너무 멀어 중원의 군주들은 자기에게 아무런 이득이 없다는 것을 안다. 그리하여 말하기를 '우리가 통제할 수 없다'고 한다. 가령 여기에 어떤 나라가 있는데 비록 땅이 넓고 인구가 많다 하더라도 군주의 이목이 가려지고 중신들이 권력을 마음대로 전횡한다면 이 나라는 월과 마찬가지일 것이다.

사람들이 제나라가 망하였다고 말하는 이유는 토지나 도성이 없어졌기 때문이 아니다. 군주인 여(呂)씨가 통제하지 못하여 신하인 전(田)씨가 나라를 찬탈했기 때문이다. 진(晉)이 망하였다고 하는 까닭도 역시 토지나 도성이 없어졌기 때문이 아니다. 군주인 희(姬)씨가 통치할 수 없게 되고 육경(六卿)들이 정사를 전횡한다는 것이다. 만일 중신들이 상벌의 권한을 장악하여 독단하고 있는데도 군주가 그것을 거두어들일 줄 모른다면 이는 그 군주가 어두운 것이다. 죽은 사람과 같은 병이 걸리면 살아날 수 없고, 멸망한 나라와 정황이 같아진 나라는 존속할 수 없다. 이제 제나라나 진나라와 똑같은 행적을 되풀이하면서 나라의 안전함을 바란다 하여도 할 수 없다는 것이다.

대체로 법(法)과 술(術)이 행해지기 어려운 것은 큰 나라든 작은 나라든 마찬가지다. 군주의 좌우 측근이 반드시 똑똑한 자만 있는 건 아니다. 군주가 누군가를 똑똑하다 생각하여 그 의견을 들은 뒤 좌우 측근들과 그 의견을 검토하면 이는 어리석은 자와 함께 지혜로운 자를 검토하는 것이나 마찬가지다. 또 군주의 좌우 측근이 현자만 있는 게 아니다. 군주가 누군가를 현자라고 생각하여 그를 예우하며 좌우 측근들과 그 몸가짐을 논평한다면 이는 불초자와 함께 현자를 논평하게 되는 것이다. 즉, 똑똑한 자의 헌책(獻策) 가부를 어리석은 자에게서 판정받고, 현자는 그 행위의 선악을 불초자에게서 평가받게 된다. 그렇다면 현자나 지혜로운 자나 치욕을 당하고 군주의 판단도 어긋나게 될 것이다.

벼슬자리를 얻고 싶어 하는 신하로서 수양이 잘된 수사(修士)는 청렴결백으로 자신을 다잡으려고 하며, 지사(智士)인 경우에는 합리적인 능력으로 일을 하려고 한다. 수사는 청렴결백을 믿으므로 뇌물을 써서 남에게 빌붙을 수 없고, 지사는 일처리 능력을 믿으므로 다시 법을 굽혀 편의를 꾀할 수 없다. 그러므로 수사나 지사는 왕의 측근에 빌붙지 않고 청탁을 받아들이지도 않는다.

그러나 군주의 좌우 측근들은 백이(伯夷)가 아니다. 청탁하지 않고 뇌물을 바치지 않으면 청렴이나 능력은 묵살하고 헐뜯고 중상한다. 일의 성과는 측근에 제동 걸리고 청렴결백한 행위가 비방을 들으면, 수사와 현사는 벼슬자리에서 쫓겨나고 군주의 총명이 막혀 버릴 것이다. 실제 공적으로 지능이나 행동을 평가하지 않고 사실 조사로 죄과를 심리하지 않고 좌우 측근이나 친숙한 자의 말만을 받아들인다면 결국 조정엔 무능한 자와 부정한 관리만 남게 될 것이다.

큰 나라의 근심거리는 중신들의 권력이 지나치게 큰 데 있고, 작은 나라의 근심거리는 측근들이 지나치게 신임 받는 것이다. 이는 군주들의 공통적인 근심거리이다. 장차 신하는 큰 죄를 범할 수 있으며 군주는 큰 실수를 저지를 수 있다. 신하와 군주의 이익이 서로 달라 모순되기 때문이다.

군주에게 이로움은 능력이 있는 자에게 관직을 맡기는 데 있으며, 신하에게 이로운 건 무능한 처지에도 자리를 차지하는 데 있다. 군주에게 이로운 건 공로가 있는 자에게 작록을 주는 데 있으며, 신하는 공로가 없어도 부귀해지는 데에 이익이 있다. 또 군주의 이익은 호걸(豪傑)로 하여금 능력을 발휘하도록 하는 데 있으며, 신하의 이익은 파당을 짜서 사리를 도모하는 데 있다.

이런 까닭에 나라의 영토가 깎여도 세도가 집안은 부유해지고, 군주의 지위는 낮아져도 중신의 권한은 막중해진다. 그러므로 군주는 권세를 잃고 신하가 나라를 빼앗으며, 군주는 명칭을 번신(藩臣)이라 고쳐서 부르고 상국이 군권을 행사하고 관원을 임명하며 명령을 내린다. 이것이 바로 신하가 군주를 속여서 사리를 도모했기 때문이다. 그러기에 중신들 가운데에서 군주의 세도가 변해도 계속 전과 같은 총애를 받을 자는 열 가운데 두셋도 없을 것이다. 이러한 까닭은 무엇인가. 신하가 저지른 죄과가 크기 때문이다.

신하에게 큰 죄는 군주를 속이는 것이고, 그 죄과는 사형에 해당한다. 지혜로운 선비는 멀리 내다보므로 허무한 죽음이 두려워 중인을 따르려 하지 않는다. 현명한 선비도 몸을 닦아서 청렴하므로 간신과 함께 그 군주를 속이는 일을 부끄러워하여 결코 중인을 따르려 하지 않는다. 요직에 있는 중신의 패거리들은 어리석어서 장래의 화를 미리 알지 못하는 자가 아니면 반드시 심성이 더러워서 간악한 일을 피하지 않는 자들이다.

중신들은 어리석고 타락한 탐관오리를 끼고 위로는 이들과 함께 군주를 속이고 아래로는 이들과 함께 이익을 찾아 백성의 이익을 일삼아 침탈한다. 파당을 짜서 한 패거리가 되어 서로 말을 맞추어 군주를 현혹시키고 법을 파괴한다. 그리고 백성의 생활을 어지럽혀 마침내는 나라를 위험에 빠뜨려 영토가 깎이고 군주는 치욕을 당하게 된다. 이는 큰 죄다. 신하에게 큰 죄가 있는데도 군주가 이를 금하지 않고 있다는 것은 이 또한 큰 실수이다. 만약에 위로는 군주가 과오를 저지르고, 아래로는 신하가 큰 죄를 짓는다면 나라가 멸망하지 않기를 바란다 하여도 할 수 없는 일이다.

제 3 장
존한 存韓

왕의 절벽

'절벽.'

한비의 언어는 뭔지 모를 묵직함으로 영정의 가슴 한복판을 짓누르며 들어왔다. 그래서였다. 비빈들을 물리치고 홀로 잠자리에 든 것은. 환관과 궁녀들도 모두 내보냈다. 다만 어린 시절부터 그의 곁을 절대 떠나지 않는 무사 율(慄)은 언제나 그렇듯 방 한구석에 앉아 있었다.

율은 남의 눈에 띄지 않았으나 언제나 영정 근처에 있었다. 웃음기 없는 살벌한 표정의 율은 누구나 두려워해, 영정이 가진 근원 모를 공포를 대신 맡겨 두어도 충분히 그 공포마저 짓누를 수 있는 존재였다. 그래서 그가 없으면 영정은 잠들지 못했다.

"율도 나가 보아라."

율은 움찔한다. 그러더니 곧 고개를 숙이고 뒷걸음으로 방을 빠져나가 문밖에 그림자를 드리운 채 장승처럼 서 있다. 영정은 손가락으로 그 그림자의 실루엣을 따라가고 있다. 머리를 비우고 잠들기 위해서였는데 머릿속엔 절벽이란 말이 꽂혀 뽑을 수가 없다.

'절벽 ….'

말은 혀끝에서 맴돌고 눈에선 눈물이 흘렀다. 영정은 눈가의 물기를 손가락으로 만져 본다. 이내 그는 가슴을 움켜쥐고 벌떡 일어나 앉는다. 가슴이 뻐근하다. 설명할 수 없는 낯선 감정이 느닷없이 달려든다. 그는 한 손으로 눈을 덮는다. 눈물을 다시 밀어 넣으려 했는데, 그것은 멈추지 않고 더욱 솟구쳐 올랐다. 이내 낯선 흐느낌 소리가 새나온다.

'왕은 울 수 없다.'

이성이 그에게 왕이 할 수 없는 일을 일깨워 주지만 그는 멈출 수가 없다. 이불을 머리끝까지 둘러쓰고 조용히 흐느낌을 누른다. 얼마나 흘렀을까. 한동안의 시간이 흐르고 눈물이 진정되고 난 후에야 가슴의 뻐근한 통증도 사라졌다. 머릿속은 멍하고 눈앞은 어질어질하다.

낯선 경험이 낯선 기억을 불러냈다. 깊숙한 저 너머에 군데군데 똬리를 틀고 있던 기억의 편린들이 기지개를 켜고 스멀스멀 움직이기 시작했다. 눈물에 눌려 미처 보이지 않았던 것들이 눈물을 다 쏟아내고 나서야 그 몽롱한 틈을 뚫고 기어 올라온다. 영정은 눈을 들어 기억의 문이 열리는 모습을 응시한다.

이내 활짝 열린 문틈으로 빛이 쏟아져 들어온다. 순간 눈을 가린다. 손가락 틈 사이로 빛을 등지고 걸어오는 한 사내가 보였다.

'여불위!'

검은 두건에 평민복 차림의 여불위는 내내 어린 영정을 안고 있었다. 뭔가 두려운 일이 벌어진 모양이었다. 영정은 그 품에 매달려 옷깃을 꼭 쥐고 있었다. 여불위는 단단한 팔로 영정을 감싸 안고 있었다. 그 팔은 결코 열리지 않을 것 같았다. 주변엔 온통 불온한 공기가 떠다녔지만 그 팔 안은 단단해서 안심이 됐다.

그러나 한순간 여불위는 팔을 풀어 영정을 조희의 품에 안기고 떠나 버렸다. 조희의 품속에서 영정은 떨렸다. 조희의 품은 멈추지 않는 떨림이었다. 단단한 품이 그리웠다. 그래서 울었다. 멀리로 검은 두건이 사라져 가는 것을 보며 더욱 세차게 울었다. 조희는 함께 울며, 영정의 입을 계속 틀어막았다. 그리고 이내 율이 영정을 받아 안고 그의 검은 품속에 아기 영정을 숨겨 버렸다.

세 살 무렵이었던 것 같다. 여전히 영정을 가위눌리게 하는 최초의 기억 속에 여불위가 있었다. 영정에겐 그 단단한 팔이 자신을 놓고 떠나 버린 기억이 상처로 다가왔다. 그 팔이 그를 놓아 버린 순간부터 그는 엄마 손에 이끌려 여기저기 도망을 쳤고, 도망을 치지 않아도 됐을 때에는 진나라 아이라며 놀림을 당했고 때로는 위협도 당했다.

영정은 내내 불안했다. 그는 이웃아이들로부터 위협당하지 않기 위해 먼저 웃음을 보이기도 하고, 짐짓 우호적으로 접근하기도 했다. 그러나 그 모든 처세와 우호의 전략은 먹히지 않았다. 아이들은 영정이 오직 진나라 사람의 피를 이어받았다는 이유만으로 그를 혐오하고 유린해도 된다고 믿는 듯했다. 다만 그림자처럼 따라붙는 율로 인해 신체적인 타격을 받지 않은 것만이 다행이었다.

그는 영문을 알 수 없이 부당한 대우를 당했고, 그때마다 그 팔에서 놓여난 순간을 떠올렸다. 그의 상처는 모두 그 팔에서 놓인 이후 생겨난 것이다. 어느 날 그는 조희에게 말했다.

"엄마! 내가 아주 어렸을 때 아버지가 나를 버렸지요? 그날을 생생하게 기억해요. 아버지가 나를 품에서 떼어 내 엄마한테 안겼고, 내가 울어도 그냥 사라져 버렸죠. 엄마와 나만 위험 속에 내던져 놓고."

조희는 깜짝 놀라며 말했다.

"아들아! 그날 너를 안고 도망쳤던 건 여불위 어른이었다."

"여불위?"

"그땐 어쩔 수 없었단다. 한단이 진나라 군대에 함락되기 직전이었거든. 조나라 사람들이 우리를 죽이려고 했다. 우리를 죽여 진나라에 원수를 갚겠다면서. 네 아버지는 진나라 왕자였으니 말이다. 결국 여불위 어른께서 금 600근을 뇌물로 써서 겨우 우리 식구가 한단에서 빠져나올 수 있었어."

"그런데 왜 저와 엄마는 조나라에 남았죠? 그분들은 어디로 간 거예요?"

"너는 너무 어리고 전장은 위태로워서 여불위 어른이 우리를 숨겨 두고 네 아버지만 모시고 국경을 넘은 거야. 우리를 위험에 내던진 게 아니라 지키기 위한 거였어. 무사 율에게 네 곁을 지키도록 한 것도 여불위 어른이 한 일이었다. 한단에서 도망칠 때 여불위 어른은 처음부터 너를 꼭 안고 결코 손에서 놓지 않았단다."

여불위를 다시 본 건 아홉 살 때였다. 여불위는 영정을 자신의 말 앞에 태우고 뒤에서 꼭 끌어안은 채 진나라로 왔다. 스무 명쯤 되는 무사들이 조희가 탄 수레와 여불위와 영정이 탄 말 주위를 둘러싸고 있었다. 무사들의 눈매는 날카로웠고, 그들의 여정은 긴장감에 쌓여 있었다. 일행이 쉬는 시간에 조희가 말했다.

"이제 정(政)을 자기 말에 태우세요. 고삐만 잡아 주면 혼자서 타고 갈 수 있어요. 율이 정의 고삐를 단단히 잡고 갈 거예요."

그러나 여불위는 단호했다.

"내가 안고 타는 게 안전합니다."

영정은 흔들리는 말 위의 여불위 품에서 푹 잠이 들었다. 안심이 되었다. 여불위는 축 늘어진 영정을 무겁다 불평하지 않고 그대로 안고 진나라로 왔다. 함양성에 들어와 아버지 자초의 궁으로 들어갈 때도 여불위는 영정의 손을 꼭 쥐고 있었다.

그리고 자초 앞에 이르렀을 때 여불위는 베어 내듯 영정의 손을 놓고 자초에게 밀었다. 순간, 상실감이 밀려왔다. 아버지를 다시 만났다는 기쁨보다 여불위가 손을 놓고 멀어진 것이 더욱 가슴 저릿했다.

낯선 아버지. 자초는 영정을 향해 손을 내밀지 않았다. 안아 주지도 않았다.

"내 이제야 너와 상봉하는구나. 한단 밖에서 헤어질 때 겨우 세 살이었는데, 많이 컸구나."

6년 만에 만난 아버지가 건넨 말은 의례적이었다. 아버지 자초의 옆엔 아름다운 여성들이 넘쳤고, 백옥 같은 피부에 화려한 비단옷을 입은 어린 사내아이가 있었다. 너무 아름다워 눈이 부실 정도였다. 이복동생 성교라고 했다. 영정은 성교를 보는 순간 문득 자신을 돌아보았다. 너무 촌스러워 부끄럽게 느껴졌다.

산란한 공기 때문에 눈이 떠졌을 때 여불위는 상기된 얼굴로 말했다.

"대왕! 어서 대전으로 드십시오."

"대왕? 왜 저를 그렇게 부르십니까?"

"대왕께서 승하하셨습니다. 지존의 자리는 한시도 비워 놓을 수 없는 것. 어서 보위를 이으십시오."

"부왕께서 돌아가셨나요? 밤사이에?"

"지금도 밤입니다. 어서 대전으로 드십시오."

'나는 이제 열세 살인데 …. 왜 벌써 나는 왕이 되어야 하는가?'

머릿속에선 난감한 생각만이 맴돌았다. 그리고 떨렸다. 다만 떨렸다. 진나라로 들어온 후 그는 늘 상중(喪中)이었다. 두 명의 할아버지가 1년 간격으로 죽고, 이제 3년 만에 또 아버지가 돌아가셨다. 두 번의 상과 두 번의 즉위식을 치르는 정신없는 와중이어서 부자간의 정이 돈독해질 사이가 없었다. 그래서 부왕의 승하 소식을 들었을 때, 다만 떨리고 두려웠다. 슬프진 않았다.

대전으로 향하는 길엔 무사들이 깔려 있었다. 그사이 몰려든 대신들이 통곡하는 둘레에도 무사들이 에워싸고 있었다. 여불위는 태자전에서 대전에 이르는 길까지 영정의 손을 잡고 데리고 갔다. 강인하고 단단했다. 그 손은 영정의 떨림을 진정시켜 주고 있었다.

대전에 이르는 문이 열렸을 때, 여불위는 영정의 손을 놓았다.

"중부!"

영정이 깜짝 놀라며 여불위의 손을 다시 잡으려고 했다. 여불위는 단호하게 말했다.

"이제 혼자 가십시오. 신(臣)이 언제나 옆에 있을 것이니 두려워 마십시오."

영정은 여불위를 돌아보았다. 그는 다만 허리를 굽히고 영정의 뒤를 바짝 따르고 있었다.

영정은 즉위한 후 여불위를 상국으로 삼았다. 장양왕 시절에도 승상(丞相)으로 만인지상 일인지하의 자리에 있었지만 그 명예를 한 단계 더 올려 준 것이다. 여불위는 잠시도 게으르지 않았다. 영정에 의해 상국에 봉해진 뒤 몽오(蒙驁), 왕흘, 표공(麃公)을 장군에 임명토록 제청했다. 여불위가 발탁하는 인물들은 한결같이 실력 있고 성실했다.

여불위는 영정이 집권하자마자 전쟁의 표를 올렸다. 그리고 몽오 장군 등을 이끌고 삼진을 잇따라 공격했다. 한나라, 위나라, 조나라에서만 수십 개의 성을 빼앗고, 위나라를 부용국(附庸國)으로 만들었다. 그리고 영정 5년 즈음엔 몽오가 위나라 산조(酸棗)를 포함해 20~30여 개의 성을 함락하여 동군(東郡)을 설치함으로써 진나라는 제나라와 국경을 맞대게 되었다.

그는 벌이는 전쟁마다 잇따라 승리했다. 이 전쟁들은 동쪽의 6

국을 남북으로 갈라놓아 서로 연계하기 어렵도록 함으로써 장차 진나라가 천하통일을 모색하는 준비 단계로써 더할 나위 없는 전략적 목적도 달성했다.

영정이 열다섯 살이 되었을 때 여불위는 함양궁의 서쪽에 새로 조성한 정원으로 영정을 데리고 갔다. 나지막하게 언덕을 돋우고, 그 위에 정자를 짓고, 진귀한 꽃과 나무들을 심어 놓은 편안한 정원이었다.

"대왕께 드리는 제 선물입니다."

여불위는 허리를 숙이며 어린 왕에게 예를 표했다.

"중부, 정말 편안하고 아름다운 곳입니다. 그런데 그동안 큰 전쟁을 치르시고 정신없는 와중에 어떻게 이런 동산을 조성하셨습니까?"

"이것 역시 제가 해야 할 일이었기에 했을 뿐입니다."

여불위는 수행원들을 물리고 영정과 율만을 데리고 어디론가 갔다. 여불위는 영정의 주변 인사 중 오직 율만을 신임했다. 조나라에서 영정이 태어난 후 영정의 곁을 지키는 무사로 율을 붙여놓은 것이 여불위 자신이었으니 그럴 만도 했다.

동산을 돌아가니 돌로 만든 오솔길이 나오고, 그 길을 따라가니 문이 나왔다. 여불위가 주머니 하나를 내밀었다.

"이곳이 문입니다. 기억하소서. 이 열쇠로 이 문이 열릴 것입니다. 누구에게도 맡기지 말고 대왕께서 보관하십시오."

"이곳은 무엇 하는 곳입니까?"

"대왕께서 천하를 통일하실 때 제가 만일 곁을 지키지 못하거든 이 문을 열어 보십시오. 대왕께 도움이 될 것입니다."

영정의 평생 취미가 된 토목사업에 눈을 뜨게 해준 것도 여불위였다. 하루는 여불위가 정국(鄭國)이라는 자를 데리고 왔다.

"이자는 한나라 출신 수리(水利) 전문가 정국이라 하옵니다."

영정은 고개를 갸웃하며 물었다.

"수리 전문가는 무엇을 하는가?"

정국이 대답했다.

"물을 다스리며 물이 필요한 땅으로 물길을 돌려 버려진 황무지를 비옥한 농토로 만드는 것이 제가 전문적으로 하는 일입니다."

영정은 구미가 확 당겼다.

"황무지를 농토로 만들 수 있다는 말인가?"

"그러하옵니다."

"그렇다면 우리는 어느 물을 다스려야 하는가?"

"제가 다녀 본 바로는 위수의 북쪽 고원을 서쪽에서 동쪽에서 가로지르도록 대형 농수로를 건설한다면 관중의 400여만 무(畝)에 이를 땅에 물을 댈 수 있을 것으로 사료됩니다. 그리 된다면 경지 면적이 크게 늘어날 것이고 지금은 거친 관중의 땅이 비옥한 농토로 바뀔 것입니다."

"사람의 힘으로 땅과 물, 자연을 바꿀 수 있다는 말인가?"

"당연히 그러하옵니다. 함양궁을 보소서. 어찌 이곳이 처음부터 궁이었겠습니까. 풀과 나무가 자라고, 짐승이 뛰어노는 들판에 길을 내고, 궁을 지어 올리니 지존께서 거처하실 만한 곳이 되지 않았습니까? 사람이 사방으로 길을 낸다면 못 갈 곳이 어디 있겠습니까. 물 또한 마찬가지입니다. 물은 있다 해도 다만 사람에게 쓰이지 않는 곳에 있다면 물이 있으되 무슨 소용이 되오리까. 사람에게 필요한 곳으로 물길을 내면 물은 흘러오게 되는 것입니다. 물은 언제나 높은 곳에서 낮은 곳으로 흐르니 그 성질만 알면 물길을 낼 수 있습니다. 사람이 다니는 길을 내는 것이나 물이 갈 길을 내는 것이나 이치는 한가지입니다."

영정은 그 자리에서 토목 사업의 이점을 금세 잡아냈다. 그는 한 가지를 알려 주면 그걸 이용해 얻을 수 있는 이로움 백 가지를 찾아내는 능력이 있었다. 영정은 상기된 표정으로 말했다.

"중부! 물길을 내야겠습니다. 그리하여 관중을 비옥한 농토로 만들어 곡식을 심고, 곡식을 거두어 군대를 먹이고, 그 힘으로 전쟁에서 이길 것입니다."

여불위는 깊게 머리 숙여 사례하고, 수로(水路)를 만드는 작업을 시행하겠노라고 고했다. 여불위가 정국을 데리고 나가려 하자, 영정은 여불위를 불렀다. 정국만 내보내고 자리에 앉았다. 영정은 들뜬 목소리를 말했다.

"중부! 이건 너무 재미있지 않습니까? 사람의 힘으로 천하의 길도 물도 다 바꿀 수 있습니다. 생각해 보니 간단한 이치입니다. 저는 오랑캐가 쳐들어올 것에 대비해 중원을 관통하는 직도(直道)를 만들겠습니다. 오랑캐 침입을 막는 성(城)도 만 리에 걸쳐 쌓겠습니다. 정말 재미있지 않습니까?"

"재미있지요. 하나 직도와 장성은 천하를 통일한 후에 가능하리라 사료됩니다. 먼저 천하를 아우르소서."

"중부께서는 온통 천하밖에 생각하지 않나 봅니다."

"제게 가장 아름다운 것은 대왕께서 아우르실 천하입니다."

"여인네는 아름답지 않습니까?"

"여인네는 들에 핀 꽃과 같아서 눈길이 가면 꺾어 방에 잠시 두고 보면 그만입니다. 여인네란 그저 잠시 보고 즐기는 꽃과 같은 것이지요. 정성을 들이고 힘을 쏟을 대상은 오직 천하뿐입니다. 대왕께서도 아름다운 여인이 보이면 취하소서. 그러나 빠져들진 마소서. 가장 아름다운 것은 천하뿐입니다."

"중부는 요즘 전쟁을 생각하느라 여념이 없으시지요?"

대전에서 회의가 끝난 후 여불위만 남겨 영정이 물었다.

"제가 구상하는 것은 전쟁이 아닙니다. 대왕께서 각각의 전쟁을 가장 잘 치를 장군들을 임명해 각자의 전지로 보내셨으니 그들이 잘 알아서 하고 있지요. 제가 요즘 기쁘게 기다리는 것은 책입니다."

"책이라 하셨습니까?"

"예. 어쩌다 보니 제 수하에 각지에서 몰려든 기재(奇才) 빈객들만 3천을 헤아립니다. 그래서 제가 그들에게 제후국들에 퍼져 있는 모든 학설을 모아 책을 편찬하라 하였습니다. 천지와 만물, 고금의 일을 다 담고, 세상에 흩어져 뿌리를 못 내리는 지식들을 해석하고 질서를 세워 도움이 되는 지식으로 만들려 합니다."

"그 모든 것을 모아 무엇을 하려 하십니까?"

"통일이 되면 다스려지고, 각각 흩어져 존재하면 어지러워집니다. 통일되면 안정되고, 흩어지면 위태로워집니다. 성인이 말씀하시기를 왕은 서로 흩어진 만 가지 것을 가지런히 할 수 있어야 한다고 하셨습니다. 6국을 합쳐 대왕의 나라를 만든다면 흩어진 6국의 신민과 법률과 생각과 관습을 한데 모아 가지런히 해야 하는 책임은 대왕께 있게 됩니다. 그날을 지금부터 준비해야 합니다. 먼저 흩어진 사상을 가지런히 함으로써 사람들의 생각을 지배할 수 있게 될 것입니다."

"그 책은 나를 위해 쓰이게 될 것이라는 말씀입니까?"

"제가 하는 모든 일은 대왕께 쓰임을 받고자 하는 것뿐입니다. 그 외에는 없습니다."

영정은 여불위를 응시하며 물었다.

"무엇 때문에 그리하십니까?"

"대왕의 신하이기에 그리 합니다."

"중부께서는 이미 식읍(食邑)이 10만 호에 이르고 부귀가 넘치는데 무엇 때문에 나의 신하로만 살려 하십니까?"

여불위는 식은땀을 흘리며 바닥에 엎드려 말했다.

"신은 오직 대왕의 신하이기만을 소원하나이다. 대왕의 치세에 한 티끌이라도 도움이 되는 일, 그 외엔 아무것도 바라는 게 없나이다."

여불위가 편찬한 책이 완성됐다. 20여만 자나 되는 이 책은 왕의 통치지침서로 기획됐고, 만들어졌다. 패왕(霸王)의 도리와 군주의 규범을 선진시대의 각종 사조와 학술 유파를 막론하고 집대성했으며, 제가백가를 아우르고 체계화하고 이론마다 가지고 있는 단점은 버렸다. 《여씨춘추》(呂氏春秋)다.

여불위는 책이 완성되자 기쁜 나머지 1천 금을 걸고 한 글자라도 더하거나 뺄 수 있는 사람에게 주겠다고 공언했다. 그리고 초본을 영정에게 바쳤다.

"이 책이 대왕 치세의 길에 작은 등불이 되기를 바라나이다."

영정은 책이 아닌 여불위를 응시하며 물었다.

"무엇 때문에 내게 이리합니까?"

"대왕을 보필하는 것이 신의 도리이기에 이리합니다."

"……."

"……."

영정이 화제를 바꾸어 말한다.

"제 아우 성교가 지금 불온한 생각을 하고 있는 것 같더군요. 살피십시오."

성교는 반란을 꾸미고 있었다. 항간에 퍼져 있던 소문을 근거로 종실과 귀족들에게 '진나라를 다시 영씨가 찾아와야 한다'고 설득했다. 그 소문은 이러했다.

'일곱 개 제후국 중 진나라가 가장 먼저 여씨에게 망했다.'

말하자면 영정이 실은 장양왕 자초의 아들이 아니라, 여불위의 아들로서 '영정'이 아닌 '여정'이라는 것이었다.

영정의 어머니인 조희가 여불위의 첩이었다는 것은 공지의 사실이고, 조회가 자초에게 가기 전 이미 영정을 수태하고 있었다는 소문은 이미 종실과 귀족들 사이에 파다했다. 영정이라고 그 소문을 모를 리 없었지만 늘 그런 소문은 모르는 사람처럼 행동했다.

어느 날 여불위는 성교를 조나라 원정대장으로 임명하라고 영정에게 주청했다. 영정은 이를 승인하였다. 그러나 여불위도 성교도 조나라를 공략할 의사는 없었다. 여불위는 성교가 움직이기를 기다렸고, 성교는 함양성으로 회군해 영정을 칠 궁리를 하고 있었다. 그리고 마침내 여불위는 성교가 함양성으로 움직이려는 찰나를 잡아 그를 고립시켰다.

성교가 처절한 울음을 토해 내며 자살하는 순간까지 여불위는 티끌만큼의 자비심도 보여 주지 않았다. 영정은 성교의 움직임이 포착된 순간 기민하게 움직여 여불위의 손이 닿지 않는 종실 사람들을 눌러 성교를 돕지 못하게 했다. 두 사람은 서로 소통하지 않는 가운데 하나처럼 움직여 신속하게 반란을 제압했다.

"성교의 반란은 진압되었습니다. 성교는 자살하였습니다."

영정은 여불위의 보고를 듣고 다만 한마디 했을 뿐이다.

"수고하셨습니다."

성교가 왜 반란을 도모했는지, 성교가 무어라 주장했는지는 여불위도 영정도 입에 담지 않았다. 영정은 묻지 않았고, 여불위는 보고하지 않았다. 여불위는 물러가기 전에 한마디 덧붙였다.

"반란은 평정됐고, 대왕을 음해하려는 자는 사라졌으니 이제는 《여씨춘추》를 읽으며 제왕의 덕을 쌓으소서."

영정은 대답하지 않았다. 《여씨춘추》는 서고에 쌓인 채 영정의 손길을 받지 못했다.

관례를 올리고 친정권(親政權)을 찾아온 영정이 가장 먼저 한 일은 반란을 일으켰던 모후 조희의 정부 노애를 재판하여 능지처참하고 모후 조희를 내치는 일이었다. 그러자 신하들이 영정의 효심을 거론하며 벌떼처럼 일어났고, 분노한 영정은 효심을 들먹이는 신하들을 여불위의 눈앞에서 쳐 죽였다. 효를 떠들어 대는 신하를 고문할 때도 반드시 여불위를 불러 직접 보게 했다. 여불위는 이 문제에 관한 한 입을 다물고 있었다.

영정은 여불위를 따로 불러 독대하는 가운데 물었다.

"상국! 말을 해보시오. 어찌 노애같이 천한 자가 자신의 아들을 왕으로 앉힐 꿈을 꾸게 되었는지. 그자가 어찌하여 600년을 이어 온 영씨 종실의 위엄을 그리 가볍게 볼 수 있었는지 말해 보오. 그 자가 나를 업신여긴 연유라도 있는지 말해 보오. 그대가 알고 있는 모든 것을 말하시오."

"그리하여 노애가 천벌을 받은 것이옵니다."

영정은 노기가 충천하여 고래고래 소리를 지르며 물었다.

"노애만이 왕의 아비를 꿈꾼 게 맞는가? 또 왕의 아비를 꿈꾸는 자는 없는가?"

여불위는 흔들림 없이 대답했다.

"그런 불충한 자가 있다면 대왕께서 구족을 멸하소서."

영정은 매일 여불위를 앉혀 놓고 묻고 또 물었다. '왕의 아비를 꿈꾸는 자가 이 땅에 더 이상은 없느냐'고.

여불위는 매일 대답했다. '그런 자는 구족을 멸하라'고.

그렇게 두 사람은 1년 동안이나 똑같은 것을 고집스럽게 묻고 대답했다. 어느 누구도 자신의 질문과 대답에서 한 걸음도 물러서지 않았다. 그러고 나서 영정은 여불위에게서 상국의 관직을 박탈했다. 그에게 하남의 봉읍으로 내려갈 것을 명했다. 대신 옹성으로 쫓아 버린 조희를 다시 불러들였다. 여불위가 하직 인사를 하러 왔을 때, 영정은 그를 대전 안에 들이지 않았다. 여불위는 단 아래에서 절을 올렸다. 영정은 내관을 시켜서 여불위에게 말을 전하도록 했다.

"여불위에게서 '중부'라는 호칭을 거두노라. 앞으로는 '중부'라는 호칭을 내게 어머니를 다시 찾아 준 모초에게 부여하겠노라."

여불위가 하남 봉읍으로 내려간 후 이사는 열심히 간세(奸細)를 놓아 여불위의 일거수일투족을 살폈다.

"여불위의 집에는 여전히 3천 식객이 머물고, 제후국들의 사신이 잇달아 방문해 상국 자리를 제안하고 있다 합니다."

이사의 보고에 영정은 무표정하게 대꾸했다.

"여불위를 옥죄지 말고 도망칠 수 있도록 길을 터놓으시오."

"여불위처럼 진나라 사정을 소상히 아는 자가 외국으로 가면 우리에게 해가 됩니다."

영정은 이사에게 냉정하게 말했다.

"그자가 내게 해를 끼치는 모습을 보는 게 내 소원이다. … 그 모습을 보고난 뒤에 그대의 자객을 보내면 될 일이오. ”

그러나 여불위는 꼼짝도 하지 않았다. 도망갈 생각은 애당초
하지 않았다. 이사는 은밀히 여불위에게 사람을 보내 "목숨이 위
태로우니 도망가라"고 일러 주었다. 그러나 여불위는 꿈쩍도 하
지 않았다.

그렇게 1년이 지나고 2년째로 접어들었다. 영정이 이사에게 물
었다.

"여불위는 어떻게 지내고 있소?"

"여전히 3천의 식객을 거느리고 외국 사신을 맞으며 유유자적
살고 있나이다. ”

"왜 도망가지 않는가?"

" ······. ”

"내 여불위에게 편지를 보내겠다. ”

영정은 죽간을 앞에 두고 한참을 노려보았다. 그러나 밤이 깊
도록 한 줄도 써 내려가지 않았다. 이튿날 새벽에야 완성한 편지
를, 그는 사자를 시켜 여불위에게 보냈다.

여불위여!
그대는 무슨 공을 세웠기에 진나라가 그대를 하남에 봉하고 10만 호의 식
읍을 내렸는가. 그대는 진 왕실과 무슨 친족 관계라도 있는가? 어찌하여
내가 그대를 작은 아버지로 부르고, 그대는 이를 아무렇지도 않게 받아들
였는가. ⋯ 이제부터 그대는 촉(蜀) 땅으로 옮겨가 살도록 하라.

이튿날 하남에서 파발이 도착해 왕에게 아뢰었다.

"여불위가 독주를 마시고 자결했나이다."

왕이 물었다.

"남긴 편지는 없느냐?"

"아무것도 남기지 않았사옵니다."

이틀 뒤 다시 파발이 도착했다. 여불위의 식객들이 불충한 죄인 여불위의 시신을 수습해 장례를 치렀다는 내용이었다. 관아에서 장례를 주관한 주동자들을 잡아들였으니 어찌 처분할지 알려 달라는 것이었다. 영정은 그들을 함양성으로 불렀다.

영정은 단하에 무릎 꿇려진 여불위의 식객들을 싸늘한 눈으로 쳐다봤다. 식객들은 다만 엎드려 왕의 문초를 기다리고 있었다. 저항의 기색은 없었다. 영정이 싸늘하게 물었다.

"너희들은 여불위가 나, 진나라 왕에게 불충한 죄인이었다는 것을 아느냐?"

"……."

"그런데도 장례를 성대하게 치렀다? 말해 보라. 너희들이 어떤 벌을 받게 되는지에 대해서."

식객 하나가 말하였다.

"상국께서 저희에게 이리 하명하셨나이다. '대왕께서 나 여불위의 구족을 멸한다 하셔도 결코 원망하지 말라.' 저희는 상국의 명을 받들어 대왕께서 저희에게 어떤 벌을 내리신다 해도 달게 받을 것입니다."

영정은 벌떡 일어나 내실로 들어갔다. 주변을 물렸다. 그렇게 한동안 그 자리에 멈춰 서 있었다.

"율아! 율아!"

영정이 소리쳤다. 율은 그가 소리쳐 부르지 않아도 그의 곁에 있었다. 율은 다만 한쪽 무릎을 꿇고 하명을 기다리고 있었다. 영정은 그런 율을 돌아보지 않고 방을 나갔다. 율은 방에서 무언가 챙겨 들고 뒤를 따랐다. 그 뒤를 내관과 궁녀들이 줄을 지어 뛰듯이 따랐다.

영정은 10년 전 여불위가 선물한 동산 앞에서 멈췄다. 그가 율을 돌아보자 율은 내관과 궁녀들에게 멈추도록 눈짓을 했다. 영정은 율만 데리고 여불위가 알려 준 길을 따라 들어갔다. 율이 영정에게 열쇠를 건넸다. 영정이 문을 열자 길고 넓게 뻗은 토굴 안엔 끝도 없이 궤짝들이 늘어서 있었다.

"열어 보아라."

율이 다가가 궤짝을 열었다. 그 안엔 금괴와 은괴가 꽉 들어차 있었다. 온 천하의 금과 은을 쌓아 놓은 듯 헤아릴 수가 없었다.

영정은 한가운데 서서 악을 썼다.

"여불위! 그대는 왜 이것을 내게 남겼는가? 연유를 말하라. 대답하라, 여불위여! 대답하라."

고래고래 지르는 소리의 틈으로 눈물이 튀었다. 대답은 들려오지 않았다. 다만 그는 자신이 절벽 앞에 서서 떼를 쓰는 작은 아이처럼 느껴졌다. 그 애처로움에 몸을 떨었다.

'내 인생도 늘 절벽이었다. 한비처럼 ….'

한단의 전쟁 (진나라의 조나라 침공)

여불위와 자초는 기원전 258년 진나라 장군 왕흘이 조나라의 도성 한단을 포위 공격하는 와중에 한단에서 도망쳤다. 이 전쟁은 진나라와 조나라가 그 이전부터 치른 길고 잔혹한 전쟁의 끝자락에 걸쳐진 전쟁이었다.

조나라는 옛 진(晉)나라 제후가 멸망하고 진의 세 대부 한 · 위 · 조가 세운 세 나라 중에서 가장 크고 강력한 나라였다. 그나마 중원에서 진(秦)나라를 대적할 수 있는 유일한 나라였다. 그러나 진과 조의 힘의 균형은 장평(長平, 지금의 산시성 가오핑) 전투에서 깨진다. 이 전투는 기원전 262년 한나라가 조나라에 과거 진나라의 땅이었던 상당군(上黨郡, 지금의 산시성 창즈)을 바친 것을 놓고 진나라가 격노하여 조나라로 쳐들어간 데에서 비롯하였다.

당시 진나라가 쳐들어오자 조나라의 명장 염파(廉頗)는 장평에 주둔하며 방어전술을 구사한다. 염파의 전략은 옳았다. 그러나 불행히도 조나라 왕인 효성왕(孝成王)은 어리석은 군주였다. 그는 염파를 겁쟁이라고 비난했다. 이 와중에 진나라에서는 이간책을 활용해 염파를 모함하는 한편, 진나라는 조괄(趙括)이 대장이 되는 것을 가장 두려워한다는 소문을 낸다. 조괄은 '탁상공론'(卓上空論) 고사의 주인공으로 입으로 하는 병법에만 밝은 수재였다. 효성왕은 염파를 해임하고, 조괄을 대장으로 임명한다. 조괄이 부임하자 진나라는 총공세에 나서서 3년 가까이 끌어 온 장평전투를 끝낸다.

당시 진나라 장군은 백기(白起). 진나라에서 가장 잔혹하고 유능한 무장이었던 그는 아예 조나라 병력의 씨를 말리기 위해 투항한 조나라 병사 45만 명을 생매장해 버린다. 이로써 조나라 병력의 절반 이상이 궤멸되며, 조나라는 급격하게 퇴락한다. 백기는 내쳐 한단으로 진군하려 했다. 그대로 조나라를 끝장낼 생각이었던 것이다. 그러나 백기의 공이 너무 커지는 것을 우려한 진나라 재상 범저(范雎)의 농간으로 철수를 명받아 기원전 260년에 전장에서 철수한다.

그리고 수개월 후 진나라 소양왕은 뒤늦게 이때 끝내지 못한 전쟁을 아쉬워하며 왕릉(王陵)을 대장으로 삼아 한단을 공격한다. 그러나 조나라의 결사항전에 밀려 왕릉이 전사하고, 이후 장군 정안평(鄭安平)을 대장으로 삼아 다시 공격했으나 여의치 않았다. 이에 기원전 258년 대장을 왕흘(王齕)로 교체한 뒤 한단 도읍을 포위하고, 조나라를 존망의 위기로 몰아넣는다. 이렇게 한단에서 진나라에 대한 증오심이 극에 달한 상황에서 여불위는 600금의 뇌물을 써서 자초와 함께 한단을 탈출한다.

왕의 스승

동창에 어슴푸레 첫 새벽의 여명이 비쳐들 무렵 한비는 눈을 떴다. 늘 이 무렵이면 그는 저절로 눈이 떠진다. 하나 그는 일어나 앉지 않는다. 몸은 다만 그대로 뉘어 놓고, 눈은 어두운 천장을 향해 있다. 그러나 어느 지점에 상이 맺혀 응시하는 것은 아니다.

무위무사(無爲無思). 아무 일도, 아무 생각도 하지 않는다. 그는 실로 그대로 텅 비어 버린 허(虛)를 유지하는 경지에 도달해 있었다.

그가 초나라에서 볼모살이를 하며 순경 문하에서 공부하던 무렵에 부왕인 한나라 환혜왕은 진나라로 조현(朝見)을 가서 진 소양왕에게 신하의 예를 올렸다. 이 자리에서 소양왕은 한비를 원했다.

한비는 떠들썩한 정도는 아니었으나 이미 어린 시절부터 영특함이 알려져 알 만한 선비들의 입에 오르내리고 있었다. 인재에 특히 철저하고 민감했던 소양왕이 한공실의 영특한 공자를 한나라에 잡아 두도록 할 리가 없었다.

환혜왕에게도 한비는 골칫거리였다. 사상의 깊이와 넓이를 알 수 없도록 영민한 데다 불길한 운을 타고난 아이여서 늘 께름칙했다. 말더듬이 불구자가 아니었다면 일찍이 세자의 안위를 위해 결딴을 냈을 아들이었다. 그리하여 초나라 볼모로 보내 놓았는데, 이를 계기로 그 아들의 영특함이 세상에 소문이 나는 지경에 이른 것이다.

148

그리하여 그 사실이 소양왕의 귀에 들어갔으니 난감했다. 그리고 진나라가 그런 한비를 차지할 작정이다. 탐탁지 않았다. 그러나 피해 갈 수 없는 일이었다. 그는 한비에게 사람을 보내 진왕에게 올리는 '이력서' 격인 책략서를 적어 올릴 것을 명했다.

서글픔과 무력감.

환혜왕의 명을 받았을 때 한비의 표면적 감정 상태는 그러했다. 그러나 이런 예측 가능한 감정 뒤에 묘한 흥분과 설렘이 찾아왔다. 왕이 되지 못하는 왕자에게 세상사 깊은 곳까지 탐색하고자 하는 열망과 세상 이치를 쉽게 분석해 내는 타고난 능력은 말더듬이 장애와 함께 그의 인생을 괴롭히는 또 다른 장애였다.

일찍이 노자(老子)에 심취하였던 것은 세상을 보는 더 큰 혜안을 갖기 위함이 아니라 세상 돌아가는 이치를 꿰뚫어 괜한 욕망으로 심란해지지 않기 위한, 그리하여 마음을 덜어 내 수양하고자 함이었다. 그럼에도 나날이 어지러워지는 세상에 대한 근심으로 그는 스스로에게 세상을 향해 혜안을 사용해야 한다는 책임감을 부여하기 시작했다.

홀로 세상을 다스릴 방편을 담아 부왕에게 글을 올린 것도 그래서였다. 그는 참으로 오랜 세월 동안 부왕과 형왕에게 절규하듯 상소를 올렸다. 그러나 그들은 보지도 묻지도 않았다. 그의 혜안은 한나라 공실의 허공에서 맴돌고 있었다.

천장 위에 영정의 얼굴이 떠오른다. 한비는 영정의 얼굴을 응시한다. 허공에 맴도는 그의 언어를 잡아서 땅에 뿌리내리도록 한 젊은 왕. 한비는 스스로 머리만 있을 뿐, 실행할 손과 발이 없는 사람이었다. 그리고 형제인 안왕은 뜬구름과 같았다.

그런데 영정은 온전한 왕의 모습으로 그 앞에 나타났다. 그와 이야기하는 내내 한비는 무심한 전율을 느꼈다. 그가 원했던 왕이 바로 그 앞에 있었기에. 한나라를 위해서는 절대로 있어선 안 될 인물이었음에도 한비 자신의 사상을 위해선 머리 조아려 감사하고픈 인물이었다. 맑으면 깊고 멀리 분명하게 보이는 법. 꾸며대지 않는 무위(無爲)의 눈을 가진 그에겐 영정만이 완벽한 왕이라는 사실이 투명하게 보였고, 그 사실이 무겁게 다가왔다.

'소란스럽구나. 이 새벽에 ….'

그는 비로소 몸을 일으켜 앉는다. 문고리를 두드리는 소리가 들린다. 한비는 기침을 한다. 서두르는 손이 문고리를 낚아채고, 장흔의 입이 먼저 안으로 들어온다.

"왕제! 사부! 영정이 이곳으로 납신답니다."

장흔의 뒤에는 세숫물을 받쳐 든 여종이 따른다. 한비가 세수를 마치고, 정원으로 나가니 영정이 푸른 새벽의 기운을 몰고 문으로 들어오고 있다. 한비는 두 손을 모아 쥐고 예를 올린다.

"사부! 이미 기침(起寢) 해 계시는군요."

"예. 나이가 들수록 아침잠은 이루기 어렵다는 말이 무슨 말인지 요즘 느끼겠군요."

"밤이 어찌나 길던지요. 밤을 베어 내어 아침을 당기라 명할 참이었답니다."

영정의 쾌활한 말에 한비는 오랜만에 사심 없이 맑은 웃음을 웃는다. 영정도 비슷한 웃음으로 답례한다.

"집이 불편하진 않으신지 확인하러 왔습니다."

한비는 고개를 끄덕이며 객실로 안내한다. 영정은 자리를 잡고 앉자마자 무심한 듯 말한다.

"절벽이라 하셨지요?"

"……."

"그 인생의 절벽에서 어떻게 대답을 찾아야 합니까?"

한비는 무표정하게 영정을 쳐다본다. 영정이 재차 묻는다.

"사부는 어떻게 대답을 찾습니까?"

"저는 절벽에 질문을 하지 않으니 대답을 찾는 방도를 알지 못하지요."

"왜 인생이 절벽인지 궁금하지 않습니까?"

한비는 고개를 젓는다.

"무위(無爲)."

"아무것도 하지 않는다고요? 거짓말 마십시오. 사부는 엄청난 저작을 하신 걸로 아는데 아무것도 하지 않는다고요? 그렇게 세상 이치를 꿰뚫고, 그렇게 많은 말을 하면서요?"

"무위란 행동하지 않는다는 것이 아니라 행동함에 있어 덧대거나 꾸미지 않고, 사물을 봄에 사사로운 감정을 개입시키거나 사사로운 욕망으로 세상을 어긋나게 보지 않는다는 것이지요. 있는 그대로 보고 본 그대로 드러낼 뿐, 편견을 가지지도, 의식하지도, 드러내지도, 꾸며 대지도 않는다는 말입니다. 무언가 얻고자 하는 욕망이 있으면 그걸 욕망하기 위해 실제보다 부풀리고, 의식하게 되지요. 또 그걸 얻을 수 있는 방법을 고안하고, 태도를 꾸미고, 말을 지어내죠. 욕망하지 아니하면 꾸며 댈 필요가 없지요. 예, 이제껏 저는 저의 왕을 위해 10만여 자를 썼습니다. 그러나 꾸며 댄 이야기는 없지요. 그저 날것 그대로 옮겨 놓았을 뿐입니다."

"욕망하지 않는다?"

한비는 고개를 끄덕였다. 영정은 손가락으로 이마를 톡톡 친다. 그리고 묻는다.

"인간이 어떻게 욕망에서 벗어날 수 있습니까?"

"부족함을 모르면 욕망할 것이 없지요?"

"부족함이 없다는 건 다 채워야 한다는 뜻 아닙니까? 그렇다면 다 채우기 위해서라도 욕망해야 하지 않습니까?"

"채우려 한다면 끝이 나지 않지요. 채우려 한다면 기왕에 채운 것을 잃지 않기 위해 비축해야 하니 또 모자라지지요."

"채우지 않고 모자람을 느끼지 않으려면 어찌해야 합니까?"

"혹시 노자의 말씀을 기억합니까?"

"노자?"

"38편을 기억하십니까? 덕(德)이 뛰어난 사람은 덕을 마음에 두지 않기 때문에 덕을 지니게 되고 …."

영정이 뒤를 받는다.

"덕이 부족한 사람은 덕을 잃지 않으려 애쓰기 때문에 덕이 없게 마련이다. 덕이 뛰어난 사람은 행함에 있어 인위적인 데가 없고, 덕이 부족한 사람은 억지로 해야 하므로 인위적이기 마련이다. …"

"예."

"이 구절을 기억합니다. 정말 공로가 큰 사람은 공로를 떠벌리지 않는데, 공로가 적은 사람들일수록 자찬(自讚)을 늘어놓는 걸 많이 보았습니다. 스스로 착하다고 떠벌리는 사람 중 정말 착한 사람은 드물고요. 그런 인간 군상을 보며 이 구절을 떠올렸던 기억이 납니다."

한비는 뭔가 말하려 하다 붓과 죽간을 집어 들고 쓴다. 다 쓰고 나서 영정에게 건넨다. 말하는 일이 어려운 그가 긴 설명이 필요할 때는 이렇게 필담을 나누는 일이 종종 있다.

"노자는 '최상의 덕은 득(得)이 아니다'고 했습니다. 덕은 내면의 정신이고, 득은 외적인 이득입니다. 이 말은 정신이 외물(外物)에 의해 어지럽혀지지 않아야 그 몸을 온전하게 할 수 있다는 말이지요. 덕은 외물에 의존해 얻는 게 아니라 스스로 얻는 것입니다. 덕이란 무위가 모인 것이고, 욕심이 없는 상태에서 만들어지지요. 사려하지 않아야 평온해지고, 인위적으로 꺼내 쓰지 않아야 확고해집니다. 외적 성취를 위한 욕망이 자리를 잡으면 덕은 머물 곳이 없고, 덕이 머물 곳이 없으면 확고해지지 않고, 확고해지지 않으면 효과가 없습니다. 효과가 없다는 것은 인위적으로 덕을 취하는 데서 비롯됩니다. 인위적으로 덕을 구하면 덕이 없게 되고, 인위적으로 구하지 않으면 덕이 있게 됩니다. 이것이 노자가 상덕부덕(上德不德), 즉 자신의 덕을 덕으로 여기지 않기에 덕이 있게 된다고 한 이유입니다."

영정은 혼잣말처럼 중얼거린다.

"내적인 자질을 외적으로 구하지 말아야 한다? 상덕을 가지려면 덕을 욕망하지도, 세상에서 덕이라 말하는 것을 취하거나 보여 주려 인위적으로 노력하지 말아야 한다는 말씀이 아닙니까? 그러면 나는 내 덕을 드러내려고 노력할수록 더 나빠질 것이란 말입니까?"

"대왕께서는 자기 공로를 떠벌리지 않는 자의 공로가 가장 크다는 것을 이미 간파하고 있지 않습니까? 그런 분별력은 아무나 가질 수 있는 것이 아닙니다. 대부분의 사람들은 겉으로 드러난 것만 보고 판단하기에 제 눈에 속고, 속은 것을 입에 담아 입을 더럽히고, 속은 채로 행동해 죄를 짓지요. 왕의 덕이란 그런 것을 분별해 내어 각 인재를 적재적소에 앉혀 일하도록 하는 능력이 으뜸인데, 이미 갖고 있으면서 의심하지 마십시오. 공을 세울 수 있는 자를 찾아내 일을 맡기는 것이 대왕이 하실 일입니다."

영정은 입을 다문다. 한동안의 침묵이 흐른 뒤에 자리에서 일어나며 한비에게 말한다.

"사부! 책이 올 겁니다."

"책?"

"《여씨춘추》라고 들어보셨습니까?"

"어찌 듣지 못했겠습니까? 필사한 것을 일부 읽어 보기도 했습니다. 대왕께서도 이미 독파하셨을 텐데요. 대왕의 견해를 듣고 싶군요."

영정은 한비를 바라본다. 읽을 수 없는 눈빛. 영정은 돌아선다. 그는 뒷모습을 보이며 말한다.

"저는 단 한 글자도 읽지 않았습니다. 저에게 분별하는 눈이 있다고 하셨지요? 그 눈이 골라낸 스승은 사부이십니다. 저는 다만 사부께 다스리는 법, 치도(治道)를 듣고 싶습니다."

영정은 그렇게 뒷모습을 보이며 한비의 집을 떠났다. 왕을 배웅하고 집으로 들어서자 장흔이 한비에게 다가와 서고 마당으로 가자며 잡아끈다. 이미 엄청난 죽간 더미가 수레에 실려 와 있다.

"영정이 보냈다 합니다."

"대왕께서 《여씨춘추》를 보낸다 하였다."

한나라 젊은이의 자존심이 드높은 장흔은 영정을 대왕이라 부르지 않고, 이름을 부르거나 진왕(秦王)이라고 칭한다. 반면 한비의 언어는 달라져 있다. 한비가 신하들이 자신의 왕을 지칭할 때 쓰는 대왕이라는 말을 입에 올린 것이 장흔의 가슴에 꽂힌다. 그래서 삐딱하게 묻는다.

"왕제(王弟)께서는 진정 영정의 신하가 되려 하십니까?"

한비는 젊은 장흔을 물끄러미 바라본다. 장흔이 호칭을 사부라 하지 않고 왕제라 할 때는 한나라에서의 위치를 잃지 말라는 경고처럼 들린다. 그래서 한비는 오히려 스승으로 그에게 다가선다.

"태공망(太公望) 여상(呂尙)이 동쪽 제나라에 봉해진 후에 그곳의 현자로 이름 높은 광율(狂矞)과 화사(華士)를 죽인 일을 기억하느냐?"

"예. 알고 있습니다. 두 형제가 '우리는 천자의 신하도 아니고 제후의 친구도 아니다. 밭을 갈아 음식을 먹고, 우물을 파서 물을 마시고, 군주가 주는 봉록을 받을 일도 없고, 아무도 섬길 뜻도 없고, 오직 우리 힘만으로 살아간다'고 주장하자 이들을 죽였지요."

"그래 주공(周公) 단(旦)이 그 소식을 듣고 여상을 책망하니 여상이 이렇게 대답했다. '그들은 스스로를 일러 천자의 신하도 아니고 제후의 친구도 아니며, 누구도 섬길 뜻이 없으며 자신들의 힘만으로 살아간다고 했습니다. 그러니 그들이 현자라고는 하나 그들을 신하로 임용할 수도 없고, 부릴 수가 없으며, 밭을 갈고 우물을 파서 자급자족한다 하였으니 그들을 상벌로 격려하거나 금할 수도 없습니다. 하물며 군주가 내리는 명예도 원치 않는다 하니 그들은 나를 위해 지혜를 사용하지 않을 것이고, 공을 세우려 하지 않을 것입니다. 선왕이 신하를 다스린 것은 작위와 봉록, 혹은 상벌이 있었기에 가능한데 이 4가지로 부릴 수 없는 이에게 제가 어찌 장차 군주 노릇을 하겠습니까?

전쟁에 나가 공을 세우지도 않고, 하는 일도 없는데 현자로 이름만 드높고, 몸소 나라에 도움이 되지도 않는 농사를 지으며 명성을 떨치는 것을 두고 보는 것은 백성을 가르치는 방도가 아닙니다. 지금 여기 있는 말이 천리마(千里馬)라 해도 채찍질에도 나가지 않고, 잡아끌어도 끌 수 없다면 아무리 천한 노비라도 이런 말을 타려 하지 않을 것입니다. 비록 노비라 해도 천리마를 타려는 것은 그것으로부터 이로움을 얻고 해를 피하려 하기 때문인데 말을 듣지 않는 천리마를 누가 타려 하겠습니까. 이렇게 맘껏 부릴 수 없는 천리마라면 죽일 수밖에 없지요'라고 말이다."

"그래서 왕제께선 영정이 맘껏 부릴 수 있는 천리마가 되기로 하신 것입니까?"

"영정이 비록 나를 '사부'로 부르며 따른다만 그것은 다만 자신을 위해 일하도록 하고자 하는 것이며, 내가 그를 위해 일할 마음이 없다는 것을 안다면 그는 나를 죽일 것이다. 그러므로 영정과 대화하기 위해서라도 먼저 그에게 내가 그를 위해 일할 수 있는 사람이라는 것을 알려 주어야 한다."

장흔은 잠시 그 자리에 꼼짝 않고 서 있더니 잠시 후 양손을 맞잡고 한비에게 인사를 올린다. 그러곤 이내 《여씨춘추》를 서고로 옮기는 데 힘을 보탠다.

한비는 장흔에게 조용히 말한다.

"책을 읽는 데 시간을 쓰도록 하여라. 다른 일로 분주한 것은 용납하지 않는다."

장흔은 당황한 기색으로 말을 받는다.

"선생님! 무슨 말씀을 하십니까?"

"우리는 첩자들에 둘러싸여 있다는 것을 명심하도록 해라. 집안에 문안 편지를 보내는 것도 조심하도록 해라."

그렇게 한마디 던져 놓고 한비는 다시 방으로 돌아간다.

'일어날 일은 일어난다.'

한비의 머릿속에선 이미 정리가 끝난 일이었다. 한나라 제후가의 무궁발전은 욕망하지 말아야 하리라는 것을, 한공실이 아닌 백성의 생명을 지키는 것이 그의 마지막 임무라는 것을 말이다.

그러나 가슴속에서는 흔쾌히 받아들여지지 않는다. 괴로움은 머리와 마음의 괴리로부터 왔다.

'나라는 백성을 위해 존속해야 하나 그 나라를 존속시킬 수 있느냐 없느냐는 결국 한 사람이 결정한다. 군주. 백 명의 신하가 뛰어나 나라를 지킨다 해도 그 백 명의 충신을 죽이고 살릴 수 있는 권한은 군주에게 있다. 인재를 알아보고, 넓은 미래를 바라보고, 질서의 중심을 찾아내는 안목이 있는 군주만이 나라를 살릴 수 있다.

진나라에는 영정이 있다. 그럼 한나라에는 누가 있는가? 소심해서 나아가지 못하면서 고집은 세서 남과 화합하지 못하고, 간하는 말을 거슬러 오히려 그를 이기고 싶어 하며, 사직을 돌보지 않고 경솔하게 자만심만 내세우는 왕, 먼 나라와 동맹을 믿고 가까운 이웃, 더구나 강한 진나라와 대립하려 하는 왕, 국내의 우수한 인물은 임용하지 않고 사람이 없다고 타박만 하는 왕이 있는 나라. 군주가 자기 잘못을 뉘우치지 않고 나라가 혼란한데도 자기 자랑만 하고, 국내의 실력을 헤아려 보지 않고 이웃나라의 적을 가볍게 여기고, 서툰 외교로 위기를 자초하면 나라를 지킬 수 없다.

그러니 우리 한왕이 어떻게 영정과 대적할 수 있다는 말인가?' 그가 냉정하게 바라본 현실은 절망적일 뿐이다.

'여불위가 세상에 존재하는 모든 지혜의 말을 모아 심혈을 기울여 만든 20여만 자에 달하는 《여씨춘추》를 영정은 한 글자도 읽지 않았다며 내게 보냈다. 하나 그는 그 책의 존재를 잊지 않았다. 나를 '사부'라 부르며 내게 보냈다. 한왕은 내가 간언하는 10여만 자의 상소를 한 글자도 읽지 않고 그 존재마저 잊어버렸다. 영정은 나를 통해 《여씨춘추》를 흡수할 작정이다. 그는 세상에 존재하는 지혜를 선별해 받아들일 준비를 하고 있다. 한왕은 지혜가 무엇인지 고민조차 하지 않는다. … 영정은 왕이다. 그가 패왕이 될 것이다.'

한비는 영정을 인정한다. 그의 가슴은 한나라를 생각할수록 꽉 막히고 절망의 나락으로 굴러 떨어지는데, 그 한편에선 실로 오랜만에 영정으로 인하여 심장이 뛰는 것을 느낀다.

'내가 기다렸던 왕은 불행하게도 한나라 공실에서 태어나지 않았다. 한나라를 집어삼키려는 진왕이 그 왕이었다.'

현실의 어긋남에 그의 마음과 머리는 서서히 분리되고 있다. 인간의 마음은 무거워지고, 철학자의 머리는 영정을 위하여 들려줄 이야기들로 가득 차기 시작한 것이다.

'이 역시 인간과 하늘의 일이다. 내가 어찌할 수 있겠는가?'

왕의 신하

"때가 되었다. 나의 진나라는 이제 진군하여 6국 원정에 나서 천하를 하나로 아우르게 될 것이다. 이에 거슬리는 점이 있다면 기탄없이 말하도록 하라."

영정은 정벌전쟁을 선언한다. 대전에 핵심 대신들만 모였다. 상국 평창군(平昌君)과 전국의 군무(軍務)를 통괄하는 국위(國尉) 울료, 대장군 왕전(王翦), 장군 환기(桓齮), 이사 등이었다. 영정의 전쟁을 치를 핵심 중의 핵심 인사들이다. 본격적인 대전회의에 앞서 왕이 스스로의 계책을 점검해 보는 자리였다.

영정은 이렇게 강한 모두(冒頭) 발언을 마친 뒤 다시 편안한 표정으로 돌아와 참석자들에게 기탄없이 말할 수 있도록 분위기를 조성한다. 먼저 울료를 보며 깍듯하고 친근하게 말한다.

"국위께서는 이제는 때가 되었다는 저의 대중이 맞는다고 생각하시는지요."

울료가 대답한다.

"전쟁의 승리는 조정에서 비롯되는 것이지요. 내정이 안정되어 명령과 목소리가 안정되고, 현명하고 능력 있는 인재들이 적재적소에서 기죽지 않고 자기 뜻을 펼칠 수 있는 정치적 토양이 완성되며, 비옥한 농토에서 충분한 곡식을 소출하여 밖에 나간 병사들을 먹일 수 있고, 안으로는 견고히 지킬 수 있으며, 군(軍)의 제도는 확립되어 문란하지 않아야 승리할 수 있습니다. 또 군사를 일으킴에 있어서 분노로 인한 것이 아니고, 승산이 있는지 철저하게 계산하여 승산이 있을 때 군사를 전진시켜야만 승리할 수 있지요."

영정이 말한다.

"나는 지난 몇 년간 정치적으로 조정을 불안케 하는 모든 불안정성을 제거했고, 정국거(鄭國渠, 정국이 만든 관중의 수로)를 완성하여 관중의 땅을 비옥하게 만들어 곡식을 몇 년 치나 창고에 쌓일 만큼 비축했으며, 진나라 병사들은 강건하고, 나의 진군 목적은 오직 천하의 대립을 종결하여 천하의 백성들을 편안케 하고자 함이니 명분이 있소."

울료는 말한다.

"대왕의 준비에 빈틈이 없으니 정벌에 나서신다면 지금이 그때가 아닐까 사료됩니다."

영정의 얼굴에 환한 미소가 확 번진다. 이에 평창군이 영정에게 허리를 굽히며 말한다.

"이 모든 것은 대왕이 이루신 것입니다."

영정은 흡족한 표정으로 장군들을 바라보며 말한다.

"이제 그대들이 수고하여 진나라를 하늘 아래 유일한 천년왕국으로 만들 것이오."

장군 환기가 말한다.

"진군(進軍)만 명하소서. 모든 준비가 끝나 진군의 날만 기다리고 있나이다."

회의장 안은 열정과 화기애애함이 넘친다. 이사가 나선다.

"이날을 손꼽아 기다렸나이다. 6국을 겸병함에 있어 순서를 정해야 하지 않겠나이까?"

영정은 일행을 둘러보며 말한다.

"나에게 생각은 있으나 정립되지 못했으니 실무를 보는 그대들이 말하시오. 내 그 뜻에 따르도록 하리다."

환기가 말한다.

"모든 전쟁은 기선제압이 중요합니다. 조나라를 눌러 기선을 제압하면 우리 군사들이 깃발을 쳐들기 전에 투항해 올 나라들도 있을 것입니다."

이사가 말한다.

"조나라는 쉬운 상대가 아닙니다. 자칫 전쟁을 오래 끌기라도 하면 기선제압의 실효를 거두지 못하고, 다른 나라들이 합종을 준비할 시간만 주게 될 것입니다. 우선 가장 손쉬운 나라를 병합하고 뒤를 이어 폭풍처럼 몰아쳐 다른 나라들이 감히 준비하지 못하도록 한 뒤 차례로 정벌하는 것이 상책이옵니다."

영정이 말한다.

"정위는 한나라를 먼저 쳐야 한다는 말인가?"

이사가 말한다.

"기선제압은 말 그대로 전광석화처럼 이루어져야 할 것입니다. 한나라는 믿을 수 없는 나라입니다. 감히 우리 진나라를 상대로 앞에서는 굽실거리고 뒤에서는 뒤통수 칠 궁리를 하며 수작을 부리기로는 따를 자가 없는 한나라가 그 본보기가 되는 것이 마땅합니다."

영정은 울료를 쳐다본다. 울료가 말한다.

"전쟁의 순서를 정하는 것은 매우 중요한 일입니다. 지금의 정세를 종합해 보건대 정위의 말에도 환기 장군의 말에도 일리가 있습니다. 다만 한나라는 굳이 군사를 동원하지 않고, 모략을 통해 병합하는 것이 경제적으로 합당합니다. 한나라에는 모략을, 조나라에는 병사를 내어 둘을 아우르는 것이 어떨까 합니다."

이사는 말한다.

"모략은 병사를 아낄 수 있으나 시간이 오래 걸립니다. 우리에게는 속전속결이 필요합니다."

평창군이 말한다.

"지금 한나라 공자 한비가 함양성에 와 있습니다. 한비를 이용해 보심이 어떠하올는지요. 한비에게 직책을 내리시고, 한나라를 병탄할 임무를 내리십시오. 한비가 이를 받아들이면 한나라는 피바람을 면할 수 있으나 그렇지 않으면 한나라의 성곽은 깨질 수밖에 없다는 것을 분명히 하시면 백성의 안위를 생각하는 그도 굳이 반대하지 않을 것입니다. 한비는 현자이오니 지금 정세와 정황을 모르지 않을 것입니다."

이사가 말을 잇는다.

"그것은 한나라의 모략 안으로 우리가 걸어 들어가는 것입니다. 한나라는 한비를 이용해 시간을 끌 것이고, 뒤에서 다른 나라들과 도모할 것입니다. 한나라는 뒤통수를 치는 데 능한 나라이니 믿지 마소서. 지금 한비 집안의 동태도 그다지 믿을 만하지는 않습니다. 그러나 한비에게 벼슬을 내리시어 한나라를 압박하는 용도로 활용하는 것은 바람직한 계책이라 사료되옵니다."

영정은 대답하지 않고 울료를 본다. 울료는 천천히 입을 뗀다.

"전쟁은 피할 수 없으나 그 자체로 잔혹한 일입니다. 그러므로 전쟁일수록 명분과 의로움을 앞세우지 않으면 인간은 끝없이 잔인해집니다. 잔혹함을 위해서가 아니라 의로움을 세우기 위해 하는 전쟁이니만큼 수단도 그에 맞아야 합니다. 한비에게 한나라의

멸망을 이끌도록 하는 것은 지나치게 가혹한 것입니다. 한나라는
우리 진나라의 지혜와 병사로 이길 수 있으니 그리 잔혹해지지는
마소서."

정벌전쟁의 우선순위를 정하는 일. 조정은 이 일로 한바탕 시
끄럽다. 이사 등 모신(謀臣)들을 중심으로 한나라를 먼저 겸병해
야 한다는 공론이 분분했다. 그 방법에 대해서는 의견이 엇갈렸
다. 공성전(攻城戰)을 주장하는 강경파와 모략(謀略)으로 이겨야
한다는 벌모(伐謀)파가 대립했다.

그 와중에 이번 전쟁에서 앞장서게 될 장군 환기는 한나라에는
관심이 없었다. 그는 이미 대장군 왕전, 양단화(楊端和) 등과 함
께 조나라를 쳤던 경험이 있는 데다 스스로 장평대첩(長平大捷)의
영웅 백기와 맞먹는 무공을 지닌 것으로 자평하는 자부심 높은 장
수였다. 진나라의 영웅무관은 언제나 조나라와의 전쟁에서 탄생
했다. 조나라를 상대로 승리하는 것만이 공명(功名)을 죽백(竹帛,
역사)에 남길 길이었다.

환기는 한때 도적떼의 우두머리로 진나라 군사와 상대해 승리
를 거두었고, 진나라 군대에 투항한 이후에는 노애의 반란 당시
노애를 끝까지 쫓아 사로잡았으며, 몽오를 대장군으로 올리는 데
에 혁혁한 공로를 세운 부장 중 한 사람으로 콧대가 높았다. 자부
심 높고 자기주장이 강한 그가 조정의 공론을 조나라로 돌리려고
했다.

164

울료는 공론이 분분한 조정의 회의를 마치고 퇴청하는 길에 한비의 집으로 말고삐를 당긴다.

장흔이 울료를 맞아 한비에게 안내한다. 한비가 대청마루 밑까지 내려와 어렵사리 인사한다.

"아 ~ 어 ~ 아 ~ 이런 일이 있군요. 제가 울료 선생을 뵙게 되다니요."

울료는 호탕하게 웃으며 말한다.

"내 궐에서 나와 말고삐를 당겼는데 이놈이 이리로 데려다 줍디다. 그렇잖아도 손님이 오셨는데, 내 그동안 인사도 못 드렸기에 인사차 왔소이다."

"제가 먼저 찾아뵈었어야 하는데 존함이 워낙 우레처럼 크신지라 제가 지레 겁을 먹었습니다."

한비는 울료를 친근하게 맞아 방으로 안내한다.

장흔은 몸 둘 바를 모르며 울료를 방 안까지 모시고 들어가 수발을 든 뒤 여종들을 시켜 다과를 내라고 채근한다. 장흔과 함께 한비의 책을 관리하는 서봉이 호기심 어린 눈으로 그들의 뒷모습을 바라보다 장흔이 나오자 툭 치며 말한다.

"저 양반이 정말 울료 선생 맞소?"

"나도 저 양반이 와서 자신을 울료라 하기에 깜짝 놀랐다오. 이 시대 최고의 군사 사상가이자 군사 전문가인 양반이 저리 소탈하고 온화할지 몰랐소이다."

"울료 선생은 위나라 대량(大梁) 사람으로 평민이라 들었소. 소탈한 거야 그럴 법한 일. 듣기로 영정은 울료를 만날 때는 마주 앉아 무릎을 꿇고 겸상을 하고, 옷과 음식도 똑같이 맞춘다고 하던데요."

"나도 울료 선생의 말을 전하는 병법 책략서 《울료자》를 몇 편 구해 읽었소. 모두 3년 전 영정이 울료를 거두고 난 뒤 나온 것들이지요. 영정은 젊지만 혜안이 남다르다는 생각은 들었습니다."

"한데 울료 선생은 진왕을 만나고 난 뒤, '진나라 왕은 오뚝한 코에 가늘고 긴 눈, 사나운 새와 같은 가슴과 승냥이 같은 음성에 은사를 베푸는 것은 적은데 호랑이나 이리 같은 마음을 품고 있어, 곤궁에 처하면 쉽게 다른 사람 아래에 들어가고 뜻을 얻으면 쉽게 남을 잡아먹을 것이다. 나는 평민 신분인데도 그는 항상 나를 만날 때 스스로 몸을 낮춘다. 진실로 진나라 왕이 천하에서 뜻을 얻는다면 천하는 모두 그의 노예가 될 것이다. 그래서 나는 그와 교유할 수 없다'고 하며 진나라를 떠나려고 했다던데 어째서 아직 영정의 곁에 있다는 말입니까?"

"그러게요. 진나라에서 군사의 재상 격인 국위를 내리고, 왕이 그리 극진히 모시니 뜻이 꺾였나 보지요."

한비와 울료는 길고 번잡스러운 인사 없이 서로 미소와 눈빛을 교환한다. 한비가 말한다.

"선생님의 글을 읽은 적이 있습니다. '군사는 흉기(凶器)'라고 하셨지요. 그런데도 군사를 조련하는 방안은 아주 구체적이고 정밀하다고 들었습니다."

"저는 한 공의 글을 읽은 적이 없습니다. 다만 도덕가(道德家) 중에서도 노자(老子)의 도를 가장 독창적이고도 놀라운 통찰력으로 설명하는 분이라는 풍문을 전해 들었지요. 유자(儒者)인 순경의 제자가 황로학에 통달하고 그 도가 높다는 얘기에 무척 흥미로웠습니다. 그리고 또 하나의 명성, '실패한 개혁가'. 한나라에서 상앙의 변법과 같은 개혁을 추진했으나 실패하여 은둔한 왕자라는 명성 말입니다."

울료의 말에 한비는 머쓱해진다. 울료는 허허 웃으며 차를 한 모금 마신 뒤 말한다.

"한데 지금 한나라의 정황을 보건대 무엇을 덧대어도 할 수 있는 일이 없다는 것을 아실 텐데도 노자의 도를 꿰뚫고 계신 분이 자신을 소외시키느라 여념이 없었던 한나라를 위해 예까지 오신 것을 보면 제 인간의 마음이 뭉클하답니다. 그것이 또 인간이니까요. 저 역시 인간이어서 예까지 와 있습니다."

한비는 씁쓸하다. 말을 돌린다.

"선생님은 대표적으로 전쟁을 피하고 싶어 하는 현인이십니다. 그런데 진왕의 군무(軍務)를 도맡으신 것은 왜입니까?"

울료는 깊게 숨을 쉰다. 그러나 그는 한비가 돌리려는 주제에 답하는 대신 자신이 말하고 싶은 주제를 초지일관 밀고 나간다.

"왕도(王道)를 행하는 왕국은 백성을 부유하게 하고, 패도(霸道)를 행하는 패국은 병사와 선비를 부유하게 하지요. 그리고 현상유지에 애쓰는 존국(存國)은 관원과 대부를 부유하게 만들고, 패망의 길로 달리는 망국(亡國)은 군주와 주변 사람의 창고만 부유하게 합니다. 위로 군주와 관원의 창고는 풍족하고 아래로 백성의 곳간은 비어 있다면 내란이든 외침이든 병란이 일어날 때 구제할 길이 없지요. 지금 한나라에선 누구의 창고가 풍족합니까?
군주와 귀족의 창고는 풍족하되 백성의 창고는 날로 비어 가지 않
습니까?"

한비는 말없이 울료를 쳐다본다. 울료는 말을 잇는다.

"비단 한나라만 그런 게 아닙니다. 6국이 모두 그렇죠. 백성은
능히 지킬 수 없을 만큼 비었고, 군주와 귀족은 자기 것을 지키느
라 나라를 지킬 수 없는 형편이지요. 모두가 존국을 지나 망국의
길을 가고 있습니다. 그러나 진나라는 어떻습니까? 인재를 등용
할 줄 알고, 법령을 잘 정비하고, 상벌이 분명합니다. 선생이 원
하는 위로부터의 혁신의 정치가 늘 이어집니다. 강하죠."

"그 강한 진나라가 천하에 전화(戰火)를 일으키려 합니다. 우리
가 정치 혁신을 주장하는 것은 왜입니까. 백성의 터전을, 백성의
생명을 지키기 위해서죠. 그런데 혁신의 결과가 전쟁으로 치달립
니다. 선생께서는 늘 전화를 피하는 것이 좋다고 하시면서도 그
맨 앞에 서 계시지요."

"그렇게 되었군요. 그러나 일곱 개 나라가 서로 뺏고 뺏기는 전
쟁을 더 오래 해선 안 됩니다. 이미 다른 6국이 망국의 수렁에서
헤어 나오지 못하고 있습니다. 이 땅에 전쟁은 수백 년 계속됐습
니다. 이젠 이 전쟁을 끝내기 위해서 어쩔 수 없이 강한 자가 군사
를 일으켜 상황을 끝내야 합니다. 힘이 균형을 이루고 질서가 잡
혀야 화평이 옵니다. 그게 인간세상이지요. 이 전쟁을 끝내고,
백성들을 편안케 할 수 있는 전쟁의 종결자를 저는 진나라로 보고
있습니다. 6국을 아울러 하나의 천하로 만드는 일이야말로 앞으

로 전쟁 없는 세상을 만드는 유일한 방법이지요. 그래서 제가 여기 있습니다."

한비는 말이 없다.

울료는 무심히 말을 던진다.

"지금 조정의 공론이 무엇인지 아십니까?"

한비가 텅 빈 눈빛으로 울료를 쳐다본다.

"한나라를 먼저 공격하여 6국 겸병의 전쟁을 시작하자는 것입니다."

한비는 늘 그런 비어 있는 표정으로 묻는다.

"한나라를 병사로 친다는 공론이 있군요. 흐음…. 그런 공론이 있으리라고는 알고 있었습니다. 그런데 정황이 매우 급하게 흘러가는 모양이군요."

"그러자는 공론이 있지요."

한비는 조용히 아무 말도 하지 않는다. 울료가 말한다.

"한나라는 순서에 합당치 않다 생각하시지요? 조나라가 순서에도 명분에도 옳다고 생각하실 것입니다."

"그렇습니다. 한나라는 어차피 진나라의 속국인 것을 굳이 병사를 일으킬 까닭이 무엇입니까?"

울료는 이에 대답하지 않고 묻는다.

"한 공께서는 무엇 하러 여기 계십니까?"

한비는 그저 울료를 쳐다본다. 울료가 말한다.

"통일전쟁은 길지 않을 것입니다. 제가 대왕의 생각을 맞춰 볼까요? 전쟁은 굵고 짧게 끝낼 것이고, 남는 것은 그 후의 일이지요. 그때를 선생에게 맡기고 싶은 것입니다. 그 후의 곡절이 더 길고 번다할 테니까요."

울료는 잠시 쉬었다가 다시 말을 잇는다.

"나는 짧은 통일전쟁을 마치면 사라질 사람. 그렇게 얻은 새로운 질서를 평화로 바꾸고 오래 유지할 사람은 한 공이지요. 한데 조심하십시오. 정치꾼들은 원래 외부의 적과 싸우는 자들이 아니라 내부의 경쟁자와 싸우느라 세상의 화평을 깨는 게 한평생의 일인 자들이니까요. 고로 한 공은 내부에서 적을 맞을 것이니 위태로움이 목전에 있습니다. 굳이 내가 짚어 주지 않아도 아시지요?"

한비는 이제야 생각을 끝낸 듯 툭 한마디를 내뱉는다.

"이사!"

울료는 다만 차를 마시고 찻잔을 내려놓으며 웃음을 짓는다. 한비는 그런 울료를 쳐다보며 말한다.

"몇 년 전 이사가 한나라에 사신으로 왔었지요. 연전에 조나라가 연나라를 침공했고, 진나라는 연나라를 구조한다며 파병한 적이 있었습니다. 그 직전이었던 걸로 기억합니다. 이사는 와서 이렇게 주장했지요. 조나라는 진나라로 쳐들어오려고 하면서 한나라에 길과 힘을 빌리려 한다고요. 저는 조정 일에 관여하지 않으나 그때 한나라는 조나라에 협조할 뜻도 여력도 없었다는 것은 알고 있습니다. 그런데 이사는 그렇게 마구 우기며 매우 위압적이었다 하더군요. 그래서 한나라의 신하들이 고깝게 여겨 왕의 알현도 못하게 했다더군요. 참으로 못난 판단이었습니다. 감정에 휩쓸려 일을 그르친 것이지요. 한나라 조정의 수준이 그렇습니

170

다. 작은 나라로서의 외교를 할 줄 모르고, 간신들은 왕의 위신만 세운다며 저마다 나라를 위태롭게 하지요. 그러나 어쨌든 저도 그 때문에 이사를 만나지 못했습니다. 조용히 숨죽이고 사는 왕제(王弟)가 분란을 일으킨 외국의 사신과 만난다면 더 큰 분란을 일으킬 테니까요."

"그 일은 알고 있습니다. 그때 한왕이 알현을 거부한 데 대해 정위 이사가 상주문을 남기고 돌아왔지요. 그 상주문은 그대로 필사되어 우리 대왕께 바쳐졌습니다. 후에 나도 읽어 보았지요. 그가 그렇게 유세를 떨고 온 이유가 무어라고 보십니까?"

"그는 처음부터 한나라를 치고 싶어 한 때문이겠지요."

울료는 고개를 흔든다.

"아뇨. 이사는 그때 한왕을 알현하기 위해 한나라를 찾은 것이 아니라 공을 모셔오기 위한 사전작업을 하러 간 것입니다. 그 후에 돌아간 상황을 기억해 보세요."

그랬다. 이사가 살벌한 상주문을 남기고 떠난 후 진이 연나라를 돕는다며 조나라와 한판 붙었고, 그 후 곧바로 한나라를 벌하러 원정을 오겠다며 어수선했었다. 그런데 이내 한비가 사신으로 가면 한나라는 조용해질 것이라는 말이 돌았고, 이에 한왕 안(安)의 부탁으로 한비 자신이 지금 진나라에 와 머물게 된 것이다.

울료는 말을 잇는다.

"이사야 왕의 도구지요. 진왕은 젊지만 교활하고 강합니다. 이사는 그런 왕의 잘 드는 도구입니다. 선생의 집안에서 돌아가는 동태는 소상히 그의 손 안에 있을 것입니다. 젊은이들을 단속하

세요. 봄, 여름, 가을, 겨울이 순행하는 것과 같은 자연의 이치와
세상이 굴러가는 이치는 인간의 사사로운 마음을 동정하지 않습
니다."

한비의 얼굴이 굳는다. 울료는 툴툴 털어 버리듯 한마디 남기
고 떠난다.

"그러나 도구는 스스로 움직이지 않습니다. 주인이 쓰는 것이
지요. 위태와 안위. 모두 그 주인이 알아서 하겠지요."

존한론存韓論 — 한비와 이사의 격돌

별빛도 시들시들한 칠흑 같은 밤. 사위를 덮고 있는 것은 오직
어둠뿐. 그러나 한비는 어둠을 응시하지 않는다. 다만 위태로운
초롱불의 작은 불빛만을 응시한다. 모두가 잠들어 간간히 풀벌레
소리만 들리는 고적함을 덮어쓰고 앉아서, 한비는 작은 불빛 아
래 놓인 죽간을 들여다본다.

실로 오랜만에 격동을 끌어올리려 애쓰는 중이다. 그는 영정에
게 조나라와의 전쟁을 권하는 상소를 쓰려고 한다. 전쟁을 권하
는 상소를 쓰기 위해서는 냉철한 이성과 뜨거운 격동이 합쳐진 힘
이 필요한 법. 그러나 그가 일으키고자 하는 전투적 힘과는 다른
서글픔, 외로움, 불안감이 몰려온다. 섞일수록 힘겨워지는 감정
들이 뒤엉키고, 그것이 그의 평정을 깨며 또 다른 의미의 격동을
만들어 낸다.

한비는 그렇게 오랫동안 억눌린 마음의 평정 상태를 흔들고 난 뒤에야 붓을 집어 든다. 그리고 길게 엮은 죽간을 메워 나가기 시작한다.

그의 격동이 전투적 의지에서 점화되지 못하고 서글픈 한탄에서 발화한 까닭에 글의 시작은 처량하다.

한나라가 진나라를 섬겨 온 지 30여 년이 되었습니다. 그동안 밖으로는 진나라의 방패막이 역할을 하고, 안으로는 멍석 역할을 하며 진나라를 평안케 하였습니다.

첫 줄을 쓰고 나자 눈물이 왈칵 쏟아진다.

'비굴하고 비굴하구나, 한비여!'

'슬프고 슬프구나, 한비여!'

'한비여! 종국에는 적국의 왕에게 나조차 어찌 지켜야 할지 갈피를 잡을 수 없는 내 나라의 연명을 비는 비굴한 상소를 쓰기 위해 도(道)를 논하고 세상을 논하며 문재(文才)를 갈고 닦았구나.'

그러나 한편에서 밀려드는 자괴감의 목소리가 긴 여운으로 퍼져 나가지는 않았다. 눈앞으로 아내와 아들, 장흔과 장량 형제와 자신이 한나라에 남겨 두고 온 제자들의 얼굴이 스쳐 지나간다. 그 잔영들을 일별한 순간 진왕 영정의 자비에 매달려 연명하고픈 절박감이 그를 가득 메워 나간다. 쏟아지는 눈물이 흐느낌을 만들지 못한 건 그 절박함의 정도가 너무 커서였다.

'한나라의 미래는 없다. 나는 안다. 이미 떠날 때에 나는 결심했었다. 최악의 경우, 간신히 지탱해 온 사직이 문을 닫고 조상의 신주들이 땔감으로 쓰이는 일까지도 받아들여야 한다고 각오하지 않았던가. 다만 내가 해야 할 일은 백성의 시체가 도성의 벌판에 나뒹굴지 않도록 하는 일, 백성의 머리카락 한 올이라도 다치지 않도록 하는 일뿐이라고. 그리하여 우리 백성들이 가늘게라도 숨줄을 붙이고 연명할 수 있다면 세상의 정세는 변하는 것이고, 그 변하는 정세에 살아남은 우리 인재들이 틈을 만들 수 있을 것이니, 그리하면 우리도 미래를 만들 수 있을 거라고 말이다. 그 미래를 위해서라도 나는 비굴해져야 한다.'

이튿날 아침. 한비는 의관을 갖춰 입고, 밤새 쓴 죽간을 들고 궐로 향한다. 한비라 하여도 상소를 왕에게 직접 올릴 수는 없는 일. 그는 절차를 따라 영정에게 상소를 올린다. 그 내용은 한나라를 치는 것이 합당치 않으며, 대신 조나라를 쳐야 한다는 것이었다. 그가 설명한 책략은 정교했고, 분석력은 탁월했다.

영정은 한비의 상소를 보면서 내내 감탄의 언사를 쏟아 놓는다. 그는 대전회의에 한비의 상소문을 들고 들어가 대신들에게 돌려 가며 읽힌다.

존한存韓 (한비의 상소문)

한나라가 진나라를 섬겨 온 지 30여 년이 되었습니다. 그동안 밖으로는 진나라의 방패막이 역할을 하고, 안으로는 멍석 역할을 하며 진나라를 평

174

안케 하였습니다. 진나라가 정예군을 진군시켜 한나라 영토를 취하여도 한나라는 그 명에 따라 전쟁에 종군하였습니다. 그 결과 세상의 모든 원한은 한나라에 쏟아지고, 공적은 모두 강한 진나라에 돌아갔습니다.

원래 한나라는 공물이나 부역을 바치고 있으니 진나라의 일개 군현이나 다름없습니다. 그런데 요즘 신이 진나라 신하들의 계책을 들으니 군사를 일으켜 한나라를 쳐야 한다고 합니다. 지금 조나라는 병사들을 모으고, 합종을 주장하는 무리들을 양성하고, 천하 제후들의 군사력과 연합하고 있습니다. 이 제후들 모두 진나라가 약해지지 않으면 자신들의 종묘사직이 필시 무너지리라는 것을 알고 있습니다. 이들이 진나라를 치려고 서쪽으로 향하자고 모의한 것은 어제 오늘의 일이 아닙니다. 지금 조나라라는 재앙을 놓아두고 내신(內臣)과도 같은 한나라부터 친다면 천하의 제후들은 조나라의 계책이 옳다고 여길 것입니다.

한나라는 약소국일 뿐입니다. (중앙에 위치하다 보니) 천하의 제후들이 사방에서 공격해 오므로 이에 일일이 대응하여야 합니다. 한나라 군주가 치욕을 참고 신하들은 고통을 견디며 지위고하를 막론하고 나라의 앞날을 걱정해 온 지 오래되었습니다. 수비를 굳건히 하여 강적을 경계하고, 군량을 축적하여 두고, 성곽을 축조하고, 성 아래에 해자(垓字)를 깊이 파 굳게 지키고 있는 이유입니다.

그러니 지금 한나라를 공격해도 1년 안에 멸망시킬 수는 없습니다. 성하나 정도 함락하고 물러나면 천하가 진나라의 권위를 깔보게 될 것이고, 그리되면 제후들이 이내 합세해 진나라 군사를 분쇄하려 들 것입니다. 또한나라가 진나라를 배반이라도 하면 위나라가 이에 호응하고, 조나라는 제나라에 기대며 저항의 근거지를 확보하려고 할 것입니다. 그리되면 한나라와 위나라는 조나라를 돕고, 제나라에 힘을 빌려주는 게 됩니다. 이렇게 되면 제후들이 합종을 강화해 진나라에 대항토록 할 수 있는 것입니다. 조나라에는 복이며, 진나라에는 화근이 되는 셈입니다.

조나라로 진군하여도 취하지 못한 채 물러나 한나라를 공격해도 함락시키지 못하면 강적을 쳐부술 정예병은 야전에 지치고 군수부대도 크게 지쳐 나라 안의 공급도 어려워질 것입니다. 그렇게 되면 지치고 약해진 군사를 끌어모아 만승의 두 대국인 제나라와 조나라에 대적하는 게 됩니다. 한나라를 멸망시키려는 당초 의도와는 전혀 다른 상황이 빚어지는 셈입니다.

실로 한나라를 먼저 치자는 귀국 권신들의 계책을 사용하면 진나라는 필시 천하 제후들의 공격목표가 될 것입니다. 폐하가 비록 돌과 쇠처럼 오랫동안 장수할지라도 천하를 통일하는 날은 결코 오지 않을 것입니다.

저의 어리석은 생각으로는 누군가를 초나라에 사자로 보내 요로(要路)의 신하들에게 후한 뇌물을 주고 그간 조나라가 진나라를 어떻게 속여 왔는지 밝히는 한편, 위나라에 인질을 보내 안심시키고 한나라를 앞세워 조나라를 공격하는 게 나을 듯합니다. 그러면 조나라가 비록 동쪽의 제나라와 힘을 합쳐 막을지라도 크게 우려할 바는 못 됩니다.

두 나라 문제가 해결되면 한나라는 서한 한 장으로 평정할 수 있습니다. 그리되면 진나라는 단 한 번의 거사로 조나라와 제나라를 패망의 위기로 몰아넣고, 초나라와 위나라도 이내 굴복하고 말 것입니다.

병서(兵書)에 이르기를 '군사는 흉기'라고 했습니다. 군사를 동원할 때는 신중을 기해야만 합니다. 지금 진나라는 조나라와 백중지세로 대적하는 마당에 제나라가 조나라에 가세하고 한나라마저 등을 돌리면 앞날을 예측키 어렵습니다. 지금 초나라와 위나라의 마음도 굳게 잡지 못한 상황에서 단 한 번의 싸움으로 한나라에 승리를 거두지 못하면 오히려 큰 화를 자초하게 됩니다.

무릇 계책은 일을 성사시키는 바탕이 됩니다. 계책을 만들 때에 깊이 생각하지 않으면 안 되는 이유입니다. 조나라와 진나라의 우열은 올해 안에 결판날 일입니다. 조나라가 천하의 제후들과 함께 진나라를 멸망시키려는 음모를 꾸민 지는 오래되었습니다. 한나라를 치기 위해 병력을 한 번 동원하는 것은 자칫 제후들에게 약점을 보일 수 있는 모험이므로 위험도 크고, 계책을 실행에 옮겼다가 도리어 천하의 제후들로 하여금 진나라를 도모토록 만들면 지극히 위태로워질 것입니다.

이런 식의 두 가지 허술한 계책으로는 진나라가 결코 제후들에게서 강자로서의 위엄을 인정받을 수 없습니다. 폐하께서 이 일을 숙고하시기 바랍니다. 한나라를 공격했다가 합종한 여러 나라에 틈을 보이게 되면 그때 후회해도 어찌할 수 없습니다.

이사는 영정이 감탄을 거듭하며 한비의 상소를 읽고 또 읽으며 대신들에게 돌려 보이는 모습에 마음이 상한다. 이미 조정에선 장군들을 비롯한 대다수에게서 조나라로의 출병을 주장하는 목소리가 커지고 있다.

이번에 앞장서야 하는 환기 장군은 이미 조나라로 마음을 굳힌 듯 강하게 조나라 출병을 주청하였다. 한나라를 먼저 쳐야 한다고 목소리를 높이는 것은 이제는 거의 이사뿐이었다. 나머지 관망파들은 이사를 돕지 않았다. 얄미운 돈약은 외교관다운 수사학으로 자신은 쏙 빠져나가고 장황한 말만 늘어놓아 도무지 참고할 내용이 없었다.

이사는 격분한다. 그는 먼저 한나라를 공략해야 한다는 주장이 단순히 질투나 몽니가 아닌 실질적 이득에 토대를 둔 것임을 스스로 역설하기로 마음먹었다. 그에게는 결기가 있고, 칼날같이 날카로운 문장이 있고, 왕의 신임이 있다. 왕에게 주장하여도 저의를 의심받지 않을 정도의 지위도 있다. 게다가 부지런한 행동력이 있다.

이사는 한나라를 결딴내지는 못하더라도 왕의 마음에 한나라 구원에 눈이 벌건 한비를 향한 의심 한 자락이라도 드리워 두지 않으면 앞으로 자신이 위험할 수 있음을 직감한다. 게다가 한비의 집을 지켜보는 간첩들과 한나라에 보내 놓은 간첩들은 '한비의 젊은이들 거동이 수상하다'는 첩보를 연일 올리고 있었다.

'원래 얇은 자락들도 겹겹이 드리우면 그 안이 들여다보이지 않는 법.'

견제해야 할 적수를 모함하려면 그렇게 작게 찬찬히 논리적으로 의심의 조각을 심기 시작해야 하는 법이다. 이사는 밤을 새워가며 긴 상소문을 써서 다음날 영정에게 올린다.

멸한滅韓 (이사의 상소문)

대왕께서는 신에게 조서를 내려 한나라에서 온 객(客) 한비가 올린 상소문, 진나라가 한나라를 먼저 도모해서는 안 된다는 주장을 검토하라고 하셨습니다. 저는 그의 계책이 마땅치 않다고 생각합니다. 진나라가 한나라를 껴안고 있는 것은 마치 사람이 몸속에 병을 품고 있는 것과 같습니다. 별일이 없을 때조차 답답하고 습지에 사는 것과 같은데, 병을 제거하지 않은 채 급히 달리기라도 하면 이내 병이 발작하고 말 것입니다.

한나라는 비록 진나라의 신하라고 주장하나 지금까지 해독을 끼치지 않은 적이 없습니다. 만일 갑작스런 이변이라도 일어나면 한나라는 믿을 수 없습니다. 진나라와 조나라가 적대관계에 있는 까닭에 형소(荊蘇)를 제나라에 보내 조나라와 국교를 끊도록 설득하고 있지만 성사 여부를 알 수 없습니다.

제가 보기에 제나라와 조나라의 국교가 형소 한 사람의 힘으로 단절되기는 어려울 것입니다. 만일 단절되지 않는다면 진나라는 만승의 대국인 제나라와 조나라를 동시에 대적해야 합니다. 한나라는 진나라에 의리로 복종하는 것이 아니라 강한 세력에 눌려 부득불 복종하고 있는 것입니다.

만일 진나라가 제나라와 조나라에 대응키 위해 온 힘을 쏟을 경우 한나라는 반드시 복심의 병이 되어 발작할 것입니다. 한나라가 초나라와 공모하고 제후들이 이에 동조라도 한다면 진나라는 효산(殽山)의 관문에서 수많은 적들을 맞아야 하는 재앙을 만나게 될 것입니다.

한비가 진나라에 온 것은 한나라를 존속시켜 그 공으로 한나라에서 중용되려는 것입니다. 변설과 미사를 늘어놓으며 부정을 감추고 계책을 꾸미는 것은 진나라로부터 이익을 낚아 한나라에 이익이 되도록 대왕의 틈을 엿보려는 수작입니다. 진나라와 한나라 사이가 친밀해지면 그는 중용될 것입니다. 그의 계책은 자신의 이익을 위한 것에 지나지 않습니다.

제가 보기에 한비는 속이는 말과 궤변에 재능이 뛰어납니다. 저는 대왕이 한비의 궤변에 넘어가 그의 도둑 같은 욕심을 받아들여 일의 실정을 제대로 파악치 못하실까 두려울 뿐입니다. 제 어리석은 생각으로는 진나라가 군사를 일으켜 어느 나라를 칠 것인지 분명히 하지 않으면 한나라 대신들이 진나라를 섬기는 계책을 세울 것입니다. 그때 제가 사자(使者)로 가 한나라 왕에게 입조토록 권하겠습니다. 그러면 대왕은 그를 만나시고 그대로 볼모로 잡아 돌려보내지 마십시오. 그 후 한나라 대신을 불러 흥정하면 많은 영토를 받을 수 있을 것입니다. 이어 장수 몽무에게 명해 동부의 군사를 이끌고 국경 근처에서 시위를 하도록 하십시오.

진격할 방향을 말하지 않으면 제나라가 두려운 나머지 조나라와 국교를 끊으려는 형소의 계략에 따를 것입니다. 그러면 진나라는 군사를 동원하지 않고도 한나라를 굴복시키고 강국 제나라를 의리로써 복종시키는 셈이 됩니다.

이 사실이 제후들에게 알려지면 조나라는 크게 놀라 간담이 서늘해질 것이고, 초나라는 이리저리 계산하다가 결국 진나라를 섬기는 계책을 마련할 것입니다. 초나라가 움직이지 않으면 위나라는 걱정할 거리도 못 됩니다. 그러면 제후들의 영토를 서서히 잠식해 들어갈 수 있고, 조나라를 합종에서 떼어내 상대할 수 있습니다. 바라건대 대왕께서는 어리석은 저의 계책을 깊이 살펴 소홀히 마소서.

제4장
애신 愛臣

조趙나라 출병

"대장 환기에게 명한다. 나의 3대 전조 할아버지이자 위대한 진나라의 역사를 다시 쓰게 하신 소양왕께서 장평의 대승 이래 미처 끝내지 못했던 조나라 정벌의 대명을 내리니 그대는 나아가 조나라를 접수토록 하라."

드디어 영정의 출병 명령이 떨어졌다. 북과 뿔피리 소리가 울리고, 천지에 함성이 진동한다. 그가 가리킨 곳은 조나라.

선한후조(先韓後趙)의 공론은 유보됐다. 영정은 한비의 전략을 받아들였다. 먼저 북쪽 날개에서 조나라를 공격해 완벽하게 제압하여 한나라와 위나라를 돕지 못하도록 함으로써 제후국이 서로 연합할 수 없도록 한 후 6국을 하나씩 공략한다는 계획이다.

환기 장군의 출정식은 성대하게 치러졌다. 영정이 워낙 화려한 의식을 좋아하는 터이기도 하지만 이번 출정식은 다른 때와는 그 규모와 성대함의 정도가 달랐다. 출정식을 위해 거대한 단이 세워졌고, 단 주변을 장식한 오색 깃발이 바람에 펄럭이는 광경은 장관을 이루었다.

이 전쟁이야말로 스물다섯 살의 젊은 왕, 영정이 6국을 향하여 천하를 병합하는 전쟁에 나섰음을 선포하는 선언적 전쟁이기도 했다.

진나라 대군이 출정식을 한다는 소문은 이미 6국에 파다하게 퍼졌다. 한나라 혹은 조나라가 그 상대가 될 것이라는 점도 이미 알려져 있었다. 일의 돌아가는 사정을 파악하기 위해 6국의 간첩들은 대거 함양성으로 몰려들었다. 워낙 큰 구경거리이다 보니 온 도성 사람들이 출정식을 구경하러 나왔고, 지방에서도 이 구경거리를 보겠다고 몇날 며칠을 걸려 도성으로 모여들었다.

한비도 그 거대한 의식이 치러지는 단 위의 한 자리에 앉아 조나라로 출병하는 병사들에게서 하늘까지 뻗어 올라가는 진나라의 기상과 기세를 보았다.

'진나라만이 남을 것이다. 영정이 천하의 군주가 될 것이다.'

한비의 맑은 기운은 그 의심할 수 없는 미래에 도달해 있다. 외면하려 해도 덮쳐드는 생각이 떨림을 만들었다. 가슴에서 '치르르' 하고 시작된 떨림은 가슴과 배 전체를 뒤덮고, 손끝으로 전해진다. 손을 들어 눈앞에 둔다. 손가락이 떨리고 있다. 떨림의 기운을 함성이 에워싸고, 떨림은 함성으로 인해 증폭되어 간다. 그는 눈을 들어 단 위 가장 높은 곳을 본다.

'눈이 부신다.'

손바닥으로 눈을 가린다. 손가락 사이로 새어 들어온 빛 속에 영정만이 또렷하게 빛나고 있다.

"공자!"

출정식이 끝나고 이사가 한비 앞으로 다가와 두 손을 마주잡고 인사한다. 어느 나라로 먼저 출병할 것인지 놓고 두 사람이 격렬하게 맞붙은 후 처음으로 대면하고 말하는 것이다. 한비는 어색함을 누르고 미소를 지으며 인사한다.

"정위구려. 오래 보지 못했소이다."

한비가 마주보고 인사한다. 이사 역시 속내를 드러내지 않는 미소를 띠며 말한다.

"제가 다른 일로 바빴습니다. 그동안 조회와 경연 중에 한 공께서 저희 대왕을 위해 탁월한 견해를 들려주고 계시다는 얘기는 들었지만 전쟁을 준비하자니 저도 눈코 뜰 새가 없더군요."

한비는 고개를 끄덕인다.

'필시 이사는 그가 지휘하는 간첩조직을 움직이느라 바빴겠군.'

한비는 이사의 바빴던 이유를 알아차린다. 이사가 불쑥 말을 꺼낸다.

"한나라 대부 장(張) 씨 집안의 휘(輝)를 아십니까?"

"휘?"

이사는 한비 등 뒤에 서 있는 흔에게 슬쩍 눈길을 던졌다 거두며 말한다.

"예. 작고하신 전 재상 장개지 공 가문이라 하던데 ….."

한비는 그 짧은 눈길을 포착한다. 그리고 말한다.

"나와 시문을 나누는 사이지요."

"아하! 그렇군요. 어제 그분이 돌아가셨다는 소식을 들었습니다. 안된 일이지요."

한비의 얼굴이 굳는다. 장휘는 장흔의 오촌 아저씨였고, 한비의 집에 드나들며 제자들의 옷과 먹을거리를 챙겨 주는 친우이기도 했다. 장씨 집안은 머리가 좋고 냉철한 인재가 많아 대대로 한나라에 재상을 냈지만, 휘는 머리가 좋은 인재는 아니었다. 장씨 집안 인물들이 마르고 호리호리하며 웃음기 없는 전형적인 엘리트라면, 그는 풍채가 좋고 서글서글하고 호탕했다. 그리하여 사람을 끌어모으는 '골목대장' 기질이 있었다.

그는 실제보다 말이 컸고, 생각하기보다 행동이 빨랐고, 통이 크고 손도 컸다. 어쨌든 장씨 집안의 이단아로 조정에선 쓸모 있는 재목이 아니었지만 재야에선 인기가 높은 실세였다. 그러나 그는 내부 저항 세력의 구심점이 될 인물은 아니었다.

한비는 당황스런 눈으로 이사를 바라본다. 이사는 짧게 한비를 쳐다본 뒤 말한다.

"그분이 그동안 조나라를 돕는 합종에 한나라 공실이 참여해야 한다고 주장하며, 스스로 재물을 풀어 젊은이들을 독려했다더군요. 죽은 사람한테는 딱한 일이나 한나라와 진나라를 위해선 참으로 다행이라는 생각이 드는군요."

한비는 숨이 턱 막힌다. 흔의 얼굴이 일그러진다. 그 일그러짐을 바라보며 한비가 먼저 냉정을 찾는다. 이사는 두 손을 모아 쥐고 애도의 표정을 짓는다.

"그래도 한나라의 중요한 인재가 그리 타계하셨다니 깊은 애도

184

를 표합니다."

한비는 장흔을 눈으로 다스렸지만 이사의 인사를 받아 주지 않는다. 한비는 다만 얼음기둥처럼 굳어 버렸다. 이사가 분주하게 떠났지만 그는 충격에서 쉬 벗어나지 못한다. 여전히 얼음기둥이다. 그 뒤에 있던 흔의 심한 떨림이 한비에게 미처 이르지 못할 정도로 한비는 얼어 있었다.

"선생님! 다시 뵙습니다."

돌아보니 돈약이다. 외교관다운 매끄러운 미소로 한비를 바라본다. 한비는 다시 정신을 수습하며 말한다. 그러나 그 얼굴에는 웃음기가 없다.

"아! 젊은 외교관이시구려."

"함양에 돌아와 있는 동안 선생님의 강연을 듣는 게 큰 기쁨이었는데 이제 저도 다시 길을 떠나야 합니다. 함양에 두고 떠나는 것 중 가장 아쉬운 것이 선생님의 강연입니다."

한비는 두 손을 모으고 사례한다. 돈약은 한비의 등 뒤에서 사시나무처럼 떨고 있는 장흔을 잠시 건너본 뒤 말한다.

"존경하옵는 선생님! 떠나는 마당에 제 마음에 드리워진 한 점 구름 같은 근심이 있어 말씀드리고 싶은데 괜찮으시겠습니까?"

한비는 눈으로 그에게 계속하라고 신호한다.

"함양에선 한나라를 생각하지 마십시오. 저희 대왕의 이익을 생각하십시오. 사람이란 묘한 동물이어서 생각을 말로 하지 않아도 타인에게 읽히는 법입니다. 게다가 선생님은 까칠하지만 맑아서 더 잘 읽히지요. 난세에는 표리부동하고 음흉하고 기만할 줄 아는 능력이 삶의 무기인데 선생님께서는 그 무기가 부실하니 걱정입니다. 그러나 기만보다 강한 무기는 진정성이지요. 그러니 선생님은 차라리 진정 대왕의 이익을 생각하십시오. 다시 함양으로 돌아오는 날, 선생님을 뵙게 되기를 바랍니다."

한비는 깊은 눈으로 돈약을 똑바로 바라본다. 돈약은 예의 그 매끈한 미소를 띤 얼굴로 한비를 응시한다. 그러나 한비의 눈길에 그 미소는 점차 바뀐다. 그러더니 이내 고개를 끄덕이며 말한다.

"선생님, 더는 다른 사람들을 만나지 마시고 이제 집으로 돌아가십시오."

그러더니 장흔에게 눈길을 주며 말을 잇는다.

"젊은 친구가 경거망동하지 않도록 하십시오. 이사는 눈이 천 개라는 걸 잊지 마십시오. 원래 전시(戰時)에는 적과 친구가 따로 있는 게 아닙니다. 친구가 적이 된다 해도 그를 탓할 수는 없지요. 사람이 시류(時流)를 따르는 것이야 현명한 일이 아니겠습니까?"

"시류라…."

돈약은 크게 고개를 끄덕이며 힘주어 말한다.

"저희 대왕이 세상을 평정하는 것이 시류이고, 대왕의 신하인 이사와 저 같은 사람은 그 흐름에 몸을 싣고 장애물을 걷어 내는 것이 시류이고, 저희 대왕이 칼끝으로 가리킨 땅에선 그들 나름대로 최대한 많은 백성이 살 수 있는 길을 찾는 것이 시류 아니겠습니까? 백성을 죽음의 길로 인도하는 것이 어찌 시류를 아는 자라 하겠습니까?"

한비는 고개를 끄덕이며 인사말로 묻는다.

"이제 어디로 가십니까?"

"발길이 인도하는 곳으로 가지요."

"한나라나 위나라로 곧바로 가지는 않을 터. 조나라를 거쳐 가려 하시오?"

"조나라로 간다면 제게 조언해 주실 일이라도 있으십니까?"

한비는 고개를 젓는다.

돈약은 맑은 소리를 내며 웃는다. 그러고 나서 나직이 말한다.

"혹시 대왕께서 물으시거든, 심중의 말씀을 하십시오."

"심중의 말?"

"조나라의 이목(李牧) 장군에 대해 가장 걱정하고 계신 것 아닙니까?"

한비는 의아한 눈으로 젊은 외교관을 바라본다. 돈약은 찡긋하며 말한다.

"제가 말씀드리지 않았습니까? 선생님은 생각이 다 읽힌다고요. 대왕이 읽어 내기 전에 먼저 직접 말씀하십시오. 그러고 나서야 대왕께서 선생님을 믿으실 겁니다."

돈약은 다시 정중히 인사하고 자리를 떠난다. 한비는 그의 뒷모습을 바라보다 흔에게 말한다.

"집으로 돌아가자. 그리고 너는 이목 장군에 대해 알아보아라."

한비는 오랜만에 격노한다. 그러나 목소리를 높이지는 않는다. 아무리 자신의 집이라 해도 듣는 귀가 많으니 쉬 목소리를 높일 수 없다. 흔과 그의 젊은 한나라 수행원들은 한비의 격노와는 반대 방향으로 분노하고 있었다.

한비는 더욱 더듬는 소리로 겨우 말을 잇는다.

"계란으로 바위를 치지 말라고 일찌감치 일렀다. 어찌하여 아까운 목숨을 길바닥에 흘리느냐. 6국은 합종하지 못한다. 무력한 왕과 탐욕스런 세도가들이 들끓는 6국의 조정에선 절대로 합종의 계산이 나오지 않는다. 지피지기(知彼知己)면 백전불태(百戰不殆)라 하였는데, 지피(知彼)는커녕 지기(知己)의 능력도 없는 여섯 제후국이 어찌 합종하겠느냐. 할 수 있었다면 내가 여기 오지도 않았다."

흔이 말은 받는다.

"그러면 어찌합니까? 약한 자들은 숨죽이고, 죽을 날만 기다리라는 말씀입니까?"

"내 이 자리에 있는 것이 백성들을 죽이려고 온 것이더냐? 나는 종실을 살리려 함이 아니라 오직 한나라 백성의 목숨을 부지하는 것만을 원한다. 그 이상은 생각하지 않는다."

"어찌 우리에게 치욕을 당하라 하십니까?"

"이미 우리는 치욕스럽다. 그건 진나라가 우리를 치욕스럽게 한 게 아니라 우리 스스로 치욕스러워진 것이다. 진나라가 부강해지는 동안 우리는 무엇을 했느냐? 아무것도 하지 않았다."

"어찌 아무것도 하지 않았다 하십니까? 경후(景侯)가 나라를 세우신 후 6대에 이르러 소후(昭侯)가 등극하시고, 승상 신불해(申不害)와 함께 이루신 변법개혁(變法改革)으로 나라를 질서정연하게 하여 간신이 발을 못 붙이도록 했습니다. 위나라에 공격당해 한단이 포위되고 멸망의 지경에 이르렀던 조나라를 구해 낸 것도 우리 한나라였습니다. 어찌하여 저희에게 옛 영광을 재현할 꿈을 꾸지 말라고 하십니까?"

"소후와 신불해의 변법은 군주의 위상은 높였으나 나라를 부국 강병으로 이끌지 못했다. 오히려 그 후 군주와 신하들은 법을 구부려 서로 권모술수가 판을 치는 조정으로 만드는 데 전력했다. 누구도 법치를 따르지 않았다. 그런데 진나라 상앙의 변법은 어떠했더냐. 부국강병을 이루었고, 진나라 군주들은 법치 아래에서 점점 더 강해졌다. 이미 우리는 이렇게 100년 전부터 지고 있었다."

"어찌 그리 냉정하십니까? 인간이기에 계란으로 바위도 칠 수 있는 것입니다."

장흔과 젊은 수행원들은 반발한다.

한비는 그의 단속에도 불구하고 자신의 수행원들이 진나라에 저항하려는 한나라의 젊은 지사들과 통하고 있었음을 직감하고 있었다. 그 젊은 지사들 속엔 자신이 길러 놓은 제자들이 대거 포함되어 있다는 것도 알고 있었다. 그는 다만 모른 체했을 뿐이다.

그리했던 이유는 스스로도 알 수 없었다. 한왕 안은 거만하고 무능력한 임금이었다. 한비가 진나라로 떠나올 때도 한왕은 앞으로 이 난국을 어찌 헤쳐 나가야 할지 갈피를 잡지 못했다. 그가 추구하는 것은 자신의 안녕과 속국으로나마 제후의 자리를 이어 나가려는 소망뿐이었다. 어떤 결의나 총명함도 없었다.

한비는 그런 왕을 보며 한나라가 끝이라는 걸 알았다. 그러나 마음은 둘로 나뉘어 대립했다. 한나라 공실을 보호할 수 없다는 현실론과 그럼에도 붙들고자 하는 집착이 공존했다.

'도대체 이 인간의 마음을 어찌해야 한다는 말인가.'

그래서 겉으로는 이성(理性)의 울림을 따라 움직이지 말라 해놓고, 뒤로는 젊은 지사들에 의해 뭔가 요행이 일어나지 않을까 기대했다.

세상은 늘 합리적인 방향으로 움직이지 않는다. 오히려 비합리적인 요인들이 인간을 움직여 역사를 바꿔 놓는 일들은 많았다. 그걸 기다렸는지도 모른다. 그런데 이사가 그의 이 같은 이중성을 모두 알고 있었다는 것을 낮에야 알게 됐다.

그는 진나라로 오면서 애당초 세웠던 초심을 더듬는다.

'공실을 버리더라도 백성들은 살리자.'

백성을 살리기 위해 지사(志士)들의 움직임은 막아야 한다. 어차피 가망 없는 조정을 붙드느라 섣불리 지사들이 나대다 한나라가 진나라 정벌대의 발에 짓밟힌다면 백성들의 안위는 담보할 수가 없었다. 한비는 조용히 꾸짖는다.

"장휘는 저항 세력의 구심점이 될 사람은 아니다. 그는 뒷돈을 대주었을 테지. 누군가 숨어서 움직이고 있구나. 이젠 나를 믿지 못하는 것이구나. 그러나 그런 방식으로는 한나라를 구하지 못한다. 물론 내 방식으로도 장담할 순 없다. 너희들에게 약속할 수 있는 건 내가 살아 있는 한 한나라의 도성이 진나라 군사들에게 짓밟혀 자손이 끊기는 일은 없도록 하겠다는 것이다. 연명을 구걸이라도 하겠다는 것이다."

"치욕을 감당하셔야 할 것입니다."

"그것은 내 몫이다. 자기 생명을 부지하고, 소중한 사람들의 목숨을 지키는 데 당하는 치욕을 참아 내는 것은 인간으로서 가치 있는 삶이다. 나는 영정에게 아부하면서 연명을 구할 것이다. 명을 거역하지 말고 운을 다스려 해로움을 줄여라."

한비가 진나라로 떠나기 몇 개월 전 손님이 한 명 찾아왔었다. 백발임에도 청초함을 잃지 않은 여인. 한비는 곧바로 알아봤다.

"옥화 선녀님 아니십니까? 이십수 년 전 난릉에서 뵈었습니다."

옥화는 미소를 띠었다.

"기억력이 좋으시군요. 왕제의 이름, '비'(非)를 제가 지은 것을 아십니까?"

"그날 그렇게 바람처럼 스쳐 가신 선녀님이 너무도 기억에 남아 선녀님을 수소문하다가 알게 되었습니다. 저의 불길한 운명을 막아 주시고, 목숨도 살려 주셨더군요."

옥화는 머리를 흔들었다.

"인간의 운명이 어찌 이름으로 막아진답니까. 명은 하늘이 정하고 운은 인간의 의지가 정하는 것이지요. 이름은 다만 그 의지를 위로하고 용기를 주고자 함일 따름이지요. 한데 이제 왕제에게 운명의 시간이 다가올 것입니다. 왕제는 운명을 어찌 다스리실 겁니까?"

"명을 정한 하늘을 거역하지 말고, 운을 다스려 해를 피하라 하셨지요."

옥화는 고개를 끄덕이며 말했다.

"늙은이가 괜한 걱정을 하였군요. 이리 영특하게 모든 걸 기억하시는데 ….."

그러고는 자리에서 일어났다. 한비가 옥화를 잡았다.

"무엇을 어찌하라는 말씀이십니까?"

"왕제께서 대답을 찾으셔야지요. 불길한 예언이란 이런 것이었지요. 한나라 종실의 운명은 왕제의 운명과 궤를 같이한다는 것. 왕제가 이 땅에 없다면 공실도 이 땅에 없겠지요."

한비는 한참 만에야 입을 뗀다.

"나의 죽음, 그 이후를 대비하라는 말씀이시군요."

옥화는 옅은 미소만을 남기고 떠났다.

문밖에서 기척이 난다. 여종이 다가와 한비에게 아뢴다.

"나으리, 정위 영감께서 오셨습니다."

이사는 대담했다. 함양에 있는 한나라 소굴에 두어 명의 종자만 거느리고 마실 나온 사람처럼 여유를 부리며 들어와 있었다. 한비는 안색을 수습하고, 이사를 맞으러 간다.

"병사들이 이제 막 성문 밖으로 나가고 나니 비로소 한가하지 않겠습니까? 갑자기 여유가 생기고 보니 가장 그리운 게 동문수학한 벗, 공자이더이다. 전투가 임박하면 조만간 바빠질 터이니 회포나 풀려고요. 마침 집에 술도 잘 익은 터라 한 독 짊어지고 왔습니다."

한비는 이사를 사랑채로 안내한다. 이사가 가져온 술로 주안상이 차려지고, 한비와 이사는 마주 앉아 오랜만에 술잔을 기울인다. 이사는 장황한 언사로 과거를 회상도 하고, 주제도 없는 말을 늘어놓는다. 한비는 참을성 있게 듣고 나서 아무런 감정을 담지 않은 그의 담백한 말투로 말한다.

"내 집안에 있는 사람들은 걱정 마시오, 정위. 근심 끼칠 일은 없으리다."

이사는 오랜만에 의전적인 얼굴을 거두고, 옛 친구와 같은 표정을 짓는다.

"나는 참으로 한 공과 동문수학한 내 자신이 자랑스러웠소이다. 지금도 그렇소. 한데 공사(公事)로는 의견이 갈리니 나를 원망하셨을 테지요."

"그렇지 않소. 다만 부럽소."

"부럽다?"

"그대는 하나의 목적, 하나의 생각, 하나의 방향만 있으니 일의 효율이 높을 수밖에 없으니 말이오. 그야말로 모든 힘을 일로매진(一路邁進)하여 그 성취의 정도를 확인할 수 있을 터이니 인생으로 말하자면 보람찬 것일 테지요."

"한 공도 목적을 하나로 모으시지요. 그것만이 위태로워지지 않는 길입니다."

한비는 말없이 술잔을 비운다. 이사는 한비의 빈 술잔에 술을 채워 주며 말한다.

"미자하(彌子瑕) 얘기를 아시지요?"

"미자하라면 위나라 영공(靈公)에게 총애를 받았던 그 꽃미남 말이구려. "

"예. 위나라에는 군주의 수레를 몰래 타면 발을 자르도록 하는 법이 있는데, 미자하가 모친의 병이 들었을 때 왕의 수레를 탔지요. 이를 누군가 영공에게 이르자 영공은 사랑하는 마음이 깊어 이렇게 말했다지요. '효자로다. 모친을 위해 발이 잘리는 형벌도 잊었구나.' 어느 날 미자하가 복숭아를 한 입 베어 문 다음 영공에게 달려가 자기가 먹던 복숭아가 맛있다며 먹으라고 했지요. 그러자 영공이 말하기를 '나를 사랑하는구나. 맛이 좋으니 자기가 먹던 것도 내게 맛보게 하는구나.' 그러더니 그 후 어찌 된 줄 아시지요?"

"세월이 흐른 후 총애가 식고 나서 미자하가 죄를 지었는데 영공은 옛날에 자기 마차를 탔던 일을 괘씸하게 여기고, 먹던 복숭아를 자기에게 먹인 것을 책망했지요."

"예. 일이 변한 것도 아닌데 어째서 그렇게 되었을까요?"

이 말 끝에 한비는 이사의 의도를 알아차렸다.

'이사는 나를 협박하고 있구나. 이미 나에 대한 모함이 시작되고 있음을 경고하는 것이기도 하고.'

그러나 고요하고 담담하게 이사의 질문에 답한다.

"군주의 애증(愛憎)이 변했기 때문이지요. 총애를 할 때는 어떤 생각도 귀히 여기지만, 총애가 사라지면 어떤 지혜도 달갑게 받아들이지 않는 것이 사람의 일이니까요."

이사는 고개를 끄덕이더니 말을 잇는다.

"벗으로 말씀드리는 것이니 그저 편히 들어 주십시오. 진나라 군대가 한 공의 뜻대로 조나라로 출병하였지요. 그러나 그것으로 공은 스스로 족쇄를 찼습니다. 지금은 우리 대왕이 공의 계책을 받아들여 조나라 출병을 명했으나 그 싸움이 여의치 않아진다면 공을 가장 먼저 의심할 것입니다. 소나기를 한 번 피한다고 그 뒤에 비가 그치진 않습니다. 대왕의 생각이 바뀐다면 …. 이번에 차라리 한나라로 출병했다면 공의 안위에는 더한 다행이 없었을 것입니다. ”

둘 사이에 침묵이 흐른다. 잠시 후 한비가 입을 연다.

“장휘를 왜 그리했습니까? 그는 그저 이상론자에다 목소리가 클 뿐, 실천할 수 있는 위인이 아닙니다. ”

이사는 옷매무새를 다듬은 뒤 말한다.

“이상론은 때로 젊은이들의 격동을 이끌어내지요. 지금 정세에서 합종보다 더 골치 아픈 것은 이상주의적 의기로 뭉친 젊은이들이 여기저기서 날뛰는 상황일 겁니다. 청년들도 날뛰려면 자금이 필요한데 장휘의 창고는 마르지 않더군요. 게다가 그 사람은 퍼주는 게 취미생활이고 …. ”

한비도 이사도 말하지 않는다. 팽팽한 긴장감이 그들의 침묵 사이를 차지하고 들어앉았다. 긴장감의 끈이 느슨해지지 않는 가운데 침묵을 깬 것은 이사였다.

“우정으로 말씀드리자면, 그 자금줄이 끊어지면 타격을 받게 되는 이상론의 진원지가 어디인지 우리는 주시하고 있습니다. ”

한비는 태연하게 맞받아 말한다.

“이상론이야 젊은 친구들의 연못 같은 것 아닙니까? 머리는 커지고 가슴의 포부는 넘치는데 연륜이 없어 내공과 경험은 부족하니 대양이나 호수로 뛰어들지 못하고, 연못에서 헤엄치며 큰 호수를 꿈꾸는…. 진원지야 젊은이들 마음속이 아니겠습니까?"

이사는 크게 소리 내어 웃는다.

"역시 공께선 참으로 넓은 이해와 통찰력을 가지고 계십니다, 그려. 한데 문제는 지금이 전쟁의 시기라는 겁니다. 한 공께선 이 전쟁에 목숨을 걸고 계시죠. 그런데 대왕도 나도 이 전쟁에 목숨을 걸고 있습니다. 자기 목숨을 건 자들은 남의 목숨을 돌보지 않습니다. 한낱 연못 속에서 헤엄치는 애송이들은 뜰채로 떠서 내다 버리기 십상이지요. 이런 이치를 한 공의 젊은이들도 알아야 할 텐데요."

영정의 칼

영정은 왕으로서는 신기할 만큼 움직임이 많았다. 웬만한 장수보다도 민첩했고, 걷고 뛰는 데 주저함이 없었다. 그는 조회 시간에도 느긋이 기대앉아 있기보다 자신이 직접 몸을 움직여 대신들 앞에 가서 마주보고 얘기하기를 즐길 정도였다. 그래서 대신들은 언제 영정이 다가와 그의 눈을 똑바로 쳐다보며 그의 약점을 캐낼지 몰라 전전긍긍했다.

그는 율과 함께 그림자놀이 하듯 궐 밖으로 나가 돌아다녔다. 그래서 그는 시중에 떠도는 이야기를 대신들보다 더 먼저, 더 많이 알았고, 시중잡기에도 능했다.

가끔씩 그는 조회 중에 대신을 부를 때, 시중에서 그 대신을 부르는 별명으로 부르곤 했다. 그리고 그 별명을 못 알아듣는 대신들을 위해서는 그 별명이 생겨난 연유까지 자세히 설명해 주기도 했다.

영정은 다부진 체구에다 압도하는 외모로 어디서나 눈에 띄지 않기가 더 어려웠지만, 그가 마음먹고 어딘가 처박히면 왕이 어디 있는지 아무도 알아차리지 못했다. 그는 그림자처럼 움직이는 방법을 알고 있었다.

그런가 하면 그는 수레를 타고 떠들썩하게 성 안팎을 돌아다니며 백성들의 이야기를 듣고, 자신도 궁금한 걸 묻곤 했다. 그는 젊고 거침이 없었다. 그럴 때 주로 그와 함께 수레를 타고 다니는 젊은이는 몽염의 동생 몽의(蒙毅)였다. 몽의는 성 안팎 백성들의 동태와 시중민심을 잘 살폈고, 영정이 보아야 할 곳은 반드시 데려가 보여 주었다. 그렇게 젊은 왕 영정은 호방하고 격의 없이 행동했고, 그가 사랑하는 젊은 친구들은 충성스러웠으며, 이로써 진나라를 완벽하게 장악했다.

'대왕은 모두 알고 있다.'

진나라 조정에선 진심으로 이렇게 생각했다. 그래서 조정의 대신들 대부분이 영정보다 나이가 많았지만 왕을 두려워했다. 왕을 시험하고 흔들던 게임은 끝이 났고, 온 조정이 그의 발아래서 숨죽이자 영정은 드디어 6국을 향해 진군의 기치를 들었다. 모두 짧은 시간 안에 이루어 낸 일들이었다. 그의 집중력은 대단했다. 이제는 아무도 영정을 시험하려 들지 않았다.

영정은 늘 긴 칼 한 자루를 차고 다녔다. 그 칼은 칼집에서 나온 적도 없었고, 영정이 칼을 휘두르는 걸 본 사람도 없었다. 그러나 그의 검술은 '명장 몽무를 압도한다'는 소문이 정설처럼 나돌았다.

한비는 이제 궐 안을 무시로 드나들었다. 영정이 그렇게 해주었다. 영정은 자신이 친애하는 사람들에게는 친근하고 다정했으며 격의가 없었다. 영정은 한비에게 날로 친근하게 대했고, 수시로 한비와 이야기를 나누고 싶어 했다. 그리고 자신의 사적인 영역을 가끔씩 보여 주기도 했다. 그렇게 영정의 사생활에 한 발 걸치도록 해준 것은 그의 친구라 할 수 있는 몽염·몽의 형제와 한비 정도였다.

한비가 영정의 검술 연습장에 들어간 것 역시 다른 신하들의 입장에서 볼 때는 아주 예외적인 경우였다. 영정은 율과 몇 명의 호위만 거느린 채 궁 안의 깊숙한 곳에 나무가 빽빽이 둘러싼 검술 연습장에 있었다. 한비가 그곳에 안내되어 들어갔을 때에는 늘 칼집에만 꽂혀 있던 그 칼이 예기(銳氣)를 번득이며 짚더미들을 베고 있었다.

바람 가르는 소리가 잠잠해지고 잠시 고요함이 깃든 가운데 영정은 활짝 웃는 얼굴로 한비를 향해 손을 들어 보인다. 한비가 두 손을 모아 인사를 올린 뒤 영정에게 다가간다. 영정은 땀을 닦으며 한비에게 쾌활하게 묻는다.

"사부께선 요즘 검술 연습은 하십니까?"

"대왕께서 철통같이 지켜 주시니 검술 연습에 게을러지는군요. 한데 대왕의 칼은 늘 칼집에만 꽂혀 있는데도 사람들이 이르기를 '대왕은 신무(神武)를 타고나셨다' 하기에 늘 궁금했는데, 오늘에야 검 솜씨를 흘깃 보게 되었습니다. 진정 그 소문이 헛말이 아니군요."

영정은 쾌활하게 웃으며 말한다.

"원래 칼은 칼집에 꽂혀 있을 때 힘을 발휘하는 것입니다. 칼이 칼집 밖으로 나오게 된다면 그 승패의 방향은 하늘만이 아는 것이지요. 그래서 저는 신하들 앞에서는 절대로 칼을 칼집에서 뽑지 않습니다."

한비는 미소 지으며 말한다.

"합당한 말씀입니다. 그러나 믿기지 않는 솜씨인 것은 사실입니다."

영정은 어깨를 으쓱하더니 율을 한 번 쳐다보고 다시 한비를 보며 말한다.

"저는 세 살 때부터 검을 잡았습니다. 여기에 있는 율이 제 검술 스승이지요. 율은 검술 연습이 끝나면 이렇게 말합니다. '아주 조금만 더 하시면 천하제일이 되실 겁니다.' 세 살 때부터 지금까지 똑같이 말입니다. 그래서 저는 그 '조금'이라는 게 얼마나 오랜 세월 깊은 강도로 해야 하는 일인지 율 덕분에 알게 되었습니다. 저는 아직도 그 '조금'에 도달하지 못했으니까요."

그러더니 영정은 또다시 기분 좋게 웃으며 말한다.

"사부께서는 지난 경연에서 저에게 군주가 자신의 재능을 드러내고 자랑하면 일은 제대로 해결되지 못하고 번잡해진다고 하시지 않았습니까? 군주는 은밀해야 한다고요. 군주가 자신의 재능과 능력이 대단하다며 자랑하고 총명을 드러내며 아녀자 같은 자애로움을 행하면, 신하들은 군주의 이런 틈을 이용해 칭송하면서 사적인 이익을 꾀한다. 결국 위아래가 뒤집혀 그 효용이 바뀌면 나라는 다스려질 수 없다고 말입니다."

한비는 고개를 끄덕인다. 그러자 영정이 장난스럽게 말한다.

"그러니 비밀입니다. 제가 검술에 재능을 타고났다는 것을 자랑하지 않을 것입니다."

그러고 나서 영정이 호위들에게 손짓을 하니 젊은 시종이 진검한 자루를 한비에게 바친다. 영정이 말한다.

"오랫동안 검술 연습을 못하셨다고 하니 이 자리에서 하십시오. 가끔씩 검을 써 줘야 솜씨가 녹슬지 않는 법입니다."

그러더니 영정은 진검을 든 한비를 데리고 자신은 빈손으로 연습장의 가운데로 간다. 율과 호위들은 모두 뒤에 두고 따라오지 못하도록 한다. 율도 호위들도 모두 긴장 어린 눈빛으로 주시하고 있었지만 영정 홀로 즐겁고 느긋하다.

한비는 오랜만에 검을 꺼내 바람을 가르고 춤을 추듯 검을 휘둘러 본다. 영정은 한비의 표정이 보이는 가까운 거리에서 호탕하게 웃으며 한비의 검술을 즐기고 있다.

'칼을 뻗으면 영정의 목이 닿을 만한 거리.'

'영정을 끝장낼 수 있는 거리.'

한비는 검을 휘두르며 매 순간 영정을 중심으로 거리를 측정한다. 영정은 무장하지 않았고, 한비만이 칼을 휘두르고 있고, 율은 멀리에 있다. 한비의 마음에도 동요가 인다.

'끝장내고 나 자신도 끝날 것인가? 그 뒤는 살아 있는 자들이 감당할 몫.'

영정에게 가까이 다가간 순간, 율도 호위무사들도 움찔하는 기색이 역력하다. 그러나 영정만이 홀로 한비의 검무(劍舞)를 즐기며 그들을 다가서지 못하게 한다.

한비는 칼을 휘두르며 멀어져 간다. 한비는 춤추며 울던 칼의 여운을 식히려 칼을 땅에 꽂고 숨을 헐떡이며 영정을 바라본다.

영정은 박수를 치며 한비에게 다가간다. 수건을 든 종자가 종종걸음으로 한비에게 다가서자 영정은 그 수건을 직접 받아 들고 한비의 얼굴에 흘러내리는 땀을 닦아 준다. 그는 여전히 웃고 있다.

'이상하다. 오늘따라 유별나게 웃음이 많다.'

영정은 한비와 나란히 앉아 검술로 뭉친 근육을 풀어 주는 안마를 받는다. 영정이 말한다.

"사부의 검술은 사부를 닮았군요."

"저를 닮았다고요?"

"예. 위선적인 격식에 얽매이지 않고, 자연스럽고, 그렇지만 결코 포기하지 않는…."

한비는 잠시 눈을 감는다. '포기하지 않는다?' 그는 고개를 흔들어 생각을 털어 낸다. 영정이 무엇인가 숨기고 있다는 직감이 들었으나 그러니 어쩌란 말인가. 사람은 제 마음 하나 단속하기도 힘든 것을. 남의 마음에 일어나는 것까지 어쩌라는 것인가.

한비는 미심쩍은 생각을 떨어내고 말한다.

"대왕의 검술은 무섭고 예리했습니다."

영정은 크게 소리 내어 웃는다. 그러더니 이내 정색을 한다. 잠시의 침묵. 그리고 영정이 말을 잇는다.

"이제 곧 전투가 시작될 거라는 기별이 왔습니다. 아니, 이미 조나라와 전투가 시작됐겠군요."

"예."

"이번에 우리가 조나라를 깨부술 수 있을 것이라고 보십니까?"

"결국은 이기겠지요. 그 과정은 여러 곡절이 있을 것입니다."

"특히 어떤 곡절에 유의해야 하리라 보십니까?"

"조나라가 북방 경계 임무를 맡고 있는 이목 장군을 끌어들이게 된다면, 진나라 병사들은 여러 고비를 넘기고 곡절을 겪을 것이나 대왕께서 승리할 날이 멀지 않은 것이겠지요. 이목을 넘는다면 조나라엔 사람이 없으니까요."

"이목 장군이라고요?"

"조나라 북부 국경을 지키는 장군, 흉노족에겐 죽음의 신으로 통하는 인물이지요. 조나라가 그나마 지금껏 버티고 있는 것은 북부 국경을 안전하게 지켜 다른 분란을 만들지 않은 이목 장군 덕분이기도 합니다. 이목 장군은 패배를 모르는 장군이고, 계략도 뛰어납니다."

영정은 고개를 끄덕이며 말한다.

"2년 전 등극한 조나라 왕 조천은 인물이 하찮은 것으로 보이더

군요. 그런 이가 이목을 알아볼까요? 또 북쪽 오랑캐들도 조나라
에는 목전의 칼인 것을요."

"그렇지요. 이목을 쓴다 한들 조나라 조정은 언제나 반간계(反
間計)가 잘 듣는 약처럼 먹히니 그 점이야 대왕께서 마땅히 준비
하고 계시리라 생각합니다."

영정은 그러나 별 관심이 없는 듯 이내 화제를 돌린다.

"전쟁에서 이기기 위해 반드시 필요한 게 무엇인지 아십니까?"

"여러 가지가 있지요. 그중에서도 특히 심중에 둔 게 있으신 듯
합니다."

"전쟁에서 이기려면 반드시 돈과 식량이 있어야 하죠."

"지당하십니다."

"내겐 전쟁을 치를 만큼 넉넉한 식량이 있습니다. 이걸 누가 준
비해 준 줄 아십니까?"

"……."

"한나라."

"한나라라고 하셨습니까?"

"예. 일전에 한나라에서 보낸 간첩 중에 정국이라는 자가 있었
지요. 기억하십니까?"

"아, 예…."

"수리 전문가인 정국이 관중지역에 수리시설을 건설해 정국거
를 완성했고, 이 덕분에 관중의 황무지는 비옥한 농토가 되었습
니다. 그래서 백성을 다 먹이고, 우리 군사들을 다 먹이고도 남을
만큼의 식량을 생산할 수 있게 되었지요."

한비는 벌레 씹은 표정이 되었다. 정국은 한나라가 진나라의 국력을 소모시키기 위해 보낸 간첩이었다. 한나라 조정에서 끊임없이 침략전쟁을 벌이는 진나라의 관심과 국력을 다른 데로 돌리기 위해 생각해 낸 것이 진나라로 하여금 대규모 토목사업을 벌이도록 해서 자금과 인력과 물자를 전쟁이 아닌 토목공사로 돌리도록 하려는 것이었다.

진나라는 강했지만 무모한 도전에 나서서 나대는 것으로도 전국 7웅 중 으뜸이었다. 그러니 이렇게 국력을 기울여야 하는 대규모 토목사업에도 흔쾌히 나설 것이라는 계산이었던 것이다. 그저 그동안 숨 좀 돌릴 수 있고, 운이 좋다면 이 토목사업에 막대한 자금을 쏟아부은 진나라의 국력이 소진될 수도 있을 것이라는 속셈이었다. 그것이 바로 한나라의 한심한 현주소였다. 모면과 회피, 시간 끌기. 그 외에는 아무런 전략도 전술도 없었다.

어쨌든 진나라는 걸려들었고, 10여 년에 걸쳐 정국거 건설사업을 벌였다. 그사이 정국이 한나라 간첩이라는 사실이 들통났는데도 영정은 정국거의 건설을 마무리 짓도록 했다. 한비가 영정이라는 인물의 면모를 다시 보게 되고 무섭게 느꼈던 것은 바로 이 소식을 들었을 때였다. 자신에게 이익이 된다면 간첩의 행위조차도 수용하는 대단한 포용력을 보았기 때문이다.

한비는 말했다.

"실은 정국의 간첩행위가 드러났는데도 공사를 계속 진행토록 했다는 소식을 들었을 때, 대왕을 한번 뵙고 싶다고 생각했습니다. 보통 사람들이 상상조차 할 수 없는 배포를 가진 대왕께 놀랐습니다."

"배포?"

영정의 얼굴이 어두워졌다. 그러더니 이내 툴툴 털어 버리는 듯 고개를 흔들며 말한다.

"아뇨. 난 정말 지긋지긋했습니다. 그건 엄청난 싸움이었죠. 난 정말 처음엔 정국을 죽여 버릴 마음이었어요. 사부도 아시겠지만, 정국이 기소된 당시는 노애 반란을 평정하고, 상국 여불위를 축출한 직후였습니다. 우리 귀족들이 정국을 잡아 왔더군요. 객으로 이 나라에 들어와 밥 벌어먹는 타국 출신 전문가들이 알고 보면 정국처럼 간첩이라고 주장하면서요. 귀족들은 이미 정국의 정체를 알고 있었을 겁니다. 그들은 자신들의 이익을 도모하고 나를 압박하는 도구로 정국을 이용한 것이었죠."

"그래도 대왕께서는 죽이지 않고, 정국거를 완성하게 하시지 않았습니까? 저도 얘기를 들었습니다. 정국이 잡혀 와 이렇게 말했다지요. '나는 분명 한나라 간첩이 맞지만, 농수로가 완공되면 득을 볼 곳은 한나라가 아니라 진나라이다. 이것이 완성되면 관중 땅이 비옥해져 많은 농작물을 거둘 수 있을 것이므로 혜택은 진나라에 돌아간다.' 그 말을 듣고, 대왕께서 계속 공사를 명하셨다고 들었습니다. 그 이야기를 듣고, 대단히 실리적이고 지혜로운 대왕이라고 생각했습니다."

영정은 고개를 흔든다.

"아뇨. 이미 그 당시 정국거는 대부분 완성이 되었고, 이미 설계도가 있었으므로 다른 사람을 투입해도 마무리할 수 있었습니다. 그럼에도 정국을 공사현장으로 돌려보냈지요."

영정은 허공을 응시하다 점점 표정이 비장해진다. 그러고는 내뱉듯 말한다.

"그건 싸움이었으니까요. 내 왕권에 도전하려는 불온한 귀족들과의 싸움에 질 수 없어서 그런 것이지 배포나 계산과는 관계가 없습니다. 노애의 반란을 평정했을 때는 효심이 어떻고 하면서 싸움을 걸어오더군요. 흥, 그 덕분에 귀족들이 그렇게 무시하던 우리 모후를 모셔 오자 그들은 두 손을 높이 쳐들고 천세(千歲)를 누리시라고 기원할 수밖에 없었지요. 내가 이겼으니까요. 그 다음 또 정국으로 싸움을 걸어왔으니 나는 물러날 수 없었습니다. 그래서 정국을 현장으로 돌려보냈습니다."

"그 직후에 외국에서 들어와 벼슬살이를 하는 객경들을 추방하는 축객령(逐客令)을 내리신 건 그 싸움에서 귀족들과 타협하려는 것이었습니까?"

"아닙니다. 나는 그런 정치적 타협을 하지 않아요. 나는 왕입니다. 언제나 결단을 내리고, 결정을 할 뿐입니다. 다만 그때 나는 정말 지치고 고단했습니다. 정국을 둘러싼 싸움에서 나는 기진맥진했어요. 혼자서 벌이는 싸움이 힘들었죠. 화가 났었습니다."

그리고 나서 그는 잠시 말이 없다. 생각을 고른 것인지 아니면 생각을 끌어모은 것인지 한동안 짬을 두고 나서 말했다.

"나는 진정 여불위를 나라 밖으로 쫓아내고 싶었는데 그자는 꼼짝도 않았고, 여불위가 데리고 온 정국은 간첩임이 들통나서 나를 궁지로 몰았어요. 귀족들은 내게 달려와 말했죠. '다른 제후국들에서 몰려와 진나라 조정을 위해 일하는 사람들은 모두 자기 군주를 위해 유세하는 것이며 진나라를 이간시키려고 하는 것입니다. 그러니 6국 출신의 벼슬아치들은 모두 내쫓아야 합니다' 이렇게요. 그들의 말 때문에 내 마음이 흔들리진 않았어요. 오히려 정국을 제자리로 돌려보낸 뒤 귀족들은 잠잠해졌지요. 고양이 새끼들처럼 내 눈치를 살피면서 목을 움츠리고 있었어요. 그런데 내 생각이 바뀌었죠. 그냥 지긋지긋했어요. 외국서 몰려온 빈객들도 모두 결국은 내 금고를 보고, 내 위세에 빌붙고자 하는 자들이니까요. 여불위부터 그 모든 것들이 지겨웠어요. 귀족들은 오히려 숨죽이기 시작했는데 나는 화가 가라앉지 않더군요. 그래서 빈객들에게 모두 진나라를 떠나라고 축객령을 내렸죠."

"그랬군요."

그리고 둘은 말이 없다. 한비는 텅 비어 있었고, 영정도 잠시 그렇게 한비처럼 텅 비어 있는 듯했다. 영정이 문득 말한다.

"그런데 금세 다시 객경들을 불러 모았죠."

한비가 빙그레 미소를 지으며 고개를 끄덕인다.

"6국 사람들 모두 아는 얘기지요."

영정 역시 고개를 끄덕이더니 말한다.

"그 당시 이사가 제게 상소문을 올렸습니다. 그때는 객경으로 있을 때였는데, 나라 밖으로 쫓겨나는 와중에 〈간축객서〉(諫逐客書)라는 제목의 상소를 지어 올렸더군요. 내 조치의 부당함을 조목조목 들어 따졌습니다. 그 글을 보고 정신이 번쩍 들었습니다. 아시잖습니까? 저는 잘못도 자주 저지르지만 금세 반성도 할 줄 아는 사람이랍니다."

"예, 그렇죠. 법도 시대적 상황에 맞게 바꾸어야 하는 것이듯, 세상사는 고집을 부리고 상황에 역행하면 반드시 탈이 나지요. 잘못을 깨닫는 능력, 그것을 바로잡는 능력이야말로 쉽게 가질 수 있는 능력이 아닙니다. 한데 그런 능력을 가진 군주와 그렇지 못한 군주의 나라는 그 위세가 크게 달라집니다. 오늘의 강국 진나라가 그냥 이루어진 것은 아니지요."

한비는 진심으로 그렇게 말했다. 가슴이 아려 온다.

'어째서 나는 그런 군주를 갖지 못했을까?'

그는 영정의 뛰어남을 발견할 때마다 놀랍고 흥분되면서도 늘 가슴 한편이 아리다. 그는 다만 주무르는 손길에 몸을 맡기고 조용히 눈을 감는다.

눈을 떴을 때, 영정이 읽을 수 없는 깊은 눈으로 그를 바라보고 있었다. 하루 종일 실실거리며 흘렸던 웃음은 거두어졌다. 한비는 눈으로 묻는다. 영정은 또 읽을 수 없는 미소를 짓는다. 그러더니 벌떡 일어나며 말한다.

"사부, 저와 식사를 하고 가시지요."

영정과 한비는 함께 식사를 하고, 반주도 곁들인다. 식사 내내 한비의 진지한 법술 강의가 이어진다. 그리고 나서 상을 물린 뒤 영정은 느긋하게 앉아 한비에게 말한다.

"사부, 아까 제가 전쟁에서 이기려면 반드시 돈과 식량이 충분해야 한다고 말씀드렸죠?"

"예."

"그 말을 누가 해준 줄 아십니까?"

"글쎄요."

"여불위. 상국 여불위죠."

"……."

"한나라가 정국을 간첩으로 보낸 것이 진나라 재물을 다 소진시키기 위해서였죠. 그런데 그 정국거 건설비용을 마르지 않게 대준 게 누군지 아십니까?"

"……."

"그것도 여불위지요."

한비는 마지못해 대꾸를 한다.

"아, 네. 그렇군요. 여불위."

"그렇지요. 그자는 식읍이 10만에 달했고, 3천 식객을 거느렸고, 수많은 전쟁을 수행하며 국정을 농단했습니다. 왕은 어렸고, 왕의 어미는 어리석고 눈이 멀었지요. 어마어마한 권력을 손아귀에 쥐고 있었어요. 원래 그렇게 되면, 보통의 인간이라면 어찌 행동할까요?"

"……."

"사부께선 답을 알면서도 말씀하지 않는군요. 입에 담을 수 없는 단어이기 때문입니까? 예, 맞습니다. 사부도 똑같이 생각했을 겁니다. 찬탈을 획책할 수도 있었겠지요. 그런데 그 음흉한 자는 어떠한 찬탈 조짐도 보이지 않았습니다. 왕을 주지육림(酒池肉林)으로 몰아넣지도 않았죠. 여인은 꽃과 같은 것이니 마음을 뺏기지 말라고 했고, 언제나 왕의 이름으로 상벌을 행했으며, 어린 왕이 조금이라도 이의를 제기하면 결코 행하지 않았죠. 내 앞에선 언제나 허리를 굽혔고, 내가 결정을 하기 전에는 결정을 강요하지도 않았지요. 그는 언제나 내 앞에서 무릎으로 기었고, 언제나 내 결정을 기다렸어요. 우리 모후는 자신이 원하는 게 있으면 다짜고짜 와서 내게 통보만 했는데 말입니다. 그 덕분에 나는 어렸지만 왕이었지요. 허수아비였던 적이 없습니다. 왜 그랬을까요?"

"……."

"사부, 왜 그랬을까요?"

영정은 집요하게 묻는다. 영정이 집요해지면 아무도 그를 말릴 수 없다. 그는 대답을 들어야 질문을 멈춘다. 한비는 한참 동안 대답을 추궁당한 후에 대답한다.

"타국 출신의 관리가 찬탈을 획책하는 것은 스스로 자기 무덤을 파는 것입니다. 그자가 아무리 일인지하 만인지상의 자리에 있다 하나 그것은 왕이 만들어 준 자리일 뿐입니다. 나라를 지탱하는 또 다른 기둥인 공실과 경·대부 집안에서 인정할 수 없는 것이니까요. 찬탈은 종친이나 대부 집안에서 획책하지요. 그래서 많은 제후들은 내부의 귀족들을 경계하느라 빈객 출신 관리를 높은 자리에 올리기도 하지요. 뿌리 없는 자들은 화병의 꽃처럼 잠시 화려하게 피어나 향기를 떨칠 수는 있으나 땅에 뿌리내리고 살 수는 없는 법이지요. 그것이 시들어 향기가 덜해지면 주인은 화병에서 꽃을 뽑아내 내다 버리고, 그 화병은 새 꽃으로 채울 테니까요. 스스로 자신의 한계를 알고, 분수를 넘지 않았던 인물이었던 것 같군요."

영정은 잠시 아무 말 없이 한비를 바라보더니 이내 웃음을 터뜨린다. 그러더니 아예 배를 잡고 웃는다. 그러고는 웃음의 뒤끝이 키득키득 남아 있는 상태로 혼잣말처럼 한다.

"아하! 그렇군요. 그랬던 거군요."

영정은 웃음을 정리하고, 여전히 미소를 드리운 채 한비에게 말한다.

"사부, 이런 생각이 듭니다. 진나라 국력을 소모시키려던 한나라 간첩 정국도 나를 강하게 했고, 내 어린 시절의 권력을 손아귀에 쥐고 있었던 타국 상인 여불위도 제 권력을 조금도 침탈하지 못하고 오히려 강하게 했습니다. 세상의 어떤 적도 나를 침탈하지 못하는군요."

그러고 나서 영정은 우아하게 차를 한 잔 마시고 의자에 깊숙이 파묻히며 느긋하게 말한다.

"이사에게 말해 줘야겠습니다. 그 사람은 걱정이 많아요. 세상의 어떤 획책이라도 나를 이롭게 할 뿐이라는 걸 이사는 잘 모르는 것 같습니다."

빈객

한비가 이사의 집을 찾은 데에 특별한 의도가 있었던 것은 아니었다. 다만 영정이 한비에게 선물로 준 특별한 술 한 병을 들고, 문득 이사와 나누고 싶어서였다.

밤이 늦었으나 한비는 이사의 집으로 향했다. 이사는 잠들어 있지 않았다. 그는 한비의 방문을 전해 듣고 중문 밖까지 뛰어나왔다. 그 역시 한비의 방문에 놀라는 눈으로 물었다.

"공자께서 어떻게 여기까지 발걸음을 하셨습니까?"

"실례가 됐지요?"

"그럴 리가요. 어서 드십시오."

한비는 술을 들어 보이며 천진하게 웃는다.

"대왕께서 술 한 병을 주셨는데 누구와 함께 술을 나눌까 궁리했더니 공 이외엔 떠오르는 사람이 없더이다. 참으로 함양성에서 나는 갈 곳 없는 외로운 나그네에 불과하더군요."

이사는 고개를 끄덕이며 한비를 맞아들인다. 둘은 마주 앉아 술잔을 기울인다. 이사가 말한다.

"오늘 대왕이 일정을 비웠기에 무엇을 하시나 궁금했는데, 공을 만나셨구려. 경연(經筵)이 있었습니까?"

"아닙니다. 검술 연습을 하시더군요. 거기에서 뵈었습니다."

이사는 고개를 끄덕이며 아무 말 없이 자기 술잔을 채우며 자작(自酌)한다. 한비가 말한다.

"여러 대신들을 경연에서 만났는데, 공은 뵐 수가 없더군요. 하긴 옛 벗의 눌변을 아는 터이니 내게서 무엇을 듣겠습니까?"

이사는 고개를 흔들며 대답한다.

"공은 모르고 있소? 그 경연엔 대왕이 부르는 사람만 가게 돼 있소이다. 생각해 보십시오, 누가 참석했는지."

한비는 문득 멈추어 생각해 본다. 몽염과 몽의 형제, 돈약 등

212

문관에다 장수 왕분(王賁)까지도 다녀갔다. 그런데 이사는 없었다. 이사가 한비의 생각 사이로 파고든다.

"모두 진나라 귀족 출신이거나 진나라에서 3대 이상 고관을 지낸 내부인이지요. 비록 이 나라에서 높은 벼슬을 하고 있다 하더라도 나처럼 당대에 타국에서 건너온 외국 출신 관료들은 초대받지 못하는 자리입니다. 아마 내가 진나라에 큰 공을 세우고, 진나라 권문세가나 공족과 혼사를 튼다면 내 아들 대에는 초대되겠지요. 적당히 큰 공을 세운다면 3대는 지나야 내부인으로 인정받지요. 지나치게 공이 크고 원성을 사게 되면 누구도 역성들어 주는 자가 없기에 사지가 갈가리 찢겨 나가고 …. 그게 객 출신의 운명이지요."

"그대, 나그네구려."

"예. 저는 진나라의 객입니다. 한 공은 단순한 나그네가 아닙니다. 왕의 검술 연습장에 들어갔다는 게 그 증거지요. 그런 곳에는 아마 몽염·몽의 형제 정도나 드나들 것입니다. 나는 사법부의 수장이지만 진나라 내국인들의 주요 문제는 몽염이 처리하지요. 나는 궁궐 관리들을 책임지는 자리에 있을 때에도 궁궐 창고 근처에도 간 적이 없어요. 한데 지금 몽의는 직위는 높지 않지만 궁궐 창고 사정과 출납을 소상히 꿰고 있습니다. 또 성안에서 일어나는 각종 문제에 개입하고 있고요. 내치(內治)의 섬세한 부분들은 다 그들이 알아서 하지요. 내가 그들의 윗자리에 있지만 건드릴 수 없는 문제들입니다."

한비는 고개를 끄덕인다.

"오늘 대왕께서 축객령에 대해서 말씀하시더이다."

축객령이라는 말에 이사는 표정이 확 굳으며 푸르르 떤다. 어린 왕의 비위를 맞춰 가며 염탐과 모략에다 손에 피 묻히는 일도 마다하지 않고 치열하게 자리를 만들어 가던 그가 외지인이라는 이유만으로 한순간 쫓겨났던 기억은 지울 수 없는 상처가 되었다.

진나라에 들어와 있는 외지인들에게 전부 나가라는 '축객령'이 내려진 건 불과 3년 전 일이었다. 놀란 가슴은 겨우 진정됐으나 상처가 아물 만한 시간은 지나지 않았다.

한나라가 보낸 간첩 정국 사건이 터진 뒤 외국에서 온 전문가들은 믿을 수 없다는 여론이 진나라 안에 퍼졌고, 이에 '마녀사냥' 하듯 외국인들을 추방했다. 이때 이사는 객경의 지위에 올라 있었지만 추방자 명단에 포함되어 일거에 진나라 사람들에 의해 들려 쫓겨났었다.

배신감. 막막함. 서글픔.

그러나 그는 그런 감성적 사치에 몸을 얹고 한탄할 겨를이 없었다. 객들은 모두 몰려와 '왕이 가장 총애하는 외국인이었으니 모두의 이익을 대표해 상소를 올려 달라'고 청했다. 그 역시 청을 받지 않아도 직접 했을 일이었다.

상소를 올리고, 왕의 마음을 돌리기까지 흘러가는 시간은 초조하기만 했다. 그 불안하고 초조했던 시간들은 그의 가슴 속에 그대로 상처로 남았다.

이사는 안색을 수습하고 한비에게 술을 권하며 말한다.

"이미 지나간 광풍 같은 일이었지요. 잠시 막막했으나 대왕의 영특함이 하늘에까지 미치는데 …, 걱정하지 않았습니다. 게다가 진나라를 오늘의 진나라로 만든 것은 모두 외국에서 온 인재들이 었습니다. 재상 상앙·범저·여불위가 그러했고, 지금 몽염과 몽의의 할아버지인 몽우 장군도 외지인이지요."

이사는 잠시 짬을 두더니 문득 생각난 듯 묻는다.

"그런데 궁금한 것 한 가지 여쭤도 되겠습니까?"

"아는 한 성심껏 답해 드리지요."

"도대체 정국을 간첩으로 보낸 멍청한 꾀는 어디서 나온 것입니까?"

한비는 말이 없다. 이사가 떠들기 시작한다.

"진나라가 대규모 토목공사를 피하는 나라도 아니고, 오히려 우리 대왕은 길을 닦고, 수로를 놓고, 성을 쌓는 일을 무척이나 좋아하는 분입니다. 게다가 지금은 불온한 분자로 내몰려 죽음에 이르렀으나 전 상국 여불위는 그런 토목공사의 이점을 간파해 그것을 활용하여 이익을 내는 데 귀재입니다. 그가 젊은 시절 엄청나게 돈을 번 상인이라는 것은 아시지요? 상국으로 있을 때, 수많은 전쟁을 하면서도 나랏돈을 축내기는커녕 전쟁으로 돈을 벌 줄 아는 특이한 재주를 부렸지요. 그래서 진나라는 전쟁을 하면 할수록 부강해졌습니다. 이런 진나라를 상대로 어떻게 그런 어수룩한 계략을 계략이라고 내놓은 것인지 …. 그러니 한나라가 오늘날 이렇게 된 모양입니다."

한비는 말이 없다. 왕을 모시는 측근들이야 서로 나대며 각양각색의 계략을 내놓고 자기 존재가치를 드러내려 하는 것이고,

이를 잘 살펴 채택하는 것은 결국 왕이 해야 할 바이다. 실패하는 계략만 채택하는 왕은 나라를 어지럽힌다. 한나라 왕들은 팔랑귀처럼 망하는 그 길로만 달려와 오늘에 이른 것이다.

한비는 이사의 질문에 대답하지 않는다. 어차피 노여움을 표하고 조롱하기 위해 꺼낸 말이었을 뿐, 진정 궁금해서 한 질문은 아니라는 것을 알기에 굳이 대답하지 않는다. 한비는 그가 갈망하는 한나라 백성들의 연명을 위해서는 이사에게 아부를 해서라도 그의 자비를 구해야 한다는 것을 안다. 그렇기에 이사에게 화해를 청해야 했다. 그는 이사에게 말한다.

"그래서 한나라를 미워하시오?"

"무슨 말씀이신지 ⋯."

"공의 신변을 위협했던 그 사건의 발단에 한나라 간첩 정국이 있었기에 ⋯."

이사는 허허 웃으며 말한다.

"저를 그리 속 좁은 사람으로 보십니까?"

"아닙니다. 다만 내가 대신 그대의 상한 마음을 위로하며 사과하고 싶어지더이다. 그대의 의지와 꿈을 아는 벗이기에."

간축객서

관리들이 외국에서 온 인재들을 모두 내쫓을 것을 결의했다는 이야기를 들었습니다. 그러나 생각해 보시면 그것은 잘못된 일이라는 것을 아실 것입니다.

옛날 목공께서는 인재를 구하려고 서쪽으론 오랑캐 융(戎)의 땅에서 유여(由余)를 데려오고, 동쪽으로는 완(宛)에서는 백리해(百里奚)를 얻었으며, 송나라에서 건숙(蹇叔)을 맞았고, 진(晉)나라에서는 비표(丕豹)와 공손지(公孫支)를 데려왔습니다. 이 다섯 사람은 진나라에서 태어나지 않았지만 목공께서는 그들을 중용하여 20개 나라를 병합하고, 마침내 서융의 패자가 되었습니다.

효공께서는 상앙의 변법을 채택하여 풍속을 개혁함으로써 백성은 잘살게 되고 나라는 부강해졌습니다. 또한 관리들은 즐겁게 임금을 섬기었고, 만백성은 부역을 마다치 않았으며, 제후들은 복종했습니다. 그리고 초나라와 위나라를 무찔러 확장한 영토가 천 리에 이르렀습니다. 이로 인해 진나라 땅은 오늘날까지도 잘 다스려지고 그 병력은 막강합니다.

혜왕(惠王)께서는 장의의 계책을 받아들여 삼천 리의 땅을 점령하고, 서쪽으로는 파(巴)와 촉을 병합했으며, 북쪽으로는 상군(上郡)을 차지했고, 남쪽으로는 한중(漢中)을 빼앗고 구이(九夷)를 포섭하여 초나라의 땅인 언(鄢)과 영(郢)을 제압하셨습니다. 동쪽으로는 험난한 성고(成皐) 땅의 형세에 의지하여 비옥한 땅을 빼앗고, 마침내 여섯 나라의 합종을 무력화시키고, 진나라를 섬기도록 했으며, 그 공로가 오늘에 미치고 있습니다.

소왕(昭王)께서는 범저를 등용해 양후를 폐하고 화양군(華陽君)을 추방하여 진나라 왕실의 기초를 강화했으며, 공족과 대신들의 세력이 커지는 것을 막았습니다. 그리고 제후들의 땅을 빼앗아 진나라 제업(帝業)의 기틀을 마련하셨습니다.

이 네 분의 군주께서는 모두 외국에서 온 인재들의 도움으로 큰 성공을 거둔 것입니다.

사정이 이러한데 어찌하여 외국에서 온 빈객들이 진나라를 배반할 것이라고 말할 수 있습니까. 일찍이 앞의 네 분 군주들께서 빈객을 외국에서 왔다 하여 배척하고 받아들이지 않았다면, 진나라가 아무런 이익도 얻을 수 없었을 것입니다. 또 지금 진나라가 강대하다는 명성도 얻지 못했을 것입니다.

지금 폐하께서는 곤륜산의 명옥(明玉)을 손에 넣으시고, 세상의 보물인 수(隨)씨의 진주와 화(和)씨의 구슬을 갖고 계십니다. 강남의 진주 명월(明月)로 장식하고, 태아(太阿)라는 이름의 보검을 차고 계십니다. 섬리(纖離)라는 준마를 타고, 물총새의 깃으로 장식하고 봉의 형상을 수놓은 기를 세우시며, 악어가죽으로 만든 북도 갖고 계시옵니다. 이 수많은 보물 중 진나라에 생산되는 것은 단 한 가지도 없는데 폐하께서 이것들을 좋아하시는 건 무슨 까닭입니까.

반드시 진나라에서 나는 것이어야 한다면, 야광주로 조정을 꾸밀 수도 없고, 물소의 뿔과 상아로 만든 물건을 즐길 수도 없을 것입니다. 정나라와 위나라의 미녀들을 후궁으로 들일 수도 없고, 천하의 준마들로 마구간을 채울 수도 없습니다. 강남의 금과 주석도 쓸 수 없고, 서촉의 단청도 사용해서는 안 됩니다. 후궁과 안채를 아름답게 꾸며 폐하의 눈과 귀와 마음을 즐겁고 기쁘게 하는 것도 반드시 진나라 것이어야 한다면 완주(宛珠)에서 나는 구슬로 만든 비녀, 부기(傅璣)의 작은 구슬이 달린 귀걸이, 아호(阿縞)의 명주옷, 금수(錦繡)의 장식물도 폐하 앞에는 내놓을 수 없습니다. 세상의 풍습과 유행에 따라 고상하고 아름답게 차린 고운 조나라의 여인 또한 폐하의 곁에 가까이 들 수 없습니다.

물 항아리를 치고 장구를 두드리며 쟁을 퉁기고 넓적다리를 치면서 소리를 높여 노래를 불러 귀와 눈을 즐겁게 하는 것이 진나라의 음악입니다.

정·위·상간·소·우·무·상은 모두 다른 나라의 음악입니다. 그런데도 지금 진나라에서 물 항아리를 치고 장구를 두드리는 것을 버리고 정나라와 위나라의 음악을 연주하며, 쟁을 퉁기는 대신 소·우의 음악을 연주합니다. 이것은 무슨 연유입니까? 그것이 곧 현실적으로 마음을 즐겁게 하고, 귀에 듣기 좋은 소리이기 때문입니다.

그런데 지금 사람을 뽑아 등용하는 일만은 그렇지 않습니다. 사람됨과 능력이 옳은지 그른지는 따지지 않고 성품이 굽었는지 곧은지도 말하지 않은 채, 진나라 사람이 아니면 물리치고 다른 나라에서 온 인재들을 내쫓으려고 하십니다. 그렇다면 진나라는 여색과 음악과 주옥은 소중히 여기면서, 인재는 가벼이 여기는 것입니다. 이것은 천하에 군림하며 제후들을 제압하는 방법이 아닙니다.

신은 '땅이 넓으면 곡식이 많이 나고, 나라가 넓으면 인구도 많고, 군대가 강하면 병사도 용감하다'고 들었습니다. 태산은 흙 한 줌도 양보하지 않아야 높아질 수 있고, 큰 강과 바다는 작은 물줄기라도 가리지 않고 받아들여야만 깊어질 수 있으며, 왕자(王者)는 어떠한 백성도 뿌리치지 않아야 자신의 덕을 천하에 밝힐 수 있습니다. 이 때문에 왕자가 있는 땅은 천하에 구분이 없고, 백성들은 다른 나라 사람이라고 차별을 받지 않으며, 사계절은 조화를 이루어 아름답고, 천지 신령들께서도 태평성대(太平聖代)를 칭찬하고 복을 내리게 됩니다. 이것이 바로 오제(五帝)와 삼왕(三王)에게 적(敵)이 없었던 이유라고 할 수 있습니다.

그런데 지금 진나라는 백성들을 버려 적국(敵國)을 이롭게 하고, 외국에서 온 빈객을 물리쳐 다른 나라의 제후들을 도와 공을 세우라고 합니다. 천하의 선비들을 감히 서쪽 진나라로 오지 못하도록 하고 있습니다. 한마디로 '원수에게 군대를 빌려주고, 도적에게 양식을 내주는 것'과 다르지 않습니다.

대체로 진나라에서 나지 않는 물건이라도 보배로 삼을 것이 많고, 진나라에서 태어나지 않은 선비들 중에도 충성스러운 자들이 많습니다. 이제 외국에서 온 빈객을 내쫓아 적국을 이롭게 하고 밖으로는 제후들한테 원한을 산다면, 나라가 위태로움에 빠지지 않기를 바란다 하더라도 그렇게 될 수 없습니다.

제 5 장
오두 五蠹

화병의 꽃

'화병의 꽃이라 ….'

지난 저녁, 한비가 영정과 함께 식사하는 자리에서 여불위를 칭했던 이 말은 날이 밝자마자 이사의 귀에 들어갔다. 이사의 정보망은 영정의 동태도 비껴가지 않았다. 오히려 적국 제후의 동정은 놓칠지언정 영정의 일거수일투족에서 하나라도 놓칠까 봐 전전긍긍했다.

'화병의 꽃은 한때 아름답게 피어 방안 가득 향기를 뿜어낼 수 있으나 뿌리를 내리고 살 수는 없다?'

이사는 기민하고 영리했지만 포용력이 큰 사람은 아니었다. 오히려 여유가 없고 조급했다. 이 말을 들었을 때, 순간 노여웠던 것은 그래서였다. 개천에서 용 난 인재, 뿌리 없이 불쑥 솟아오른 인재는 기민하고 눈치가 빨라야지 너그럽고 포용력 있고 의기를 부리는 건 오히려 위험하다고 스스로 생각하고 있었기에 이해심과 배포를 기를 생각도 하지 않고 있었다.

'그런 건 뿌리 깊은 명문가 자손들이 해야 뒤탈이 없다. 뒷배도 없이 통만 컸다가는 오해를 받고, 때로는 제 의기에 못 이겨 '충신'이라는 하찮은 이름만 남기고 개죽음을 자초하기 십상이다. 개천에서 난 용 같은 인재들은 모든 처신을 이기적으로 해야 후환이 없다. 때로 태생에 우월감을 느끼는 자들은 '개천'을 깔보고 뿌리 없음을 비웃지만, 바닥을 아는 자가 더 생명력이 긴 법이다.'

진나라에서 지금의 처지는 분명 이사 자신이 한참 위였다. 지위도 높았고, 집도 식읍도 있고, 나랏일을 좌우할 힘도 있었다. 한비는 기껏해야 속국의 사신으로 여전히 벼슬도 못하고, 영정에게 의탁하고 있는 손님 신세였다.

'흥! 화병의 꽃이라고? 들판의 뿌리 깊은 꽃이 어찌 내실(內室)을 구경하고 주인들에게 향기를 뿌릴 수 있겠는가? 화병의 꽃이 내실의 가장 좋은 자리에 앉아 향기를 떨칠 수 있는 법.'

이사는 그렇게 한비를 조롱해 봤지만 우월감이 느껴지지 않는다. 그것이 답답하다.

"영감, 요가 어른께서 막 귀국하여 뵙기를 청합니다."

이사는 비서의 전갈에 벌떡 일어나 환한 미소를 지으며 문간까지 가서 요가를 맞는다.

요가는 당대 손꼽히는 외교 전문가, 종횡가였다. 원래 조나라에서 활동하던 그의 유능함을 알아채고, 그를 영입하도록 주청하여 성사시킨 것은 이사였다.

이사가 영정에게 "6국을 병합하려면 군사력 강화와 함께 다른 제후국들이 서로 연대할 수 없도록 이간하는 외교술을 적극적으로 펴야 한다"고 강변하고, 결국 영정이 돈을 풀기로 결정한 순간 영입한 인물이었다.

종횡가뿐 아니라 관료며 학자들도 이 나라 저 나라에 자리가 생기는 대로 옮겨 다니던 시대이다 보니 특히 종횡가는 매수하기가 쉬웠다. 그들은 충성심보다는 시류를 읽는 데 탁월했기 때문이다. 요가도 시류에 대한 명확한 감각을 가진 이였다.

요가를 영입한 후 곧바로 진나라 조정에선 골치 아픈 문제 하나가 떠올랐다. 6국 중 강국으로 꼽히는 조나라와 초나라를 중심으로 4개 제후국이 연합해 군사력을 모으고 진나라를 향해 무력시위를 벌일 것이라는 정보였다.

군사적 위협이 실현된다면 파괴력이 클 것은 자명했다. 영정은 대신들을 다 불러 모아 회의를 열었다.

"네 나라의 연합을 먼저 흐트러뜨려야 한다."

영정의 말에 모두 동감했다. 그러나 대안은 나오지 않았다. 이때 막 진나라 조정에 들어온 요가가 나섰다.

"대왕께서 저에게 돈을 주십시오. 그러면 제가 이들을 평정하도록 하겠습니다."

영정은 이미 이사로부터 요가에 대해 들었던 터라 그에게서 대안을 끌어내려고 더 말을 시켰다.

"그대가 무슨 수로 네 나라나 평정하겠다는 것인가?"

"저는 조나라에서 활동하면서 이들 네 나라의 제후·중신들과 이미 교분이 있습니다. 그들은 서로 힘을 합친다며 허세를 떨고 있으나 그 심중엔 서로에 대한 의심이 자리 잡고 있습니다. 그동안 6국이 합종하여 몇 차례의 전쟁을 치렀으나 번번이 이기지 못했습니다. 그들 스스로도 자신들의 연합이 얼마나 허술한지 잘 알고 있으므로 이번 연대의 끈도 그리 탄탄하지 않을 것입니다. 실로 신뢰 없는 협력이란 허약하고 무력하기 짝이 없는 것이며, 때로는 자기 자신의 목을 치는 칼날이 되는 것이옵니다. 제가 나아가 각국 제후와 관리들의 마음속에 깃든 이런 사실과 의심 한 자락만 잘 건드리고, 연대하지 않는 것이 이득이라는 것을 알려 주면 그들은 쉽게 와해될 것입니다."

"그것이 이득임을 어떻게 설득하려 하는가?"

"뇌물이지요. 직접적으로 제 주머니를 불려 주는 것보다 더 큰 설득이 있겠습니까?"

"때로 충신도 있을 터. 그들이 분탕질을 친다면 어찌하겠는가?"

"그들 네 나라의 제후들이 그런 충신을 알아볼 만한 안목과 의지가 있다면 지금 그 처지가 되어 있지도 않겠지요. 또 질투심 많은 제후와 간신들은 먼저 자기 나라 충신의 목부터 노리는 법. 그들이 알아서 처리하도록 해보고, 안 되면 진나라에는 그런 자들을 처리하는 고유한 방법이 있지 않습니까?"

영정은 크게 고개를 끄덕거리며 일어나 요가에게 다가가 손을 잡아 주었다.

"그대를 믿는 징표로서 나의 칼과 내가 입고 있는 의관을 내리노라."

영정은 요가에게 옷을 벗어 입혀 주고, 자신의 칼을 내주었다. 그리고는 수레 100승과 1천 금의 황금을 내려 4개국으로 떠나도록 했다.

그렇게 몇 년 전에 떠났던 요가가 돌아온 것이다. 그 사이 4개국 군대의 연합은 실체 없이 사라졌고, 공격은 없었다.

이사는 요가의 귀국에 장황한 인사를 늘어놓는다. 요가 역시 달변가답게 인사가 길다. 이들은 요란한 인사와 말의 상찬을 끝내고, 부중에 연석을 차려 마주 앉아 흥겹게 담소를 나눈다. 이사가 말한다.

"대왕 알현은 아직 못 하셨지요?"

"예. 도착했노라 전갈은 넣어 두었습니다."

"내일 조회시간에 대왕을 뵙도록 하시죠."

요가는 눈치 재빠른 외교관답게 묻는다.

"그런데 정위 영감의 얼굴에 그늘이 한 점 있습니다."

이사는 허허 웃으며 말을 잇는다.

"참으로 영감 눈은 피해 갈 수 없구려. 요즘 근심이 있습니다."

"조나라를 먼저 치는 것 때문에 근심하십니까? 능력은 없으나 분탕질 치는 데는 빠지지 않는 한나라를 배후에 두고 있다는 게 근심 아니십니까?"

"귀신같이 영특하십니다. 어찌 보십니까?"

"저도 조나라에서 할 일이 남아 있었는데, 그 때문에 이렇게 긴급하게 귀국하게 되었습니다."

"할 일이 남아 있다니요?"

"이번 조나라 공격은 승리한다 하여도 차후 공격은 수월치 않을 것입니다. 조나라를 치려면 먼저 제거해야 하는 인물이 있었는데 미처 손을 쓰지 못했지요. 먼저 손을 쓰고 난 후에 공략했다면 수월했을 텐데요."

"그게 이목 장군입니까?"

요가는 고개를 끄덕인다.

"역시 정위 영감은 밝으시구려. 흉노에겐 죽음의 신으로 불리는 장군이죠. 원래 북쪽을 지키고 있으나 나라가 위급하면 조나라 조정도 그를 쓸 수밖에 없을 것입니다."

"내가 밝은 게 아니라 한비가 밝군요."

"아, 예. 들었습니다. 한나라 공자 한비가 와 있다는 소식이 전국에 파다하니까요. 한비의 말에 대왕께서 한나라 정벌을 미루셨다고요."

"대왕의 사랑하는 정이 워낙 깊으셔서 …."

요가는 고개를 흔든다.

"좋지 않습니다. 그런 자들이 대왕 곁에 붙어 있는 것은."

"그렇죠. 게다가 한비는 우리 대왕의 사적인 시간에 함께하는 일이 많아요. 궁궐에 무시로 드나들며, 왕의 사사로운 공간에서 함께 검술을 하고 이야기를 나누고, 둘만 함께 즐기는 시간이 많지요."

"그건 더욱 좋지 않군요. 그런데 대왕께서는 아직 한비에게 벼슬도 내리지 않은 모양입니다."

"예. 객경이라도 한자리 줄 만한데 전혀 움직임이 없습니다. 스승으로 모시고 있으면서 말입니다."

"좋지 않습니다. 대왕 옆에 신하가 아닌 자, 특히 제후의 아들이 신하가 아닌 신분으로 있다는 건 상서롭지 못해요. 가뜩이나 젊디젊은 대왕께서 여색에 크게 흥미를 느끼지 못하시고, 온통 책과 나랏일에 신경을 쓰시거나 저자의 백성 얘기에 귀 기울이시니, 백성에겐 인기가 있지만 신하들에겐 죽을 맛이 아닙니까. 그래도 사사로운 비선(祕線)은 없으셔서 투명했는데, 한비가 그런 비선이 됐군요. 우리에겐 재앙이 될 것입니다. 지나치게 영특하고 안목이 넓은 한나라의 공자가 우리 대왕의 비선이 된다니요. 생각만 해도 아찔합니다. 그런데 왜 그에게 벼슬을 내리라고 주청하지 않으셨습니까?"

이사는 갑자기 정신이 번쩍 든다. 요가의 말대로 지금껏 한비는 진나라의 신하가 아닌 채로 조정에 드나들었다. 이는 참으로 정상적이지 않은 모습이다. 진나라 조정에 왕의 신하가 아닌 자가 왕과 나란히 앉아 이야기를 나눈다는 것이.

"공께서 말씀해 주지 않으셨으면 큰일을 그냥 지나칠 뻔했습니다."

이사는 요가에게 고개 숙여 사례한다.

조나라에서 들어오는 전황보고는 들을수록 신나는 소식뿐이다. 연전연승의 소식만이 들려오니 그럴 수밖에 없다.

이사와 요가가 일찍 대전에 당도해 영정에게 아침 문안을 넣자 영정은 그들을 곧바로 불러들인다. 영정은 요가를 치하하며 환대

했다. 그러더니 들뜬 표정으로 말한다.

"조나라 전황은 나날이 좋은 소식뿐이구려. 환기 장군이 대단해. 쉴 틈을 주지 않고 몰아붙여 이번엔 조나라를 박살을 내야지."

이에 요가가 치하한다.

"대왕의 혜안이 이렇게 넓고 깊으시니 어찌 적들이 감히 부나방처럼 나대리까. 조나라는 원래 명장과 충신과 인재가 구름처럼 많기로 유명한 나라입니다. 그러나 요 근래 집권한 왕들이 그들을 제대로 활용하지 못하니 어찌 어느 제후국인들 상대하여 이길 수 있겠나이까?"

영정은 고개를 끄덕인다.

"그렇지. 염파·인상여(藺相如)·조사(趙奢)…. 생각해 보니 참으로 인재와 충신이 많구려. 지금도 그러려나?"

요가는 손사래를 치며 말한다.

"근심하지 마소서. 지난 장평의 전투를 생각해 보소서. 당시 재상은 인상여였고, 장평에서 진나라를 막아낸 장수는 염파였나이다. 이 두 사람의 힘만으로도 가히 진나라가 조나라 문전에서 어찌 해보지 못해 애를 먹었는데, 그 전투를 전후해 당시 조나라 왕이 어찌하였는지 기억해 보십시오. 조왕은 그 꾀 많고 충성스러운 재상 인상여를 제쳐 두고, 자신의 비선(秘線) 조직으로 거느리는 평양군(平陽君) 조표(趙豹)와 평원군(平原君) 조승(趙勝) 같은, 멍청하고 하찮은 잡념으로 머리가 꽉 찬 공족들과 상의해 상황을 전쟁까지 몰아갔습니다. 더욱이 전투가 벌어지자 잘 지켜 내고 있는 불굴의 백전노장 염파를 끌어내려 스스로 자기 방어선을 무너뜨리면서 탁상공론이나 하는 조괄을 올려 병사 45만이 생매장 당하는 지경에 이르지 않았습니까? 지금의 왕도 크게 다르지 않은 인물이옵니다. 충신과 인재가 구름처럼 많다 한들 왕의 귀가 그렇게 닫혀 있으니 어찌 그 인물들이 힘을 발휘하리까? 왕이 그러하니 충신과 인재가 기다릴 것은 개죽음밖에 없나이다."

"조나라에서 우리가 경계해야 할 인물이 누구인가?"

"지금 북쪽 경계를 지키는 이목 장군이 있사옵니다. 그가 전투에 투입된다면 애를 먹을 것이옵니다만, 조나라 왕은 판단력이 흐리고 자신의 문고리를 잡고 있는 자들의 말에만 귀 기울이니, 만일 이목이 진나라에 대적코자 한다면 어리석은 측근들을 이용해 조나라 왕으로 하여금 이목의 목을 치도록 우리가 일을 꾸밀 수 있을 것이옵니다."

"반간계라는 말이지?"

"원래 왕의 측근에 있는 어리석은 자들이 가장 경계하는 것은 충신의 공이 지나치게 커져 왕과 백성들의 마음이 그쪽으로 쏠릴까 하는 것뿐이옵니다. 그러하므로 나라의 존망에는 개의치 않고 충신의 공을 깎아내리고 그를 조정에서 제거할 생각만 하는 측근을 이용하면 반간계는 통할 수밖에 없는 법이옵니다."

영정은 빙그레 웃음을 짓는다.

"그렇잖아도 돈약이 기별을 해왔는데, 그 역시 이목을 주시하고 있다 하더군."

그러더니 영정은 즐거운 표정이 되어 껄껄 웃는다. 이사가 묻는다.

"무슨 즐거운 일이 있사옵니까?"

"한비 선생이 말이오. 방금 요가 그대가 한 말을 그대로 내게 했소이다. 조나라에서 경계할 인물은 이목 장군이며, 이목은 힘으로 막을 게 아니라 반간계로 막아야 한다고. 역시 한비 선생은 장막 안에 앉아서도 만 리 앞을 내다보는구려."

이사는 코가 쑥 빠졌지만 내색하지 않고 말한다.

"한비 공이야말로 큰 인재라 하지 않을 수 없습니다. 상앙의 변법을 계승한 듯하나 그보다 한층 더 정교하고, 미처 생각이 닿지 않은 부분까지 살펴서 온 나라가 통제될 수 있도록 하는 데에 헤아림이 미치나이다. 대왕께서는 그런 인재로 하여금 진나라 조정에 봉사할 수 있도록 합당한 벼슬을 내려야 할 것으로 사료되옵니다."

요가가 말을 받는다.

"한비 공의 안목이 그에 미친다면 참으로 우리 조정을 위해 큰일을 할 수 있을 것이옵니다. 벼슬을 내리시어 다른 마음을 먹지 못하도록 하시고, 진나라 조정을 위해 일해야 한다는 책임감을 지우소서."

그러나 영정은 두 사람의 말에 아무런 대답도 하지 않는다.

이사와 요가는 영정으로부터 대답을 듣지 못하고 대전에서 물러났다. 이사가 요가에게 묻는다.

"대왕께서 한비에게 벼슬을 내리실 생각이 없는 듯 보이지 않습니까?"

"글쎄요. 대왕의 마음이야 어찌 읽겠습니까? 내 이때껏 여러 나라 제후들을 만나 봤지만 저렇게 속을 읽을 수 없는 분은 우리 대왕이 유일합니다."

"내 보기에 대왕께서는 한비에게 벼슬을 내릴 뜻이 없습니다."

"대왕께서 한비를 신임하지 못하는 모양이지요. 하긴 한나라 제후의 아들을 어찌 믿을 수 있겠습니까? 어쨌든 한공실도 조만간 병합해야 할 제후가 불과한 것을."

이사는 대답하지 않는다. 다만 알 듯 모를 듯한 영정과 한비 사이의 기류에 대해 머리를 굴리며 자문자답을 한다.

'대왕은 한비를 신임한다? 신임하지 않는다?'

'신임하지 않을 수도 있다. 그래, 신임할 수가 없지.'

이사는 일전에 한나라 젊은 귀족들 사이에 진나라에 저항하려는 불온한 움직임을 포착하고 영정에게 아뢴 일이 있다. 그들이 도모코자 하는 것이 무엇인지 그 실체를 정확하게 알지는 못했다. 그러나 어찌됐든 그 중심에 한비가 있는 것은 분명했다. 이 사실을 영정에게 보고했다.

"한나라 대부 장휘가 불온한 세력들의 돈줄이기에 일단 돈을 조이는 차원에서 그자를 제거하였나이다."

영정은 예리한 판단력을 가지고 있다. 그의 질문은 예리했다.

"다만 돈줄을 조이고, 추이를 관찰한다는 뜻인가? 도대체 그들이 모의하고 있는 게 우리가 신경 써야 할 만한 것인가? 이 시점에 6국의 합종이 성사되길 바라는 미련한 것들이라면 경이 움직이지도 않았을 터. 분명 더 의심하는 것이 있을 것이오."

"장휘는 한나라 재상 장개지 공 가문의 사람입니다. 지금 한비

공을 수행해 이곳에 와 있는 장혼과 일가이지요. 장휘와 한비 공은 절친한 사이이며, 불온한 세력들의 주축은 한비의 제자와 벗들입니다."

"한비. 경은 한비 선생이 이곳에 와서 뭔가를 도모하고 있다고 보는구려. 합종은 아닐 터이고 ⋯."

"황송하옵니다. 한비의 움직임은 없습니다."

"내게도 또 들리는 귀가 있으니 말하자면 한비는 젊은이들을 꾸짖고 아무것도 하지 못하도록 하는 모양새라던데. 한나라에서 들리는 바에 따르면 장혼을 이곳으로 데리고 온 것도 다른 젊은이들을 움직이지 못하게 하려고 그런 것이라는 말도 있고."

"그러하옵니다. 그러나 모든 것을 의심하지 않는다면 목전에 칼날을 세우고 있는 것과 다르지 않을 것입니다."

영정은 고개를 끄덕였다. 이사는 조심스레 한마디를 덧붙였다.

"요즘 대왕께서 한비의 처소에 자주 납시고, 한비와 단둘이 담소하시는 일이 많으시다 들었사온데 혹시라도 틈을 주지 마소서."

"경은 무엇을 걱정하는가? 암살? 선생의 팔목은 선비의 팔목인데 ⋯ 나를?"

영정은 소리 내 웃는다. 대범하게 웃어 젖히는 목소리에서 이사는 이상하게 허탈함과 쓸쓸함을 느낀다. 이사는 엎드려 말한다.

"그런 것은 아니오나 대왕께서 각별히 가까이 두기에는 믿을 수 없는 인물이옵니다. 차라리 조나라 왕이 보낸 아름다운 여인들을 믿으소서. 이 조정에 드나드는 자들 중 가장 마지막에 믿어야 할 이가 한비일 것이옵니다."

그러고 나서 며칠 후 이사는 영정이 스스로 무방비 상태에서 한비에게 칼을 들려 설치게 했다는 보고를 들었다.

'그렇다면 대왕은 그렇게 한비를 믿는다는 것일까? 아니면 믿고 싶은 것일까? 도대체 왜?'

왕의 친구

영정은 몽의를 불렀다. 그의 형인 몽염은 무인 기질이 있어 성 안에 붙들어 놓기가 쉽지 않았지만 몽의는 문관답게 진지하고 섬세했다. 영정이 주색을 좋아하지 않는 터이니 그가 고른 벗들 역시 성향이 비슷하였다. 그들은 성실한 관리였고, 항상 일을 만들어 하곤 했다. 몽염과 몽의 형제는 그가 드물게 '벗'이라 칭하는 사람들이었다.

그러나 반듯한 그들은 왕을 벗이라 칭하지 않았다. 그들은 자신들이 영정의 신하임을 분명히 인식했고, 스스로 벗이라 여기지 않는 까닭에 언제나 영정을 모시는 데 각별했다. 그들에게 영정은 왕이었다. 그리하여 영정에겐 친구가 없었다.

몽의는 영정이 부른 뒤 한 시간이나 지난 뒤에 들어왔다.

"어디를 그리 멀리 가 있는 겐가?"

영정의 불평에 몽의가 다가앉으며 말한다.

"황송하옵니다. 우리 조나라 원정군이 전투를 벌이고 있는 마당이니 민심 안정에 신경 써야 하지 않겠습니까. 그런데 어인 일로 찾으시옵니까?"

"내가 심심하다."

"잠시 마구간에라도 가시렵니까?"

"마구간에 좋은 일이라도 있는가?"

"서량(西涼)에서 말들이 들어왔는데, 꽤 좋은 준마들도 있습니다. 아마 보시면 기분이 좋아지실 것입니다."

영정은 벌떡 일어나 몽의와 함께 마구간으로 간다. 새로 들어온 준마들은 갈기에서 빛이 났다. 영정은 문득 그중 한 마리 앞에 서더니 몽의에게 말한다.

"이 말은 왠지 한비 선생과 어울릴 걸로 보이지 않는가?"

몽의는 껄껄거리고 웃는다.

"말씀을 듣고 보니 왠지 그런 듯하옵니다."

영정은 마구간지기에게 그 말을 끌어내라고 명한다. 몽의가 묻는다.

"말을 어쩌려고 하십니까?"

영정은 대답하지 않고 마구간지기에게 명한다.

"이 말을 순하게 길들여 한비 선생께 갖다 드리도록 해라."

그러더니 몽의를 돌아보며 말한다.

"나와 함께 사부 댁에 가지 않겠는가?"

영정이 한비의 집을 불쑥 찾는 것은 이제는 그리 놀랄 만한 일도 아니다. 그는 때때로 궁 밖으로 나오면 거의 반드시라고 해도 좋을 만큼 한비 집에 들렀다. 어쩌면 한비의 집에 들르기 위해 궁을 나서는 것인지도 모른다.

영정은 중문 밖에서 맞이하는 한비에게 반갑게 인사하며 함께 집으로 든다. 율과 몽의가 그 뒤를 따른다.

"사부, 제가 오늘 사부와 왠지 분위기가 닮은 준마를 발견하였기에 길을 들이라 명해 놓았습니다. 곧 준마를 가져올 것이니 타십시오."

한비는 다만 미소를 지으며 두 손 모아 사례를 할 뿐이다. 그는 황송해하는 몸짓도 감격어린 표정도 지을 줄 모른다. 그는 영정이 베푸는 것을 자연스럽게, 어쩌면 당연한 듯 받아들인다. 영정이나 한비나 받고 베푸는 것에 익숙한 제후가의 사람들이었다. 그렇게 짧은 미소와 의례적 감사를 표한 뒤 그는 집주인답게 손님들을 대접한다.

영정은 한비가 대접하는 차를 마시며 말한다.

"저는 사부 집에 오면, 제가 손님이라는 걸 알게 됩니다."

몽의는 갸웃한다. 이 말에 한비는 작은 미소를 띠고 더듬거리며 말한다.

"아하~. 제가 실수를 하는 것이군요. 죄송합니다. 대왕께서 오셨는데 어찌 제가 주인이라 하겠습니까?"

그러자 영정은 크게 손사래를 치며 말한다.

"아니요. 그런 뜻이 아닙니다. 다만 나도 손님이 될 수 있는 곳이 있다는 게 좋아서요. 진나라 안에서는 어디를 가든 나는 왕일 뿐이고, 내 집이 아닌 어색한 장소에서도 마치 내가 주인인 듯 나서야 하니 불편하기도 합니다. 한데 사부의 집에선 손님일 수 있으니 좋습니다. 손님으로 대접받는 편안함이라는 게 있더군요."

"예. 저도 대왕의 거소에서 대접을 받을 때 그런 편안함을 느낍니다. 저희 집은 보시다시피 협소하여 차 한 잔을 내와도 대왕의 입에 맞으실지 걱정스러운데 대왕의 손님으로 가면 그런 걱정은 없으니까요."

영정은 맑게 웃는다.

"어찌 그런 걱정을 하십니까? 사부는 참으로 특이하십니다. 소탈한 듯하면서도 까다롭고, 섬세하기 이를 데 없으시더군요. 한번은 우리 소주방(燒廚房) 나인들에게 장난삼아 물어보았습니다. 내 방에 상을 들일 때 무엇이 가장 신경 쓰이느냐고요. 그랬더니 저는 제쳐 두고 모두 사부 때문에 신경이 쓰인다 하지 않겠습니까? 입맛이 섬세하셔서 차가 약간만 떫어도 금세 얼굴 표정에 나타난다고 말입니다. 표정을 너무 숨기지 못하는 것도 병입니다."

영정은 조나라의 전황이니 통치전략이니 하는 이야기는 한마디도 꺼내지 않고, 잡담만 늘어놓다가 돌아간다.

몽의는 수레 안에서 영정에게 묻는다.

"오늘 아무 용건도 없으시면서 한비 선생을 찾으셨습니까? 아니면 용건을 잊으신 겁니까?"

"용건이 없었다."

"그런데 왜?"

"용건이 있었다."

"예? 있었다는 것입니까, 없었다는 것입니까?"

"있었는데 없어졌다."

몽의는 고개를 갸웃할 뿐 더 이상 묻지 않는다. 그러자 영정이
몽의에게 묻는다.

"그대에겐 친구가 있는가?"

"물론입니다. 친구는 많지만 진짜 내 모든 비밀을 나누며 마음
을 함께하는 친구는 서너 명뿐입니다."

"서너 명이나 된단 말인가? 마음을 모두 터놓을 수 있는 벗이?"

몽의는 입을 다문다. 원래 왕 앞에서 자신의 친우 관계를 알리
는 것이 아니라는 데에 이제야 생각이 미친 것이다. 또다시 입을
다문 몽의에게 영정이 말한다.

"나는 그대의 친구인가?"

"어찌 그런 말씀을 하십니까? 대왕께서는 제 주군이시옵니다."

영정은 소리 내어 웃는다. 그러곤 말을 잇는다.

"이사와 요가가 들어와 내게 말하더군. 한비에게 적당한 벼슬
을 내리라고."

"그건 정위 어른이 아니라도 다른 신하들도 여러 번 간(諫) 한
일이옵니다."

"그대도 한비에게 벼슬을 내려서 내 신하로 삼아야 한다고 생각
하는가?"

"그러하옵니다. 어차피 한비 공은 대왕의 신하이옵니다. 한데
한비 공의 지금 처지는 다만 한나라의 사신으로 한나라를 대표하
고 있다고도 볼 수 있습니다. 진의 조정에 봉사하도록 확실한 자
리를 잡아 주셔야 할 것입니다. 원래 사람은 자리로 인해 책임감
이 생기는 법입니다. 그것이 한비 공의 마음을 붙잡아 두는 길도

될 것이옵니다."

영정은 고개를 끄덕인다.

"그렇군."

그리고 말이 없다. 몽의가 묻는다.

"혹시 한비 공에게 벼슬을 내리는 데 꺼려지는 일이라도 있으신지요. 저의 좁은 소견으로 미처 생각지 못한 것을 대왕께서는 보실 수 있으니 저도 감히 단정 짓기는 어렵습니다. 한데 대왕께서 한비 공을 친히 챙기시고 존중하시는 터라, 어떤 꺼림이 있는지 짐작하기 어렵습니다."

"사부는 듬직하다. 그분은 내가 미처 갈피를 잡지 못하는 사안들을 한마디로 정리해 준다. 그리하여 내 생각과 통치에 대한 방식을 명료하게 해준다. 그분으로 인해 내 머리는 맑아졌다. 그런데 그분은 애처롭다. 나는 그분이 말을 꺼내기 어려워하며 종잡을 수 없는 서두를 꺼낼 때, 심히 덜컹거리는 말로 그 오묘한 세상의 이치를 설파할 때 몹시 가슴이 아프기도 하고, 설레기도 하고, 집중하게도 된다. 누구라도 어떤 아름다운 여인이라도 내 가슴에 이런 파고(波高)를 만들어 본 적이 없었다. 이렇게 집중하게 만든 사람은 없었다. 이런 사람을 무어라 부르느냐?"

몽의는 고개를 끄덕거린다.

"진정 마음을 나누는 친구, 또는 진정 사랑하는 사람에게 느껴지는 감정입니다. 대왕께서는 한비 공을 친구나 애인으로 여기십니까?"

"친구? 애인?"

"그리하지 마십시오. 대왕께도 한비 공께도 위험한 일이옵니다. 대왕께서 한비 공을 그리 특별히 은애(恩愛)한다는 것을 다른 신하들이 안다면 한비 공이 무사치 않을 것이고, 자칫 한비 공이 방자한 마음을 먹는다면 대왕과 신하들 사이를 이간할 것이옵니다. 만일 대신들이 대왕의 신하가 아닌 자가 대왕과 친밀하다는 이유를 들어 선생이 뒤에서 왕을 사주하고 제 잇속을 차리는 '비선'이라 칭하며 공론을 일으킨다면 어찌하실 것입니까?"

"그래. 위험하겠구나."

"지난번 한비 공이 경연에서 간사한 신하들이 뜻을 이루는 여덟 가지 경우에 대해 설명하지 않으셨습니까?"

"팔간(八姦) 말이구나."

"에. 대왕께서 누군가 은애하는 순간 간사한 자들은 그들을 이용하려 들 것입니다. 지나치게 은애하는 마음을 갖지 마소서."

영정은 소리 내어 웃더니 말한다.

"내가 너를 은애하여 이렇게 수레도 같이 타고 다니는데 그럼 너를 멀리하라는 말이냐?"

"저를 은애하는 마음이 깊어져 저의 충심이 읽히지 않으시거든 저 역시 버리소서. 대왕의 곁에는 반드시 대왕의 눈으로 그의 심중을 읽을 수 있는 자들만 두소서. 대왕께서 제압하거나 제어할 수 없는 자들을 대왕의 곁에 두어서는 아니 되옵니다."

영정은 몽의의 어깨에 팔을 두르고 툭툭 두드려 준다.

"참으로 너는 벗이 아니라 꼴통이구나."

한비의 강연록, 팔간 중

이른바 망국(亡國)의 군주란 나라를 갖지 못한 게 아니라, 군주가 간사한 신하들에게 휘둘려 자신의 나라가 이미 자신의 것이 아닌 것을 말한다. 간사한 신하들은 다음과 같은 8가지 방법을 이용해 자신의 뜻을 이룬다.

① 동상(同床)
군주의 아내와 애인. 신하들은 군주의 아내와 애인을 사주하여 군주를 현혹코자 한다.

② 재방(在旁)
좌우에서 군주를 가까이 모시는 사람들. 심부름꾼, 배우 등 군주의 비위를 맞추는 이들은 간사한 신하들의 표적이 된다. 간사한 신하들은 불법을 행하고 재방에게 뇌물을 바쳐 군주의 마음을 돌리게 한다.

③ 부형(父兄)
간사한 신하들은 군주의 자녀와 그밖에 친애하는 자들을 섬기고 감언이설로 매수하여 미리 의논한 것을 군주에게 건의토록 한다.

④ 양앙(養殃)
군주가 자신의 몸과 집과 애완동물과 미인들의 치장을 좋아하는 것은 군주의 재앙이다. 신하들이 백성을 동원해 화려한 궁실을 짓고, 왕이 좋아하는 것들을 바치며 왕의 욕망을 채우도록 하는 것은 은밀히 사적인 이익을 챙기려는 속셈이다.

⑤ 민맹(民萌)

신하가 공적인 재물을 백성에게 사사로이 나눠줘 백성의 환심을 사고, 작은 은혜를 베풀어 백성의 마음을 얻어 동료들이나 백성들로부터 칭송을 받는다. 이는 군주를 가로막아 자신이 바라는 욕망을 이루려는 속셈이다.

⑥ 유행(流行)

군주는 바깥 이야기를 듣기 어렵다. 이에 신하가 언변 좋은 자들을 끌어들여 교묘하고 유행하는 말로 자신들의 말을 따르면 모든 것이 유리하게 진행될 것처럼 착각하게 만들고, 걱정스런 일들을 들추어내 겁을 주고, 헛된 말로 군주의 마음을 허문다.

⑦ 위강(威强)

권세를 기르고 자기 사람을 모으고 백성을 두려움에 떨게 하며 사적인 이익을 챙기는 신하를 위강이라 한다. 그런 자들은 자신을 위해 일하는 자에게는 반드시 이익을 주고, 그렇지 않은 자들은 반드시 죽이겠다고 밝혀 관리와 백성들을 두려움에 떨게 하면서 사적인 이익을 챙긴다.

⑧ 사방(四方)

작은 나라 군주는 대국을 섬기고, 무력이 약하면 강한 군대를 두려워한다. 이 약점을 이용해 군주를 부추기고 대국의 권세를 이용해 자기 군주를 좌지우지하는 신하들이 있다.

언담자言談者

"요가 공은 일전에 우리 내부적으로는 반란의 무리들이 준동하여 어려움을 겪고 외국에서는 합종 분자들이 일어나 우리 경계를 넘볼 때, 국외로 나아가 합종을 꾸미려던 이들의 책략을 말끔히 해소함으로써 이 땅을 안정시켰노라. 그로 인해 우리가 외부로부터의 큰 환란 없이 내부의 질서를 바로잡고 다시 단단하게 설 수 있는 시간을 버는 데에 큰 기여를 했노라. 이에 그 공로를 치하하지 않을 수 없어 상경의 벼슬과 1천 호의 식읍(食邑)을 내리노라."

영정은 백관들이 모두 모인 자리에서 귀국한 요가를 불러 치하하고 벼슬과 식읍을 내리는 의식을 거행했다. 의식이 끝나고 영정이 퇴장한 후, 대전에서는 콧대 높은 진나라 귀족과 대신들도 요가에게 모여들어 축하의 말을 건네고, 칭찬한다.

요가는 겸손할 줄을 모른다. 자신이 거둔 외교적 성공보다도, 진나라 조정에서 놀라운 승진을 이루고 1천 호나 되는 식읍도 받아 이제 진나라 대부들이 부럽지 않을 만큼 신분이 뛰어오른 데에 흥분을 누를 길이 없어서다. 그는 의례적 칭찬의 말에도 자신의 성과를 늘어놓으며 떠들썩하게 자기 자랑에 여념이 없다.

한비는 체질적으로 경박한 이들을 싫어한다. 더구나 자신의 운을 과도하게 실력으로 포장해 우쭐거리는 경박한 인사들과는 말도 섞지 않는다. 그는 요가를 외면하고 밖으로 나가려고 했다.

한데 정신이 경박한 자들은 발도 재빠른지라 요가가 먼저 한비를 찾아와 인사를 한다.

"한비 공이시군요. 선생의 존함은 익히 들어 알고 있었습니다. 뵙고 싶었는데 이리 만나게 됩니다. 제가 국경을 안정시켰으니 이젠 사부께서 내정을 안정시킬 책략을 대왕께 올리시면, 진나라는 태평성대가 올 것입니다. 그리하면 선생님께 내려질 식읍이 어디 1천 호에 불과하겠습니까?"

한비는 의례적 미소로 인사한 뒤 자리를 뜬다. 한비의 태도에 무례함은 없었으나 바닥에서부터 기어 올라와 식읍 1천 호의 대신이 된 요가에게 그 우아하고 싸늘한 태도는 위화감을 느끼게 한다. 그는 순간 머쓱해지며 자신의 비단옷을 다시 둘러본다.

"요가 공, 축하드립니다. 노고에 합당한 보상이 아니라 할 수 없습니다."

이사는 다가와 요가를 향해 축하 인사를 한다. 요가는 이사를 향해 인사하는데, 그 흥겨움과 자랑이 한풀 꺾인 모양새다. 이사는 멀어져 가는 한비의 등을 바라보며 요가에게 말한다.

"아하, 한비 공과 인사를 나누셨군요."

"예. 제가 먼저 인사를 건넸지요."

"잘하셨습니다."

"참으로 도도한 사람이군요. 범접하기 어려운 기운이 느껴집니다. 우리 대왕께서도 그렇지 않거늘 ···."

"그는 제후가의 산실에서 태어나 금가위로 태를 가르고, 명주 이불에 싸인 사람 아닙니까? 우리처럼 거적 위에서 태어나 낫으로 태를 가른 사람들과는 다르지요. 그래도 우리가 그런 한비와 함께 이 조정에서 한비보다 더 높은 자리에 있으니 우리의 인생이 더 효율적이지 않습니까?"

"한비 공과 영감은 동문수학한 사이라던데 그런 벗끼리는 저리 도도하지 않겠지요."

"저도 한비 공을 대할 때는 알 수 없는 긴장감을 느낍니다."

"하긴 그가 쓴 논설을 보면, 칼끝으로 찔러도 피 한 방울 안 나올 인사로 여겨지긴 합니다. 얼음장 같은 마음가짐으로 살아가는 사람일 테지요."

이사는 잠시 생각을 하다 머리를 흔들며 말한다.

"그렇지는 않습니다. 그는 도도하고, 현실적이며, 말과 논설에 거침이 없으나 마음까지 차갑지는 않습니다. 그와 얘기하다 보면 때로 나조차도 마음이 따뜻해지니까요. 때로는 세상을 사랑하기에 부조리한 것들에 대해 그렇게도 적나라하게 까발리는 게 아닌가 하는 생각도 듭니다. 대하기 쉽지 않으나 가까이서 보면 인간적으로 빠져드는 매력이 있어요. 그에게 적의(敵意)를 가지려면 돌아서서 얼굴 보지 않고 이야기도 나누지 말아야 합니다."

요가는 생각난 듯 말한다.

"한데 대왕께서는 왜 한비에게 벼슬을 내리지 않습니까?"

"왜요? 분명 상경보다 낮을 터이니 벼슬로 한번 눌러 보려고 그러십니까?"

이사는 요가의 말을 농으로 받았으나 역시 궁금증은 커지고 있었다.

'임금께선 왜 한비에게 벼슬을 내리지 않을까?'

"한비 선생님!"

한비는 부르는 소리에 돌아보니 영(嬴) 씨 성을 가진 종친 몇 명이 모여 있다. 그들을 향해 인사를 하니 종친들도 맞받아 인사를 한다.

"춥습니다."

그중 연장자로 보이는 사람이 한비에게 웃음을 보이며 말한다.

"예. 그렇잖아도 한기가 확 몰려들어 절로 옷깃을 여미게 되더군요."

그는 사람 좋은 웃음을 웃으며 한비에게 말한다.

"그러게 말입니다. 겨울이 더 깊어지기 전에 조나라 원정군이 빨리 승기를 잡아야 할 텐데요.

그나저나 우린 차를 좀 준비하라고 해놓은 터라 가고 있는데 함께 가셔서 따뜻한 차라도 드시고 몸을 녹이시지요."

"선생님, 왕좀벌레 한 마리를 보신 소감이 어떠십니까?"

차 한 잔에 느긋하게 풀어진 한비에게 젊은 종친이 물었다. 그는 영정의 친애를 받아 경연(經筵)에 참석하는 종친 영중이었다. 그러자 이내 옆에 있던 다른 젊은이에게서 타박이 들어온다.

"한비 선생님 눈에는 너도 좀벌레로 보일걸. 너도 전쟁의 노고를 물리친 환어자(患御者, 왕의 측근을 지칭하는 말)로 보일 테니 말이야. 지금 같은 전시에 너처럼 젊은 친구가 왜 전투에 나가지 않는 거지?"

"그럼 너는 왜 이 자리에 있는 거냐?"

두 사람이 투닥거리는 소리에 나이 지긋한 종친이 말한다.

"이 두 사람은 이번 선발부대에 뽑히지 못해 이렇게 전쟁 얘기만 나오면 싸운답니다. 진나라 종친은 최소한 병역을 피하려고 뇌물을 쓰는 좀벌레는 아니죠."

한비는 고개를 끄덕거리며 말한다.

"그렇죠. 그래서 진나라가 강하지 않습니까?"

영중이 말한다.

"그래도 선생님이 〈오두〉에서 말씀하신 좀벌레들이 아주 없지는 않지요. 오늘 대표적인 좀벌레를 보지 않으셨습니까. 거짓을 세워 속여 말하고 밖으로 힘을 빌려 사욕을 이루며 사직의 이득을 잊어버리는 언담자(言談者). 바로 혓바닥만 놀리는 종횡가 요가 같은 자이지요."

"대왕께서는 요가에게 4개 나라의 합종을 무력화하는 공을 인정해 벼슬과 식읍을 내리지 않으셨습니까. 공을 세웠으니 그러하겠지요."

한비의 말에 영중은 입가를 실룩하며 되받는다.

"선생님께선 이리 말씀하셨지요? 항간의 속담에 이르기를 '소맷자락이 길면 춤을 잘 추고, 돈이 많으면 장사를 잘한다.' 결국 밑천이 많아야 일하기 쉽다는 말인데, 잘 다스려지고 강한 나라는 모략을 꾸미기가 쉽고 어지럽고 약한 나라는 계략을 세우기 어렵다고요. 그러므로 진나라에 등용된 자는 계략을 열 번씩 바꿔도 실패하는 경우가 드물고, 연나라에 등용된 자는 한 번만 바꿔도 모략이 성사되는 일이 드물다고 하셨습니다. 이건 진에 등용된 자가 반드시 지혜롭고 연에 등용된 자가 반드시 어리석어서가 아니라고 말입니다. 대개 잘 다스려진 나라와 어지러운 나라의 밑천이 다르기 때문이라고요.

요가는 조나라에 붙어 있다가 진나라로 왔고, 그가 온 무렵 갑자기 4개국이 합종을 한다며 떠들썩했습니다. 합종이라는 게 이전에 없던 일도 아니고, 누구도 그들의 합종의 실체를 알지 못했는데 요가는 왕의 의복을 두르고 칼을 차고 1천 금을 들고 나가 위기를 해소했다는 겁니다. 이렇게 쉽게 해소된 이유는 두 가지가 아닐까요? 하나는 그가 힘 있는 진나라에 등용됐기 때문에 실패하기가 더 어려워서일 수 있고, 다른 하나는 애초에 그런 합종의 계획이 없었던 것일 수도 있죠."

한비는 고개를 갸웃한다. 영중은 말한다.

"선생님께서는 한나라에 계셨지요? 그 무렵 합종의 협상이 어느 정도 진척됐는지 아십니까?"

한비는 고개를 가로젓는다.

"저는 듣지 못했습니다만, 요가의 일은 대왕께서 하신 일이니 설마 실수가 있었겠습니까?"

그러나 그들은 여전히 입이 부루퉁하다. 누구도 요가를 믿지 않는 분위기다. 한비는 방에서 나가 다른 대신들과 인사를 나누면서도 요가를 향한 그들의 여론에 집중한다. 모두에게서 석연찮은 기색이 역력하다.

계략

한비는 책상에 팔꿈치를 괴고 기도하듯 양손을 마주잡고 얼굴의 반을 가린 채 미동도 하지 않고 앉아 있다. 장흔이 불씨를 가지고 들어가 불을 밝혀도 그는 자세를 풀지 않는다. 장흔은 나가지 않고 옆에 자리를 잡고 앉는다.

한비가 돌아본다. 장흔이 먼저 말한다.

"스승님, 《여씨춘추》를 읽고 계시지요?"

한비는 다만 '왜 그러느냐'고 눈빛으로 묻는다. 장흔은 말한다.

"저는 《여씨춘추》를 읽으며 한 가지 강한 의문이 들었습니다."

한비가 장흔을 제지한다.

"말하지 말아라."

"어찌 제 말씀도 들어보지 않으십니까?"

"너의 의문은 역린(逆鱗)을 건드리는 것이다. 역린을 건드리는 의문을 품은 자는 반드시 죽게 돼 있다."

"스승님, 우리에겐 어차피 죽음이 목전에 있습니다. 한나라 사직이 무너지면 곧 죽음입니다. 그렇다면 우리가 찾아낸 약점을 활용해야 하지 않겠습니까?"

"너의 의문을 입 밖에 내지 말아라. 결코 입 밖에 나오는 일이 없어야 한다."

"어찌하여 그렇습니까?"

한비는 흰 비단 조각을 꺼내 글을 써서 장흔에게 건넨다.

"그것은 약점이 아니라 역린이라 하였다. 약점이라 하여도 우리는 사용할 수 없다. 이미 그 일로 많은 이가 죽었다. 성교도 여불위도 죽었다. 계책이라 하는 것은 약점을 활용하여 적의 숨통을 끊는 것이지, 자신의 죽음을 희롱하는 것이 아니다."

장흔은 입을 다문다. 이미 한비도 알고 있었고, 이를 놓고 계책을 꾸밀 수 있는지 여러 차례 반추했음을 이제야 눈치챌 수 있었기 때문이다.

장흔이 《여씨춘추》를 밤새 탐독한 것은 흔적을 찾기 위함이었다. 그는 한나라 젊은 지사들의 염원과 한왕 안의 은밀한 부탁을 받고 여기까지 왔다.

'반드시 진나라 왕의 약점을 찾아내 그를 멸망시킬 것.'

그는 그 약점으로 항간에 떠도는 소문, 즉 영정의 아버지는 여불위라는 소문을 확인하고자 했다. 단지 진실이 아닌 소문이라면 그 파괴력은 약할 것이나, 진실이라면 그 파괴적 영향은 진나라를 붕괴시키기에 족하지 않을까 하는 생각이었다.

그는 《여씨춘추》를 읽으면서 흥분하고 있었다.

'여불위는 스스로 왕이 될 마음이 없었던 자다. 그의 행적을 아무리 쫓아 봐도 찬탈의 기미는 없다. 그렇다면 왜 이렇게 완벽한 제왕학(帝王學) 교과서를 만들었을까? 그것도 사재를 털어서. 누구를 위하여?'

아무리 스스로에게 묻고 또 물어도 대답은 하나였다.

'그는 왕의 아버지다. 아들을 교육하기 위해 이 책을 만들었다.'

그는 이 대답에 도달하는 순간 흥분으로 잠을 이룰 수 없었다. 궁리가 시작됐다.

'이 사실에 어떻게 가공할 만한 파괴력을 더해 세상에 던질 것 인가?'

영정이 실은 영씨 집안의 자손이 아니라 조나라 상인 여불위의 아들인 여정이라는 사실을 이용해 진나라 조정을 흔든다면 한나라 조정은 누란의 위기에서 벗어날 수 있을 터다.

'진나라 조정만 내분에 휩싸인다면 주변 나라를 돌아볼 여유가 없을 것이고, 영정을 끌어내릴 수만 있다면 더할 나위가 없다. 이 때를 맞아 6국이 합종해 진나라를 친다면 호랑이 아가리를 피해 6 국에도 살 기회가 올 것이다.'

이 한 가지 상념만으로 가슴이 터질 듯했는데, 한비는 아예 말도 못 꺼내게 한다. 그리고 오히려 이는 반드시 실패할 계책이라고 못을 박는다.

영정의 동생 성교가 이에 대한 의문을 제기했다 스스로 목숨을 끊어야 했고, 평생 입을 다물었던 여불위조차 스스로 독배를 마셨다. 진나라 안에서는 이런 의문이 제기되자마자 의문을 제기한 자들이 먼저 자멸했다.

그는 한비의 말을 듣고, 다시 냉정하게 추리해 본다.

'성공할 수 없는 계책이다. 그렇더라도 이로써 진나라에 다시 틈을 만들 수 있지 않을까?'

장흔은 다시 묻는다.

"사람들이 자기 무덤을 파는 것은 진실 때문만이 아니라 의심 때문이기도 합니다. 진나라에 의심의 불씨를 퍼뜨려 보는 것이 어찌 계책이 아니라 하십니까?"

"이미 그 의심은 한때 만연했었고, 위태로웠으며, 농익어 터져 버렸다. 진은 의심을 견디는 법을 이미 알고 있다. 추론할 수 있는 진실은 진실이 아니라 추론일 뿐이다. 추론만으로는 잔잔한 바람은 일으킬 수 있으나 파괴력이 없으며, 오래갈 수도 없다. 바람을 일으킨 자만 위태로워질 뿐이다."

한비는 비단 조각에 글을 써 장흔에게 건넨다.

"요가에 대해 알아보아라."

장흔이 나직이 말한다.

"요가?"

한비는 다시 비단 조각에 글을 쓴다.

"그자의 행적을 모아 보아라. 몇 년 전 조나라와 초나라를 중심으로 4개 제후국이 합종을 획책했다던데, 그게 어떤 일인지도 알아보아라. 작은 비행(非行)도 놓치지 말라. 그림자처럼 움직여야 한다."

장흔은 손으로 얼굴을 가리며 눈물을 흘린다.

"무슨 일이냐?"

"스승님께서 잊은 줄 알았습니다, 한나라의 염원을."

장흔은 감정에 북받쳤지만 한비는 미동도 하지 않는다.

진나라 사람들은 너나없이 말했다. '한비는 너무 맑아 들키지 않는 표정이 없다'고. 그래서 영정도 이사도 한비를 글만 아는 백면서생에 순진무구한 아이처럼 대하기도 했다. 그는 늘 차분한 태도로 누구의 눈치도 살피지 않고 도도하게 자신의 성에 갇혀 살고 있는 듯 보였다. 그러면서도 기운이 없고, 풀 죽은 듯 보여 그를 대하는 진나라 사람들의 마음에 애잔함을 던지기도 했다. 진나라 사람들은 모두 한비를, 한비의 기분을, 한비의 생각을 알고 있다고 생각했다.

그러나 그는 결코 마음속에 품은 칼, 들켜서는 안 되는 것은 들키지 않았다. 원래 극과 극은 통하는 법이다. 너무 어두워도 보이지 않지만 너무 밝아도 들키지 않는다. 한비는 밝음 속에 숨길 줄 아는 사람이었다. 제자인 장흔마저도 한비가 한나라 조정과 한나라 지사들이 그들에게 걸고 있는 염원, 한나라 조정을 보전하는 계책을 내고 실행해야 할 임무를 잊었다고 생각했을 정도였다. 한비는 감정을 담지 않은 냉정한 표정으로 글을 쓴다.

"조용히 움직여라. 진나라의 한 사람이라도 눈치채면 우린 모두 죽음이다. 역린을 건드리는 것은 계책이 아니니 네 마음속에서도 머릿속에서도 털어 내도록 해라. 내가 이용하려는 것은 좀벌레다. 이것이 마지막 계책이 될 것이다."

장흔은 고개를 깊숙이 숙여 대답을 대신하고 자리를 떠난다. 한비는 비단 조각을 불에 태운다.

오두, 나라를 좀먹는 다섯 좀벌레들

① 유자(儒者)들은 나라가 어지러운데도 선왕의 도를 칭송하며 인의를 빙자하고 용모와 옷차림을 성대히 차리고 말솜씨를 꾸며서 당대의 법에 의문을 제기하며 군주의 마음을 헷갈리게 한다.

② 언담자(言談者, 종횡가와 유세가)는 거짓을 세워 속여 말하고 밖으로 힘을 빌려 사욕을 이루며 사직의 이득을 잊어버리고 있다.

③ 대검자(帶劍者, 칼을 찬 이들, 협객)는 도당을 모아 의리를 내세워 이름을 드러냄으로써 조정의 금제를 범한다.

④ 환어자(患御者, 임금을 시중드는 측근 및 귀족)는 권세 있는 자들과 가까이 하여 뇌물을 보내고 요직자의 청탁을 받아 군역을 피하는 술수를 쓴다.

⑤ 상공인(商工人)들은 거친 물건을 고치고 호사스런 재물을 모으며 쌓아두고 때를 노려 농부의 이익을 빼앗고 있다.

이 다섯은 나라의 좀벌레들이다. 군주가 이 좀벌레들을 제거하지 않고 성실한 사람을 길러 내지 못한다면 천하에 비록 깨지고 망하는 나라와 깎이고 멸하는 조정이 있더라도 괴이하지 않다.

제6장

용인 用人

승전보

"전투 중 적 사령관을 사살하였으며, 우리 병사들이 베어 온 조나라 병사들의 수급이 10만을 헤아립니다. 이미 적들은 자취를 감추었고, 우리 병사들의 사기는 드높습니다. 이대로 수도 한단으로 들어가 포위하여 조나라를 끝장낼 수 있사옵니다. 다음 하명을 내려 주시옵소서."

조나라로 진군했던 환기 장군에게서 완벽한 승전보가 날아들었다. 진나라 조정은 흥분했다. 사령관을 죽이고 10만 병사의 수급을 베었다면 조나라의 손실이 어마어마했다. 45만 병사를 생매장했던 장평전투 이후 한 세대 만에 또다시 10만 병사가 궤멸됐다면 조나라는 회복불능의 상태에 빠질 공산이 컸다.

'한단으로 갈 것인가, 일단 철수시킬 것인가.'

진나라 조정은 이 문제로 설왕설래했다. 이제 곧 한겨울. 포위한다 해도 한단은 결코 호락호락한 성이 아니다. 이미 진나라 조정도 몇 차례 한단 포위공격으로 입었던 막대한 손실에 대한 부담감과 압박감을 떨치지 못했다. 45만을 생매장했던 장평전투 후에도 한단은 함락시키지 못했었는데, 10만을 궤멸한 전과를 믿고 한단으로 전진하기엔 뒤가 켕겼다.

오히려 진나라 병사들이 조나라 벌판에서 한겨울을 난다면 조나라에 기회를 줄지도 모른다. 게다가 조나라 역시 사령관이 목숨을 잃을 정도의 결사항전을 벌였기에 진나라 군의 손실도 만만치 않았다. 무리한 진군보다는 일단 전열을 가다듬는 것이 더 낫다는 결론이 내려졌다. 영정은 일단 철수를 명한다.

"환기 장군의 군사들은 일단 진군을 멈추고, 겨울을 난다. 내년 보리가 익으면 군량으로 삼아 다시 진군한다."

함양성은 승리에 도취되었다. 어딜 가나 잔치가 벌어졌고, 사람들은 서로 붙들고 웃음꽃을 피웠다. 영정은 백성들에게 돼지를 잡아 내리고 술도가를 열었다. 승리의 겨울은 그렇게 깊어 갔다.

모두가 승리의 기쁨에 들떠 있는 틈을 타 장흔은 여기저기 술을 얻어먹으며 장안을 흥겹게 돌아다녔다. 많은 사람들과 어울리고 떠들며 놀이판을 구경하는 사이 그림자들은 그의 소맷자락 안에 그가 원하는 정보가 담긴 서간들을 차곡차곡 넣어 주었다.

밤이 깊어 한비가 얼큰하게 취해 돌아왔다. 그는 장흔을 보며 말한다.

"대왕께서 어찌나 기뻐하시는지 나도 절로 흥이 나더구나. 참으로 대단하지 않더냐?"

장흔이 한비를 부축하며 말한다. 집안에 있는 첩자들을 들으라고 하는 말이었다.

"저도 오늘 저자에 나가서 함께 어울렸습니다. 저는 돈 한 푼 가져 나가지 않았는데도 어찌나 술과 고기를 많이 먹었는지요. 함양성이 이렇게 활기차고 즐거운 것을 여기 온 뒤로 처음 보았습니다."

장흔은 한비를 부축해 침실로 모시고 들어간다. 여종들이 와서 한비의 옷시중을 들어주는데도 한비는 흥겨운 표정이다. 여종들이 나가고 한비는 침상에 걸터앉아 장흔을 바라본다. 아무런 표정도 읽을 수 없다. 장흔은 소매 속에 들어 있는 몇 장의 비단을 꺼내 한비에게 건네준다. 한비는 장흔에게 말한다.

"이제 나가거라. 그리고 이제부터는 아무것도 하지 마라."

"스승님, 무슨….."

"곧 돌아갈 준비를 하여라."

"스승님 홀로 남겨 두고 제가 어찌 가겠습니까?"

"모두에게 전하라. 내가 해서 안 되면 안 된다. 그러니 헛되이 목숨을 버리지 말라. 살아남도록 하라. 살아남아야 미래도 있고 기회도 오는 법이다. 반드시 명심해라."

한비는 영정의 초청으로 궁에 들어가 대신들과 함께 잔치를 벌이고 온 길이었다. 영정은 진나라 군사들과 책략가, 신료들에 대한 믿음과 칭찬을 아끼지 않았다.

한비는 부러웠다. 진나라는 한나라의 적국이었고, 자신은 한나라를 지켜야 하는 공족의 일원이었으나 적개심보다는 부러움이 일어났다.

진나라는 군신 간 신뢰가 두터웠다. 이는 왕이 신하들을 확실히 제압하고 있었기에 가능했다. 강한 왕과 규율 잡힌 조정. 이는 한비가 그리는 가장 이상적인 조정의 모습이었다. 진나라의 강점은 그들의 무력과 부(富)에서 나오는 게 아니라 바로 이렇게 일사불란하게 지배되는 조정에서 나왔다. 잘 다스려지는 나라는 진나라가 유일했다.

그는 순간 진나라 군사들의 수장인 국위 울료를 떠올렸다. 전쟁을 극히 혐오하는 이 병법가는 전쟁을 끝내기 위해 진나라의 군사 수장이 되었노라고 했다.

"6국은 모두 망국의 길을 가고 있다. 백성은 능히 자신을 지킬 수 없을 만큼 비어 있고, 군주와 귀족은 자기 것을 지키느라 나라를 지킬 수 없는 형편이다. 인재를 등용할 줄 알고, 법령을 잘 정비하고, 상벌이 분명한 진나라가 이 수백 년에 걸친 오랜 전쟁을 끝내 줄 것이다."

그는 울료가 부러웠다. 그는 비록 진나라 태생은 아니었으나 자기 나라를 지켜야 할 책임이 있는 공족이나 귀족의 일원도 아니었다. 그렇기에 자유롭게 자신의 사상과 양심에 따라 움직일 수 있었다.

'울료! 당신은 행운아구려.'

그는 절로 탄식이 나왔다. 그러나 흔들림은 없었다.

학자적 열망과 책임감.

한비에게 이 둘은 극단적 선택의 길을 강요했다. 그가 꿰뚫어 본 세상 이치에 따르면 영정만이 왕이었다. 그는 지배했고, 잘 다스렸다. 한비는 20년 가까이 '이리하면 나라가 망한다'고 한나라 왕에게 직언을 했고, 글을 써서 바쳤고, 피를 토하듯 정사를 바로 세우라고 간했다. 그러나 그들은 모두 간언을 무시했고, 망국의 길로만 매진했다. 그러니 어찌 보면 지금 한나라가 망국의 기로에 놓인 것은 당연한 일이었다. 꼬인 심사대로만 하자면, '내 그럴 줄 알았다'고 비웃어 주면 될 일이다. 그리고 지성의 관점에서 보자면 한비 자신도 영정이 지배하는 세상을 위해 봉사하는 것이 정답이었다.

그러나 그의 태생은 학자적 양심의 발목을 잡았다. 학문은 한나라 공자로서의 나라에 대한 책임감을 결코 침범하지 못했다. 그가 끝없이 지성의 목소리로 간한 것은 모두 '한나라를 유지하기 위한 방편'이었기에 그랬다. 그래서 그에게 이 불가능하고 위태로운 사명감을 넘어설 수 있는 명제는 아무것도 없었다.

'이상(理想)은 결코 현실을 넘어설 수 없다.'

'나의 현실은 초라하다. 내 현실이라는 건 법치로 잘 다스려지는 나라를 누려 보는 것이 아니라, 법치를 무시했던 한나라를 위해 내 목숨을 던지는 것뿐이니.'

진나라에 대항하는 해법은 '합종'이 아님을 그는 알고 있었다. 그래서 진정 한나라를 걱정하는 그의 동지들에게도 그렇게 강조했었다. 서로 이해관계가 다른 6국은 결코 연합할 수 없어 사분오열되어 있었고, 나약하고 탐욕스러운 제후들은 스스로 망국의 길을 걸고 있는 터라 6국의 연합이 결코 부강한 진나라를 위기에 빠뜨릴 수 없었다. 한비는 스스로도 한나라의 지사들에게 결코 합종이 정답이 아님을 천명하고 한나라를 떠나 진나라로 왔다.

그리고 나선 침묵했다. 다만 진나라에서 영정과 사교하며, 그에게 통치술을 전달하는 데 전념했다. 한나라의 벗과 제자, 동지들은 한비의 침묵을 원망하며, 대책을 채근했다. 마음이 조급한 그들은 한비에 대한 믿음을 버리고 스스로 나섰다가 매의 눈을 가진 이사에게 걸려 죽임을 당하거나 쫓기고 있었다.

그럼에도 그는 침묵했다. 모두가 '한비는 진나라에서 한나라를 잊었다'고 생각할 무렵, 홀로 불가능한 임무를 수행하러 나설 참이었다.

그는 자신이 써 놓았던 글을 뒤져 한 편을 찾아낸다.

이윤이 요리사가 되고, 백리해가 노예가 되었던 것은 모두 군주에게 등용되기 위한 수단이었다. 이 두 현자들은 스스로 천한 일을 자처해 왕에게 가까이 갈 수 있었다. 비록 그의 말이 요리사나 노예의 말이 되더라도 그것이 받아들여져 세상을 구제할 수 있다면 유능한 자들에겐 부끄러워할 일이 아니다.

대저 오랜 기간 동안 친숙해지고 후한 은덕을 입은 후에 기획에 깊숙이 관여하여도 의심받지 않고 논쟁을 벌여도 벌 받지 않게 된 연후에야 이해를 분명히 판단해 일의 성사 여부와 옳고 그른 것을 곧바로 지적해 군주를 바로잡아야 한다.

간언을 하거나 담론을 펴고자 하면 반드시 군주로부터 자신이 총애를 받는지 미움을 받는지 살펴서 확인한 후에야 말할 수 있는 것이다.

'진왕은 나의 간언과 담론을 어디까지 믿고 따라 줄 것인가?'

한비에겐 그것이 가장 큰 질문거리였다. 그는 영정과 쌓아 온 시간에 대해 곰곰이 반추한다. 그리고 자신의 마지막 계획에 끌어들일 진나라 인사들을 추려 본다. 영정과의 가까운 정도를 고려해 담론의 수위를 결정해야 하고, 쌓인 시간만큼 그의 말을 신뢰하여 움직일 수 있는 자를 골라야 하기 때문이다.

음모의 시작

외세는 결코 강하게 결속된 나라를 무너뜨리지 못한다. 아무리 약한 나라라도 왕의 통치가 확고하고, 군신 간에 굳건히 신뢰하며, 백성들이 똘똘 뭉쳐 있다면 강한 나라라도 범하지 못한다.

다른 나라를 칠 능력이 있는 강국이라 하더라도 그 나라가 잘 다스려지면 공격하지 않는다. 그러므로 나라를 지키는 도리는 큰 나라든 작은 나라든 나라를 잘 다스려 굳건하게 하는 것, 즉 치강(治强)이 관건이다. 치강을 이루는 일은 외정(外政)에 있는 것이 아니라 나라 안의 내정(內政)에 있다.

이 말을 뒤집어 보자면 나라를 무너뜨리는 것은 오직 내부의 분열뿐이라는 것이다. 왕과 신하가 서로를 의심하고, 신하가 신하끼리 불신하는 것. 백성이 조정을 의심하고, 백성들끼리 반목하는 것. 그것만이 강한 나라든 약한 나라든 망국의 지름길이다.

강하고 잘 다스려지는 나라인 진나라와 대적하는 길은 하나다. 바깥을 돌아볼 수 없도록 내부의 분열을 만드는 것. 그렇게 시간을 버는 것이 한나라가 연명할 수 있는 길이다.

'내분(內紛).'

이것이 한비가 진나라에 들어오기 전부터 일찍이 세운 계책이었다. 그는 진나라로 온 후 틈을 찾기 시작했다. 틈이 별로 없었다. 그러다 찾아낸 것이 빈객들을 향해 잠재된 거부감이었다. 외국인 빈객 출신들이 한 세기 이상 조정의 실권을 장악하면서 생긴 대부와 귀족들의 거부감은 여전히 강하였다. 그래서 조정에선 서로 협력하는 듯하나 이들 사이엔 늘 견제와 긴장감이 도사렸다.

다만 강한 지배력을 가진 영정이 빈객들을 잘 대우해 왔기에 이런 갈등이 표출되지 않는 것뿐이다. 그러나 영정도 일거에 축객령까지 내렸을 만큼 외국에서 온 빈객에 염증과 혐오감이 있었다. 그는 자신의 이익을 위해 지금 빈객들을 대우하며, 높은 벼슬을 내리고, 부를 내려 주면서 이용하고 있지만, 원래 한번 마음속에 자리 잡은 혐오감은 쉬이 지워지는 것이 아니다. 게다가 축객령의 후유증은 대충 봉합되었을 뿐 아직 상처가 다 아물지 않았다. 그 상처가 완전히 굳기 전에 공략하여 터뜨린다면 혼란을 야기할 수도 있을 것이었다.

한비는 영정과 귀족들, 그리고 진나라 백성들의 외국인 빈객에 대한 혐오감에 불을 지를 재물로 요가를 선택했다.

한비는 장흔이 건네고 간 흰 비단을 펼쳐 본다.

요가의 출생

위나라 출신으로 그 아비는 성문을 지키는 미관말직의 포졸이었음.

위나라 공안당국에는 요가의 전과기록이 보존되어 있으며, 이에 따르면 요가는 십 대에 절도를 저질러 형을 산 후 상습절도로 감시를 받았으며, 후에는 위나라에서 쫓겨남.

한동안 행적이 묘연했으나 후일 조나라에서 종횡가로 활동, 꽤 명성도 얻었으나 재물을 착복한 것이 들통나는 바람에 조나라 조정에서 조사를 받던 중 진나라로 건너감.

요가가 진나라 조정에 발탁되는 과정에 정위 이사가 개입.

4국의 합종 여부

요가가 진나라의 재물을 들고 위·초·연·제 4개 나라로 건너간 것은 3년 전, 여불위가 실각하고 진나라 정국이 불안정했던 시기.

당시 조나라와 초나라가 주축이 되어 연나라·제나라, 혹은 위나라·제나라 등 4개 나라가 합종하여 군사를 합치고 진나라를 도모한다는 첩보가 진나라에 보고된 바 있는 것으로 알려짐. 그리하여 요가는 조나라를 제외하고 이들과 합종하려 한다는 의심을 받은 위·초·연·제 4개 나라로 갔으나 이런 합종의 움직임이 실제로 있었다는 증거는 없음.

당시 조나라는 전 왕의 건강이 악화되는 등의 우환이 있어 앞뒤를 돌아볼 여력이 없었으며, 그 후 조나라는 연나라를 침공하였으므로 이들이 협력할 의사가 있었다고 보기 어려움. 또 초나라와 제나라 역시 내부의 우환이 겹쳐 있던 터라 굳이 버거운 진나라를 상대로 합종하여 군사를 일으킬 만한 처지가 아니었음. 그리고 요가가 활동한 시기의 전후로 하여 이 네 나라가 서로 가까워질 만한 어떤 징후도 보여 준 것이 없음.

이와 같은 연유로 실제로 진나라와 한나라를 제외한 다른 제후국들이 합종을 시도했다는 것은 입증할 수 없으며, 실제로는 아무런 일도 벌어지지 않았던 것으로 판단됨.

요가의 외교 활동

요가는 3년간 위·초·연·제 등 네 나라를 돌며 제후들과 영향력 있는
귀족들을 만남. 각국에 입성할 때 진왕의 의복을 입고 왕의 칼을 차고 화
려한 수행 행렬을 앞세워 위세를 떨쳤으며, 진왕의 총애를 내세우며 사교
의 폭을 넓힘. 네 나라 모두 자체적 문제가 많았던 터라 제후와 귀족들은
요가를 통해 진나라와 우호를 맺기 기대함. 요가는 진나라가 이들을 침공
하지 않도록 진왕을 설득할 것이라고 공언하고, 많은 뇌물을 받아 챙긴 것
으로 알려짐.

'요가라는 자의 본색은 도둑놈이구나.'

한비는 양미간을 확 찌푸린다. 그는 원래 종횡가를 '좀벌레'로
칭하며 믿지 않았다. 종횡가들은 세 치 혀를 놀려 때로는 약소국
이 힘을 합쳐 강대국에 대항해야 한다(합종파)고 주장하고, 때로
는 강대국을 섬겨 다른 약소국들을 먼저 제거한 뒤 이익을 취해야
한다(연횡파)고 주장한다. 그러나 그 어느 것도 실제 효과를 본 일
이 없었고, 설사 실행되어도 나라에 실리를 가져오지는 못했다.

연횡을 주장하는 자들은 외국의 권력을 빌려 국내에서 승진하
려 하고, 합종을 주장하는 이들은 자국의 권력을 내세워 약소국
에서 이익을 취하려고 했다. 그들을 지원하는 나라에는 아무 이
득이 없는데, 합종과 연횡을 주장하는 종횡가들은 어떤 경우라도
사리(私利)를 챙겼다.

특히 혀만 가진 유세객이 궁궐 안에 처박혀 있는 왕을 속이기란

쉬운 일이었다. 그들은 왕들이 가진 공포와 소외감, 그리고 왕들이 태생적으로 타고난 의심을 이용해 자신들의 주머니를 채웠다.

한비는 한나라 조정에서 설치는 종횡가들을 보며 왕에게 '그들에게 속지 말고 공리(公利)와 사리(私利)를 명확히 구분하며, 타당한 말과 부당한 말을 자세히 살펴 허언을 한 경우 반드시 형벌을 내려 법술이 제대로 살아 있음을 천명하지 못하면 조정은 얻는 것도 없이 종횡가들의 배만 불려 주게 된다'고 누누이 강조했다.

그러나 왕은 한비의 말에 귀를 기울이지 않았다. 왕들의 태생적 한계인 의심증이 자신의 형제를 향해 발동했기 때문이다.

한비는 이와 같은 '실패의 경험'을 통해 요가를 모함할 경우 자신이 위태로워질 수 있음을 직감한다. 그는 유불리의 조건을 흰 비단 위에 적어 본다.

유리한 조건
∘ 영정은 기민한 판단력이 있다. 몇 개의 단서만으로도 요가의 거짓을 알아차릴 것이다.
∘ 영정은 욕심이 많고, 자신을 속이는 것을 용납하지 않는다.
∘ 진나라 귀족들은 천성적으로 외국인을 좋아하지 않는다.
∘ 진나라 백성들은 호전적이고, 야심이 많다. 속임수를 쓰는 외국인을 용서치 않는다.

불리한 조건
∘ 이사가 요가의 뒤에 있다.
∘ 전쟁 시기다. 그러므로 적국을 상대로 뒤에서 모략을 꾸밀 신하가 필

요하다.

◦ 빈객들이 요가를 중심으로 뭉칠 것이다.

의문

◦ 귀족과 빈객 사이에 갈등이 깊어진다면, 영정은 누구 편을 들 것인가?

유불리의 조건은 비슷하고, 의문에 대한 대답은 영정이 쥐고 있다.

'실행하면 두 가지 길이 나온다. 성공하면 한나라와 다른 제후국들이 시간을 벌 것이고, 실패하면 영정의 정벌전쟁은 지체 없이 계속될 것이다. 실행하지 않는다면 영정의 정벌전쟁은 거칠 것 없이 이어질 것이다. 실패하는 것과 가만히 있을 때의 결과는 같다.'

한비는 크게 숨을 몰아쉬고 조용히 촛불을 응시한다.

'성공해도, 실패해도, 가만히 있어도 나는 죽을 것이다. 그러므로 가만히 있는 걸 선택할 수는 없다.'

분란의 조장

조나라로 출정했던 환기 장군 부대가 개선하며, 함양성은 다시 한 번 잠시 축제의 분위기에 들떴다가 또 언제 그랬냐는 듯 깊은 겨울에 잠겼다. 이 무렵 한비는 심한 몸살감기를 앓았다. 근심이 깊었던 탓인지 감기가 잘 낫지 않았다. 영정은 어의(御醫)를 보내 구완하면서 지극정성으로 안부를 챙겼다.

한비가 어느 정도 차도를 보이기 시작하자 문병객들이 찾아왔다. 한비는 문병객들과 애기를 하며, 지금 돌아가는 정세와 진나라 사람들의 마음을 읽으려고 했다.

젊은 종친 영중도 찾아왔다. 한비는 그를 맞아 차를 마시며 담소를 나눴다. 한비는 자신이 감기에 걸려 있는 동안 영정의 은혜가 깊었다며 감사의 염을 전달했다. 그리고 그는 이야깃거리가 없는 듯 주로 영중이 하는 애기를 들었다. 영중이 한참을 신에 겨워 무언가를 떠들다 말고 물었다.

"선생님, 조정에선 봄이 되면 다시 조나라로 쳐들어가는 것을 논의하고 있습니다. 걱정은 6국이 합종을 결행하느냐 하는 것입니다. 합종이 성사될까요?"

한비는 속으로 쾌재를 부른다. 영중은 스스로 의협심이 강하고 똑똑한 인물이라 자부했지만, 실은 눈치가 없고 푼수처럼 남의 말을 자기 말처럼 옮기는 데 탁월한 재주를 가진 사람이었다. 영정이 그를 좋아한다기보다는 면박을 주는 재미에 곁에 붙여 놓는 인물이었다. 그는 왕의 면박을 받으면 때로는 불끈하고, 때로는 실실거리면서도 세상 이야기를 옮기는 데 여념이 없었다.

한비는 애당초 자신은 숨고 말을 옮겨 줄 '이야기의 진원지'로 영중을 심중에 담아 두고 있었다. 일단 의심을 던지고 소문을 활용하면, 말은 파문을 일으킬 것이다. 그런데 그가 드디어 원하는 질문을 던지는 것이었다. 한비는 겉으로는 무심하게 고개를 갸웃하며 말한다.

"글쎄요. 최근 5~6년 사이 제후국들 사이에 합종이 추진됐던
걸 저는 기억하지 못하겠습니다. 제후국들마다의 사정이 복잡했
지요. 지금도 마찬가지이니 합종은 쉽지 않겠지요."

영중은 대뜸 말한다.

"3년 전에 분명 조나라와 초나라가 중심이 되어 4개국이 합종을
하고, 진나라에 쳐들어올 준비를 마쳤다고 하는 바람에 우리 조
정이 뒤집어진 일이 있는데요."

기다렸던 반응이다. 지금 진나라에서는 합종이라 하면 3년 전
나라 전체를 뒤흔들었던 합종론을 자동으로 떠올리는 터라, 그는
말의 서두를 5~6년 동안 합종이 없었다고 운을 떼었던 것이다.
그렇지만 한비는 다만 고개를 갸웃한다. 성질 급한 영중이 한비
에게 말한다.

"당시 백관 60명이 모여 이 문제를 논의했고, 아시지 않습니까?
요가가 그때 나서서 합종을 깨겠다고 했습니다. 그리고 얼마 전
돌아와 상경에 제수되고 식읍 1천 호를 받지 않았습니까."

한비는 생각난 듯 고개를 끄덕인다.

"아, 그랬지요, 참. 진나라 안에서는 합종이 있다는 첩보를 듣
고 요가를 보냈지요. 대왕께서 알아서 하신 일이니 맞겠지요. 저
같이 벼슬도 없는 포의(布衣)의 선비가 무엇을 알겠습니까?"

영중은 자기 말과 추리에 빠져 달린다.

"요가라는 자는 느낌이 나빠요. 이번에 개선한 환기 장군에게
이번 승전의 공이 절반은 자기한테 있다고 자랑했다지 뭡니까?

조나라를 중심으로 한 합종의 계획을 자기가 무산시키지 않았다면 4개국 군사를 맞았어야 했을 거라면서요. 이 때문에 환기 장군도 대단히 심사가 틀어져 있습니다. 어쨌거나 이번 승리 후 자기 자랑에 여념이 없더군요. 겸손하지 못하고, 천박한 인물입니다. 3년을 떠돌다 이제 들어온 것도 그렇습니다. 조나라와 전쟁에서 승전할 기미가 보이자 공치사를 해서 자기 이익을 챙기러 서둘러 온 것인지 누가 안답니까?"

'경박한 자들은 가만히 두어도 제 입으로 자기 무덤을 파는 법이다.'

한비는 기다려 왔던 일들이 이미 진행되고 있음에 감사한다. 그러나 그는 고요하다. 한비는 조용히 말을 듣고, 아무런 감정도 담지 않은 듯 묻는다.

"그런데 공자께선 왜 그렇게 요가를 좋지 않게 생각합니까?"

"저만 그런 게 아니에요. 종실과 귀족 모두 그자에게 속은 게 아닌지 의심하고 있습니다. 선생님께서도 그러셨잖아요. 최근 제후국들이 합종을 논의하여 성사시킨 것을 듣지 못했노라고."

"아하~, 그렇군요. 한데 3년 전엔 위급한 상황이었다 하지 않으셨습니까?"

"이제 와 드는 의심입니다. 정말 그런 상황이 있었는지 아무도 알지 못해요. 다만 이사와 요가가 요란을 떠니 나라 안에서도 부화뇌동(附和雷同) 한 것이지요."

그러더니 영중은 목소리를 낮추어 말한다.

"이사가 다른 제후국들에 파견하는 간첩조직을 장악하고 있지 않습니까? 거기서 들어온 첩보이지요."

"설마 진나라에서 이사 혼자만 간첩조직을 운영하겠습니까? 다른 조직도 있겠지요."

영중은 곰곰이 생각하더니 말한다.

"예. 이사보다 규모가 작은 간첩조직을 우리 집안에서 운영하죠. 그런데 당시에 우리 조직에선 그런 낌새를 알아차리지 못했어요. 그런데 하도 이사를 비롯한 그들 무리가 소란을 피우니 실은 정보를 놓친 것이라고 생각해 잠자코 있었다고 하더군요."

한비는 고개를 끄덕인다. 그러나 뒷말을 잇지는 않는다. 대신 영중이 떠벌린다.

"선생님께선 요가에 대해 아십니까? 조나라에서 밥 빌어먹던 종횡가라면 분명 합종을 하러 이 나라 저 나라 떠돌아다녔을 텐데 한나라에도 들어갔을 것 아닙니까?"

한비는 입을 다문다. 영중은 집요하게 묻는다.

"이곳에 오기 전에 요가를 만난 일이 있으신지요?"

한비는 고개를 흔든다.

"나는 조정에서 빈객을 맞을 만한 자리에 있지 않았습니다. 그자가 한나라에 왔었다는 것만 어렴풋이 기억날 뿐입니다."

"한나라에도 간 일이 있군요. 그럼 평판은 들으셨습니까?"

"글쎄요. 종횡가가 한둘도 아니고. 하지만 한나라에선 조정에 불러 보지도 않은 걸로 압니다."

"아니, 왜요?"

한비는 한참을 머뭇거리고 더듬거리다 피곤한 듯 말한다.

"위나라가 쫓고 있던 범죄자였는데, 어찌 조정에서 불러 얼굴을 마주하고 말하리까?"

영중은 냉소를 띠며 말한다.

"예. 그자가 위나라에서 죄를 지어 쫓겨났다는 이야기를 들은 바 있습니다."

"예. 소년기부터 상습절도 범죄자이지요. 위나라 공안부서에는 그의 범죄기록이 상세히 남아 있다더군요. 한나라는 위나라와 공안 관련 기록을 서로 수월하게 공유하니 저도 예전에 그런 이야기를 들었고, 한나라 대부들도 믿을 수 없다 하여 멀리했지요."

그러더니 한비는 아무런 감정도 담지 않은 목소리로 덧붙인다.

"하지만 외국서 온 빈객의 그런 전력이야 뭐 그리 대수이겠습니까? 범죄 전력이야 늘상 있는 일이지요. 진나라의 경우 소양왕 때 명재상이었던 범저도 위나라에서 죄를 지어 쫓기는 신세였고 …."

"어찌 범저를 비교하십니까? 범저야 사람이 탁월하여 질투를 받아 쫓기게 된 것이고, 요가는 잡범으로 죄를 지어 쫓겨난 것인데요."

한비는 고개를 끄덕였다. 영중은 양미간을 찌푸리고 앉아 생각난 듯이 말한다.

"아하! 상습절도범이군요. 조나라에서도 횡령 의심을 받아 쫓겨났다더니, 의심이 아닐 수도 있겠습니다. 요가에 대해 찬찬히 알아봐야겠군요."

며칠 후 영정이 한비의 집을 찾아왔다. 한비의 병이 옮을 지경이 아니라는 어의의 말이 떨어지자마자 온 것이다. 한비는 이렇게 뻔질나게 드나드는 영정의 행동력이 때로는 신기했지만 내색하지 않고 자연스럽게 행동했다.

"사부, 그리웠답니다."

영정의 이 말에 한비는 문득 울컥했다. 한비는 자문했다.

'이건 무슨 반응인가? 몸이 허약한 탓에 마음도 약해진 것일까? 나도 영정을 그리워했던가?'

영정은 한비가 감동하는 모습에 자신도 마음이 동한 듯 한비의 손을 잡고 울컥한다. 그리고 둘은 마주보고 웃는다.

영정은 한비의 손을 놓지 않고 말한다.

"사부께서 편찮으신 동안 걱정을 많이 했답니다. 그랬더니 제 후궁이 그러더군요. 그렇게 애틋한데 벼슬을 내리지 않는 이유가 무엇이냐고요. 사부께선 그 점이 섭섭하여 저를 못 봐도 애틋하지 않으실 거라 하더군요."

한비는 고개를 흔들며 말한다.

"옛날 개자추(介子推)가 19년이나 망명생활을 하던 진문공(晉文公)을 곁에서 모시며, 어디 작록(爵祿)을 바라고 그리하였습니까? 다만 의(義)로써 수행했고, 진문공이 배고픔을 참지 못하자 자기 허벅지 살을 베어 먹인 것은 다만 인(仁)으로 그리한 것이지요. 진문공이 귀국해서도 개자추는 벼슬하지 않았지만, 군주는 그 은덕을 마음에 새기고 서책과 도판에 그 이름을 적어 두게 했으니 군주와 신하 간에 흐르는 마음의 길을 어찌 벼슬의 높낮이로 생각하겠습니까?"

272

영정은 고개를 흔들며 말한다.

"사부는 사부일 뿐, 신하가 아니시니 진문공과 개자추의 일은 사부와 나의 일에 맞지 않습니다."

그렇게 무서운 힘으로 강대한 진나라를 지배하는 이 젊은 왕 영정은 가끔씩 이렇게 감성적인 면을 드러내 한비의 가슴을 덜컹하게 한다. 대전에서 정사를 논할 때의 영정은 빈틈없는 왕이다. 그는 서릿발 같은 차가움과 상대의 긴장을 늦춰 주어 말할 수 있는 분위기를 조성하는 따스함을 동시에 자유자재로 구사했다. 그래서 오히려 모든 신하들을 긴장시켰다.

그러나 사실(私室)에서 만나는 그는 때로는 감성적이고, 때로는 우울하고, 때로는 신경질적이고, 때로는 유쾌했다. 그야말로 조증과 울증 사이를 넘나드는 일이 많았다. 영정에게 한비는 어느새 그런 내밀한 모습을 보여 주는 상대가 되어 있었다.

영정은 다소 처량한 표정으로 말한다.

"오래전부터 사부께 벼슬을 내리라는 주청을 많이 들었습니다. 생각도 했지요. 그런데 마땅한 자리가 없습니다. 저는 사부를 제 신하의 자리에 두고 싶지 않습니다."

한비는 아무 말도 없이 영정을 바라본다. 영정이 말한다.

"이때까지 제 곁엔 아무도 없었습니다."

한비는 희미한 미소를 보이며 말한다.

"율이 늘 곁에 있지 않습니까? 신하들도 곁을 떠나지 않고."

"그렇군요. 그런데 저는 늘 혼자인 것 같은 생각이 듭니다. 제 곁에 붙어 있는 율은 제게 오로지 검(劍)일 뿐이고, 부왕은 용안을 뵈었던 기억도 많지 않고, 모후는 어느덧 제게서 멀어졌지요."

영정은 먼 산을 바라보듯 눈에 초점을 두지 않고 먼 곳을 바라본다. 한참을 그렇게 침묵 속에서 눈에 상을 맺지 않은 채 먼 곳을 응시하다 문득 메마른 목소리로 말한다.

"제가 성인이 될 때까지 가장 자주 봤던 사람, 늘 제 곁에 있었던 사람은 여불위였습니다. 불손한 야욕을 가졌던 자였지요. 그자는 제 신하였습니다. 신하가 아니었던 때가 없지요. 그자는 내 신하로 남기 위해 자결을 하였지요."

영정은 갑자기 주먹을 쥐고 목소리를 높인다.

"그런데, 그자는 내 신하였는데, 신하가 아니었어요. 왕은 신하에게 은덕을 내리고 보살펴야 하는데 그자는 거꾸로였어요. 나는 왕으로서 그에게 은덕을 내릴 수도 없었고, 오히려 보살핌을 받은 것 같으니 어찌합니까. 나는 그자를 내 신하로 삼기가 싫었습니다. 아주 싫은 자였지요."

그러고 나서 영정은 눈을 감는다. 잠시 후 영정은 눈을 뜨고 한비를 바라보며 말한다.

"저는 사부를 신하로 삼기 싫습니다."

한비는 창백한 얼굴로 영정을 바라본다. 영정은 이내 미소를 띠며 말한다.

"사부는 그냥 그 자리에 계십시오. 제 곁에. 은덕도, 보살핌도, 감사할 필요도 없는 그 자리, 그저 제 곁에 말입니다. 사부가 오신 뒤로 제 곁을 돌아보면 사부께서 계시더군요. 신하 말고, 그냥 그 자리에 계십시오."

영정이 돌아갔다. 집안사람들은 영정이 설을 쇠라며 가져다준 선물보따리를 푸느라 분주하다. 오랜만에 집안에선 명절을 맞는 사람들의 움직임이 느껴지고, 간간이 웃음소리가 배어 나온다.

그러나 한비는 돌처럼 굳어 앉아 있다.

'신하는 임금을 사랑해 섬기지는 않는다. 그 권세를 두려워하고 왕이 내리는 상을 기대하고 벌을 무서워하기에 왕에게 충성할 뿐이다. 그러나 영정은 내게 벗이 되어 달라고 한다. 왕과 속국의 왕자가 벗이 될 수 있을까? 인간세상의 이해가 그것을 용인할 수 있을까?'

용인用人

영정은 한비에게 편지를 보냈다. 그가 자주 하는 일이다. 영정은 늘 궁금한 것이 있으면 한비에게 답을 묻곤 했다. 한비 역시 강연보다 편지를 즐겼다. 말더듬이 불구인 그가 말을 할 때는 다른 이들의 많은 인내를 요구한다는 것을 알았기에 긴 강연이 필요할 때는 글로 적어 다른 사람에게 낭독시키기도 했다. 영정과 한비 사이엔 많은 편지가 오갔다.

영정은 편지에서 짧게 물었다.

"제가 사람을 쓰는 일(用人)에 능한 군주입니까?"

한비는 이 한 줄짜리 질문에서 석연찮은 허탈감 혹은 분노가 묻어 있음을 포착한다. 한비는 죽간에 답변을 쓰기 시작한다.

옛 사람들이 말하기를 '사람을 잘 부리는 자는 반드시 하늘의 이치를 따르고, 인심에 순응하고, 상벌을 명확히 했다'고 합니다. 하늘의 이치를 따르면 힘을 적게 들이고도 공을 세울 수 있고, 인심에 순응하면 형벌을 줄여도 법령이 시행되며, 상벌을 명확히 하면 백이와 도척(盜跖)이 뒤섞이는 일이 없다는 말이지요.

잘 다스려지는 나라의 신하는 공적을 세워 벼슬길에 나서고, 관원은 재능을 발휘해 직책을 받고, 법도에 따라 힘을 다함으로써 일을 추진합니다. 신하 모두 자신의 능력에 맞는 자리에 앉아 직책을 감당하고, 임무를 편히 수행할 수 있으니 남은 힘을 어디에 쓸까 고심하지 않아도 되며, 여러 관직을 겸하면서 감당치 못해 결국 책임을 군주에게 떠넘기는 일도 없지요.

명군은 신하 각자의 임무가 서로 간섭하지 못하도록 해 소송이 없게 하고, 여러 관직을 겸직하지 못하도록 해 각자의 능력을 최대한 발휘케 하고, 동일한 임무로 똑같은 공을 노리지 못하도록 해 다투는 일이 없게 합니다.

혹시 이 중에 마음에 걸리는 것이라도 있으십니까? 근심되는 것이 있다면, 그 부분을 도려내시면 될 것입니다.

원래 '일을 하면서 걱정거리가 없는 것은 요(堯)임금도 할 수 없다'고 하였습니다. 걱정거리가 있다는 사실 때문에 근심하지 마십시오. 그 근심거리의 근원을 살펴서 원리에 어긋난 용인이 있었다면 바로잡으면 됩니다. 대왕께는 그럴 시간이 있으며, 그런 안목이 있으니 저는 걱정하지 않습니다.

한비는 상벌을 명확히 하여, 벌줄 자를 반드시 도려내라는 원칙론만을 강조해 궐로 편지를 보낸다.

'왕은 왜 스스로의 용인에 대한 의심을 품기 시작했을까? 영중이 움직이기 시작한 것인가?'

한비는 이제 몸을 움직여 시중의 민심을 조사하러 나간다. 그는 장흔과 한나라 수행원들과 함께 다가오는 설을 준비한다며 장터로 갔다.

장터에서 한비는 요가를 향해 들끓는 민심을 파악한다. 소문은 한비가 알고 있던 것보다 부풀려져 있었고, 장돌뱅이도 요가에 대한 혐오감을 토로했다. 요가를 둘러싼 추문은 이미 환기의 승전보를 덮었다. 사람들은 들끓고 있었다. 사람이란 기쁨보다 분노에서 더 지치지 않는 힘을 쏟아낸다. 소문들은 대략 이랬다.

조나라 왕실의 돈을 엄청나게 횡령한 요가를 이사가 조정에 끌어들인 것은 3년 전, 영정이 노애를 제거하고 어머니를 내쫓은 후 귀족들에게 효심을 질타당해 정신이 없는 와중이었다.

그러다 여불위가 실각하는 시점에 갑자기 이웃의 4개 제후국이 합종하여 진나라로 쳐들어올 것을 모의한다는 소문이 퍼졌는데, 알고 보니 이것이 요가와 이사가 꾸민 일이었다. 그리고 영정이 혼란한 정국으로 정신없는 틈을 타 요가가 스스로 합종을 타개하겠다면서 왕에게서 1천 금을 얻어 횡령하였다. 또 4개국을 돌며 진나라로부터 보호해 준다면서 각국의 제후와 귀족들을 등쳐 또 수많은 재화를 착복했다는 것이다.

요가는 원래 어린 시절부터 도둑질이 몸에 밴 절도범이며, 커서는 제후들을 터는 통 큰 도적이 됐다. 그러면서도 뻔뻔하게 환기 장군의 승리가 자신의 성공적 외교 덕분에 이루어진 것이라며 큰소리를 쳐서 분란을 만들었다는 이야기였다.

한비는 이런 얘기를 들으며 '허허~' 하며 실소했다. 요가가 성품이 교만하고 참을성이 없어 스스로 무덤을 파고 있었다.

'참으로 어리석은 자로구나. 불과 3년 전 축객령을 내려 단번에 외국 출신 빈객을 쫓아냈던 진나라, 그렇게 외국인 빈객에 대한 혐오감이 깊은 나라에서 진나라의 승리를 자기 공이라 자랑했다니 어찌 이렇게 사방천지를 분간 못 하는 자가 있다는 말인가? 그자가 더 제 무덤을 팔 때까지 기다리다 보면 빈객들은 모두 진나라의 원수가 될 수 있겠구나.'

한비 일행은 장을 보고 장터 인근에 있는 반점에서 술 한 잔을 곁들여 느긋하게 식사를 한다. 주변 손들도 설날 준비보다 요가를 욕하기에 여념이 없다. 여기에 이사의 잘못을 지적하는 목소리도 반드시 거들고 나섰다. 진나라의 승리를 위해 간첩질과 모략으로 제 손에 피 묻히는 일까지 떠맡은 이사가 의심을 받고 있었다.

'사람의 입보다 무서운 것은 없다. 저 무책임한 입들을 이용해 진나라의 위란을 만들고, 밖을 돌아볼 수 없도록 해야 한다. 언젠가 저 입들의 칼이 나에게 향할지 알 수 없으나….'

한비는 집으로 돌아와 장흔에게 말한다.

"너는 이제 고향에 돌아가거라. 설에 조상께 제를 올려야 하지 않겠느냐?"

"언제부터 제가 유자(儒者)들의 법도를 따랐습니까?"

"그 이유로 돌아가는 것이 좋겠다는 말이다. 이젠 너와 네 가족을 지키도록 하라. 대왕께 네가 귀국하는 이유를 그리 설명할 것이다."

"무슨 생각을 하십니까?"

"······."

장흔은 비단에 한 글자를 쓴다.

'죽임(殺).'

한비가 그 옆에다 쓴다.

'불가(不可).'

장흔이 말한다.

"그게 가장 근원적인 방법입니다."

한비는 냉정하게 말한다.

"계책이란 얻을 수 있는 결과가 전부(全部) 아니면 전무(全無)만 되더라도 채택할 수 있다. 그러나 전부 아니면 멸망밖에 없을 때는 채택해선 안 되는 것이다. 영정 곁에 붙어 있는 무사 율은 바늘 하나도 영정의 몸에 닿지 못하도록 할 실력이 있다."

그러면서 한비는 주머니를 하나 꺼내 장흔에게 준다.

"대왕께 전해라. 만일 나의 부고(訃告)가 들리거든 열어 보고 반드시 그 안의 내용대로 해야 한다고, 그러면 목숨을 구할 수 있을 것이라고 하여라."

영정은 잠시도 가만히 앉아 있지 못했다. 그는 일어났다 앉았다 서성거렸다 하며 몸을 못살게 굴어 보지만 가슴 속에 끓어오르는 심화를 가라앉히지 못한다. 그는 다시 책상에 앉아 한비가 보낸 죽간을 펼쳐 든다. 그러곤 죽간을 '탁' 소리가 나게 책상 위에 놓고 성난 듯 말한다.

"하기야 구체적 내용을 모르니 이렇게 답할 수밖에 없을 테지."

영정은 최근 며칠 동안 세간에 떠도는 요가와 관련된 소문을 들었다. 시중 소문과 권신들의 동태를 소상히 보고하는 이사는 이 사안에 대해서는 보고하지 않았다. '요가에 대한 여론이 심상치 않다'는 첫 보고를 올린 것은 몽의였다.

그 후 영중이 요가와 관련된 의심스러운 문제점들을 제기하기 시작했다.

"3년 전 우리 진나라가 어수선했던 틈을 타서 4국이 합종하여 쳐들어오려 한다고 했는데 실제로 그런 합종이 진행됐다는 증거가 있습니까? 신도 곰곰이 생각해 보니 그런 소식은 이사의 보고와 일부 빈객들의 주장, 그리고 요가 등이 전달하고 조장한 것이지 저희가 은밀히 운영하는 간첩조직에선 그런 첩보를 입수한 적이 없었습니다."

영정은 돌아보기도 싫은 그 시절, 3년 전을 회고했다. 그것만으로도 심화가 끓었다. 노애 반란을 평정한 후 모후를 옹성으로 내쳤다 다시 불러오고, 여불위를 실각시키는 과정 동안의 불안정했던 심리상태가 떠올랐다. 그 시절을 떠올리는 것만으로도 고통스럽다.

'당시 나에겐 냉철한 판단력이 없었다. 모든 게 뒤죽박죽이었다. 도적놈들이 나의 혼란을 틈타 내 금고를 턴 것인가?'

용서할 수 없는 분노가 치밀어 오른다.

"한비 공께서 입시하셨사옵니다."

내관의 전언에 영정은 냅다 소리를 지른다.

"모셔라."

한비는 안에서 들려오는 목소리가 예사롭지 않은 데에 놀란 표정을 짓는다. 내관이 그에게 어색한 미소를 띠며 속삭인다.

"요즘 대왕의 심기가 편치 못하십니다."

한비가 안으로 들자 영정은 자리에서 일어나 맞는다.

"어서 오십시오."

"노하신 듯한 음성을 들었기에 …."

"사부께 노할 리가 있습니까? 다만 제 심사가 좀 복잡해 그랬습니다. 앉으시지요."

한비는 영정이 권하는 자리에 앉는다.

"혹시 시중에 돌아가는 사정은 좀 아십니까?"

"오늘 설 준비도 할 겸, 장흔과 몇 명을 돌려보내는 데 들려 보낼 선물도 살 겸, 장에 나갔던 길에 몇 마디 주워들은 게 다지요."

"수행원들을 돌려보내신다고요?"

"장흔은 부친인 장평 전 재상의 탈상도 못했는데 집엔 어린 두 동생밖에 없으니 그 집안이 답답하지요. 설이 되었는데 흔이 돌아가지 않으면 제사도 올릴 수 없는 형편이라 이사 공께 청을 넣어 두었습니다. 게다가 대왕께서 배려해 주신 덕분에 이곳 생활에 불편이 없을 뿐만 아니라 편안하기 그지없는데 젊은 친구들이 가족도 보지 못하고 새해를 맞는 것이 안쓰럽기도 하여 …."

"그러시군요. 그건 알아서 하십시오."

영정은 돌리지 않고 직선적으로 말한다.

"시전에 나가 보셨다면 지금 장안을 덮고 있는 소문도 들으셨겠습니다."

"여러 이야기를 들었습니다. 그중에서 무엇을 하문하시는 것인지 ….."

"요가에 대한 것입니다. 그 도적놈이 나를 속였어요. 있지도 않은 합종이 있다고 했고, 내 금고를 털어 제 주머니를 채웠다고 하더군요. 어떻게 나한테 그럴 수가 있나요. 어떻게 내 믿음에 그런 수작을 부리지요?"

"그것은 확정된 혐의입니까? 아니면 의심이십니까?"

"우리 왕실의 전용 정보망을 통해 조사했습니다. 대부분의 사실을 확인했어요. 내 믿음에 배신으로 갚다니 ….."

한비는 고개를 끄덕인다. 영정은 계속해 분노로 길길이 뛴다.

"이런 자를 믿고 일을 맡기고 금을 내주고, 내 의복과 칼까지 주었으니 내 어리석음을 세상이 비웃겠지요."

한비는 영정이 그렇게 폭주(暴走)하는 동안 아무 말도 하지 않다가 그가 허탈감으로 푹 주저앉자 말한다.

"군주의 화는 다른 사람을 믿는 데서부터 생기지요. 다른 사람을 믿으면 그 사람에게 제압되게 됩니다. 생각해 보십시오. 신하가 군주에게 무슨 혈육 간의 친함이 있습니까? 신하는 다만 권세에 매여서 어쩔 수 없이 섬기는 것입니다. 그러니 믿지 마소서."

"그런 신하를 믿은 것이 내 잘못이라는 말씀이시군요."

"아닙니다. 다만 이해득실이 걸린 문제에서 군주는 믿음이라는 감성적 판단에 의존해서는 안 된다는 말씀이지요."

"당시엔 국내 정세가 불안했고, 그 와중에 4개 제후국이 합종해 진나라로 쳐들어온다고 했어요. 상황이 급했습니다. 한데 그게 다 그 도적놈의 농간이었던 게지요. 내가 다급해하자 그자는 마치 자신이 진나라를 구원할 성인인 양 나댔지요."

"군주는 언제나 마음을 드러내서는 안 됩니다. 또 군주가 일을 하고 싶은데 전체를 파악하지 못하면서 의욕만을 미리 밝히고 신하들이 나서서 실행할 경우에는 원래 하는 일마다 이익은 얻지 못하고 반드시 손해로 돌아오게 됩니다. 신하들은 알거든요. 그 일의 책임은 군주에게 있다는 것을. 그러니 저들이 애쓸 리가 있겠습니까?"

"요가는 사악한 자입니다. 한데 이사를 비롯해 모든 신하들이 그걸 알고도 내게 고변하지 않았어요. 나는 이 모든 자들을 용서할 수가 없습니다."

한비는 결국 붓을 잡는다. 그가 할 수 있는 말을 더듬거리며 하다가는 못다 할 수도 있기 때문이다.

"군주의 총애를 팔아 제멋대로 권세를 부리고 외국 사정을 거짓으로 꾸며 국내를 위압하며 화복과 이해득실이 되는 정황을 비틀어 말해 군주가 좋아하고 싫어하는 정서에 영합하는 자는 어느 나라 조정에나 들끓습니다. 군주는 그것을 받아들여 그가 계획하는 일을 도와주려고 합니다. 한데 일이 실패하면 그 피해의 반은 군주와 나누어지지만 성공하면 신하가 그것을 독차지하게 되지요. 그것이 이치입니다. 또 그런 신하의 성공은 왕도 추어주기 때문에 권신들도 입을 똑같이 맞추어 그를 칭찬하게 마련입니다. 그러니 누가 감히 앞에 나서서 그 죄악을 말하리까. 누군가 그 죄악을 말한다 하더라도 반드시 믿기지 않을 수 있으니 입을 다물고 있는 것입니다."

영정은 글을 받아 보고 묻는다.

"선생님은 요가의 사악함을 알고 계셨습니까?"

한비는 다시 붓을 잡고 죽간에 대답을 써넣는다.

"용서하십시오. 알고 있었나이다. 한나라에도 요가의 평판은 알려져 있었으니. 그러나 저는 한나라의 사신. 제가 말했다면 의심하지 않으셨겠습니까? 의심을 받을 만한 위치에서 위험한 진실을 말하는 것은 어리석은 일입니다. 말했다가 의심받게 되면 진실은 묻히고, 그 진실은 이후에도 의심받게 되어 진실하지 못한 것들이 그 자리에 들어앉게 되지요. 그러면 사태만 망하는 길로 끌고 나갑니다. 요가만 해도 그렇습니다. 인간의 본성은 별로 크게 변하지 않지요. 요가는 위나라에서 미천한 문지기 아들로 태어나 소년기부터 좀도둑질로 잔뼈가 굵었습니다. 오죽하면 위나라가 더 이상 관용하지 못하고 소년을 내쫓았겠습니까? 그 후 유세를 배워 이 나라 저 나라 떠돌며 유세를 했고, 명성도 얻었으나 횡령과 착복의 습성은 고쳐지지 않았던 것 같습니다. 조나라에서도 결국 횡령과 착복이 문제가 되어 쫓겨날 지경에 이르렀을 때 진나라로 온 것으로 알고 있습니다."

영정의 얼굴이 붉으락푸르락해지며 노여움이 머리끝까지 뻗치는 게 보인다. 한비는 다만 평소처럼 초연한 얼굴로 영정을 바라본다. 영정은 주먹으로 책상을 '쾅' 내리치더니 한비에게 말한다.

"그자가 다른 제후국을 돌며 뇌물을 받아 챙겼다는 이야기를 들으셨습니까?"

"제가 아는 것이야 한나라에 있을 때 귀동냥으로 들은 것이 전부이지 이곳에 와서 바깥소식까지야 어떻게 챙기겠습니까?"

한비는 이쯤에서 빠진다. 어차피 영정이 이 정도로 흥분하고 있다면 자신의 정보망을 가동해 요가의 비리를 캘 것이 분명하다. 그는 요가에 대한 불신을 외국인 빈객 출신 관료들을 향한 불신으로 키워 다시 한 번 축객령 수준의 내분을 일으킬 방도를 찾아 머리를 굴린다.

'같은 소동이 또다시 일어난다면 이번엔 귀족과 빈객 양측 모두가 사생결단으로 덤벼들 것이다. 다른 나라는 돌아볼 겨를 없이. 강한 나라든 약한 나라든 내분만이 확실히 나라를 망하게 하는 지름길이다.'

탄핵 彈劾

겨울이 깊어 가는 함양성엔 불온한 기운이 감돌았다. 어디를 가나 요가에 대한 탄핵과 추문만이 난무했다. 6국 겸병전쟁의 시발을 알리는 조나라 1차 원정의 대승은 빛이 바랬다. 이 겨울이 끝나면 곧바로 2차 원정에 나서게 될 텐데 누구도 그 일에는 관심을 가질 겨를이 없었다. 요가에 대한 소문이 탄핵으로 이어지고, 정위 이사는 이 일에 대한 수사에 들어갔다.

요가의 죄상에 대한 고변이 쏟아졌다. 요가를 따라다닌 비서는 각 제후국을 돌며 그가 뇌물로 받은 물건을 운반한 적이 있다고 폭로했고, 그가 초나라 인근에 으리으리한 별장을 지어 놓고 아름다운 여성들을 숨겨 두었다는 고발도 이어졌다. 요가의 착복과 수뢰를 들추어내는 고변은 끝이 나지 않았다. 개인적 비리는 문서로만 쌓아도 태산을 이룰 정도였다.

그러나 요가가 4개국으로 떠났던 3년 전, 4개국의 합종모의가 있었는지는 조사가 이루어지지 않았다. 요가에 대한 조사는 개인적 비리를 넘지 않았다.

당시 실제로 4개국 합종모의가 있었는지는 다만 터지지 않은 뇌관으로 남았다. 귀족들이 이사와 요가 등의 외국인 빈객 출신 관리들을 축출하려면 이런 거짓 정보로 조정을 기만하였다는 부분을 반드시 짚고 넘어가야만 했다. 그러나 이 일은 단순하지 않았다.

자신들도 당시엔 이사가 물어 온 정보에 부화뇌동했고, 외국 출신 빈객들을 모두 내쫓는 축객령 정국으로 몰아가는 데 이를 이용한 측면도 있었기 때문이다. '각 제후국들이 합종하여 진나라로 쳐들어오려고 모의하는 마당에 그 나라 출신 빈객들에게 주요 국정을 맡기는 건 위험하다'고 떠들어 댄 것도 그들이었다.

또 군주인 영정의 '실책'을 건드릴 공산도 컸다. 합종 첩보에 영정이 서둘러 요가를 제후국에 파견하는 외교관으로 임명하고 자기 칼과 의복까지 내렸던 터라, 이에 문제를 제기하다가는 군주의 판단력을 의심하는 모양새로 흐를 수도 있었다. 그 후폭풍은 가히 짐작할 수 없는 일이기에 군주의 실책을 건드리는 일은 피해 가야만 한다.

빈객 출신 관리들은 다만 요가의 개인적 비리로 일을 마무리 지으려고 했다. 당시 합종 첩보의 발원지가 빈객 중심의 간첩조직을 운영하던 이사였고, 이 일에 연루된 빈객이 많았다. 3년 전 정국 간첩사건으로 일거에 쫓겨났던 경험이 있는 그들로서는 요가를 자기 집단과 분리해야 할 필요성이 있었다. 그리하여 대부분의 빈객은 진나라 귀족이나 대부들보다도 요가의 비리에 더욱 목청을 높여 탄핵했다.

결국 이렇게 복잡한 정치적 이해관계 속에서 누구도 당시의 정보가 거짓 정보였다는 점을 언급하는 자가 없었다. 다만 요가의 비리는 진나라 상층부 인사들의 복잡한 이해관계 속에서 조정되고, 재단되고 있었다.

이사는 골치가 아팠다. 요가의 착복은 예상보다 규모가 컸다. 치부 사례로서 증거가 확보된 건만 모아 놓은 장부를 보던 이사는 장부를 집어던지며 소리쳤다.

"이런 도둑놈 같으니라고. 처먹어도 분수가 있지. 해먹어도 정도라는 게 있어야 하는 법인데, 개념 없는 놈 같으니라고."

이사는 사법부를 총괄하는 수장으로서 요가 사건의 수사를 진행하며, 그의 대담한 수법에 혀를 내둘렀다. 그리고 속속 도착하는 증거를 보며, 눈앞에 없는 요가를 향해 이를 갈며 욕을 해댔다. 가뜩이나 불안한 빈객 관리의 입지가 요가라는 도둑놈 때문에 더욱 불안해진 데 대한 분노가 일어났다.

더구나 그는 요가와 어느 부분까지는 공동운명체였다. 어디까지 개입하고 어디부터 빠져야 할지, '출구전략'을 잘 짜지 않으면 물귀신한테 붙잡혀 가듯 딸려 갈 판이었다.

이사는 부중(府中)의 집무실에서 오락가락하며 어지러이 굴다가 다시 책상에 앉아 냉정을 찾으려고 노력한다. 손을 모으고 생각을 정리한다. 상황을 일목요연하게 정리하고자 죽간에 먹물로 써본다.

요가의 죄는 무엇인가?
첫째, 거짓 합종계획을 퍼뜨려 조정을 불안하게 했다.
둘째, 제후국을 순회하며 뇌물을 받아 챙겼고, 대왕께서 주신 금을 착복했다.

요가에 대한 혐오감을 부추기는 요인들
첫째, 태생이 미천하고 소년기부터 절도 전과가 있었다.
둘째, 겸손하지 못하고, 조나라의 승리에 자기 공이 큰 것처럼 자랑해 많은 미움을 샀다.

'요가의 죄는 덮고 지나가기엔 너무 크다. 가장 큰 죄는 태생이 미천한 죄. 태생이 미천하면 귀족과 백성에게 기본적인 신뢰를 주지 못한다. 미천한 자가 지나치게 출세하면 시기심을 사게 되고, 시기심이 지나치면 반드시 모함을 받아 목숨을 장담할 수 없게 된다. 그 다음 큰 죄가 미천한 자로서 겸손하지 못하고 착복까지 하여 높은 자리에 있을 자격이 없다는 사실을 만천하에 증명했다는 것이다. 이로써 사람들에게 시기심은 극복하도록 했으나 혐오감과 괘씸함은 보태졌고, 거기에다가 귀족들의 쓸데없는 자만심을 키우도록 했다.'

이사는 탄핵된 죄상보다도 여론의 동향을 더 주시한다. 추궁된 죄상에서 3년 전 합종계획의 진실 여부를 따지기 시작하면 자신에게 불똥이 옮아 붙을 것이기 때문이다. 요가의 진짜 죄상은 까발려봐야 불리하다. 그리하여 이사는 수사를 마무리 짓는 방향을 이렇게 결정했다.

'요가의 죄상은 덮고, 파렴치함은 드러낸다. 그를 망신 주고 재산과 작록을 빼앗아 민심을 만족시켜 주는 결론이 최상이다.'

요가의 죄상에 대한 수사 결과를 아뢰는 대전회의가 열렸다. 이사는 영정 앞에 나아가 요가의 죄상을 밝힌다. 그는 수사 결과 요가의 착복과 수뢰 내역을 개집 하나까지 빠뜨리지 않고 지루하게 읽어 내려간다. 대전회의에 참석한 관리들 사이에선 탄식과 조롱이 터져 나온다.

영정은 착복 목록을 다 읽을 때까지 참을성 있게 기다린다. 이사가 수사 결과 목록을 내려놓고 다른 죽간을 들며, 영정을 슬쩍 바라본다. 영정의 입가엔 싸늘한 미소가 감돌고 있다. 이사는 가슴이 철렁 내려앉는다. 영정은 나지막하게 한마디 한다.

"그대의 판결 제안이 몹시 고대되는구려."

이사의 등에서 식은땀이 흘러내린다. 그는 영정의 말이 무슨 의미인지 따지느라 가슴이 콩닥거린다. 그러나 물러설 수는 없다. 이사는 자신의 의견을 영정에게 고한다.

"요가는 앞서 정리한 착복과 뇌물수수를 모두 인정하였습니다. 요가의 가장 큰 죄는 대왕께서 하해와 같은 은혜와 믿음으로 마련해 주신 활동자금의 상당부분을 개인적 용도로 착복한 것이오며, 그 다음은 제후국들을 돌며 사사로이 제후와 대부들과 사교하며, 진나라로부터 보호해 주겠다는 허황된 약속을 남발하고 많은 뇌물을 받아 챙긴 것이옵니다. 일정 정도의 활동자금을 개인 용도로 전용하거나 선물을 받는 것은 어느 정도까지는 관행으로 용서될 수 있는 바 있으나 요가의 경우는 그 정도가 심하여 묵과할 수 없는 지경에 이르렀습니다. 또 제후국 대부와 귀족들로부터 뇌물을 받은 것은 진나라의 위세가 워낙 크기에 그들이 제공한 것이므로 이를 국고로 돌리지 않은 것은 잘못입니다.

그러나 지난날 진나라가 내분으로 위태로웠던 시절, 4개국이 합종을 모의하고 진나라로 쳐들어올 만반의 태세를 갖춘 형국에 자발적으로 나서 4개국에 달려가 그들을 달래고 우호를 맺어 국경을 안전하게 한 점은 공이 아니라 할 수 없습니다.

이에 그의 공과 과를 따져 보건대, 요가에게 내려졌던 상경의 직위를 박탈하시고 식읍을 회수하는 한편, 요가가 착복한 공금과 수뢰한 재산을 국고로 환수하는 것이 마땅하다 여깁니다. 곧 조나라 출병을 앞두고 있는 상황에서 요가를 공개적으로 탄핵하고 문초하는 것은 내부의 분란을 야기할 수 있으며, 어쨌든 공을 세운 자를 압박함으로써 제후국들의 비웃음을 살 수 있으니 상서롭지 못합니다."

이사는 자신의 판결 요지를 다 읽고 죽간을 내려놓고 엎드려 왕의 하명을 기다린다. 그러나 영정은 아무 말도 하지 않는다. 이사의 얼굴과 등줄기로 식은땀이 흥건하다. 불안함에 심장이 심히 쿵덕거려 그 떨림을 대전의 모든 대신이 눈치채게 될까 봐 두려울 정도다.

영정이 오랜 침묵을 깨고 한마디 던진다.

"참으로 이사다운 결론이구려."

그러고는 또다시 잠시 침묵한다. 이사는 그 뜻을 헤아리느라 정신이 혼미해질 지경이다.

"요가의 작록을 폐하고, 착복한 재물과 뇌물을 모두 국고로 환수한다."

영정은 짧게 한마디하고 자리를 뜬다.

이사는 영정이 나가고도 엎드렸던 자세를 오랫동안 풀지 못한다. 자세를 바로잡고 앉아 둘러보니 다른 대신들도 이미 다 나가고 없었다. 그러고도 그는 한참을 일어나지 못한다. 그는 이 일이 터지면서부터 축객령의 망령에 시달렸다.

빈객 출신 관료는 재상까지 오르더라도 끝이 좋지 못했다. 왕의 총애가 식으면 목숨이 위태로웠고, 자신을 총애하던 왕이 죽어도 생명이 위험한 지경에 이르곤 했다. 그 기세등등했던 상앙이 도망치던 중 국경에서 붙잡혀 와 거열형을 당했고, 3천 식객을 거느리고 호령했던 상국 여불위도 결국 쫓겨나 스스로 독배를 들어야 했다.

'토착 세력, 내부 패거리가 아닌 외인부대는 아무리 많아도 뭉쳐지지 않는 모래와 같은 것이다.'

이사는 싸늘한 대전의 공기를 마시며, 천정 높은 곳을 우러러 본다.

"화병의 꽃이라 …. 뿌리 없는 꽃은 향기가 다하면 그대로 버려지는 것이라. 한비가 그랬지."

혼잣말을 중얼거리던 이사의 머릿속에 문득 차가운 생각 한 줄기가 꽂히며 들어온다.

"한비. 한비라."

그러더니 이내 고개를 흔들며 중얼거린다.

"그 역시 뿌리 없는 화병의 꽃일 뿐. 부질없는 생각이다. 이 나라엔 빈객들을 뿌리 뽑으려는 자들이 그야말로 내(川)를 이룰 정도이거늘 …."

그러곤 일어나 터덜터덜 대전을 나선다.

요가는 연금돼 있는 가옥에서 초조하게 서성이고 있다. 상경 직위로 예우를 받아, 비리 수사가 진행되는 동안 투옥되지 않고, 연금 가옥에 구속된 것이다.

연금 가옥에 어명을 받든 이사와 사법부의 관원들이 들어왔다. 요가는 황망하게 무릎을 꿇고 엎드려 어명을 받는다.

"요가에게서 상경의 직위를 박탈하고, 식읍 1천 호를 회수하며, 착복과 뇌물로 축적한 2천 금을 회수한다."

요가는 어명을 전해 듣고, 허망한 눈빛으로 이사를 바라본다.

이사는 아무런 감정도 담지 않은 채 말한다.

"대왕의 하해와 같은 은혜를 입어 그대는 목숨을 건졌소. 그리고 추방의 명령이 내려지지 않았으니 함양성에 머물러도 좋소."

제7장

난 難

비선 秘線

영정은 푹 가라앉아 있었다. 요가에 대한 조사와 처분을 끝내
고 난 뒤 그는 그저 까라져서 아무 일도 하려고 하지 않았다. 조회
도 건너뛰고 대신들과의 접견도 피했다. 그는 다만 깊은 우울에
빠져 있는 듯 보였다. 영정을 모시는 환관과 궁녀들도 그의 침체
가 이렇게 길게 지속되는 것을 보지 못했다.

"대왕께 한번 들러 주십시오."

한비는 영정의 곁을 지키는 내관이 찾아와 이렇게 부탁하는데
그 내용이 이상하여 되묻는다.

"들러 달라? 들어오라고 명하신 것이 아니고 들러 달라는 것은
무슨 뜻인가? 어찌하여 그리 말하는가?"

"실은 대왕께서 며칠째 시름에 잠기시어 아무것도 하지 않사옵
니다. 저는 대왕께서 함양으로 오신 뒤 줄곧 모시고 있사오나 이
렇게 긴 시름에 잠기신 예는 없었습니다. 그리하여 생각한 끝에

공께서 대전에 드시어 시름을 달래 주실 수 있을 듯하여 ….”

한비의 등줄기로 식은땀이 흐른다. 왕의 기분을 살피는 걸 업으로 삼는 내관들이 시름에 잠긴 왕의 시름을 덜어 줄 사람으로 자신을 지목했다는 데에 놀란 까닭이었다. 왕의 총애는 결코 숨겨지지 않는다. 왕은 남의 눈치를 보지 않고 자신의 감정을 드러내며, 신하들은 모두 왕의 심기를 기민하게 살피기 때문에 결코 총애 받는 자를 놓치는 법이 없다. 그래서 왕은 늘 자신이 총애하는 신하를 위험에 빠뜨린다.

원래 왕 곁에서 너무 멀면 얼어서 죽고, 너무 가까우면 불에 타서 죽는 법. 그러므로 신하의 기술이란 너무 멀지도 너무 가깝지도 않도록 그 거리를 조정하는 것이다.

'게다가 나는 조정에 벼슬도 없는 비선의 책사. 조만간 내가 표적이 되겠구나.'

한비는 팔짱을 낀 채 눈을 감고 짧지만 깊은 생각을 한다.

'원래 왕의 총애를 받는 첩(妾)이 왕을 망칠 수 있는 법. 지금 이 국면은 내 신상에는 불리할 것이나 결코 내 일에는 불리하지 않다. 왕을 망치는 첩 역할만 제대로 할 수 있다면 ….'

그렇잖아도 한비는 요가의 일이 결국 개인 비리를 폭로하고 망신을 주는 것으로 끝난 데에 대단히 실망하고 있었다. 3년 전 외국 출신의 빈객 관료들이 '없던 합종계획'을 만들어 내 정국을 불안케 했다는 논의는 일절 일어나지 않았다. 그래서 그 일이 내분의 혼란으로까지 확산되지는 않고 있었다.

오히려 시전에서 번져 가던 빈객들을 향한 탄핵 분위기는 수그러들고 있었다. 그도 그럴 것이 요가에 대해 발 빠르게 대응한 것은 물론, 그것도 백성들이 통쾌하고도 남음이 있도록 요가를 발가벗겨 내쫓는 수준으로 벌함으로써 대중들이 요가의 천박함을 맘껏 조롱하고 그의 추락을 바라보며 통쾌해하는 것으로 카타르시스를 느끼도록 해주었기 때문이다. 대중들은 이미 요가를 빈털터리로 만들고 망신 준 데에 만족해 이 일에서 관심을 돌리려고 하고 있었다.

그러나 한비는 일의 진행이 여기서 끝나는 것을 바라지 않았다. 한비는 이렇게 마무리되려 하는 데에 초조함을 느꼈다.

'꺼져 가는 불을 다시 일으켜야만 한다. 빈객 관료 전체를 향한 혐오감을 불러일으키고, 외국인 대 내부인의 반목을 만들어 내야 한다.'

그렇잖아도 위험을 무릅쓰고라도 자신이 전면에 나설 결심까지 한 터였다. 한데 지금 영정이 그를 찾고 있다. 다시 한 번 '분란'(紛亂)의 기회가 찾아온 것이다. 한비는 옷매무새를 바로 하고 자리에서 일어선다.

영정은 축 늘어져 있었다. 한비를 맞을 때는 언제나 경쾌 발랄했던 영정이 한비가 방으로 들어가 인사를 할 때에도 희미한 미소만 띨 정도였다.

"대, 대, 대왕께서 펴, 편찮으십니까?"

한비가 늘 그렇듯이 더듬거리며 말문을 떼자 영정은 힘없이 말한다.

"고맙습니다. 사부께서 오시니 좋군요."

"대왕께서 어찌 고맙다는 말씀을 하십니까?"

"아무도 찾아오지 않았는데 사부께서 찾아오시니 어찌 고맙지 않겠습니까?"

한비는 아무 말도 하지 않는다. 영정도 아무 말도 하지 않는다. 두 사람이 앉은 자리는 그렇게 고요하다. 한동안의 시간이 흐르고 영정이 한비를 바라본다. 한비는 다만 무념무상의 표정으로 앉아 있다. 영정은 한비가 자신에게 눈을 돌릴 때까지 다만 바라본다. 한비가 돌아본다. 영정이 말한다.

"몸만 여기 두고 어딘가 다녀오신 듯하군요."

한비가 뭐라 대꾸도 하기 전에 영정은 미소조차 없는 얼굴로 한비에게 말한다.

"사부는 늘 가까이 있어도 멀리 있는 듯하고, 멀리 있으면 또 가까이 있는 듯합니다. 어찌하여 제 곁에 계시면서 늘 정신은 어딘가 돌아다니는 것입니까. 왜 왕인 내게 몰입하지 않습니까? 그것이 불충이라는 걸 모르십니까?"

한비는 허리를 숙여 의례적으로 답변한다.

"황공하옵니다."

영정은 짜증난 표정과 몸짓으로 한비를 향해 쏟아 붓는다.

"아니요, 아닙니다. 그것은 신하들이 하는 대답이지요. 제가 사부께 말씀드렸지요. 사부는 제 신하가 아니라고요. 그러니 그렇게 하지 마세요. 그것도 불충입니다. 아니, 신하가 아니니 불충은 아니군요. 어쨌든 왜 내게서 멀리 계십니까? 신하가 아니라 하니 제게서 멀어져 사부만의 세상 안에 스스로 갇혀서 혼자 즐겨도 된다는 뜻이라 생각하십니까?"

그는 점점 더 역정을 내는 강도가 강해진다. 영정은 자문자답을 해가며 홀로 화를 냈다 달랬다 하고 중구난방으로 말을 쏟아낸다. 한비는 다만 듣고 있다. 홀로 길길이 뛰며 동충서돌(東衝西突)하던 영정이 이윽고 자기 기운에 지쳐 잠잠해진다. 영정은 아직도 눈에서 열기를 확확 뿜으며 한비를 바라본다.

이쯤 되면 다른 신하들은 얼굴이 하얗게 질리고, 바닥에 몸을 붙이고 온몸을 사시나무 떨듯 떨며, '황공하옵니다'만 연발해 더욱 영정의 울화통을 터뜨렸을 것이다. 그러나 한비는 그저 기다렸다. 그렇게 폭주하던 영정이 자리에 털썩 앉아 그를 바라보자 한비는 잔잔하고 온화한 미소를 띠고 고개를 끄덕이며 말한다.

"잘하시었습니다. 그렇게 털어놓으세요. 잘하셨습니다."

그 순간이었다. 영정의 눈에서 뿜어져 나오던 열기가 순식간에 '피시식~' 하고 사라지더니 눈물이 핑 돈다. 한비는 그 눈물을 모른 척한다. 영정에게서 고개를 돌려 자신의 찻잔만 들여다보며 말한다.

"세상에 가장 존귀한 것은 군주이며, 군주의 말을 제외하면 세상엔 귀한 게 없지요. 그런데 무엇을 그리 가슴에 쌓아 두십니까? 그것이 응어리가 되어 가슴에 병증이 되면 어찌하려고 그리하십니까? 참지 말고 말하소서."

순간적으로 영정은 벌떡 일어나 등을 보이고 돌아선다. 그리고는 아무 말도 남기지 않고 자신의 사실로 들어가 버린다.

눈물.

영정이 홀로 사실(私室)로 들어가 맞은 것은 또 한 번의 눈물이었다. 그에게 눈물을 가져오는 이는 오직 한비뿐이었다.

"이게 무슨 일이냐. 이 낯선 것은 왜 내게 들러붙는 것이냐!"

그는 한탄하면서도 눈물을 그칠 수 없다. 그는 침대로 쓰러진다. 흐느낌이 올라온다. 그는 이불을 부여잡고 흐느낌도 맞는다. 눈물과 흐느낌이 몸 밖으로 흘러나가며 문득 한마디가 올라와 혀끝에 매달린다.

"아버지(父親)."

사위가 어둡다. 영정은 두 눈을 뜨며 주위를 돌아본다. 다만 어둡다.

"밖에 있느냐! 어둡다."

이내 내관들이 불씨를 들고 들어와 침상 옆에 불을 밝힌다. 영정은 잠의 뒤끝이 남아 어질어질하다. 문득 생각이 난다.

"사부는 가셨느냐?"

"돌아가라는 영을 내리지 않으셨는데 어찌 가겠습니까?"

영정은 벌떡 일어나 한비를 놔두고 왔던 방으로 간다. 한비는 아까 그 자리에 그대로 무위의 얼굴로 앉아 있다. 영정이 들어가자 한비는 우아하게 일어난다. 영정은 걸어가 그대로 한비에게 안긴다. 키는 한비가 더 컸지만 풍채는 영정이 워낙 단단하였기에 품속으로 뛰어드는 영정은 상상하기 힘든 광경이었다. 한비는 화들짝 놀랐으나 이내 영정의 등을 토닥여 준다.

"이 방에 올 때 사부가 안 계시면 어쩌나 걱정을 하였습니다."

영정은 순간순간 천진무구한 아이와 같은 진정성을 내보이곤 했는데, 그러면 그 모습은 이상할 만큼 사랑스럽고 감동적이었다. 한비는 오랜 수양으로 외면(外面)은 잔잔했으나 본래 감정의 격동이 큰 성정을 타고난 터라 그런 영정과 순식간에 감정의 선(線)이 맞추어지고는 했다. 군주와 신하가 책략에서 맞을 수는 있으나 정서를 맞추는 것은 불가능한 일인데 이 두 사람은 그런 묘하고 독특한 소통이 가능했다.

한비가 영정의 등을 토닥이며 말한다.

"대왕이 명하시지 않았는데 어찌 제가 자리를 뜨겠습니까?"

영정은 한비를 이끌며 말한다.

"배가 고픕니다. 사부, 저와 식사를 하세요."

영정은 음식을 뒤적거리기만 할 뿐 별로 먹지 않는다. 실제로 그는 여전히 식욕이 돌아오지 않은 듯했다. 그러나 한비의 식사가 끝날 때까지 그도 밥상을 물리지 않는다.

술상 앞에서도 영정은 그다지 술을 마시지 않는다. 영정과 한비는 별다른 말없이 그저 함께 앉아 시간을 보낼 뿐이다. 한비가 말한다.

"이런 일은 없었습니다."

영정이 한비에게 묻는다.

"무슨 일 말입니까?"

"제 인생에 이렇게 특별한 용건도 없이 긴 시간을 누군가와 보낸 적이 없었지요. 일이 있으면 사람을 만나고, 그렇지 않으면 늘 혼자였습니다."

영정은 고개를 끄덕인다.

"그렇군요. 저도 그렇습니다. 참으로 사부는 제게 특별한 분인
가 봅니다. 그저 사부와 같은 공간에 앉아 숨 쉬고 있는 것이 좋습
니다."

한비는 고개를 끄덕인다.

"어머니는 저를 낳은 후 그 독이 남아 한 번도 쾌차하지 못하고
일찍 돌아가셨지요. 아버님께서 사랑하는 여인이었는데 저 때문
에 그리 되셨으니 …. 그 후 아버님은 저를 똑바로 쳐다봐 주신 적
이 없지요. 저는 어린 시절 겁쟁이였는데 아버님이 얼마나 무서
운지 뭔가 말씀드릴 때면 말이 제대로 나오지 않아 더듬거렸어
요. 그러면 아버님은 제 말을 끝까지 듣지 않고 그만하라고 명하
셨죠. 그 후로 말하는 건 제게 가장 어려운 일이 되었습니다. 살
면서 지금까지 이렇게 어눌한 제 말을 끝까지 참고 들어주시는 것
뿐 아니라 저와 얘기하기를 즐겨하는 분은 대왕이 처음입니다."

"저는 사부의 말을 모두 알아들으니까요. 유세객들의 번지르르
한 말은 지나고 나면 기억에 남지 않는데, 사부 말씀은 한마디도
기억에 남지 않는 것이 없습니다."

한비는 두 손 모아 영정에게 감사를 표한다. 영정은 말한다.

"모든 아버지는 다 똑같은가 보군요."

"무엇이 똑같다는 말씀이신지요?"

"저도 아홉 살 때 아버지를 뵈었습니다. 그 후 매일 문안 인사
는 드렸는데, 기억에 남는 게 없어요. 제 아버지도 저에게 아무것

도 안 해주었으니까요."

"제후가의 아버지는 다 그런 것이지요. 그럼 아비가 무엇을 하겠습니까?"

"저는 아주 어렸을 때의 기억이 있습니다. 따져보니 세 살 때였더군요. 한단에서 도망칠 때 나는 단단한 품에 안겨 있었습니다. 바깥은 소란스럽고 불온했지만 그 품 안에선 모든 게 안심이 됐었죠. 나를 끝까지 보호해 줄 거라는 믿음이 있었어요. 그런데 그 품은 나를 놓아두고 가버렸어요. 조나라에서 어린 시절을 나면서 나는 핍박받고 어려웠는데, 그럴 때마다 생각했죠. '단단한 품을 가진 아버지가 나를 구하러 오실 거야.' 그렇게요."

한비는 아련한 듯 말한다.

"아버지에게 안겨 본 기억이 있으시군요. 참으로 특별한 기억일 것 같습니다."

영정은 고개를 절레절레 젓고는 침통한 표정으로 말을 잇는다.

"사부, 저는 정말 화가 납니다. 머리로는 이해합니다. 가장 좋은 모양새로 잘 끝냈다는 걸 압니다. 그러나 가슴 속에서 도무지 이 열기와 화증이 가라앉지 않습니다."

한비는 의아한 눈빛으로 영정을 바라본다. 영정은 그 눈빛을 받고는 처연한 눈빛을 보낸다. 그러곤 말한다.

"요가의 일 말씀입니다. 3년 전, 나는 제정신으로 밝은 날을 맞은 적이 하루도 없었지요. 그때 나는 여불위를 겨우 내쫓은 직후였고, 조정은 안정되지 않았어요. 실은 아무에게도 말하지 못했지만 내 마음도 어둡고 추운 곳을 헤매고 있었지요. 여불위는 간

악한 자이나 그자는 단단했지요. 그자가 떠났던 그 무렵, 내가 알
게 된 것은 왕인 내가 그자에게 얼마나 많이 기대고 있었는지 하
는 거였죠. 그것만으로도 화가 났습니다. 누군가 눈치챌까 두려
웠지요. 4개 제후국이 합종하여 쳐들어온다는데 나는 도무지 방
법을 모르겠어요. 그때 무슨 생각이 들었는지 아세요?"

"모르겠습니다."

"여불위를 떠올렸죠. 분명 여불위는 내가 걱정하기도 전에 해
결했을 텐데, 이런 생각을요. 치욕스러운 나날이었어요. 그때 요
가와 이사가 4개 제후국 합종 운운했죠. 그때 나는 겁을 먹었어
요. 여불위 없는 조정은 오합지졸 같았고, 체계는 엉망이었고,
믿을 데라곤 없었어요. 그렇게 내 자신이 치욕스러운 그 순간에
그런 일이 있었고, 나는 허둥대며 그 정보를 믿었고, 어리석게도
속은 것이지요."

한비는 깊은 눈으로 영정을 바라본다. 영정은 그 눈빛에 홀린
듯 계속 말한다.

"그들이 나를 읽고 있었어요. 나의 약점을 잡고 자기 뱃속을 채
운 거죠. 정말 역겨워. 빈객이라는 것들이 무슨 공실에 충성심이
있으며, 자신에게 이익이 되지 않는 나의 이익에 봉사하겠습니
까. 그래요. 나는 그때도 분명 알았어요. 그래서 다 내쫓아 버렸
죠. 지긋지긋했어요. 다 알고 있었지만 그래도 그들을 다시 쓸 수
밖에 없더군요. 내가 왕이기에. 왕이 아니라면 나는 결코 그런 자
들과 사교할 생각이 없어요. 좀벌레 같은 것들이죠."

한비는 고개를 끄덕이며 말한다.

"좀벌레들이지요. 홀로 아무것도 할 수 없으면서 제후에게 빌붙어 제 배를 채우는 데 혈안이 된 자들. 어느 제후가인들 그런 좀벌레들의 기승에 온전하리까."

"알고 있으나 벌할 수 없지요. 선생님께서 말씀하지 않으셨습니까. '군주는 결코 속마음을 들켜서는 안 된다'고 말입니다. 어찌됐든 그들을 활용해야 나는 제업을 이룰 것이니까요."

한비의 얼굴이 돌연 굳는다. 영정은 말을 멈춘다. 그는 날카로운 눈으로 한비에게 묻는다.

"어찌 그러십니까?"

한비는 예의 더듬거리는 투로 말한다.

"대왕께서 제게 주시는 신임에 감읍하여 그렇습니다. 그런 말씀까지 숨김없이 말씀해 주시니 ···."

영정은 다시 얼굴을 푼다.

"사부께서 제게 가슴에 응어리를 남기지 말고 다 말하라고 하지 않으셨습니까? 그러나 저는 말할 사람이 없습니다. 내 신하들 앞에선 이런 게 말이 되어 나오지 않지요. 그런데 이상하군요. 왜 나는 사부께만 이렇게 많은 이야기를 하는 것인지."

한비는 엎드려 말한다.

"혹 제가 한 말씀 올려도 되겠습니까?"

"예. 말씀해 주십시오."

"왕이 신하를 제어하는 도구는 형(刑)과 덕(德), 즉 형벌과 포상이라는 두 개의 칼자루뿐입니다. 군주의 상과 벌은 분명해야 합니다. 사정에 따라 상벌이 어긋나기 시작하면 신하들은 왕을 시험합니다. 당장은 시류에 따르는 것이나 장차는 그것이 화가 되어 왕을 압박하는 요인이 될 수 있습니다. 요가의 죄상은 명백합니다. 그는 빈객들과 작당하여 실제로는 있지도 않았던 합종계획을 만들어 조정을 겁박했고, 이를 빌미로 많은 재물을 착복하였으며, 대왕의 권세를 이용하여 다른 나라 제후들과 사교하며 자신의 이익만 추구하였습니다. 이번에 착복과 뇌물의 죄는 다스렸으나 더 큰 죄, 조정을 겁박한 죄를 다스리지 않았으므로 간사한 자들이 이를 본받아 비슷한 일을 도모하지 않을까 염려되옵니다."

영정은 미간을 확 찌푸린다.

"제 화의 근원도 그 때문입니다. 그러나 그 일은 재론할 수 없습니다. 이사가 앞장섰으며, 너무 많은 빈객들이 가담하였고, 내가 결정했던 일이니까요. 지금은 전시이고 ⋯."

한비는 고개를 끄덕이며 덧붙인다.

"이사는 인재이지요."

영정은 다시 미간을 찌푸린다.

"일전에 사부께서 말씀하셨죠. '원래 신하란 비유하자면 손과 같아서, 위로는 머리를 가다듬고 아래로는 발을 씻는다. 춥거나 더울 때는 그 고통을 피하기 위해 손이 분주히 움직이고, 칼이 몸에 닥치면 곧바로 손으로 맞받아 싸우는 것이다.'

이사는 그야말로 손과 같은 자이지요."

의심

영정은 다시 조회를 열고, 대신들을 불러 모아 열정적으로 일하기 시작했다. 보리를 수확한 후 본격적으로 조나라 원정에 나설 참이었다. 영정은 겉으로는 달라진 게 없어 보였다. 그러나 왕의 심기에 누구보다 민감한 신하들은 영정의 마음에 뭔가 이상이 있음을 직감했다.

이사는 매일 살얼음판을 걷는 기분이었다. 영정은 예사로이 이사를 대하는 듯했으나 실은 예사롭지 않았다. 보이지 않는 장막이 그들 사이에 쳐진 감각. 불신의 기운이 느껴졌다.

'이 이상한 느낌의 정체는 무엇일까?'

'왠지 낯설지가 않다.'

이사는 조회가 끝나고 그 낯설지 않은 감각의 정체를 쫓아 기억을 더듬는다. 드디어 생각났다.

'축객령! 그래, 축객령이 내리기 직전에 이런 느낌이 있었다.'

이사는 마음이 불안해 일이 손에 잡히지 않았다. 이때 몇몇 빈객 출신 관료들이 이사를 찾아왔다.

"대왕의 심기에 변화가 있는 것 같지 않습니까?"

군량조달 업무를 하는 빈객 출신 관리는 이사에게 넌지시 물었다. 이사는 태연한 표정을 지으며 말한다.

"무슨 말씀이오?"

"달라지셨습니다. 요가의 일이 있고 난 후 아무래도 빈객 출신 관리들을 의심하는 듯합니다."

이사는 화들짝 놀란다. 이미 느낌은 전염되고 있었다. 축객령을 경험했기에 그들은 더욱 민감하게 반응하고 있었다. 그는 조용히 빈객 출신 관료들에게 말한다.

"이런 말은 절대로 입 밖에 내서는 안 됩니다. 이렇게 내게 몰려오지도 마세요."

"시중에 나도는 소문을 아십니까? 대왕께서 조나라 출신 빈객 관리들의 협잡과 착복비리를 이미 수중에 갖고 계시나 조나라 출병을 앞두고 있어 문책하지 않는다는 말이 퍼지고 있습니다. 또 전투가 끝나면 빈객 출신 관리들을 단체로 손볼 거라고요. 이미 군중(軍中)도 동요하고 있습니다. 모두 축객령의 망령을 느끼고 있습니다. 이번 전투에 앞장설 환기 장군도 진나라에 뿌리가 없는 객장(客將) 출신 장수입니다. 객장들은 이번에 대승하지 못하면 내쳐질 것이라는 두려움에 떨고 있어요."

이사는 강하게 부정한다.

"그런 일은 없습니다. 괜한 말로 전투를 앞둔 군심(軍心)을 어지럽혀서는 안 됩니다."

군중(軍中)의 동요는 작은 일이 아니었다. 그러나 이사도 누구도 영정에게 이런 사실을 아뢸 수는 없었다.

'왕은 빈객들을 의심하고 있다. 나를 의심하고 있다. 그러나 전쟁을 위해 참고 있을 뿐이다. 그는 내색하지 않는 척하지만 참는 기운이 너무 강한 나머지 누구나 눈치를 채고 있다. 왕 자신만 모를 뿐.'

이사는 이 상태로는 전쟁에서 승리하기 어렵다는 계산이 이미 섰다.

'조정을 의심하는 마음으로 출병한 군인들은 승리할 수 없다. 울료 선생도 전쟁의 승패는 조정에서 결판이 난다고 했다. 이미 군은 왕의 변심을 눈치챘고, 각자 살길을 도모하기 시작했다. 이런 군이 어찌 이길 수 있을까.'

그렇다면 승리하기 위해선? 이사는 어떤 조치가 필요한지도 대략 계산이 선다.

'왕의 마음이 하나로 모아져야 한다. 왕의 마음이 어지러운 것은 요가의 일 때문이다. 이번 일은 요가의 비리를 처벌함으로써 끝났지만 왕에게는 여전히 강한 의심이 남아 있다. 왕은 3년 전, 나와 빈객들이 자신을 속였다고 생각한다. 그러나 전쟁을 위해 외견상 그 부분은 덮고, 내면에 의심을 키우고 있는 것이다. 차라리 이를 공론화하고 일을 명백히 밝혀 벌줄 자는 벌을 주었다면 전쟁을 앞둔 진나라 군영의 마음이 이렇게 흐트러지지는 않았을 것이다.'

이사는 해답을 찾아낸다. 그러나 말하지 않는다. 그 부분이 건드려지면 그 자신 역시 혐의를 받게 될 것이기 때문이다.

'이번에는 조나라에 패할 수도 있다. 그러나 진나라는 여전히 강대국. 내 신상을 위태롭게 할 만큼 기울지는 않을 것이다. 오히려 혼돈 속에서 새로운 기회가 열릴지도 모른다. 나는 온전하리라. 그러니 굳이 나서서 진나라 승리를 위해 나의 위험을 감내할 필요는 없다. 내가 위협받느니 한 번 전쟁에서 패하는 것이 나을

수도 있다.'

이사는 이번 상황에 대한 예측과 계산을 모두 끝내고, 자신을 위한 해결책까지 도출해 보니 '입을 다무는 게 상책'이라는 결론에 도달한다. 툴툴 털어 버리듯 혼잣말을 한다.

"그래. 잠시 쉬자. 어차피 애써 봐야 안 될 일은 안 된다. 이런 때 나대다가는 오히려 뒤통수를 맞을지도 모른다."

이사는 이렇게 결정하고, 그동안 마음 졸이며 영정의 눈치를 살피느라 미뤄 두었던 일들을 살피기 위해 눈을 돌린다. 그는 잔뜩 쌓인 죽간통을 끌어당긴다. 한비와 영정의 동태를 살피느라 매수해 둔 내관이 빼돌린 죽간들을 담은 통이다.

한비는 말이 어눌하다 보니 왕과 필담을 나누는 일이 많았다. 대개 이런 필담은 한비가 영정을 교육하기 위한 고담준론이 주를 이루었다. 그런 글들은 꽤 도움이 되었다. 한비의 강연이 끝나고 나면 영정은 조금씩 말과 행동이 달라지곤 했다. 이사는 이런 강연록을 읽음으로써 왕의 변화가 어디에서 기인한 것인지 알 수 있었다. 그래서 이런 글들을 좇아 행동하면 영정은 이사를 높이 평가하곤 했다.

이사는 한비가 영정의 정신세계에 지대한 영향을 미친다는 사실을 알게 되었고, 한비의 글들을 이용해 자신이 영정의 신임을 받는 방법도 알게 되었다. 그래서 한비의 필담 자료는 하나도 빼놓지 않고 필사해 달라고 내관을 매수해 두었던 것이다. 이사는 여느 때처럼 별생각 없이 죽간 하나를 집어 든다. 그러곤 화들짝 놀라며 얼음처럼 굳어 버린다.

군주의 총애를 팔아 제멋대로 권세를 부리고 외국 사정을 거짓으로 꾸며 국내를 위압하며 화복과 이해득실이 되는 정황을 비틀어 말해 군주가 좋아하고 싫어하는 정서에 영합하는 자는 어느 나라 조정에나 들끓습니다. 군주는 그것을 받아들이면 그가 계획하는 일을 도와주려고 합니다. 한데 일이 실패하면 그 피해의 반은 군주와 나누어지지만 성공하면 신하가 그것을 독차지하게 되지요. 그것이 이치입니다. 또 그런 신하의 성공은 왕도 추어주기 때문에 권신들도 입을 똑같이 맞추어 그를 칭찬하게 마련입니다. 그러니 누가 감히 앞에 나서서 그의 죄악을 말하리까. 누군가 그 죄악을 말한다 하더라도 반드시 믿기지 않을 수 있으니 입을 다물고 있는 것입니다.

이사는 다른 것들도 모두 헤치며 차례로 읽는다. 평범한 강의 내용은 던져 버리고, 계속 찾아 들어간다. 또 하나의 죽간에서 멈춘다.

용서하십시오. 알고 있었나이다. 한나라에도 요가의 평판은 알려져 있었으니. 그러나 저는 한나라의 사신. 제가 말했다면 의심하지 않으셨겠습니까? 의심을 받을 만한 위치에서 위험한 진실을 말하는 것은 어리석은 일입니다. 말했다가 의심받게 되면 진실은 묻히고, 그 진실은 이후에도 의심받게 되어 진실하지 못한 것들이 그 자리에 들어앉게 되지요. 그러면 사태만 망하는 길로 끌고 나갑니다.
　요가만 해도 그렇습니다. 인간의 본성은 별로 크게 변하지 않지요. 요가는 위나라에서 미천한 문지기 아들로 태어나 소년기부터 좀도둑질로 잔뼈가 굵었고, 오죽하면 위나라가 더 이상 관용하지 못하고 소년을 내쫓았겠습니까? 그 후 유세를 배워 이 나라 저 나라 떠돌며 유세를 했고, 명성도

얻었으나 횡령과 착복의 습성은 고쳐지지 않았던 것 같습니다. 조나라에
서도 결국 횡령과 착복이 문제가 되어 쫓겨날 지경에 이르렀을 때 진나라
로 온 것으로 알고 있습니다.

이사는 죽간을 털썩 내려놓는다. 그의 머릿속에 의심 하나가
자리 잡는다.
'이번 요가로 인한 분란의 배후에 한비가 있는 게 아닐까?'

출병 出兵

싸늘한 기운이 남아 있는 초봄에 환기 장군의 2차 원정이 시작
됐다. 환기 장군은 상당군에서 태행산(太行山)을 넘어 조나라로
쳐들어갔다. 다시 함양성은 전시 체제로 돌입했다. 요가의 비리
문제에서 시작돼 겨우내 지루하게 끌었던 외국인들에 대한 혐오
감은 일단 수면 아래로 가라앉은 듯 보였다.
영정은 원정군의 보급상황을 일일이 챙기고, 전시의 백성들을
다독이는 등 그 어느 때보다도 열정적으로 전쟁에 임했다. 그는
이번 전쟁에서 승리를 굳히고 조나라를 제압해 제후국들끼리 서
로 돌보지 못하도록 한 뒤 한나라와 위나라부터 차례로 꺾을 생각
이었다. 그렇게 하루 빨리 6국을 아우르기 위해 마음이 바빴다.
환기의 부대는 평양(平陽)·무성(武城)·의안(宜安)을 차례로
평정했다는 장계를 올렸다. 진나라 군대는 파죽지세로 조나라를

몰아붙였다. 이제 곧 한단을 포위하고, 조왕 천(遷)을 잡으면 전쟁이 끝날 참이었다.

한데 이 무렵 돈약이 긴급한 서찰을 영정에게 보냈다. 서찰의 내용은 짧았으나 다급했다.

조왕이 북부 국경지대에서 이목 장군을 불러들였습니다. 그는 과거 장평에서 진나라를 애먹였던 염파 장군에 버금가는 인물입니다. 이목 장군은 군사로 치기에는 버거운 상대입니다. 작전에 만전을 기하셔야 합니다. 조왕이 스스로 이목을 제거하도록 할 방안을 강구하여야 합니다. 이것은 다소 긴 계획이 될 것이옵니다.

영정은 대신들을 소집하고 회의를 연다.

"조왕이 장군 이목을 이번 전투에 투입한다는 정보가 올라왔소. 이목이라는 자가 우리 진군이 두려워할 만한 자인가?"

대장군 왕전이 말한다.

"이목 장군은 과거 조나라의 염파 장군이나 장평전투에서 우리 진나라의 승리를 이끌었던 백기 장군과 견줄 만한 장수입니다. 현재 6국에 현존하는 장수 중에서 가장 지략이 뛰어나고 부하들의 신망이 높은 장군입니다. 우리가 넘어야 할 가장 강력한 인물임은 틀림없사옵니다."

영정은 인상을 확 찌푸린다. 진나라 사람들이면 누구나 갖고 있는 조나라 장군 염파에 대한 알러지 반응이었다. 30여 년 전 장평전투 당시 자칫 진나라군을 궤멸시킬 뻔했던 장수가 바로 염파였기 때문이다. 염파는 당시 장평에 군량미를 쌓아 놓은 미산(米山)을 꿰차고 앉아 지리한 장기 소모전으로 진나라 군대의 기운을 빼고 있었다.

당시 전투에 강한 진나라 군사들도 염파의 소모전에 말려 이러지도 저러지도 못하고 애를 먹었다. 염파는 미산의 풍부한 쌀로 군사들을 배불리 먹이며 직접 전투를 벌이지 않고, 때때로 진나라 수송로를 끊는 작전으로 진나라 군사들을 고사시켜 가고 있었다. 진나라 군대는 싸움도 못 해보고 굶어 죽어 갔다. 진나라는 염파를 당해 내지 못했다. 오로지 염파를 모함하는 반간계(反間計)만이 유일한 방책이었다.

당시 조나라 왕이 조금만 총기가 있어 이 반간계에 넘어가지 않았다면 장평의 전투가 진나라의 승리로 끝났다는 보장이 없었다. 그러나 진나라에는 천행으로 조나라 왕은 어리석은 자였다. 장수는 적 앞에 나가 목숨을 걸고 호쾌하게 싸워야 하는 줄만 아는 어린애 같은 전략밖에 모르는 자였다. 그러니 염파의 소모전과 같은 장구한 계획에 대해 넌더리를 내며 염파를 미워했다. 원래 무능력한 왕은 충신과 능력 있는 신하들을 미워하고 두려워하는 법이다. 그래서 그런 왕들은 적군보다 충신과 능력 있는 신하들을 먼저 죽인다.

그리하여 조왕이 적당한 때에 염파를 내쫓아 주고 진나라가 원하는 상대, 입만 살아 있는 탁상공론(卓上空論)의 조괄을 대장으로 삼아 주었다. 그 덕분에 진나라가 겨우 이길 수 있었다. 결국 염파 이후의 장평전투에선 역사상 가장 잔혹했고 진나라 역사에서도 유례없이 강했던 백기 장군이 조나라 병력의 절반이 넘는 45만 군사를 생매장하면서 조나라의 근간을 흔들어 버렸다. 하지만 그 싸움의 이면에선 진나라도 염파 때문에 입은 손실로 한단까지 쇄도하지 못한 뼈아픈 기억도 가지고 있었다.

그런데 또 염파 같은 자가 있다니 영정은 못마땅하고 못마땅하다. 영정은 잔뜩 짜증스러운 목소리로 말한다.

"내 일전에도 이목이라는 자에 대해 듣기는 했소. 흉노족을 평정하여 조나라 북부 국경을 안정시켰다는 것인데, 그렇다고 해서 그자가 우리 진나라 군대의 상대가 된다는 법은 없소."

울료가 머리를 절레절레 흔들며 말한다.

"전쟁은 장군, 즉 지도자가 하는 것입니다. 이목 장군이 장군으로서의 실력만 빼어나다면 모르겠으나, 그는 인품까지 훌륭하여 병사들의 믿음을 받고 있습니다. 쉽지 않습니다."

영정이 다시 묻는다.

"조나라 군사들은 이미 오합지졸이오. 장수 한 명이 훌륭해 본들 어찌 우리의 강한 진나라 군대를 대적하겠소?"

울료가 말한다.

"이목은 부하와 병사를 진정으로 아꼈습니다. 그는 황량한 북부 국경에서 매일 소를 잡아 병사들을 먹였고, 병사들에게 손수 궁술, 기마술을 가르쳤습니다. 그리고 상도 많이 주었습니다. 아껴주고 사랑하고 상을 주니 어찌 병사들이 따르지 않겠습니까.

이목은 때를 고르고 기다릴 줄 압니다. 그는 흉노족을 상대함에 있어 방어만 했습니다. 결코 나가 싸우지 않고 몇 년을 버텼습니다. 과거 조왕이 이런 이목을 참지 못해 그를 파면하고 다른 장군을 보냈습니다. 그 후 흉노족과 결전을 벌여 참담하게 패했습니다. 결국 조왕이 그를 다시 불렀을 때, 이목은 '저를 쓰시려면 제가 하는 원칙 그대로 놔두십시오'라고 청했고, 왕이 이를 받아들여 다시 국경으로 갔습니다. 그리고 또 몇 년을 부하들을 아끼고 돌보는 한편 수비만 하면서 때를 기다렸습니다. 병사들이 나가 싸우고 싶어 안달할 지경이 되었을 때 그는 강온(强穩)의 전략으로 흉노족에게 맞서 단기간엔 회복할 수 없는 타격을 입혔습니다. 그 후 10여 년 동안 흉노족이 조나라 국경 근처에 얼씬하지 못한 것은 바로 이 한 차례의 전투로 인한 것입니다. 그는 한 번의 전투로 10여 년간 상대를 움직이지 못하도록 꽁꽁 묶을 수 있는 대단히 효율적이고 파괴적인 전투를 할 줄 압니다.

이목은 여기에서 보듯 공격술 역시 대단히 뛰어납니다. 그는 듣도 보도 못한 새로운 진법을 구사하며 적을 혼란에 빠뜨리고, 그대로 격파하면 단기엔 회복할 수 없는 타격을 입히는 능력을 가졌습니다. 몇 년 전 조나라가 연나라를 침공할 당시 이목을 앞세워 두 개 현을 점령할 수 있었던 것도 그가 얼마나 단기에 승기를 잡을 수 있는지 보여 줍니다. 이목을 간단하게 보지 마시옵소서."

영정의 얼굴이 심각해진다. 영정은 울료를 보며 말한다.

"여차하면 왕전 대장군을 전장에 교체 투입하는 것도 고려해 봐야겠군요."

울료가 대답한다.

"이목이 나섰다면 누군들 그를 대적하기는 쉽지 않습니다. 조왕 스스로 이목의 목을 치도록 하는 것이 상책입니다. 서둘러 조왕과 이목을 이간하는 반간계를 시행해야 합니다."

영정은 고개를 끄덕인다.

"이미 돈약이 반간계의 방책을 모색하고 있소."

그러나 이 순간 '이목 효과'는 전선을 휩쓸고 있었다. 진나라 조정에서 이목을 상대할 대응책 모색에 한창인데 이미 장군 이목은 조나라에 진군해 들어온 진나라 군사들을 쓸어 내고 있었다.

전선에서 다급한 파발이 도착했다.

"저희 군대가 패퇴하고 있나이다."

영정이 소리를 버럭 지른다.

"내가 퇴각을 명하지 않았는데 어찌하여 후퇴한다는 것이냐?"

그러나 뒤이어 전황을 묻기도 전에 두 번째 파발이 도착한다.

"진나라 군대는 궤멸되었고, 환기 장군과 장수들은 찾을 길이 없나이다. 진나라 군사들은 뿔뿔이 흩어져 도망치고 있고, 조나라 군사들이 악귀처럼 따라붙어 살육하고 있나이다."

영정은 화도 내지 않고 오히려 조용히 묻는다.

"뭐라? 후퇴하는 것이 아니라 살육당하고 있다는 것이냐? 내 병사들이 조군에게 살육을 당한다? 그런데 장군과 장수들이 없다?"

영정은 모든 판단이 멈춘 사람처럼 그저 멍하니 앉아 있다. 속속 들려오는 소식은 참담하기 이를 데 없다. 패배라기보다는 참사였다. 영정이 할 수 있는 일은 원정을 지원할 후군을 파견하는 것이 아니라 패군 수습을 위해 수습부대를 보내는 것이었다.

이 과정에서 원정 대장이었던 환기 장군과 많은 장수들이 문책을 두려워하여 연나라로 망명해 버렸고, 지도자를 잃은 병사들은 살육당하거나 항복했다. 10만의 원정부대는 먼지처럼 사라졌고, 수습부대는 도처에 널린 진군(秦軍)의 시체를 큰 구덩이를 파고 합장하는 일만 했다. 수습한 병사는 몇 되지 않았다.

함양성엔 조기(弔旗)가 올라가고, 곡소리가 하늘 아래를 뒤덮었다.

이사와 요가의 반격

이사는 며칠째 부중에 처박혀 두문불출하고 있었다. 지옥이 되어 버린 조나라의 2차 원정 후, 진나라 조정 역시 움직이지 않고 있었다. 슬픔으로 인해 아직은 표출되지 않고 있는 진나라 백성과 귀족들의 분노가 터지기 시작하면 그 불똥이 어디로 튈지 가늠할 수 없었다.

특히 이번에 연나라로 망명한 장수들은 대부분 외국 출신이었다. 이미 겨울부터 요가 문제로 인해 외국인 빈객들에 대한 불신이 드높았다는 점에서 이번 원정 실패의 분노가 다시 빈객들에게 튈 수 있는 상황도 충분히 예견할 만했다.

'여차하면 백성들의 분노를 처리할 희생양을 만들어야 한다.'

이것이 그가 이 난국에 자신을 보존하기 위해 짜낸 계책이었

다. 그러나 그는 다만 원칙론적 계책을 마련했을 뿐 선뜻 실행방
법을 구상하지 못하고 있었다. 지금 들끓는 분노의 규모라면 희
생양의 위치와 크기도 그에 걸맞아야 했다. 그가 이 계책을 생각
하면서 떠올릴 수 있는 이름은 단 하나뿐이었다.

'한비.'

이사는 머리를 흔들어 생각을 쫓는다.

'차마…….'

마음 한구석에서 올라오는 목소리는 강력하지는 않았으나 무시
할 만한 정도도 아니었다.

'차마…….'

그러나 그의 탁월한 머리에서는 이미 이번 사태의 분석과 앞으
로의 전개 양상, 이를 타개할 시나리오가 그려지고 있었다. 그는
지금의 사태를 객관적으로 묘사해 보고, 대안들을 정리한다.

- 지금 진나라 사람들은 외국인 출신의 관리와 장수들이 진나라의 전쟁을
  망쳤다고 생각한다.
- 요가와 객장 출신 장수들을 향한 혐오와 원망이 깊다.
- 이성을 잃은 그들은 또 한 번의 축객령을 요구할 태세다.
- 벌써부터 움직임이 나타나고 있다.
- 이를 타개할 대책은 무엇인가?
  이를 반전시키기 위해선 누군가 진나라와 외국인 출신 관리들을 이간했
  다는 증거를 들이대고 그를 희생양으로 삼아야 한다. 외부의 적을 끌어
  들임으로써 외국인 관료를 포함해 진나라가 다시 하나로 뭉칠 수 있는
  계기를 마련해야 한다.

∘ 희생양에 적합한 인물, 그는 누구인가?

자잘한 희생양 여럿으로는 진정이 안 된다. 이런 태풍 같은 분노에 던져 줄 희생양은 그 정도의 파급력이 있는 인물이어야 한다.

이사는 오랜만에 고민을 한다.

'차마 ….'

오로지 한비 이름만이 반복적으로 떠오르자, 그는 계속 '차마'를 중얼거린다. 그러나 그 말은 혀끝에서만 맴돌 뿐, 가슴 깊숙한 곳에서 우러나오지는 않았다. 다만 얕은 동정 정도였을 뿐이다.

'곡절 없이 지나갈 수도 있다. 나도 한비도 무사하게 지나갈 수 있겠지. 그러나 ….'

이사의 가슴 깊은 곳에선 혹시 일어날지 모를 파국을 극복하기 위해 어떻게 한비를 옭아맬 것인지에 대한 구상이 기계적으로 돌아가고 있었다.

조용한 부중에 방문객이 찾아왔다. 요가였다.

"영감의 목전에도 칼이 서 있는 걸 아십니까?"

요가의 첫마디였다. 이사는 고개를 끄덕인다.

"어찌 모르겠소."

요가는 이사 앞으로 얼굴을 바짝 들이대며 속삭이듯 말한다.

"영감의 통찰력과 정보력이라면 이번 출정 이전에 진나라의 패배를 이미 예상하셨을 겁니다."

이사는 정색을 하고 앉으며 주변을 돌아본 뒤 나직이 말한다.

"무슨 소리입니까. 우리 전력으로 오합지졸이 된 조나라 병사들에게 제압당할 거라고 누가 상상이라도 했겠습니까? 전쟁도 사람이 하는 일이다 보니 이런 일이 생기는군요."

요가는 입꼬리를 올리며 비웃듯 말한다.

"이미 이목 장군의 출정은 예상된 일이었고, 제 탄핵 정국으로 객장과 외인들로 구성된 환기 장군 원정대의 군심이 흐트러져 있었던 것을 눈치채지 못했다면 영감은 옷을 벗을 때가 되셨군요."

이사의 얼굴이 벌겋게 달아오른다. 하지만 요가는 개의치 않고 말한다.

"알면서도 이번 출정의 위험성을 고하지 않은 것은 영감의 안위를 고려했기 때문이었을 터. 영감처럼 눈치 빠른 분이 대왕의 심중에서 빈객들에 대한 의심이 자라는 것을 모르지 않았을 것이니 오히려 불길할 말로 심중을 어지럽히다 괘씸죄까지 얻지 않으려고 침묵하셨을 테지요."

이사는 큰 기침을 하며, 불쾌한 얼굴로 말한다.

"무슨 소리요. 그런 모함을 하려거든 어서 가시오."

그러나 요가는 느긋하게 말한다.

"제가 한가해서 모함하려 이곳에 왔겠습니까? 입을 다무신 건 아주 잘하신 일입니다. 무엇하러 하찮은 충성심을 앞세워 내 신상을 위태롭게 하겠습니까? 영감이나 저나 같은 처지. 함께 살 길을 도모하기 위해서 뵈러 온 게지요."

"함께 살 길을?"

"제가 대왕을 만날 수 있도록 주선해 주십시오."

"대왕을 만나 뭘 어쩌려고요?"

"조나라 이목을 무너뜨릴 계책을 낼 것입니다."

이사는 얼굴이 어두워진다. 요가가 반문한다.

"제가 계책을 내겠다는데 왜 얼굴이 어두워지십니까?"

"그것이 …. 요즘 대왕이 나를 대하는 태도가 예전 같지 않아 조심하는 중이어서 …."

"제가 말씀드리지 않았습니까. 지금 영감의 목전에도 칼날이 겨누어져 있다고요. 죽음을 코앞에 둔 사람은 사생결단으로 덤벼야지 작은 은혜를 바라선 안 됩니다. 저를 믿고 일단 주선해 주십시오. 그리하여 함께 살 길을 도모하도록 하지요."

요가가 대전으로 들었을 때, 영정은 옆으로 돌아앉아 옆얼굴로 요가를 맞았다. 그러나 요가는 결코 주눅 들지 않았다.

밑바닥부터 산전수전 겪으며 제후의 돈에도 손을 대는 담력을 가진 그가 이 정도에 기가 죽을 리 없었다. 그는 평정심을 유지하며 큰절을 올리고 바닥에 바짝 엎드려 말한다.

"죄인의 몸이오나 오늘날 사태가 이 지경에 이르고 보니 대왕께서 제게 죽음을 내리신다 해도 이 자리에 아니 나올 수 없었나이다. 제가 진나라로 오기 전, 녹을 받아먹던 곳이 조나라이옵고, 그렇다 보니 누구보다 조나라 왕과 신하들의 성정을 잘 알고 있는 터라 다시 개전(開戰)을 한다면 반드시 이길 계책이 있는데, 아뢰지 않는 것은 저의 충(忠)과 정(情)에 어긋나는 일이기에 아뢸까 하나이다. 저의 충정을 받으시고 마뜩치 않으니 죽으라고 명하시면 죽음을 받겠나이다."

영정은 옆얼굴로 말한다.

"말하라."

"반간계를 쓰소서. 이목은 무력으로 상대할 수 있는 장수가 아니옵니다. 이목이 지키는 조나라로 쳐들어가려면 지금부터 3~4년을 준비하소서. 그 사이 반간계를 완성할 수 있나이다."

"이미 작업에 들어갔다. 그리고 그런 꾀라면 모두가 알고 있는 것. 그걸 계책이라고 나를 만나러 왔는가?"

"반간계의 계책을 낼 수는 있으나 구체적으로 누구를 어떻게 활용해 계책을 완성해야 하는지는 매우 조심스러운 과정입니다. 반간계는 모의를 의심만 받아도 실패하는 계책이옵니다. 그러므로 빈틈이 없어야 하고, 완벽해야 하나이다. 그리고 오직 반간계가 통할 빈틈을 정확히 공략하지 않으면 결코 먹히지 않나이다. 제가 그 틈을 정확히 알고 있사오니 아뢰려 하는 것입니다."

영정이 돌아앉는다. 그는 요가를 잠시 뚫어지게 바라본다. 그리고 좀 전보다는 진지한 태도로 말한다.

"들어 보겠다."

"이간(離間)도 그 재주를 타고난 자가 있사옵니다. 이간으로 일가를 이룬 자여야만이 실수 없이 조나라를 망칠 수 있을 것이옵니다. 이런 점에서 이미 이간으로는 도통한 인물이 아직 조왕 옆에 붙어 말깨나 하고 있습니다. 그는 이미 조왕 천이 우리 진나라를 염려해 위나라로 도망친 염파를 불러오려고 했을 때, 염파를 모함해 결국 염파를 다시 등용하려는 계획을 좌절시켰고, 이로써 서쪽 국경을 지키기 위한 아무런 방책도 세울 수 없게 한 인물이옵니다. 그자를 이용해 이간할 방도, 그자를 포섭할 방법을 제가 알고 있사옵니다."

"그자가 누구인가?"

"곽개(郭開)이옵니다. 조왕 천의 총신이옵니다."

"조왕 천이 염파를 다시 불러오려고 했을 때 모함한 것도 우리가 이간책을 써서 개입했던 것인가?"

"그럴 필요가 없었나이다. 간신일수록 실력 있고 충성심 있는 명신들을 알아보는 신기한 재주를 타고나는데, 그들의 관심은 오직 이런 명신들을 죽여 왕 앞에 서지 못하도록 하는 것이므로 누가 시키지 않았어도 스스로 자행한 일이옵니다.

아시는 대로 염파 장군은 연나라가 조나라로 쳐들어왔을 때 나아가 싸워 연군을 대파하였습니다. 연나라는 5개 성을 조나라에 바치며 화의를 청해 전쟁은 조나라의 승리로 끝났습니다. 그 후 염파는 신평군(信平君)에 봉해지고 상국이 되었는데, 도양왕(悼襄王)이 왕위에 오르자 염파 대신 악승(樂乘)을 대장군으로 삼았습니다. 이에 화가 난 염파가 악승을 치고 위나라로 도망을 갔습니다. 그리고 그곳에서도 기력이 남달라 나이 80에도 쌀밥 한 말과 고기 열 근을 먹으며 예전과 다름없는 위용을 보였습니다. 조왕 천은 왕위에 오른 뒤 진나라를 걱정해 염파를 다시 불러오려고 사자를 보내 근황을 살펴보게 하였습니다. 한데 염파를 못마땅하게 생각하던 곽개가 먼저 사자를 불렀습니다. 염파의 기력이 여전하다는 얘기를 듣고, 곽개는 사자에게 뇌물을 주어 염파가 늙어 쓸모가 없어진 것처럼 말하도록 하였습니다. 그래서 다시 염파를 부르려던 왕의 의지를 가라앉히고, 왕의 부름만 기다리던 염파는 위나라에서 쓸쓸히 죽게 된 것입니다.

이목 장군의 명성이 올라갈수록 곽개는 가만히 두어도 반드시 이목을 모함할 것입니다. 그러나 이목의 일은 워낙 급한지라 곽개의 모함을 앞당길 필요가 있습니다. 옆에서 이목이 곽개의 안위에 얼마나 거치적거리는 인물인지 상기시켜 주고, 그의 눈이 뒤집힐 만큼의 금품만 쥐어 준다면 어찌 신명나게 모함하지 않으리까."

"그자를 어찌 포섭해야 하는가?"

"뇌물을 두 군데로 써야 합니다."

"두 군데라?"

"예. 지금은 진나라와 조나라가 전쟁 중이므로 아무리 곽개라 한들 진나라 사자의 돈을 직접 먹지는 않을 것입니다. 먼저 초나라에서 곽개와 친분이 두터운 자와 관계를 맺고, 그자를 움직여 곽개를 매수해야 합니다."

"좋은 생각이군."

"그러나 지금 이목은 조나라를 구한 영웅이옵니다. 그러므로 지금 당장 이간질을 시작해선 안 되옵니다. 시간을 두고 차근차근, 친분을 통해 울타리를 먼저 치고 시기를 보아 가며 조절해야 하옵니다. 이간책은 이간을 실행할 곽개에게도 뇌물이라는 달콤함과 함께 이간에 나서지 않을 수 없는 위기를 동시에 조장해야 하는 섬세한 작업이옵니다. 일단은 이번 조나라와의 전쟁으로 우

리 군사들도 잠시 숨을 고르며 전열을 정비해야 하니 길게 3년쯤
은 잡으소서. 제가 이간의 일을 수행할 수 있나이다.”

영정은 요가의 계책을 다 듣고 나서도 한동안 이런저런 대꾸를
하지 않는다. 그저 침묵이다. 바닥에 납작 엎드린 요가의 팔다리
가 저려 올 무렵 영정이 입을 뗀다.

“그대는 그대에 대한 탄핵대로 착복하고 제후들로부터 뇌물을
받아 챙겼는가? 그 자백 과정에 혹시 억울함이 있었는가?”

“억울함은 없사옵니다. 모든 내용은 증명되었으며, 사실이옵
니다.”

“소년기부터의 절도로 위나라에서 쫓겨났고, 조나라에서도 횡
령으로 인해 탄핵을 받을 뻔한 것도 사실인가?”

“모두 사실이옵니다.”

영정은 ‘푸하하하’ 하며 웃음을 터뜨린다.

“이보게. 자네는 뻔뻔하구먼. 자네가 나라면 그런 자가 올리는
계책을 믿고 받아서 실행에 옮기겠는가?”

요가는 허리를 펴고 앉아 당당하게 영정에게 말한다.

“예. 그리하셔야 하옵니다.”

“그리해야 한다?”

“그러하옵니다. 저는 금품을 보면 일단 축적하고자 하는 욕망
을 느낍니다. 이는 모두 제 미천한 출신성분에서 비롯된 것입니
다. 저는 한 끼 먹고 나면 다음 끼니는 기약이 없는 가난한 집안에
서 태어났습니다. 제가 착하고 정직하기만 했다면 벌써 굶어 죽
었을 것입니다. 저는 죽지 않고 훔쳐서 연명했으며, 생존하는 기

술을 배웠습니다. 그리고 출신성분이 비천하여 오늘날 이런 계책
도 대왕께 올릴 수 있는 것이옵니다."

영정은 흥미로운 눈으로 요가를 쳐다본다. 요가는 곁눈질로 영
정의 표정을 읽으며 쾌재를 부른다. 영정은 원래 선입견과 사심
이 없었다. 그래서 사람을 있는 그대로 받아들이고, 쓸 것인지 말
것인지만 결정한다. 영정의 흥미를 끌면 기회는 있다. 요가는 다
시 열변을 토한다.

"대왕께서는 역사를 한번 돌아보소서. 역사적으로 미천한 신분
의 신하들 중 제후를 도와 큰 업적을 세우고 제후의 명성을 드높
인 이가 얼마나 많았습니까? 주나라 문왕의 재상으로 주나라를
반석 위에 올린 강태공(姜太公)을 보소서. 그는 한창때 제나라에
서 쫓겨난 인물이 아니옵니까? 또 제나라 환공(桓公) 시절의 재상
관중은 어떠했습니까? 그는 미천한 상인 출신이었습니다. 관중
에 비견된다는 진목공 시절의 백리해는 양가죽 다섯 장에 팔려 온
인물이었습니다. 이들이 출신성분이 고귀하여 왕을 패자가 되도
록 하였습니까? 모두 출신성분이 미천하나 왕을 성공시켰습니다.

출신성분이 고귀한 자들이 과연 대왕을 잘 보필할 수 있을까
요? 상(商)나라 때 탕왕(湯王)이 하(夏)나라의 걸을 토벌하러 가
기 전에 고귀한 신분의 변수(卞隨)를 찾아가 상의하려고 하였습니
다. 한데 그는 탕왕이 다른 나라 군주를 멸망시키는 문제를 자신
에게 상의하려고 한 것에 치욕을 느껴 강에 뛰어들어 자살을 하였
습니다. 또 탕왕이 하나라 걸을 멸망시킨 후 자신의 자리를 고귀
한 신분의 고결한 선비 무광(務光)에게 물려주려고 했습니다. 한

데 무광은 어찌하였습니까? 이 말을 듣고 요수(蓼水)에 뛰어들어 자결했습니다.

한 사람은 왕이 정치적 문제를 자신과 상의하려 했다는 이유만으로 자살하고, 한 사람은 왕위를 물려주려 하자 목숨을 끊었습니다. 이들은 모두 고귀한 신분이었으나 왕을 위해 봉사하려고 하지 않았습니다. 그들에겐 이미 그들 자신이 너무 존귀하여 자신의 존귀함을 해칠 수 있는 어떤 것도 용납지 않습니다. 결코 왕을 위해 저와 같이 뒤가 더러운 일을 도모하고 실행하지 않습니다.

지금 대왕께 필요한 것은 대왕의 이익을 위해 일할 사람입니다. 덕이 높고 출신이 고귀하여 자기 얼굴을 돌보느라 남을 돌볼 겨를이 없는 자를 옆에 두고 어찌 쓰시겠습니까? 재물을 향한 탐욕과 같은 도덕성이 충신과 간신을 가르는 기준이 되는 것은 아니옵니다. 대왕께서 필요한 때에 필요한 꾀를 내고, 대왕의 이익에 봉사하고, 그 이익을 실현하는 데에 몸을 던지는 자가 충신인 것입니다. 이익에 관심이 없는 고귀한 자가 어찌 대왕의 이익을 돌보리까?”

영정은 큰 한숨을 내쉬며 자리에 등을 파묻고 깊이 앉는다. 그는 잠시 요가를 쳐다본다. 그러고는 이내 비서를 불러 명한다.

“조서를 내리겠다. 요가의 관작과 식읍을 회복하도록 하라.”

제8장
세난 說難

반전

요가의 복권(復權)은 패전 후 분노로 팽팽했던 정국에 파란을 몰고 왔다. 진나라 백성들은 드디어 분노의 출구를 찾았다.

"사특한 외국인이 젊은 왕을 꼬여 제 뱃속을 채웠다."

"타국 출신 관료들이 이번 패전을 계기로 진나라 왕실을 업신여기기 시작했다."

"패전의 혼란기에 타국 출신들이 진나라의 국부(國富)를 유출시키고 있다."

진나라 백성들은 외국 출신 관료들에 대한 깊은 불신을 드러냈다. 그뿐이 아니었다. 진왕 영정도 비난의 대상에 올랐다.

"왕이 너무 젊어 타국 출신 관료들의 꼬임에 넘어가고 있다."

"왕이 상벌을 분명히 세우지 못하고, 휘청거린다."

민심은 술렁거렸고, 웬만해선 잦아들지 않았다. 오히려 의혹과 불신은 점점 더 커져 가고 있었다.

여기에 진나라 귀족들도 합세했다. 그들은 조나라 원정의 패배 원인을 이목 장군의 탁월함에서 찾는 것이 아니라 타국 출신 객장들을 장수로 삼아 전쟁에 나섰던 데에서 찾았다.

"진나라 출신이 아닌 자들이기에 한 번 패배하자 쉽게 전쟁을 포기하고 모두 도망갔다."

"나라가 어지러워지면 빈객 출신 관리들도 모두 쥐새끼처럼 빠져나갈 것이다."

여론은 흉흉했고, 점점 더 광포해졌다. 영정은 여론의 추이를 긴장감 속에 지켜보고 있었다. 밥맛도 없고 고뇌는 깊어져 갔다. 이때 한비가 찾아왔다. 이 무렵 한비는 영정의 처소까지 무사통과되는 인물이었다.

영정은 왕으로 매우 강했으나 알고 보면 외로움을 많이 타는 성정을 타고난 젊은이였다. 그는 늘 혼자 결단하고 밀어붙였지만 늘 곁에 누군가를 두고 의지하고 싶어 했다. 다만 이를 밖으로 표현하지 않아 아무도 모르고 있었을 뿐이다.

대가 약한 대부분의 왕은 여인에게서 안식처를 찾는다. 그러나 영정은 강하고 어두웠다. 여인들을 앞에 두고 즐겼으나 여인에게 마음을 주지는 않았다. 그래서 그의 아내들 사이선 암투가 벌어지지 않았다. 영정은 여인들이 시끄럽게 굴거나 분란을 일으키면 그대로 내치고 다시 보지 않았다. 그는 여인들에게도 왕이었다. 그래서 눈치 빠르고 기민한 왕의 여인들은 숨죽이고 있었다.

그런 영정이 지금 마음을 붙이고 있는 사람은 오직 한비였다.

영정은 한비가 궁에 들어오지 않는 날이면 사람을 보내 이유를 묻
곤 했다. 그래서 그는 매일 습관처럼 영정에게 가야 했다.
　영정은 반갑게 한비를 맞는다.

　"지는 전쟁은 해선 안 되는 것입니다."
　영정은 고단한 눈으로 한비를 쳐다보며 말한다. 한비는 말없이
차를 마신다. 영정만이 감상적이 되어 푸념한다.
　"전쟁에서 한 번 졌다고 이렇게까지 민심이 사나워지다니요.
물론 우리 병사들을 많이 잃었지만, 나 영정이 건재하고 진나라
의 국부가 튼튼한데 …, 참으로 호들갑스럽군요."
　한비가 첫마디를 어렵게 뗀다.
　"미, 미, 미, 민심이 원망스러우시군요."
　영정은 껄껄거리고 웃으며 말한다.
　"원망? 나는 왕입니다. 내가 어찌 그런 조잡한 마음을 먹겠습니
까. 다만 성가신 것이지요."
　"요, 요, 요가의 일은 저도 궁금합니다."
　"필요한 자를 쓰는 것. 그게 내 일이지요. 신하들이 궁금할 일
은 아니지요."
　"죄송합니다."
　"사부께 그런 것은 아닙니다. 다만 좀 짜증이 나서 그럽니다."
　"짜증이라 말씀하시는군요. 흐음 …."
　영정은 한비의 태도에 흠칫하며 말한다.
　"하실 말씀이 있군요. 저를 훈계하는 내용일 듯합니다."

"제가 어찌 감히 지존의 대왕께 훈계하겠습니까? 다만 법을 어겨도 벌이 분명치 않고, 벌 받을 자에게 상을 내리는 것은 나라가 어지러워지고 민심이 떠나게 하는 지름길이라는 점에서 걱정하는 것이지요."

"그자는 쓸 곳이 있습니다. 내게 지금 가장 도움이 되는 사람은 아마 요가일 것입니다."

"그렇군요. 그러나 대왕께서는 반드시 법술(法術)을 세우셔야 합니다. 작은 이익을 위해 법술이 무너지면 장구한 미래를 도모할 수 없습니다."

영정은 유순하게 고개를 끄덕인다. 한비는 그런 영정을 보면 때로는 놀랍다. 다혈질에 열정적인 영정이 자신의 잔소리를 귀담아듣고, 착한 아이처럼 수긍하는 몸짓을 하는 것은 때로 감동적이기도 하다. 한비는 그런 영정의 모습에 빙그레 미소를 짓는다. 영정이 묻는다.

"어찌 웃으십니까?"

"대왕께서는 참으로 참을성이 많은 분입니다. 이 늙은이(老父)의 잔소리가 귀에 거슬릴 것인데도 늘 그렇게 진지하게 들으시니 말입니다. 제가 참으로 복이 많군요."

영정은 애틋한 눈으로 한비를 보며 말한다.

"저는 제게 잔소리를 해주는 사부가 계셔서 얼마나 푸근한지 모릅니다. 나는 모든 걸 결정해야 합니다. 그 결정에 자신감이 없어 보이면 신하들이 의심을 하죠. 그러니 나는 언제나 확신에 차서 결정을 합니다. 그러나 실은 언제나 자신 있는 건 아닙니다. 나는 아주 많이 묻고 싶습니다. 내가 잘하고 있는지 아닌지. 그런데 물어볼 데가 없어요. 다만 사부가 오시면 사부께 물을 수 있고, 사부는 늘 답을 찾아 주시죠. 물론 말씀하시는 그대로 따르는 것은 아니지만 내 선택에 많은 도움이 됩니다."

한비는 고개를 끄덕이며 말한다.

"그리 생각해 주시니 감사합니다."

영정은 잠시 뜸을 들이다가 말한다.

"사부, 그 일을 아시지요."

"그 일?"

"예. 진문공께서 초나라와 결전을 벌일 계획을 세우고 구범(舅犯)을 불러 물었습니다. '내가 장차 초나라 군사와 결전을 벌일 작정이오. 초군은 우리보다 군사도 많은데 어쩌면 좋겠소?' 하고 말입니다. 그때 구범이 대답했죠. '군자는 평시에는 충신(忠信)을 따르나 전시에는 궤사(詭詐)를 마다하지 않는 법입니다. 오직 적을 속이는 술책을 써야 합니다.' 진문공이 다시 옹계(雍季)를 불러 똑같은 것을 물었지요. 옹계가 대답했어요. '사냥을 할 때 숲에 불을 지르면 당장은 많은 짐승을 잡을 수 있겠지만 후에는 짐승이 모두 사라지게 될 것입니다. 속임수로 백성을 대한다면 잠시 눈앞의 이익을 챙길 수 있지만 후에는 반드시 백성들의 신망을 잃게 됩니다.' 그 뒤의 일을 아시지요?"

"진문공께서는 싸움에서 구범의 계책을 좇아 초나라 군사와 싸워 이겼지요. 그러나 개선 후 논공행상에선 옹계를 먼저 하고, 구범을 뒤로 했다는 이야기 아닙니까. 그러자 다른 군신들이 물었지요. 구범의 계(計)를 좇아 싸움에서 승리하고 어찌하여 옹계를 더 높이느냐고요. 진문공께서 대답하셨죠. 구범의 계책은 일시적 권도(權道)이나 옹계의 건의는 만대에 걸쳐 이익이 되는 정도(正道)였다. 그리하여 공자가 진문공을 권도와 정도를 모두 터득했다며 칭송하지 않았습니까."

"그렇습니다."

영정은 그윽한 눈으로 한비를 쳐다본다. 한비는 다만 고개를 끄덕인다. 영정은 빙그레 웃으며 말을 잇는다.

"사부께서는 이를 논하며, 공자의 어리석음을 질타한 적이 있지요? 구범이 말한 궤사는 백성을 속이라는 것이 아니라 승리를 거두기 위한 병법의 계책이 그러한 것이라고요. 구범은 제대로 진언했고, 나중엔 뛰어난 전략으로 대공을 세웠는데, 진문공이 어리석어 공로도 없이 상황에 맞지 않는 헛소리를 한 옹계에게 더 큰 상을 준 것은 잘못이라고 하지 않으셨습니까? 그리고 공자가 이 이야기를 인용해 '진문공의 패업은 당연하다'고 언급한 것은 참으로 포상의 이치를 모르는 자의 어리석은 생각이라고 질타하셨지요."

한비는 영정의 말을 알아듣는다.

'요가가 조나라를 이길 궤사의 책략을 내놓았구나.'

한비는 순간적으로 머리가 어질해진다. 영정은 그 궤사를 채택하고, 한비가 가르친 대로 이를 포상한 것이다. 이로 인해 분노의 열기가 충만했으나 뿜어낼 출구를 찾지 못했던 민심에 불씨를 던져 큰불을 일으키며 정국을 혼란에 빠뜨렸다. 영정의 단순 명쾌

한 포상이 다시 외국인 빈객들을 향한 거대한 분노를 만들었다.

'모든 외국인 빈객들도 사생결단할 것이며, 이 난국을 헤쳐 나가기 위해서 희생양이 필요할 터. 이번에는 요가만으로는 안 된다. 다시 축객령, 아니면 모략의 칼끝은 … 나, 한비를 향할 수도 있다.'

모략극

기원전 233년 여름의 함양은 그렇게 불온한 기운에 휩싸여 있었다. 비합리적이고 반이성적인 상상과 요구가 넘쳤고 방향을 알 수 없는 적개심과 분노가 지배했다. 매일매일 새로운 음모론이 창궐했다. 이 혼란은 조나라와의 패전에서 비롯되었으나 분노는 엉뚱한 곳에서 출구를 찾고 있었다.

'외국 출신의 빈객과 관료들이 결국 진나라를 망칠 것이다.'
'다시 축객령을 내려야 한다.'

이사는 억울했다. 따지고 보자면 이 위기는 외국 출신의 관료들이 만든 것이 아니라 그들을 의심한 진나라 귀족과 백성들이 먼저 만들어 낸 것이었다. 그러나 소수는 힘이 없다. 이 위기는 외국 출신 빈객이 만든 것이 아니라고 외쳐 봐야 분노에 기름을 붓는 것 외에는 아무것도 아니라는 걸 그는 알았다.

그는 한나라로 보내 놓았던 첩자들이 돌아오기를 초조하게 기다리고 있었다. 그런데 기다리는 소식은 안 오고, 요가가 찾아온다. 이사는 마뜩찮다. 가뜩이나 조심히 눌려 있던 민심이 요가의 복권으로 벌집 쑤신 듯 됐으니 그가 반가울 리 없었다.

요가는 자기가 오히려 정색을 하고 이사에게 따진다.

"영감께선 이대로 보고만 계실 겁니까?"

이사는 어처구니가 없다. 말이 곱게 나갈 리 없다.

"복권이 무에 그리 급하다고 이렇듯 벌집을 쑤신 것인지 ⋯."

"급하지요. 사람은 기회를 보면 놓치지 말아야 합니다. 기회가 왔는데도 남들 생각하는 척, 착한 척하며 멀뚱거리다 기회를 놓치는 것은 천하 바보들과 위선자들이나 하는 짓이지요. 나 요가는 그런 바보가 아닙니다."

"어찌 됐든 너무나 시끄럽게 됐습니다. 다시 빈객들을 향한 불신이 끓어오르고 있는 것이 안 보이십니까?"

"그래서 어찌할 요량이십니까?"

"대왕께서 공을 복권시키신 것을 보면 빈객 출신 관료들을 의심하는 건 아닙니다. 거기에 희망을 걸어 보는 것이지요. 또 이런 상황을 잘 알려 민심을 다독여야죠."

요가는 크게 소리를 내며 웃는다. 그러더니 이사 앞에 바짝 다가앉으며 말한다.

"간이 작아지신 것입니까? 아니면 저를 믿지 못하는 것입니까? 속내를 말씀하지 않으시는군요."

"속내라니?"

"영감께서 어디 그렇게 흐리멍덩한 생각을 하실 분이십니까. 비합리적 요구에 합리적으로 대응하는 건 바보들의 짓이라는 걸 누구보다 잘 알고 계실 텐데요. 성난 백성들이 원하는 건 그런 지루한 합리적 진실이 아닙니다. 희생양을 난도질하여 분을 푸는 것일 뿐."

"그래서 요가 공이 희생양이 되었다가 다시 회생하여 이 난리 아닙니까?"

"영민하신 공께서 어찌 그런 말씀을 하십니까? 제가 무슨 깜냥이 됩니까? 이 대중들은 나 하나 뜯어먹는 정도로는 분이 풀리지 않을 거라는 걸 정녕 모르십니까? 어차피 영감과 저의 사선(死線)은 같습니다. 함께 살길을 도모하겠다고 하지 않으셨습니까?"

이사는 날카로운 눈으로 요가를 바라보며 묻는다.

"뭔가 생각이 있으시군요. 이 난국을 헤쳐 나갈 방도에 대한."

"예. 제가 이번 고비를 넘으며 알아봤습니다. 저에 대한 추문을 처음 끄집어내 대왕께 고한 것은 종친 영중과 몽의더군요."

"그건 저도 압니다. 그래서 진나라 토착귀족들과 싸우려고요? 행여나 그만두십시오."

"저를 어찌 보십니까. 제가 그런 어리석은 짓을 할 것 같습니까? 지금 토착귀족들을 건드려선 우리가 되레 당하지요. 영감께선 지금 시점에 우리가 해야 할 일이 무엇이라고 생각하십니까?"

"할 일이 무엇인데요?"

"모략극이지요."

"모략극?"

"그렇죠. 백성들의 분노를 잠재울 다른 모략극을 만들어 내야지요. 빈객에게 화가 난 백성은 빈객으로 막아야죠. 어찌 내부 귀족으로 막겠습니까? 지금은 다른 제후국에서 온 첩자가 진나라에 충성을 바치는 우리 빈객들과 진나라 조정·백성 사이를 이간하고 있다고 내세우고, 거기에 적합한 희생양을 내세우는 것이 급선무입니다."

"희생양이라?"

"예. 지금의 혼란을 잠재우려면 그만큼 역량이 큰 자가 되어야 하겠지요."

이사는 요가도 한비를 염두에 두고 있음을 금세 알아차린다. 지금 진나라에 있는 빈객 중 그만한 파급력이 있는 인물은 없었다. 한나라 공자인 데다 저명한 학자, 진나라 귀족들로부터도 공경을 받는 빈객이며, 왕이 무척이나 사랑하여 매일 같이 궁으로 불려 다니는 것을 백성들이 다 아는 사람. 하지만 벼슬은 없어서 조용히 없어져도 조정에 공백은 생기지 않는 사람이 한비였다. 그러나 이사는 모르는 체하며 짐짓 묻는다.

"심중에 둔 자라도 있소?"

요가는 짐짓 여유를 부리며 등을 의자에 기대며 물러나 앉는다. 그러더니 에둘러 가며 말한다.

"영감의 심중에도 그자가 있을 터인데, 아닙니까?"

이사도 먼저 입을 열지는 않는다. 누구든 이름을 먼저 발설하는 자가 지는 경기다. 그러니 요가에게서 그 이름을 끌어내려고 애를 쓴다.

"글쎄요. 누구를 말씀하심인지."

요가는 기분 나쁘게 빙글빙글 웃어 가며 이사를 짐짓 떠본다.

"지금 시국에 잔챙이 몇 마리로는 어림도 없고, 대어 한 마리 던져 놔야 뜯어먹어도 먹을 것이 있겠지요. 게다가 우리처럼 진나라 귀족들이 사람 취급 안 하는 인사가 아니라 그들도 존중하고 따르는 이를 간첩이라고 들이댄다면, 우리는 진나라 귀족들까지 제압할 수 있겠지요."

이사는 짐짓 모르는 체한다. 그러자 요가가 덧붙인다.

"영감께서도 이미 염두에 두고 작업을 하고 계시는 줄 알고 있는데요."

이사는 정색을 하며 말한다.

"나는 법의 기강이 살아 있는 진나라 사법부를 관장하는 사람이오. 모략으로 없는 죄를 만들 순 없소. 다만 죄가 있는지 살펴볼 뿐. 그렇지 않다면 누군가 고소를 해야 하지 않겠소?"

그러자 요가는 소매에서 죽간 한 뭉치를 꺼내더니 이사 앞으로 밀어 놓는다.

"저도 실각을 하고, 어디에서 잘못된 것인지를 복기해 보았지요. 지난해 말쯤 한나라 간첩들이 함양 안으로 은밀히 들어와 장흔하고만 접촉하고 빠져나간 정황이 잡히더군요. 그자들은 이 나라 저 나라를 돌며 저에 대한 기록들을 조사하고 다녔다던데 왜 그자들이 장흔을 만났을까요? 이것은 모략이 아니라 추리입니다. 또 하필 영중과 몽의. 그들 모두 한비 강연을 따라다니는 자들이지요."

이사는 입을 다물고 죽간을 펴 본다. 요가는 그런 이사를 향해 한마디 던진다.

"영감께서도 그 일에 대한 증거가 필요한 것 아니었습니까? 그래서 한나라에 첩자를 보내 장흔을 미행하고 계시고요."

이사는 요가를 보내 놓은 뒤 깊은 생각에 잠긴다. 바깥은 어느덧 어두워지고, 종자가 불씨를 가지고 들어온다. 이사는 종자가 불을 켜기도 전에 일어나 밖으로 나간다. 그의 발길이 멈춘 곳은 요가의 거처 앞이다. 그는 조용히 요가의 집안으로 들어간다.

"한비 공의 문제는 간단치 않아요."

이사가 먼저 한비를 거론하며 운을 뗀다. 요가가 귀를 쫑긋하며 뒷말을 기다린다. 이사는 진지한 표정으로 조용히 말한다.

"나도 왠지 한비에 대해서는 석연치가 않아요. 그리고 얼마 전에는 대왕과 나눈 예사롭지 않은 필담의 기록을 본 뒤 엮어 보려고 노력해 보았지만 잡히는 게 없어요."

"필담?"

이사는 영정의 전각에서 입수했던 두 개의 죽간, 빈객들을 향한 의심을 부추기는 내용, 요가의 과거에 대한 내용이 담긴 죽간을 요가에게 보여 준다. 요가는 죽간을 받아 읽어 보고는 양미간을 확 찌푸린다. 특히 자신의 비행을 고발한 문건에선 몹시 흥분한다.

"내 이자일 줄 알았어요. 나를 모함하고, 제 뱃속을 채우려는 자가 한비 이자일 줄 알았다니까."

340

이사는 이런 요가가 싫증이 나기도 한다.

'요가는 정말 뻔뻔한 인물이구나. 제 허물이 더 큰 것은 생각지 않고 누구 탓을 하는가. 그래도 지금은 내 살 궁리가 더 급하니 네 놈과 손을 잡아야겠지.'

생각이 이에 미치자 이사는 요가도 꽤 참을 만하게 느껴진다.

"공의 비위는 증거가 있는 것이니 모함이라 할 수 없지요. 그러나 한비를 옭아매 한비가 '좀벌레'라며 언담자로 칭하는 우리 빈객 관료들이 살 수 있는 방법이 있다면 도모해 볼 가치가 있을 뿐입니다."

"아니에요. 한비는 간첩입니다. 틀림없어요. 생각해 보세요. 한나라 공자인 그자가 지금 눈에 뵈는 게 있겠습니까? 나라를 구하려고 눈이 뒤집힌 것이지요. 다들 눈이 멀어 한비가 인품이 좋네, 너무 맑아 속을 못 숨기네 하며 넋을 놓고 있지만, 생각해 보세요. 그자가 어떤 자입니까? 음모학(陰謀學)의 대가인 노자(老子)를 통달하여 천하에 그 난해한 노자를 손에 잡히는 말로 해설한 학자로, 아이들까지 이해시킨다고 할 정도로 으뜸인 자이지요. 그자가 쓴 상소들을 보세요. 음모기책들을 꿰뚫고 있지 않습니까. 그런 자가 음모를 꾸미는 건 식은 죽 먹기였겠지요. 왜 모두들 그걸 못 알아보는지 참으로 통탄할 노릇입니다. 음모에 관한 한 이사 공이나 나보다 몇 수나 앞서 있어 우리 대왕의 눈마저 가리는 사특한 인간입니다."

이사가 말한다.

"나도 의심을 했지요. 솔직히, 만약을 위해 한비를 희생양으로 삼을 수도 있다는 생각에 뒤를 캤습니다. 문제는 증거가 없다는 것이지요. 장흔을 미행하고 있고, 한나라 내에 있는 한비 세력들에게 간첩을 붙여 놓았지만 잡히는 게 없어요. 누구도 눈치채지 못하고 증거마저 없다면 그건 일어나지 않은 일이지요."

"아이고 영감, 답답하십니다. 그게 바로 문제이지요. 한비의 음모는 아무도 눈치채지 못한다는 것. 그래서 누구나 한비는 결백하다고 믿을 수밖에 없지요. 그런데 한비가 이 모든 분란을 조장한 것은 사실입니다. 내 직감은 틀린 적이 없어요. 죽을 고비를 여러 차례 넘긴 것도 내 이 직감 덕분이지요. 나는 확신합니다. 한비야말로 진정 큰 죄를 짓고 있다는 것을. 여우같은 한비는 제 꼬리를 자를 수 있는 인물입니다."

이사는 고개를 절레절레 흔든다.

"공은 한비를 잘 모르니까 그런 말을 하는 것입니다. 그가 온갖 음모기책을 꿰뚫는 건 누구도 속일 수 없을 만큼 맑은 눈을 가지고 있어서 그런 것일 뿐, 자존감이 드높고 초월적 정신세계를 갖고 있어 결코 얕은꾀를 내는 사람은 아닙니다."

"그게 문제입니다. 한비를 아는 사람들은 모두 그가 무슨 신인(神人)이라도 되는 듯 떠받들고, 홀려 있어서 그 본질을 보지 못합니다. 나는 감각적으로 알아요. 이 시점에 느닷없이 축객령 당시의 위기를 몰고 온 것은 모두 그 음모의 대가 덕분이지요."

"예. 공의 말씀대로 한비가 음모와 모략의 달인이라면 우리는 더욱 섣불리 무고할 수 없지요. 그랬다가는 되레 당할 수 있습니다. 게다가 대왕의 신임이 워낙 큰 터라 …."

"한비의 집에도 첩자를 심어 놨을 터인데 꼬투리를 잡을 만한 게 없습니까?"

"첩자는 나뿐 아니라 대왕도 심어 놓으셨죠. 대왕께서 한비를 철석같이 믿는 것도 노상 붙어 있는 그 첩자마저 한비의 흠을 찾아내지 못하는 까닭이죠. 그는 전혀 움직임이 없어요."

"정중동(靜中動). 내 목을 걸고 장담할 수 있어요. 그는 고요하나 분명히 움직이고 있어요. 미꾸라지 같은 인사여서 잡히지가 않을 뿐이지요."

두 사람은 말이 없고, 호롱불만이 홀로 퍼덕대며 움직일 뿐이다. 먼저 침묵을 깬 것은 요가였다.

"이런 비상한 시국엔 비상한 각오로 비상한 방법을 쓰지 않으면 안 됩니다."

"비상한 방법이라?"

"예. 죄는 만들 수 있습니다. 비상한 시국엔 죄가 없더라도 이 시국에 도움이 안 된다는 것만으로도 죄를 만들 수 있지요. 그렇잖으면 죄가 있는 것으로 보이는 게 이 시국에 도움이 된다면 죄를 만들어 씌우는 것이 모두를 위한 선(善)입니다. 그자만 희생양을 삼으면 나라가 평안한데 죄가 없더라도 희생시킬 가치가 있죠. 한데 한비의 죄는 분명합니다. 도움이 안 되는 것뿐 아니라 딴 맘을 품고 있으니까요. 왜 죄가 없겠습니까. 한나라 종실의 보전을 바라는 것만으로도 큰 죄 아니겠습니까."

"마음을 증거로 내놓자는 말입니까?"

"아닙니다. 그 마음의 죄를 이용할 수 있고, 죄를 만들어 내는 것은 다른 사람이지요."

"사람이라?"

"내가 당한 그대로 되갚아야죠. 백성들의 무책임하고 탐욕스러우며 시기심 많은 입을 활용하는 겁니다. 아시지 않습니까? 백성의 입은 원래 분별력을 타고난 것이 아니어서 바람에 따라 이리저리 불어 대는 나발과 같은 것이지요. 한비 정도라면 서로 나발을 불어 댈 테지요."

"모략과 선동?"

"그렇지요."

"완전히 날조된 모략과 선동은 역풍을 맞을 수 있습니다."

"날조라기보다는 의심을 퍼뜨리자는 거죠. 한비에 대한 정황적 의심을 퍼뜨리고, 진상조사에 나서도록 하세요. 그리고 장흔을 납치해서 진상규명을 하겠다고 시간을 벌면서 소문만 무성하게 만든다면, 그 사이 몸이 약한 한비는 노심초사하다 죽음으로 끝을 맺을 수도 있겠지요."

"훗날 대왕께서 아신다면 ⋯."

"대왕은 이익에 밝으신 분입니다. 한비의 희생을 발판으로 한나라를 아우르고, 다시 진나라를 하나로 모아 전쟁에서 승리한다면 이 일이 들통난다 하여도 모른 척하실 것입니다."

"한나라를 아우른다?"

"한왕 안을 협박해야지요. 한비가 한왕의 사주를 받고 간첩질하던 것이 들통나는 바람에 우리 대왕께서 진노해 한나라로 진격하기로 했다고 하면 그 겁 많고 무능한 왕은 분명 옥새를 싸들고 항복하러 올 겁니다."

이사는 고뇌에 찬 표정을 짓는다.

그러나 그의 마음속에는 요가에 대한 경계심이 자라고 있었다. 한비와 한나라를 동시에 잡는 계책은 모두 이사도 궁리했던 바이다. 한비를 희생의 발판으로 삼으려 했기에 그 뒤를 부지런히 캐고 다녔다. 알 수는 없으나 한비를 향한 미심쩍은 의심이 떨쳐지지 않았기에 분명 쫓으면 잡히는 혐의가 있으리라 생각했다.

하지만 한비는 요가 말대로 꼬리마저 자른 듯 잡히는 것이 없었고, 한나라 공실은 이미 겁먹은 상황에 무능하기 짝이 없었다. 뭔가 도모할 주제와 형편이 못 되었다.

모략은 생각할 수 있는 방법이었으나 또한 상대를 봐 가며 해야 하는 일. 한비처럼 임금의 신임을 듬뿍 받고 있는 자를 함부로 건드렸다가는 역풍을 맞을 수 있다. 그러므로 확고한 증거가 필요했다. 한데 요가는 무함(誣陷)으로 밀어붙이잔다.

'한비의 혐의는 내 힘으로는 밝히기 어렵다. 무함의 과정에서는 요가를 내세우고, 나는 빠지자. 뒤만 받쳐 주어 도망치지 못하게 하는 게 나한테 이롭다. 한비의 일이 끝나면 요가는 이른 시일 안에 뽑아 버려야 한다.'

여론전

정(政)과 비(非)가 합하여
병사는 이목(李牧)에게 내몰고
객(客)들을 쫓아낼 것이니
오호라, 이젠 서쪽 작은 고을에서
우리끼리 잘살아 보리라.

몽의는 도성 안에 쫙 퍼진 이 노랫말을 눈앞에 두고 생각에 잠
긴다. 누가 봐도 정과 비는 진왕 영정과 한비를 이르는 것이다.
또 조나라 출정은 한비가 우겨서 성사된 것으로 그 책임을 묻는
것이며, 빈객 관료를 쫓아내면 결국 6국 합병은 물 건너간 이야기
가 되어 진나라는 서쪽 제후국으로 오그라들어 살아야 한다는 말
이다.

'한비?'

요즘 항간에 떠도는 소문 중엔 외국 출신 관료에 대한 반감이
드높은 것은 한비가 한나라 간첩으로 진나라와 빈객 출신 관료들
사이를 이간하기 때문이라는 것도 있다. 이렇게 한비가 점차 소
문 위로 올라오고 있었다. 몽의는 찬찬히 기억을 더듬는다.

'빈객에 대한 반감은 요가 사건에서 비롯됐다. 요가 사건은 일
찍이 영중이 떠들고 다녔다. 그의 혐의는 진왕 직속으로 주로 종
실과 귀족, 내부 관료들을 감시하는 간첩조직에서 발견한 것이
고, 이 조직은 영중의 집안이 관리한다. 이에 한비가 개입했다는
근거는 전혀 없다.'

346

몽의는 잠시 망설인다. 그러나 바깥의 소문과 소식들을 모두 모아 영정에게 전달하는 것이 그의 임무였다. 이 노랫말과 한비를 향한 의구심을 전달하지 않을 수 없다. 몽의는 죽간을 챙겨 들고 왕을 뵈러 나간다.

영정은 죽간에 오랫동안 눈길을 멈추고 말이 없다. 그러더니 '호호호호 …' 하며 뜻 모를 웃음소리를 낸다. 그는 죽간을 몽의 앞에 던지며 여전히 '호호호' 하고 웃는다. 몽의는 허리를 굽히고 엎드려 하문을 기다린다.

"한비 선생이 나를 망치러 온 간첩이라는 소문이 도는 모양이구나."

몽의는 다만 허리를 더욱 깊이 굽힐 뿐이다.

"몽의! 그대는 이 소문을 어떻게 생각하는가?"

"신은 다만 그 여론의 추이를 관찰할 뿐 판단하지 않습니다. 그저 지금은 외국인 빈객들에 대해 죄를 청하는 여론이 더 무성하나 한비를 고발하고자 하는 여론도 이에 못지않게 무서운 기세로 확산되고 있음을 알 뿐이옵니다."

"여론? 소문과 무함(誣陷)이 뒤섞인 것을 여론이라 하는군."

몽의는 영정이 몹시 기분 상했다는 것을 눈치챈다. 영정은 여론으로 포장된 근거를 알 수 없는 소문으로 많은 고초를 겪었던 사람이다. 한동안 '영정이 여불위의 아들'이라는 소문으로 이복동생이 반란을 도모했고, 여불위를 내쫓고 죽음에 이르도록 한 것도 이 소문을 불식시키기 위함이었다는 것을 몽의는 알고 있었다. 몽의는 영정이 바깥의 흉흉한 여론에도 불구하고 요가를 복권시킨 것은 그런 반감이 작용한 것이라고 생각했다. 그렇기에 이제껏 그 부분에 대해서는 입을 굳게 다물었다.

그러나 지금처럼 중차대할 때에 왕이 계속 여론과 싸우는 것은 이롭지 않다. 몽의는 지금이야말로 간해야 할 때라고 마음먹고 말한다.

"여론이란 그 소문의 진원지와 경로가 어떤 것이든 크게 확산되고 있다는 것만으로도 그만큼 많은 사람의 마음속에 똑같은 의구심이 자랐다는 방증이옵니다. 그리고 그것이 비록 무함이라 할지라도 백성의 생각에 영향을 미치고, 그것이 확고한 의심으로 자리 잡으면 민심을 동요케 합니다. 지금처럼 백성의 마음이 여러 갈래로 갈리고 있는 상황에서 또다시 백성의 심사를 어지럽히는 일이 중첩된다면 나라의 힘은 모아지지 않습니다. 힘을 모아야 이 전쟁도 수행할 수 있나이다. 그러므로 확인하지 않을 수 없습니다."

'귀신도 모르게 도모할 수 있는 일이란 없다. 뭔가 도모하면 연기를 피우지 않아도 이를 알아차리는 사람이 있다. 하늘이 알기 때문이다. 진나라에도 사람이 없지 않은데 어찌 내가 표적이 되지 않겠는가?'

한비가 시중에 퍼지는 노래와 소문을 듣고 먼저 든 생각은 이것이었다. 왕의 은애가 두터운 자는 언제나 주시당하고, 틈을 보이는 순간 표적이 된다는 것을 누구보다 잘 아는 그였다.

'빈객들이 이 모략을 시작했을 것이다. 누가 기획했든 나를 표적으로 삼는 것은 지당한 이치다. 이름은 크고, 왕의 총애를 받는 적국(敵國)의 공자. 그들은 희생양을 제대로 골랐다.'

그는 다만 자신을 향해 겨누어 들어오는 이 칼날이 진나라의 분열을 촉진할 것인지, 자신을 희생양 삼아 이를 봉합한 뒤 진나라를 하나로 모을 것인지에만 신경을 썼다.

'왕이 내 편을 든다면 분열은 더욱 거세질 것이다.'

'왕이 그들 편에 선다면 내가 이 모든 분란을 덮어쓰고 진나라는 이 혼란한 정국에서 탈출할 수 있을 것이다. 영정이라면 ….'

한비는 서둘러 궁으로 향한다. 그의 유일한 패는 영정뿐이었다. 그는 궁에 들어가 자신의 입궐을 알린다. 한비를 맞이하는 내관은 늘 그를 곧바로 영정이 머무는 곳으로 안내하곤 했다. 그러나 내관은 한비를 손님들을 대기시키는 전각으로 이끈다.

'분위기가 변했다.'

한비는 변고가 있음을 직감한다. 그러나 그가 할 수 있는 일은 그저 영정을 기다리는 것뿐이다.

이 시간, 영정은 이사의 보고를 듣고 있었다. 이사는 몽의가 먼저 보고하기를 기다렸다가 곧바로 달려 들어가 영정을 알현했다. 이사는 만약을 대비해 요가를 불러 대기시켜 놓고 먼저 영정 앞으로 나아가 고한다.

"한비의 간첩행위에 대한 고발이 있었기에 보고를 드리러 왔나이다."

영정은 놀라지 않는다. 다만 감정을 담지 않은 무심한 목소리로 되묻는다.

"간첩행위?"

"그러하옵니다. 올 정초에 한나라 간첩들이 함양에 들어와 장흔만을 접촉한 뒤 홀연히 사라졌다는 정보를 입수했습니다. 그래서 다시 조사해 본즉, 그들은 위나라를 비롯한 제후국들을 돌며 요가의 신상에 대한 정보를 수집해 간 자들이었습니다."

이사는 요가가 적어 올린 한나라 첩자들과 그들이 조사한 목록이 담긴 죽간을 영정에게 바친다. 영정이 말한다.

"요가가 고발했는가?"

"이 목록을 들고 먼저 찾아온 이는 요가였습니다. 그러나 우리가 한나라에 심어 놓은 간세(奸細)들이 장흔의 이상한 행동을 목격하였기에 지금 장흔을 잡아서 끌고 오는 중입니다. 워낙 시각을 다투는 일이라 먼저 잡고 지금 보고하게 되었습니다."

"장흔이 무슨 짓을 했다고 하던가?"

"한나라로 귀국한 후 진나라에 불경을 저지르려고 하는 한나라 잔당들과 접촉하며 뭔가 은밀히 움직이고 있는데 아직 그것이 무엇인지 밝히지 못하였습니다. 아시는 바대로 그는 우리가 처치했던 불온한 장휘의 조카이며, 장휘의 세력들이 여전히 건재한바, 그래서 예의 관찰하고 있던 중이온데 최근 우리 도성 안에 이상한 노래가 퍼지고, 이를 알았던지 장흔이 숨으려 하기에 먼저 잡은 것이옵니다."

영정은 이사를 뚫어지게 바라만 본다. 이사는 괜히 몸이 저려오는 것을 느낀다. 영정이 자신의 말 속에 숨은 거짓을 포착했을

지 모른다는 생각이 이사의 머릿속으로 훅 지나간다. 이사는 떨리는 목소리로 고한다.

"요가를 불러 자세한 사정을 고하라 하오리까?"

영정은 생각할 것도 없이 답한다.

"요가를 불러라."

요가가 종종걸음으로 영정 앞에 나온다. 영정은 요가에게 쏘아붙이듯 말한다.

"요가, 그대는 어찌하여 한비를 무고하는가?"

"무고가 아니옵니다. 오히려 제가 한비의 무고를 받은 것이 아닌지 의심되어 그 진위 여부를 가려 달라 고발했을 뿐이옵니다."

"그대의 죄는 명명백백한 것이며, 그대 스스로도 그것을 인정했다. 그러니 누가 그대를 고발했다 해도 그것은 무고가 되지 않는다."

"저의 죄는 인정한 바와 같이 명백하옵니다. 그러나 다만 진나라 귀족인 영중이 고발한 것과 한비가 스스로 제 뒤를 캐어 사주한 것은 다른 이야기이옵니다. 생각해 보소서. 한비는 한나라 전왕의 아들이며, 현 왕의 형제입니다. 진나라는 지금 6국을 병탄하려 하고 있습니다. 한나라 공자인 그의 입장을 헤아려 보소서. 그의 입장은 분명합니다. 그는 그저 한나라를 돕고자 하는 것이며, 진나라를 위해 힘쓰지 않습니다. 이건 인지상정으로도 알 수 있는 것입니다.

그리고 저의 탄핵 이후의 일을 생각해 보소서. 진나라 귀족과 백성, 그리고 빈객 출신 관료들 모두가 한마음이 되어 6국 병탄작업에 매진하고 있던 때에 저에 대한 탄핵이 불거지면서 진나라는 마음이 갈려 다시 축객령 당시처럼 외국인 빈객에 대한 혐오감이 장안을 뒤덮었습니다. 그 와중에 정벌전쟁을 떠난 객장 출신의 환기 장군은 위태로워지자 곧바로 진나라를 버리고 도망쳐 버렸습니다. 이것이 어찌 단지 우연이라고만 하오리까. 이런 상황이 어찌 진나라에 이익이 되리까.

돌이켜 보면 한비에게는 참으로 의심스러운 정황이 많사옵니다. 먼저 한비가 조나라 출격을 주장한 것은 모두가 아는 바입니다. 한데 이목 장군의 이야기를 대왕께 먼저 올린 것도 한비이옵니다. 이미 한비는 이목에 대해 소상히 알고 있었으며, 그러므로 이목이 진나라 병사들을 막아 줄 것을 알았기에 굳이 조나라 출병을 강력히 밀어붙여 오늘날 우리 진나라를 이런 곤란의 지경에 밀어 넣은 것입니다.

또 저를 음해함으로써 지금 6국 병탄전쟁에서 큰 몫을 차지하고 있는 빈객 출신 관료와 장수들에 대한 반감을 끌어올리고 분란을 야기함으로써 내부에 혼란을 만들고, 전쟁을 지연시키고 있습니다."

영정은 요가의 고발이 아전인수(我田引水) 격의 궤변임을 안다. 그러나 그의 말은 분명 의심의 여지가 있는 사항이라는 데 생각이 미친다. 그는 입을 다문다. 요가는 여세를 몰아 다시 유세한다.

"이미 장안에는 한비에 대한 의심이 퍼져 있나이다. 어리석은 신(臣)이 아니더라도 장안 사람들은 이미 한비를 의심 어린 눈으로 보기 시작한 때문이 아니겠사옵니까. 최근의 이런 정황을 보며 생각해 보건대, 한비의 간첩행위가 사실이라면 우리는 이 모든 갈등을 해결할 수 있는 해결책을 얻을 수 있을 것이옵니다."

"해결책?"

"그러하옵니다. 두 가지가 이롭사옵니다."

"두 가지가 무엇인가?"

"하나는 나라의 의론(議論)을 하나로 모을 수 있음입니다. 한나라 공자 한비가 한나라의 연명을 위해 간첩으로 파견되어 진나라 조정·백성과 빈객 출신 관료들을 이간하여 나라에 분란을 만들었다는 것을 널리 알린다면, 백성들도 조심하는 마음을 갖게 될 것이며 그동안 화해의 접점을 찾지 못했던 진인(秦人)들과 빈객들 사이에도 화해의 물꼬를 틀 수 있습니다. 또 다른 하나는 말 한마디로 한나라를 겸병할 수 있는 것이옵니다. 한나라 조정에 한비의 간첩행위를 알리고 이를 단죄하겠노라 엄포를 놓으면 무능력한 허풍쟁이인 한왕은 곧바로 인수(印綬)를 싸들고 항복할 것이옵니다. 그러니 한비 한 사람의 희생으로 우리는 지금의 난국을 벗어남과 동시에 6국 병탄작업도 더불어 할 수 있으니 어찌 큰 이익이 아니라 하겠나이까?"

표정을 들키는 법이 없는 영정의 얼굴이 모처럼 어둡게 변한다.

"그러니 그대도 한비의 무고함을 아는구려. 그럼에도 한비에게 죄를 씌우면 이익이 헤아릴 수 없이 많으니 그를 희생양으로 삼아 죄를 덮어씌우자는 것이군. 그렇게 밝고 선한 사람에게 말이지."

요가는 기죽지 않고 말을 받는다.

"사람은 이익을 쫓아 움직일 뿐, 선악 때문에 움직이지 않습니다. 상인은 돈을 좇아 비굴함과 노고를 감당하고, 군자는 명예를 좇아 위선의 탈을 쓰고 남들의 악행을 들추며 선하지 않다고 타박할 뿐입니다. 한비에게 자신의 이익이 분명한데 선을 좇아 대왕을 따르지 않았을 것이옵니다. 대왕께서도 우리의 이익이 무엇인지를 숙고하시리라 믿사옵니다."

이사가 말한다.

"고발이 들어오고, 장안에 의심이 퍼지고 있는 마당이니 한비를 불러 조사하지 않을 수는 없사옵니다."

영정은 순간 주먹을 움켜쥐고 부르르 떤다.

"내가 요가 네놈을 살리고, 사부를 죽음으로 몰아넣는구나."

그러나 그는 결코 흥분하여 생각의 갈피를 잃지는 않는다. 그의 명석한 머리에선 이(利)와 불리(不利)의 계산이 이미 끝났다. 그에겐 조나라와의 전투에서 패배한 후 계속 꼬여만 가는 정국에서 빠져나올 돌파구가 필요했다. 유례없이 혼란스러운 여론이 적국 간첩의 행위였다는 계략은 꽤 그럴 듯하고, 특히 한비 정도의 인물이라면 진나라 사람들의 정신이 번쩍 들도록 할 수 있을 터였다. 왕으로서 이로움을 선택하지 않을 수 없다는 걸 영정은 인정한다. 영정은 이사에게 명한다.

"한비를 하옥하라. 그러나 고문은 허락하지 않는다."

한비는 낯선 전각에 앉아 눈을 감고 있다. 그는 전각에서 기다리는 동안 알아차렸다.

'그들이 나보다 빨랐구나. 이것이 하늘의 뜻이로다.'

그는 아무 생각도 하지 않는다. 그저 무위(無爲)의 상태로 마음을 비웠다. 전각 밖에서 수상하고 어수선한 발걸음 소리가 들린다. 그러나 눈을 뜨지 않는다. 방문이 벌컥 열린다. 한비는 여전히 눈을 감은 채 동요가 없다.

"한비 공, 공을 조사하라는 어명이 내려졌소이다."

이사의 목소리에 한비는 조용히 두 눈을 뜨고 희미한 미소를 짓는다.

영정의 침묵

영정은 대전에서 나와 여불위가 조성했던 동산으로 향했다. 그는 동산 위의 정자에 앉아 먼 곳을 바라보고 있었다. 그의 얼굴에는 아무 표정도 없어 그가 기쁜지, 슬픈지, 화가 났는지 알 수가 없다. 문득 저물어 가는 해가 그의 눈길을 끈다. 그는 생소한 듯 사방을 둘러본다.

"율아! 내가 왜 이곳에 있느냐?"

율은 영정 앞에 무릎을 꿇고 허리를 숙일 뿐이다. 세 살 때부터 그를 지켰던 율은 지금 영정이 얼마나 상심하고 있는지 눈치를 챘기에 아무 대답도 할 수 없었다. 영정은 일어나며 말한다.

"어머니를 뵈러 가자."

영정은 실로 오랜만에 모후인 조희의 처소를 찾는다. 조희는 여전히 빈틈없이 치장한 채 아름다웠다.

'아버지, 여불위, 노애도 앞서 보내고 어머니는 누구를 위해 이렇게 치장하는 것일까?'

조희의 모습에 영정의 머릿속엔 이런 의문이 스쳐 간다.

"주상께서 오랜만에 행차하셨습니다."

조희는 반가운 척 만면에 미소를 띠고 있으나 영정은 그녀의 행동에 숨겨진 어색함을 포착한다.

"어머니는 제가 반갑지 않은 모양입니다."

"어찌 그런 말씀을. 다만 너무 오랜만에 뵈었기에 당황하였을 뿐이지요."

영정은 잠시 침울하게 앉아 있다가 주변을 모두 물린다. 조희와 단 둘만 남자 영정은 조용히 묻는다.

"어머니, 제게 진실을 말씀해 주실 수 있습니까?"

"무엇을 말입니까?"

"항간의 소문. 여불위가 이 영정의 아비라는 소문의 진실 말입니다."

조희의 얼굴이 굳는다. 그녀는 웃음기 없는 얼굴로 묻는다.

"주상께서는 내가 말한다면 그대로 믿으실 겁니까?"

영정은 이 대답에 '호호호' 하는 웃음소리를 내며 고개를 흔든다. 조희가 이런 아들을 보며 되묻는다.

"주상은 나를 믿지 않지요? 그런데 내가 무슨 말을 한들 진실이라 믿겠습니까?"

"그렇군요. 어머니는 진나라로 들어온 후 줄곧 나를 속이기만 했지요. 진실이란 어머니한테는 없는 물건인 것을 …."

"나는 이미 그에 대한 대답을 수년 전에도 수차례 하였습니다. 언제나 똑같이 답하였지요. 주상은 선왕의 장자입니다. 그런데도 수년이 지나 다시 내게 묻는 것은 믿지 않으니 그런 것이지요. 주상이 듣고 싶은 대답은 무엇입니까? 그러나 나는 그 대답을 해드릴 수 없어요. 진실도 아니고 이롭지도 않은 일이지요."

영정은 킬킬거리며 웃는다.

"역시 어머니다우시군요. 이롭지도 않다."

"무슨 일이 있습니까, 주상?"

"분별없는 자들이 떠들어 댔죠. 여불위는 찬탈을 획책하고 있다고. 그러나 여불위가 찬탈할 조짐을 보이지 않자 이렇게 떠들어 댔죠. 여불위는 왕의 아비다."

영정은 주먹으로 탁자를 쾅하고 내려친다.

"인간들이 역겨워요. 인간들은 선악에 대한 분별도 없고, 염치도 없이 태어나 자기 이익에 따라 무책임하게 떠들어 대죠. 누군가를 끌어내리기 위해, 자기 자신이 올라가기 위해 아귀다툼을 벌이고⋯. 왕은 그 아귀다툼 속에서 역시 왕에게 이로운 패를 잡아 다른 패를 죽여야 하죠. 내게 6국을 겸병해 하나의 제국을 건설하도록 안목을 키워 준 건 여불위였어요. 그자는 그것이 선대왕들로부터 내려오는 과업이라고 했지만 나는 선대왕에게 직접 그런 교육을 받지 못했지요. 다만 그건 여불위의 꿈이었어요. 그리고 그는 통일작업을 위해 땅을 늘리고, 적들을 와해시키고, 자금을 남겼지요. 내가 계승한 것은 선대왕들의 꿈일까요, 여불위의 꿈일까요?"

"무슨 말씀이세요? 여불위는 대역죄인입니다. 어찌 주상께서 그런 자를 입에 올리십니까?"

영정은 조희의 말을 귓등으로 흘려들으며 독백한다.

"한비는 내 머릿속에 흩어져 정리되지 않던 통찰력을 정리해 주었지요. 세상에 태어나 내가 비로소 이것이 배움이라고 말할 수 있는 모든 것은 한비에게서 배운 것입니다. 그런데 또 떠들어 대는군요. 그자는 간첩이라고. 그래서 곧 죽이자 하겠지요."

조희는 깜짝 놀라며 묻는다.

"한비가 간첩입니까?"

영정은 퍼뜩 정신이 든 듯 이 단세포적인 여인을 바라본다. 그는 더 이상 대꾸하지 않고 일어나 모후의 전각을 빠져나온다.

한비를 탄핵하는 상소가 매일 올라온다. 영정은 아무도 찾지 못하는 전각에 들어앉아 상소만을 받아 볼 뿐, 사람을 만나지 않는다. 상소에서 한비의 죄는 점점 커지고 있다. 마땅히 거열형에 처해야 한다는 상소가 산을 이룬다.

영정은 만 하루 동안 아무 말 없이 꼿꼿이 앉아 모든 상소를 훑어본다. 이튿날은 단 한 편의 상소도 읽지 않는다. 그는 식사도 줄이고, 술도 마시지 않고, 다만 꼿꼿이 앉아 침묵 속에 있을 뿐이다. 뭔가 큰 결심을 할 때면 보이는 태도이기도 했다. 그는 원래 깊게 생각하지만 길게 생각하지는 않았다. 그는 판단력이 빨랐고, 실행력이 있었다. 그래서 그런 침묵의 시간이 아무리 길어도 이틀을 넘기는 일은 없었다. 여불위를 내칠 때에도 단 이틀을 고민했다. 그것이 가장 길었던 고민의 시간이었다. 그 이전에도 그 이후에도 이틀 이상의 시간은 없었다.

그러나 이번에는 다르다. 벌써 사흘째 같은 침묵 속에 앉아 있었다. 내관들은 서로 영문을 몰라 눈짓을 하며 달라진 영정의 모습에 당황하였다.

한비의 죄와 벌에 대한 영정의 생각은 분명했다.

'한비를 잡아들이지 않았다면 국론은 더욱 분열되고 진나라는 위태로워졌을 것이다. 한비를 벌하지 않는다면 왕이 간첩에게 속아 분별을 잃었다고 할 것이다. 한비를 간첩으로 몬다면 나에겐 두 가지 이익이 생긴다. 지금의 분란을 모두 한비에게 떠넘겨 국론의 분열을 수습하고, 한나라를 벌할 명분을 갖게 된다. 한비를 잡아 가둔 것은 옳은 결정이었다.'

영정과 진나라의 이익이라는 관점에서만 보면 한비가 진짜 간첩이든 아니든 그것은 상관이 없었다. 다만 그가 간첩이 되어 줌으로써 진나라에 생기는 이득이 너무나 분명했다. 지금의 상황 자체만으로도 한비를 간첩으로 처단할 필요성은 충분했다.

그러나 하나의 의문이 계속 그를 붙잡고 놓아주지 않는다.

'이대로 둔다면 이사와 요가가 반드시 한비에게 죄를 씌워 죽일 것이다. 그리고 나는 그를 잃을 것이다. … 그렇다면 나는?'

'나는 정녕 한비를 잃어도 괜찮을까?'

영정의 침묵은 이사와 요가 진영을 긴장하게 했다. 왕의 결단이 이렇게 늦어지는 것을 본 적이 없었기에 더욱 그러하였다. 그들은 영정이 두문불출하는 동안 한비의 목을 조일 죄목을 더욱 섬세하게 다듬어 둔다.

사흘째 되는 날. 영정이 이사의 알현 요청을 받아들였다. 이사가 영정 앞에서 길고 긴 한비의 혐의를 논한다. 영정은 다만 듣고 있다. 이사는 읍소한다.

"한비가 거열형을 당하는 일은 없게 해주소서. 한비가 마지막 가는 길에 품위를 지킬 수 있도록 해주소서."

영정은 생각한다.

'나를 도운 사람은 모두 죽는다. 내가 아꼈던 것들은 모두 사라진다.'

영정은 이사의 모든 보고가 끝난 뒤 가타부타하지 않고 그대로 자리를 뜬다. 또다시 판단하지도 결정하지도 않았다. 영정은 한비의 운명에 대해 스스로 결정하지 않았다. 그는 결정을 포기한 듯 보였다. 이런 모습은 처음이었다.

그는 아직 대답을 찾지 못했다. 한비가 없는 세상이 괜찮을지에 대해서. 그는 자신이 대답을 계속 회피한다면 처음부터 일을 꾸민 이사와 요가가 한비를 가만둘 리 없다는 걸 본능적으로 알았다. 그렇지만 그는 다만 외면했다.

'나의 부름이 한비를 죽음으로 몰아갈 것이라는 걸 나는 정녕 몰랐던가. 나의 곁으로 오는 길이 자신의 죽음의 길로 들어선 것이라는 걸 그 현인도 진정 몰랐던가? 알고 있으면서 다만 서로 눈 감고 속이고 있었던 것은 아닐까?'

한비의 죽음

진나라의 감옥은 그 음험한 명성에 걸맞게 싸늘하고 무서웠다.

'어둡다.'

한비는 방안의 한기보다도 어두움이 더 마음에 걸렸다. 옥리는 이부자리를 가져온다. 한비가 묻는다.

"이보게, 감옥의 이부자리가 호사스럽군. 나는 감옥에선 칼을 차고, 앉아서 잠을 자는 줄 알았는데 말일세."

옥리가 말한다.

"다른 죄인들은 하나같이 그렇습죠. 하나 저희 윗분께서 이부자리를 가져다 드리라 하니 저는 가져온 것뿐이지요. 이건 옥의 물건이 아닙니다."

그리고 잠시 후엔 소반에 차려진 밥상을 들고 온다. 한비가 쳐다보자 옥리는 또 덧붙인다.

"이 밥상도 옥의 것은 아닙니다. 윗분께서 보내신 것이지요."

"윗분이 뉘신가?"

"제 윗분도 더 윗분이 시키셨겠지요. 그 윗분들을 어찌 다 따라 올라갈 수 있겠소?"

그렇게 어두움과 침묵 속에 아무 일도 없이 사흘이 지났다. 시간이 지날수록 어두움은 그의 목을 조여 와 때로 견딜 수 없는 기분을 만들곤 했다. 잠은 절로 설쳤고, 감각들은 모두 깨어 있는 듯 예민했다. 감옥은 그렇게 그의 평온을 깨고 있었다.

'내게 두려움이 남았구나. 끝이 이럴 거라는 걸 몰랐던가?'

그런 한편으로는 오랜만에 억울함과 격동이 올라오기도 했다.

'도대체 나는 무슨 짓을 한 걸까? 그렇게 시간을 벌어 준다 한들 지금의 한나라가 무엇을 할 수 있다는 말인가? 왕의 소견은 좁고, 자기 살 궁리에 바쁘고, 주변엔 간신들만 들끓어 인재들이 모이지 않는데 ⋯. 내 그 한계를 모르지 않거늘 무슨 짓을 하고 있는 것일까?'

그러면서도 걱정스러웠다.

'내가 간첩으로 몰려 죽는다면, 한나라에 그 죄를 함께 물을 것이다. 영정을 만나야 한다. 내가 지금 진나라에서 벌어지는 분열의 죄를 쓰고 가는 대신, 한나라 백성들을 살려 달라고 애원해야 한다.'

이사가 한비를 찾은 것은 사흘이 지난 뒤였다. 이사는 한비 앞에 앉아서 말이 없다. 한비가 묻는다.

"내 죄가 무엇인지 왜 문초를 하지 않소?"

한비의 물음에 이사는 눈을 맞추지 않고 말한다.

"공께 죄가 있소이까?"

"죄가 있으니 잡아 오지 않았겠소? 무엇이오, 내 죄가?"

이사는 대답은 않고, 이야기를 돌린다.

"언젠가 공께서 우리 같은 빈객 출신 관료를 일컬어 '화병의 꽃'이라 칭한 일이 있지요. 뿌리를 자르고, 자기가 나고 자라지도 않은 장소로 옮겨 와 잠시 향기를 뿌리다 이내 버려지는 존재."

한비는 고개를 갸웃한다.

"내가 그런 말을 했소?"

"내게 한 말이 아니라 대왕께 하셨다고 전해 들었습니다. 어찌 됐든 제 생각은 그렇습니다. 아무도 보지 않는 깊은 산중에 뿌리 내리고 피어 오직 비바람만 맞으며 살다 그대로 사라지는 들꽃보 다 뿌리를 자르고라도 여염집 내실에서라도 화려한 향기를 뿜낼 수 있는 것이 꽃의 입장에서도 보람찬 삶이라고 말입니다. 공께 서는 그런 화병의 꽃을 비웃고, 끝내 뿌리를 자르려 하지 않았기 에 오늘 같은 환란(患亂)이 있는 겁니다."

한비는 고개를 끄덕일 뿐 입을 열지 않는다. 이사는 이어서 말 한다.

"공께선 한나라에 여망이 있다고 보십니까? 법술과 혁신을 말 하는 학자들은 거의 한나라와 위나라 등 삼진 출신입니다. 그러 나 한나라는 과연 법술을 시행하고 있습니까? 공은 이전에 세상 에 났던 어느 법술 사상가도 도달하지 못했던 경지, 앞으로도 능 가할 자가 없다는 경지의 사상을 가지고 계십니다. 그러나 한나 라는 그런 공을 어떻게 대했습니까? 공의 식견을 알아본 사람은 천하에 우리 대왕밖에 안 계십니다. 그런데도 공은 자기를 알아 봐 주는 이를 위해서 뿌리를 자르지 못했습니다. 자를 수 없었다 는 건 압니다. 저의 뿌리는 겨우 흙으로 덮어 놓은 한해살이였으 나 공의 뿌리는 너무 깊어 만년세세에 이어지는 뿌리이니까요."

한비는 또 고개만 끄덕인다. 이사는 한비가 더 이상 말을 하지 않자 자신이 또 말을 보탠다.

"공은 나라가 망하는 징조에 대해 말한 적이 있습니다. 나라는 작으면서 신하들의 봉읍이 크고, 법령을 소홀히 하며 음모와 계략에만 힘쓰고, 국내 정치는 어지러운데 외국과의 교제에 힘쓰고, 외국의 원조에 기대하며, 상인들은 재화를 국외에 쌓아 두고, 백성들은 극성스러우면서 의협심만 강할 때 그 나라는 패망한다고 했습니다. 군주가 고집불통에 화합을 모르고, 간언을 듣지 않으면서 기필코 신하들을 이기려고 하고, 사직은 돌보지 않으며 가벼운 자만심에 도취해 있을 때 그 나라는 망한다고 했습니다. 그 망징(亡徵)은 한나라에 모두 나타났던 현상입니다. 이렇게 이미 좀먹은 나라였습니다. 어찌 망할 것을 몰랐습니까?"

그리고 두 사람은 말이 없다. 얼마간 침묵 끝에 한비는 말한다.

"원래 나무가 부러지는 것은 반드시 벌레가 파먹었기 때문이고, 담장이 무너지는 것은 반드시 틈이 생겼기 때문이지요. 다만 벌레가 먹은 나무도 강풍이 불지 않으면 꺾이지 않고, 틈이 벌어진 담장도 큰 비가 내리지 않으면 무너지지 않지요. 그래서 이때껏 버텨 온 것입니다. 그런데 진나라 대왕은 법술을 제대로 행하고 이웃을 병탄할 큰 뜻을 품었으니 이미 강풍이며 큰 비가 되었습니다. 어찌 벌레 먹은 나무와 틈이 벌어진 담장과 같은 처지에 무사하기만을 바랄 수 있겠습니까."

"그래서 그리하셨습니까? 그 작은 손으로 강풍과 강우를 막아 보려 하셨습니까?"

"무슨 말씀이십니까?"

"잘 들으십시오. 공은 간첩죄를 지었습니다. 진나라 조정을 이간질하고, 한나라에는 장흔을 보내 세력을 모아 합종을 도모했습니다.”

“장흔? 합종? 지금 합종이 이루어진다 한들 진나라에 무슨 타격을 줄 수 있다고 그런 어리석은 짓을 했겠습니까?”

이사는 들은 척하지 않고 말한다.

“장흔은 공의 간첩죄를 증언하기 위해 압송되던 도중에 자결했습니다.”

한비가 알아들을 수 없는 괴성을 내지른 뒤 혼절한다. 이사는 한비의 얼굴에 물을 뿌리며 구완해 깨어나도록 한다. 한비는 절망적으로 더듬는다.

“자, 자, 자, 장흔. 그대가 죽인 것이오?”

“자결했습니다. 다만 우리 쪽 수사관들이 그의 증언을 모두 받아 적어 놨기에 그들이 대신 증언할 것입니다.”

“대왕, 대왕을 만나게 해주시오.”

“대왕께선 공의 배신에 무척이나 마음 아파하십니다. 공이 대왕의 은덕을 입는 중에 간첩 노릇을 하였다는 것은 대역무도한 죄로서 재판을 거쳐 아무리 자비로운 형을 받는다 해도 거열형을 면키 어려울 것입니다.”

한비의 머릿속으론 한 가지 생각만이 지나간다.

‘간첩만은 안 된다. 한나라에 죄를 물을 것이다. 나의 모략극은 들통나지 않았다. 이들은 나의 진짜 책략은 모르면서 무함으로 나를 끌어내리려 한다. 그렇다면 오히려 희망이 있다. 내가 자처하여 희생양이 되어야 한다. 나는 다만 이 분란(紛亂)의 희생양으로 진나라의 왕과 귀족과 빈객들의 마음속에 짐을 얹어 한나라를 정벌하려는 마음에 주저함을 남겨야만 한다. 그래야 한나라 백성이 무사할 수 있다.'

"대왕을 만나 내가 직접 말하겠소."

그러나 이사는 한비의 말에 개의치 않고 바깥의 시종을 부른다. 시종이 술병 하나를 들고 들어오자 이를 받아 한비의 침상 위에 둔 뒤 말한다.

"이런 지경에 이른 것이 너무 슬프고 통탄스러울 뿐입니다. 내가 어찌 공의 사지가 찢겨 나가는 광경을 보겠소. 이에 내가 울며 대왕께 내 정녕 한비 공이 그런 험한 꼴을 당하는 것은 볼 수 없다고 부탁드렸습니다. 대왕께서 은혜를 베푸시어 이 술을 내리셨습니다. 한 잔 드시고 잠드십시오."

한비는 술병을 바라본다. 침묵은 오래도록 흘렀다. 이사는 어두운 침묵을 깨고 몸을 움직여 한비에게 마지막 인사를 건넨다. 한비는 일어서는 이사의 소맷자락을 잡는다.

"이사 공! 나의 동문! 내 작별인사를 받으시오."

이사가 다시 자리에 앉는다. 한비가 무겁게 입을 뗀다.

"나는 느낄 수 있었소. 대왕은 결국 6국을 겸병하고 유사 이래 어떤 성인도 해내지 못한 과업을 이룰 것이오. 지금 천하에 왕은 그분밖에 없소. 장흔은 한나라의 인재였소. 그와 내가 목숨을 내놓았으니 우리를 밟고 한나라 백성들은 살려 주시오. 내가 죽는다면 한왕은 항복할 것이오. 그러니 부디 나와 공실의 죄를 물어 한나라 백성들을 상하지 않도록 해주시오. 한나라 백성만은 살려 주시오. 대왕께 내 마지막 소원을 꼭 전해 주시오."

이사의 눈에서도 눈물이 후드득 쏟아진다. 한비가 이사의 두 손을 잡고 토닥여 준다. 그러자 이사가 말한다.

"대왕께 남기실 말씀이 있으시거든 내 전해 주리다."

한비는 잠시 눈을 들어 먼 곳을 바라본 후 말한다.

"죽간 한 쪽을 주신다면 한 줄 적어 드리리다."

그러고는 다시 이사의 손을 힘주어 잡으며 말한다.

"그대는 무사히 사시오. 공은 영민하고, 기민하며, 임기응변이 강하지요. 그러나 무사히 사시려거든 이제부터는 대의(大義)에 헌신하십시오. 지위가 높고 힘이 강한 자가 자신의 이익에 몰입하면 그것이 곧 생명을 위태롭게 하는 길입니다. 세태를 잘 살펴 세태에 필요한 법을 세우고, 법을 집행함에 있어 물 흐르듯 순리를 따르십시오. 그리고 눈은 위로 두지 말고, 백성을 향하도록 하십시오. 부디 만세에 성인으로 불리는 삶을 사시기를 바라오."

이사는 흐느끼듯 말한다.

"이것은 진정입니다. 나는 공과 동문수학했던 나 자신을 자랑스럽게 생각했습니다. 저도 공의 억울함을 압니다. 그러나 세월이 그러하니 어찌하겠습니까? 이제 모든 고뇌를 떨치고 안녕히 가십시오. 뒤는 내가 후하게 처리하리다."

한비는 이사를 바라보며 고개를 가로젓는다.

"원래 약소국 제후가의 자손이 억울하고 허무하게 죽는 것이야 운명과 같은 것이지요."

이사는 한비와 눈을 마주치지 못하고 감옥을 떠난다. 옥리가 죽간 한 쪽과 붓 한 자루를 들여보내 준다. 한비는 죽간에 글을 쓴 뒤 옥리에게 주어 이사에게 전하라 이른다.

> 나랏일 앞에서 제 마음을 돌보는 건 제후가의 자손이 할 일이 아니오니 한 비의 일로 상심하지 마소서. 한의 백성은 이제 대왕의 신민이오니 은덕을 내리소서. 한비.

한비는 죽간을 들고 나가는 옥리의 뒷모습이 완전히 사라진 뒤에도 그가 나간 방향을 오랫동안 바라본다.

'나는 정(情)을 이용해 혼란을 일으켰고, 영정은 정을 버려 혼란을 잠재우려 한다. 원래 성인(聖人)이 아니고선 사랑이 이해득실을 이기지 못하는 법. 하물며 영정과 나의 정이라는 건 풍랑의 바다 위에 띄워놓은 돛단배 같은 것이었거늘. 이제 나의 일은 모두 끝나고 하늘의 일만 남았구나. 오히려 이 무거운 삶을 벗을 때가 왔으니 홀가분함을 외쳐야 할 터.'

한비는 홀로 감옥 안에 덩그마니 남아 주변을 돌아본다. 돌로 쌓은 벽이 손을 뻗으면 닿을 만한 거리에 있다. 한나라 공자로 태어난 이에게 허락된 죽음의 공간은 그렇게 좁았다. 마음속 깊은 곳 어디에선가는 한탄의 목소리도 들려온다.

"강대국의 신하는 열 개의 어리석은 계책을 세워도 여덟아홉 개는 성공할 수 있지만, 약소국 신하는 열 개의 현명한 계책을 세워도 그중 하나도 성사되기 힘들다. 대체로 계책의 승패는 계책을 세운 자의 능력에 따른 것이 아니라 나라의 힘이 얼마나 뒷받침할 수 있느냐로 결정되기 때문이다. 그러니 약소국 한나라 공자인 나의 계략이 어찌 먹히리라 기대했는가?

원래 나라의 수준은 군주의 수준이 정하는 법. 나라의 지도자가 된 자는 하늘이 두 쪽 나도 나라를 부유하고 강력하게 만들어야 하는데 제후가의 자손으로 태어나 가난하고 약하고 분열된 조정을 바로 세우지 못했으니 이렇게 허무하게 죽는 것을 어찌 억울하다 할 것인가. 정말 억울한 것은 그런 조정 아래 태어나 억울하고 허무하게 살다 죽을 백성인 것을 …."

한비는 독주를 들어 술잔을 채우고 미련을 끊어내듯 단숨에 마신다.

'내가 애쓴다고 되는 일이 아니었다. 애쓴다고 되는 일이 아니었어. 진나라가 부강해지는 100년 동안 군주가 넋 놓고 앉아 애쓰지 않은 나라를 어찌 하늘이 벌하지 않겠는가?

아니다. 모두 나의 죄다. 혁신해야만 살 길이 있다는 걸 알면서도 행동하지 못하고 죽간만 희롱한 죄, 알면서도 실행하지 못한 죄 …. 내가 죽어 마땅한 죄는 땅과 하늘을 덮고도 남으리라.'

에필로그

한비의 부고(訃告)가 전해지자 한왕 안은 한비가 장흔 편에 보낸 주머니를 열었다. 주머니 안에 든 흰색 비단 위엔 이렇게 쓰여 있었다.

"머뭇거리지 말고 항복하십시오. 항복하거든 다른 마음을 먹지 마십시오."

한왕은 곧바로 인수를 싸들고 진왕 앞에 나가 항복하고 영토와 인수를 바쳤다.

영정은 한왕 안의 항복을 받은 뒤 당분간 한공실을 그대로 유지토록 허락하고, 조나라로 진군해 낭맹(狼孟)과 번오(番吾)를 함락한다. 군대가 업(鄴)에 주둔했으나 조나라 대장 이목의 완강한 저항과 조나라의 지진과 가뭄 등 자연재해가 겹쳐 전쟁은 소강상태로 들어간다.

기원전 230년. 진나라는 다시 전열을 가다듬고 본격적인 6국 겸병전쟁에 나선다. 영정은 우선 내사(內史) 등(騰)을 한나라로 보내 한왕 안을 자리에서 끌어내려 공식적으로 한공실의 문을 닫고, 그 땅에 영천군(潁川郡)을 둔다. 진나라는 한나라를 향해 상징적 규모의 군대만을 진군시켰으며, 전투를 벌이지 않았다. 한나라는 진나라의 일개 군으로 전락함으로써 6국 중 가장 먼저 멸망하는 나라가 되었으나 백성들은 모두 무사하였다.

조나라와의 전쟁은 대장 이목의 항전으로 쉽지 않게 돌아갔다. 기원전 229년, 영정은 진나라의 명장 왕전을 조나라로 파견했으나 1년여 동안 어려운 전투를 벌였다. 그 사이 이목과 조천왕 사이를 이간하는 반간계가 성공하여 조천왕이 자기 손으로 이목을 죽임으로써 조나라 군세는 지리멸렬해졌다. 진나라는 이 틈을 타 조나라를 평정할 수 있었다.

이후의 통일전쟁은 일사천리로 진행됐다. 위나라는 기원전 225년에 진나라 장수 왕분이, 초나라는 기원전 223년에 왕전과 몽무가, 연나라는 기원전 222년 왕분이 평정하였다. 마지막 남은 제나라 역시 왕분이 기원전 221년에 멸망시킴으로써 6국 겸병전쟁이 막을 내렸다.

영정은 천하통일을 이룬 후에 조정에서 한비를 죽음에 이르게 한 자신의 행동을 후회한다고 공개적으로 밝히고 자책했다. 영정이 자신의 잘못을 공개적으로 후회한 것은 이것이 유일하다.

통일전쟁이 끝난 기원전 221년, 영정은 진시황(秦始皇)이 되어 중국 역사상 최초로 황제의 자리에 올랐으며, 이후 2천 년 이상 중국의 기본 정치제도로서 자리 잡는 황제제도를 확립했다. 진시황은 집권 초기부터 중국의 문자를 통일하고, 전국을 36개 군으로 나누어 중앙집권제를 실시하였으며, 한비의 법가(法家)를 수

호했다.

진시황은 만리장성과 직도를 건설하는 등 많은 토목사업을 벌였다. 건설현장을 돌아보는 등, 자주 전국을 유람하여 순행하던 그는 기원전 210년, 재위 37년째 되던 해에 순행 중 사망한다.

진시황은 중국 역사에 유례없는 큰 업적을 남겼으나 법가를 중심으로 완성하려 했던 천년왕국의 꿈은 이루지 못했다.

순행 도중 남긴 유언을 받든 법가 학자이자 환관인 조고(趙高)가 유언을 위조해 진시황의 장자인 부소(扶蘇)에게 자살의 명을 내려 죽이고, 호해(胡亥)를 이세황제(二世皇帝)로 옹립한 후 전횡을 저지르며 정국을 혼란으로 몰고 갔다. 이세황제마저 즉위한 지 3년 만에 조고에게 살해당하고, 뒤를 이은 왕 자영(子嬰)이 이듬해인 기원전 206년 함양으로 쳐들어간 한(漢)나라 유방(劉邦)에게 항복함으로써 진(秦)제국은 멸망한다. 영정이 천하를 통일한 지 15년 만이다.

이사는 진나라의 재상에 올라 그가 젊은 시절 꿈꾸었던 일인지하 만인지상의 꿈을 이루었다. 그러나 진시황이 객사한 후 조고와 함께 유언장 위조에 가담하여 황제를 바꿔쳤다.

그는 초나라 상채군의 촌부로 태어나 천하를 통일하는 과정에 깊숙이 개입하여 공을 세웠으며 진 제국의 재상이라는 높은 지위에 올랐다. 이로써 한 개인으로서 거대한 사회적 성취를 이루었다. 그러나 끝내 자기 자신의 이익에 몰입하는 소의에 집착하여 대의를 지키는 삶은 살지 못하고 조고와의 역사적 협잡에 가담하였다.

이후 나라가 혼란스러워지자 이를 바로잡아 보려고 **이세황제**에게 간언하기도 했다. 그러나 그의 간언은 조고의 무함에 걸려 간사한 언사로 변질되었고, 결국 허리가 잘려 나가는 요참형(腰斬刑)에 처해져 자신의 피가 다 쏟아져 나가는 모습을 생생히 지켜보며 죽어 간다. 일생을 분발하였으나 사리에 집착하는 소심과 비겁은 끝내 그를 참담한 말로로 내몰았고, 한번 엇나간 역사의 바퀴를 되돌리지 못한 채 어긋난 수레바퀴에 제 운명을 실었다.

한(韓)나라는 6국 중 가장 먼저 멸망했으나 한나라 후예들은 살아남았다. 장개지 가문의 후손인 장량(張良)은 순행을 자주 하는 진시황을 암살하기 위해 동방으로 나가 장사를 얻어 박랑사(博浪沙)에서 암살을 시도했다가 실패하기도 한다. 그러나 그는 하비(下邳) 땅으로 달아나 숨어 살면서도 한나라를 멸망시킨 진나라에 대한 원한을 잊지 않고 자신을 연마한다.

그는 진시황이 죽은 후 진승(陳勝)과 오광(吳廣)의 반란을 시작으로 진나라에 대항하는 반란이 전국적으로 번지자 유방(劉邦) 진영에 가담하여 '장막 안에서 천리 밖의 전쟁을 지휘한다'는 신묘한 절대 책사로 활약하며, 진나라를 멸망시키고 유방을 한(漢)나라 황제로 올려 한나라의 건국 공신이 된다.

그렇게, 한비는 목숨을 내려놓고, 약소국 왕자의 마지막 책략을 완성하였다.

終

전국시대에서 한(漢)나라 천하 통일까지의 연표

연대(기원전)	주요 사건	
453년		진(晉)이 삼국으로 분열
375년		한나라, 정(鄭)나라를 정복
359년		진(秦)나라, 상앙의 변법개혁
334년		초나라, 월(越)나라를 정복
333년		소진의 합종책 성사
328년		장의의 연횡책 성사
316년		진나라, 촉(蜀)나라를 정복
286년		제나라, 송(宋)나라를 정복
약 280년	한비자 탄생	
260년		장평전투(진나라와 조나라)
259년	영정 탄생	
255년		진나라, 주(周)나라를 정복
249년		초나라, 노(魯)나라를 정복
246년	영정, 진나라 왕에 즉위	
240년		진나라, 위(衛)나라를 정복
239년	성교의 반란	
238년	노애의 반란	
237년	여불위의 실각	
234년	한비자와 영정의 만남	진나라, 조나라를 침공
233년	한비자, 감옥에서 독살됨	
230년		진나라, 한나라를 정복
225년		진나라, 위나라를 정복
223년		진나라, 초나라를 정복
222년		진나라, 조, 연나라를 정복
221년	영정, 진시황에 등극	진나라, 제나라 정복, 천하통일
210년	진시황 사망	
209년		진승과 오광의 난
206년		진나라 멸망, 초한쟁패
202년		한나라, 초나라 정복, 천하통일

진나라에 이어 두 번째로 천하를 통일한 한(漢)나라

(기원전 200년경)

흉노 匈奴

연燕

계薊 ○

조趙

양국 襄國 ○

정도 定陶 ○

장안 長安 ★

양梁

하비 下邳 ○

양적 阳翟 ○
한韓

한漢

육 六 ○

초楚

회남淮南

임상 臨湘 ○

장사長沙

민월 閩越

남월 南越